W0029449

Das Blut der Templer

WOLFGANG HOHLBEIN

Das Blut der TEMPLER

Bibliografische Information der Deutschen Bibliothek

Die Deutsche Bibliothek verzeichnet diese Publikation
in der Deutschen Nationalbibliografie;
detaillierte bibliografische Daten sind im Internet über
http://dnb.ddb.de abrufbar.

Ein Roman von Wolfgang Hohlbein
basierend auf dem Drehbuch von
Stefan Barth und Kai-Uwe Hasenheit
nach einer Idee von
Kai-Uwe Hasenheit und Christian Zübert

Ein Film von Florian Baxmeyer
Eine Christian Becker Produktion
der RatPack Filmproduktion und des GFP Filmfonds
in Zusammenarbeit mit ProSieben Television und Beta Film

Roman-Koordination: Nina Maag / Elke Nagengast

Lektorat: Bettina Oder
Produktion: Susanne Beeh, Jutta Wallrafen
Umschlaggestaltung: Danyel Grenzer
Titelfoto: © ProSieben
Satz: Greiner & Reichel, Köln
Druck: Clausen & Bosse, Leck
Printed in Germany
ISBN 3-8025-3436-0

Besuchen Sie unsere Homepage
www.vgs.de

Es schien das perfekte Idyll zu sein. Avignon sonnte sich zu früher Stunde unter einem wolkenlosen, blauen Himmel und reckte ihm inmitten der grünen, sommerlichen Landschaft voller Wonne die malerischen Türme und Türmchen seiner historischen Bauten und die rötlichen Ziegel der Dächer seiner ebenso schlichten wie schönen Wohnhäuser entgegen. Warmes, gleichmäßiges Licht erfüllte den weitläufigen Platz vor der Kirche, welche viele Jahrhunderte unbeschadet überstanden hatte. Davor scharten sich bereits zahlreiche Touristen voller Entdeckungsdrang – aber ohne Eile oder gar Hektik – um Postkartenständer, beugten sich über Stadtpläne oder schlenderten zwischen den kleinen Souvenirläden, den fahrbaren Verkaufsständen oder den Torbögen, durch welche der ummauerte Platz zugänglich war, hin und her.

Lediglich vier Gestalten schienen nicht recht in das Bild des gerade erwachenden Wallfahrtsortes zu passen: Sie trugen tiefschwarze Anzüge und bis auf eine Ausnahme blütenweiße Hemden und verbargen ihre Augen hinter eleganten Sonnenbrillen. Zwei von ihnen hatten vor den wuchtigen Torflügeln des gewaltigen Kirchenportals am Ende des Platzes Aufstellung genommen und musterten ihre Umgebung mit angespannten Blicken, während der Dritte die sich in den verchromten Felgen des tiefschwarzen Citroën spiegelnden Urlauber durch die Windschutzscheibe und das halb offene getönte Fenster auf der Fahrerseite beobachtete. Der Vierte der schwarz Gekleideten lag in so vollkommen entspannter Pose mit ausgebreiteten Armen und gen Himmel gerecktem Kinn auf der Motorhaube des schwarzen Luxuswagens, dass das Einzige, was verriet, dass er überhaupt noch am Leben war, der Mittelfinger seiner rechten Hand war, der rhythmisch auf die Windschutzscheibe klopfte. Sein silbergraues Hemd war bis zur Brust aufgeknöpft und gab den Blick auf einen schlanken, nichtsdestotrotz aber durchaus muskulösen Oberkörper frei, dessen rechte Hälfte von einem geschwungenen Tattoo geschmückt wurde, das bis zum Hals des Mannes hinaufreichte.

Aber selbst diese sonderbaren Wachtposten vor der Kirche vermochten das Bilderbuchidyll nicht zu trüben. Sie irritierten das Auge des Betrachters nur für einen kurzen Moment, ehe es davon abließ und sich wieder den jahrhundertealten architektonischen Meisterwerken, den Postkartenständern und den Souvenirhändlern zuwandte, noch bevor das Gehirn, das weder willens noch in der Lage war, so unvorbereitet aus der wohltuenden Trägheit, in die es verfallen war, auszubrechen, das Gesehene in Frage stellen konnte.

Während das Gotteshaus von außen bereits große Erwartungen weckte, stellte sein Inneres alles Erhoffte in den Schatten – oder besser gesagt, in nahezu schattenloses Licht. Es fiel durch unzählige Fenster in das Mittelschiff und tauchte dieses, sowie die schmalen, mit wunderschönen Schnitzereien versehenen Gebetsbänke, die

Säulen, welche die Seitenschiffe abtrennten und von aus hellem Stein gemeißelten Heiligen bewacht wurden, und vor allen Dingen den geschmückten Altar in mildes Weiß. Die Kirche konnte zweifelsohne jedem prachtvollen Dom das Wasser reichen; nur herrschte in den wenigsten Kathedralen eine solch behagliche Atmosphäre wie dort.

Die Bänke waren leer. Vor dem Taufbecken im rechten Seitenschiff stand ein Priester, welcher der Frau, die ihm gegenüberstand, ein mildes Lächeln schenkte.

»Willst du, dass dein Sohn David im Glauben der Kirche die Taufe empfängt?«

Die winzigen Finger des Babys, das in den Armen der Frau lag, tasteten nach dem Rosenkranz, den sie in der Hand hielt, erkundeten ihn, spielten mit den hölzernen Perlen. Der Knabe lächelte, als hätte er die Worte des Geistlichen verstanden und wollte nun seine Mutter in ihrem Glauben bestärken, die richtige Entscheidung getroffen zu haben und den letzten Schritt zu tun, dessen es bedurfte, um ihr Kind zu Gottes Wohlgefallen in dieser Kirche taufen zu lassen.

»Ja«, antwortete die junge Frau mit leiser, sanft klingender Stimme. »Ich will.«

Sie war schön – wunderschön sogar. Weicher, weißer Samt umspielte ihren makellosen, schlanken Körper und streichelte ihre nicht weniger samtig schimmernde helle Haut. Eine große Kapuze, die vorn in das tief ausgeschnittene Dekolletee ihres Kleides überging, vermochte ihr jugendlich volles, goldblondes Haar nicht gänzlich zu verbergen. Ihr Anblick hätte jeden, der behauptete, dass Symmetrie und Perfektion niemals im Gesicht eines Menschen zu finden seien, eines Besseren belehrt: Zwischen vollen, geschwungenen Lippen, einer schmalen, feinen Nase und wie gemalt wirkenden Brauen unter einer hohen, glatten Stirn krönten hellblaue, beinahe puppenhaft wirkende, große Augen ein Antlitz, welches – frei von Falten, Sommersprossen, Leberflecken, Narben oder sonstigen störenden Elementen – in seiner unnatürlichen Vollkommenheit das absolute Optimum weiblicher Schönheit ergab.

Es machte sie unheimlich.

Unheimlich? Vielleicht war es nur der Mangel an Identifikationsmöglichkeiten, der zwischen ihr und einem jeden, der ihr gegenüberstand, eine gewisse Distanz schaffte. Vielleicht war es lediglich die Konfrontation mit ihrer fast unwirklichen Schönheit, die den Pfarrer ein wenig nervös erscheinen ließ. Dennoch lächelte er, denn Unvoreingenommenheit, Offenheit und – wenn das nichts nutzte – Disziplin gehörten genauso zu seiner Berufung wie das morgendliche Gebet. Er zeichnete das Kind in ihren Armen über dem Taufbecken mit einem Kreuzzeichen aus Weihwasser auf der Stirn.

»Ich taufe dich im Namen des Vaters und des Sohnes und des Heiligen Geistes«, sprach er und blickte besorgt auf, als ein Geräusch von außerhalb der Kirchenmauern an sein Ohr drang. Es war eigentlich kaum hörbar. Allein der Umstand, dass er es überhaupt wahrgenommen hatte, war beunruhigend, denn die Mauern waren dick, und auch die wuchtigen, massiven Holztüren hatten ihren Zweck, störende Laute auszusperren, bislang immer getreulich erfüllt. Dennoch setzte er die Zeremonie fort, ohne nachzusehen, was auf dem Platz vor der Kirche geschah.

»Der allmächtige Gott«, sprach er lächelnd zu dem

Knaben, nachdem er das Seitenschiff zusammen mit der Mutter des Kindes verlassen und auf die Erhöhung gewechselt war, auf der der reich geschmückte Altar thronte, »der Vater unseres Herrn Jesus Christus, hat dich von der Sünde befreit und dir aus Wasser und Heiligem Geist neues Leben geschenkt.« Vorsichtig salbte er das Baby mit Chrisam aus einem silbernen Gefäß. »Er salbt dich mit dem Chrisam des Heilens«, fuhr er fort, »damit du zu seinem Volk gehörst und für immer ein Teil Christi bleibst, der Priester, Prophet und König ist in Ewigkeit.« Schließlich deutete er auf die weiße Taufkerze und reichte der Mutter des Kindes ein langes, brennendes Streichholz. »Empfange das Licht Christi«, sagte er, während die Frau in dem samtenen Gewand den Docht in Brand steckte.

Dann ergriff sie mit leiser Stimme das Wort. »Fürchte dich nicht«, fuhr sie anstelle des Pfarrers fort, »denn ich habe dich erlöst. Ich habe dich bei deinem Namen gerufen, du bist mein.«

Wieder blickte der Geistliche kurz auf, als neuerlich Geräusche durch das verschlossene Tor in das Gotteshaus drangen, und wieder kehrte er schnell zu seinen Aufgaben zurück. »Jetzt lass uns beten«, forderte er die junge Frau auf.

Gemeinsam sprachen sie das Vaterunser.

Sie hatten es noch nicht gänzlich vollendet, als einer der beiden mächtigen Torflügel aufschwang und eine männliche Gestalt auf der Schwelle erschien: ein sportlich gebauter, dunkelblonder Mann mit silbrig schimmerndem Dreitagebart, der unter einem offenen, knöchellangen Mantel ein ledernes Wams trug. Eine schlecht verheilte, hässliche Schnittwunde verunzierte sein Gesicht. In der Rechten hielt er ein prachtvolles Schwert, dessen blutverschmierte Klinge dort, wo sie unbefleckt war, im Schein der Kerzen aufblitzte. Mit der Linken schloss er die Tür hinter sich, verriegelte sie mit geschickten Fingern und trat auf den Geistlichen und die junge Frau zu, die sich überrascht zu ihm umgewandt hatten. Die Überraschung wich aus den Augen des Pfarrers, als er erkannte, wen er vor sich hatte, und machte einem Ausdruck Platz, den man wohl nur deuten konnte, wenn man eng mit ihm verwandt oder lange Jahre mit ihm befreundet war. Auf seiner Miene spiegelten sich Trauer, Erleichterung, Furcht und Resignation, als er sich erhob und zügigen Schrittes auf einen Seitenausgang rechts des Altars zusteuerte.

Die junge Frau hingegen wirkte erschrocken, um nicht zu sagen regelrecht entsetzt, als ihr Blick auf den des Eindringlings traf. Auch sie erhob sich und eilte, den Knaben fest im Arm haltend, dem Pfarrer nach. Dieser jedoch schlug die Tür hinter sich zu, noch ehe sie zu ihm aufschließen konnte, verriegelte die Tür deutlich hörbar von außen und ließ sie mit dem Fremden, der mit bedrohlich erhobener Klinge auf sie zuschritt, allein zurück.

Verzweifelt versuchte sie, die Furcht aus ihrem Blick zu verbannen, als sie begriff, dass sie auf sich allein gestellt war. Sie wandte sich zu dem Bewaffneten um und lächelte.

»Ich bin glücklich, dass du zur Taufe unseres Sohnes gekommen bist«, behauptete sie. Ihre Stimme war ein verführerischer Hauch, eine sanfte Brise, die durch die heiligen Hallen wehte. »Ich habe ihn David genannt.«

»Gib ihn mir.« Der seltsame Ritter, der ihren Worten

zufolge der Vater des Kindes war, streckte auffordernd die Hand nach dem Säugling aus.

Man konnte ihr ansehen, dass sie geneigt war, instinktiv vor ihm zurückzuweichen, doch sie blieb stehen. Sie lächelte unbeirrt weiter. Lediglich ein kaum sichtbares nervöses Zucken in ihrem Mundwinkel zeugte von der Angst, die sie empfand.

»Wir sind eine Familie, Robert«, bat sie eindringlich.

Ein leises Rascheln erklang, als der Schlüssel im Schloss der Seitentür erneut gedreht wurde. Eine zweite Gestalt, die mit einem zusammengeknüllten Tuch und einem Schwert, das in einer Scheide an ihrem Gürtel steckte, bewaffnet war, trat leise von hinten auf die junge Frau zu, doch sie schien es nicht wahrzunehmen.

»Lass uns zusammen glücklich werden«, flüsterte sie in flehentlichem Tonfall. »Lass uns – «

Der Rest ihres Satzes ging in einem erstickten Keuchen unter, als der zweite Bewaffnete von hinten einen Arm um ihren Oberköper schlang und ihr mit der anderen Hand das offensichtlich mit Chloroform oder einem anderen Betäubungsmittel getränkte Tuch vor das hübsche Gesicht presste. Einen kurzen Moment lang wand sie sich noch im Griff des Fremden, wobei sie den Knaben mit schnell schwindender Kraft verzweifelt an sich drückte. Dann erschlafften ihre Muskeln, und der Robert Genannte griff nach dem Kind und nahm es an sich, ehe sie in sich zusammensank.

Der seltsame Ritter legte den Säugling auf dem Altar ab – und setzte die Spitze seines Schwertes auf die Brust des Kindes!

Sekunden, die wie Jahre schienen, vergingen, während er einfach nur dastand, die tödliche Waffe zum Zustoßen bereit auf dem winzigen Brustkorb des Säuglings, und den Jungen betrachtete. Sein Blick suchte den des Kindes, welches ihn neugierig und frei jeglicher Angst aus großen braunen Augen anblickte. Seine Hand zitterte, sein Mundwinkel zuckte kaum merklich. Ob er sich in dem Kind wieder erkannte? Ob sich seine eigene Seele in den Augen des Knaben, der sein Sohn war, spiegelte?

Robert schob sein Schwert in die Scheide zurück, drückte den Knaben fest an seine Brust und eilte dem zweiten geheimnisvollen Ritter nach, der das Gotteshaus durch den Seitenausgang, durch den er es betreten hatte, bereits wieder verlassen hatte. Der Säugling schrie.

David erwachte in Schweiß gebadet und mit rasendem Herzen. Es war nicht das erste Mal, dass dieser seltsame Traum ihn des Nachts heimsuchte … ganz und gar nicht! Seit er denken konnte, sah er diese seltsamen Bilder immer wieder im Schlaf vor sich: die Kirche, die wunderschöne Frau in dem weißen Samtkleid, die eigenartigen Ritter und den Säugling mit der Spitze einer blutigen Klinge auf der Brust. Anders als jene Träume, die er für ganz gewöhnliche hielt, änderte sich dieser nie. Und anders als alle anderen Träume hatte er die Eigenart, sich noch einige Momente vor seinem inneren Auge fortzusetzen, wenn er einmal erwachte, ehe der Ritter das Kind aus dem Gotteshaus gebracht und mit ihm in einem Kleinbus verschwunden war. So war es auch in diesen Sekunden, in denen er für die Dauer einiger schneller Herzschläge schwer atmend in seinem schmalen Bett liegen blieb. Er ärgerte sich über sich selbst, weil der Umstand, dass er sich der Tatsache bewusst war, dass es sich lediglich um einen Traum handelte – wenn auch um einen lästigen und in letzter Zeit immer öfter über ihn herfallenden – diesem seinen Schrecken nicht nehmen konnte.

Es musste etwas mit diesem alten Kloster zu tun haben, versuchte er sich im Stillen selbst zu beschwichtigen. Die Abgeschiedenheit innerhalb dieser Mauern, die seit achtzehn Jahren sein Zuhause bildeten, ein alter Mönch, der die Familie ersetzen musste, die David nicht besaß, und die Ungewissheit über seine Herkunft – all das konnte einem aufgeweckten jungen Mann wie ihm nicht gut tun. Er verbrachte einfach zu viel Zeit mit griechischen und lateinischen Versen auf uraltem, vergilbtem Papier, statt sich, wie die meisten anderen Jungs in seinem Alter, in seiner Freizeit mit schnellen Autos, Filmen, lauter Musik und Dingen zu beschäftigen, bei denen man sich besser nicht erwischen ließ, und sich in Sachen Literatur und freiwilliger Bildung auf das Lesen von Heftchen über die Stars der aktuellen Top Ten zu beschränken. Sein Lebensstil war eindeutig ungesund. Aber er kannte es nicht anders, und nichts war schwerer abzulegen als der ganz gewöhnliche Alltagstrott.

Zumindest redete er sich das ein, um sich nicht eingestehen zu müssen, dass er Quentin nicht enttäuschen wollte, und dass er schlichtweg zu feige war, um gegen den Mann, der sich seit so langer Zeit aufopferungsvoll um ihn kümmerte, den selbstlosen Mönch, der stets nur sein Bestes im Sinn hatte, aufzubegehren. Er konnte sich nicht vorstellen, wie sein Ersatzvater darauf reagieren würde, wenn er, David, ihm mitteilte, dass er nicht gewillt war, den Rest seines Lebens als Mönch hinter den bunten Glasscheiben der staubigen, klostereigenen Bibliothek zu verbringen. Denn obgleich er sehr wohl an Gott glaubte, hatte er in seinem Herzen doch niemals in die Richtung tendiert, in die Quentin ihn zu erziehen versuchte.

David fuhr sich mit beiden Händen übers Gesicht und durch sein Haar, um den Schweiß auf diese Weise zwar nicht zu entfernen, aber wenigstens besser zu verteilen, damit er aufhörte, seine Nasenflügel zu kitzeln. Heller Sonnenschein fiel durch das große Fenster in sein geräumiges Internatszimmer, das er ebenfalls Quentin verdankte. Sein Ziehvater hatte sich früh dafür eingesetzt, dass David das größte aller verfügbaren Zimmer zugesprochen bekam, und zwar für sich ganz allein. Die warmen Strahlen der Spätjulisonne liebkosten seinen Nacken, streichelten seine Wangen und ließen den erschreckenden Verdacht in ihm aufkeimen, dass er einmal mehr verschlafen hatte.

Schlagartig war David vollkommen wach. Sein Blick suchte den kleinen Radiowecker, der auf seinem Nachttisch stand. Dieser hatte den Versuch, ihn mit einem monotonen, nichtsdestotrotz aber durch und durch unangenehmen Laut aus den Federn zu piepsen, allem Anschein nach schon vor mehr als einer halben Stunde eingestellt. Ein weiterer, noch heftigerer Adrenalinschub katapultierte ihn regelrecht aus seinen Kissen, sodass ihn für einen kurzen Moment schwindelte, als seine Füße den Boden berührten und er in derselben Bewegung nach Jeans und T-Shirt griff, die ordentlich zusammengelegt auf einem Hocker neben seinem Bett warteten. Auch die Socken des Vortages mussten ausnahmsweise noch einmal herhalten. Die Statistik, die besagte, dass Männer ihre Unterwäsche nicht halb so oft wechselten wie Frauen, dachte er verärgert über sich selbst, hatte Recht. Aber das lag nur daran, dass Männer dauernd verschliefen!

Keine drei Minuten später hatte er das Schülerwohnheim verlassen und stürmte über den Rasen der idyllisch zwischen bewaldeten Hügeln und Wiesen gelegenen, weitläufigen Klosteranlage, zu der auch eine hübsche alte Kirche gehörte, auf das prachtvolle Hauptgebäude zu. Dort zermarterten sich seine Mitschüler bereits seit über einer halben Stunde die Köpfe über Parabeln, Metaphern, Staatsphilosophien, chemische Verbindungen und ähnliche Dinge, von denen das Schulamt glaubte, dass man ohne sie nicht leben könnte.

Quentin, der stets wie alle seine Glaubensbrüder eine schlichte, braune Kutte trug, die allein durch eine grobe Kordel um seinen Bauch daran gehindert wurde, ihn auf jeden zweiten Schritt ins Stolpern geraten zu lassen, war bereits damit beschäftigt, die Stufen vor der kleinen Kirche mit einem Strohbesen zu kehren, der ebenso gut aus einer anderen Epoche hätte stammen können wie seine Kleidung. Sein Golden Retriever vertrieb sich unterdessen ein wenig Zeit seines eher tristen Hundelebens in der Kloster- und Internatsanlage damit, das Laub, das sein Herrchen mühsam zusammengekehrt hatte, mit sichtbarem Vergnügen hinter dessen Rücken wieder zu verteilen. Quentins Miene verriet deutliche Missbilligung, als David mit hochrotem Kopf atemlos an ihm vorüberhetzte, einen Herzschlag lang verharrte, um seinen Ziehvater mit einer ebenso hilflosen wie entschuldigenden Geste zu bedenken, um schließlich weiterzuhasten, ohne etwas zu sagen. Der Mönch tadelte ihn selten offen, doch er hatte ein beachtliches Talent dafür, mit Blicken mehr auszudrücken als mit tausend Worten. David wusste, dass er keinerlei Verständnis für Langschläfer und Leute, die zu spät kamen, hatte, was nicht weiter überraschend war. Wenn der Fünfzigjährige zu der Zeit, die er für den Morgen hielt, seine Gebete sprach und sich über die erste Lektüre des Tages beugte, ohne zuvor auch nur gefrühstückt zu haben, schlummerten normale Menschen, zu denen sich auch David für gewöhnlich zu zählen pflegte, in der Regel noch in ihren bestenfalls süßesten Träumen, sofern sie nicht unter ernst zu nehmenden Schlafstörungen oder Durchfall litten. Mit einer Mischung aus Tadel und Sorge blickte der Geistliche auf die anachronistisch wirkende Armbanduhr an seinem Handgelenk, während David schnellen Schrittes im Hauptgebäude verschwand.

Man hätte meinen können, dass es in einer Situation wie dieser von Vorteil wäre, als Ziehsohn eines Mönches eine dem Kloster zugehörige Internatsschule zu besuchen. Schließlich bestand ein erheblicher Teil der Lehrkräfte ebenfalls aus Mönchen, die Quentin nicht nur seit mehreren Jahrzehnten kannten, sondern ihm auch mit großem Respekt begegneten. Theoretisch hätte man also auf Gemeinheiten wie Klassenbucheinträge oder Nachsitzen und Aufräumdienst zur Strafe für unangemessenes Verhalten oder zu spätes Erscheinen zum Unterricht verzichten können, denn man bildete gewissermaßen eine große Familie. In der Praxis aber sah das leider ganz anders aus. Die Furcht der meisten Lehrer, David zu bevorzugen, führte häufig zum genauen Gegenteil: Um nur ja keine Zweifel daran aufkommen zu lassen, dass hinter den dicken Mauern der Hunderte von Jahren alten Schule ein jeder gleichberechtigt war und gleich behandelt wurde, hatte David ungerechterweise öfter Tafeln und Tische geschrubbt und die Zigarettenstummel der heimlich Rauchenden aus den Toiletten entfernt als alle seine Mitschüler zusammen – und das, obwohl er seinen Lehrern nicht halb so oft Grund zum Ärger gegeben hatte. So war er auf das Schlimmste gefasst und bereitete sich innerlich schon darauf vor, den Hausmeister einmal mehr um einen großen Abfallsack und den Müllpicker zu bitten, als er zögerlich an die Tür zum Klassenraum klopfte und sie dann einen Spaltbreit aufschob, um hindurchzuschlüpfen.

Alary, sein Lateinlehrer, lehnte sichtbar gereizt an der Fensterbank auf der gegenüberliegenden Seite des Raumes und wandte seinen Blick von der Tafel und dem davor Blut und Wasser schwitzenden Frank ab, der mit zunehmender Verzweiflung und schamroten Ohrläppchen versuchte, einen nicht allzu langen und auch nicht sonderlich schwierigen Text zu übersetzen, als David das Klassenzimmer betrat. Er bedachte ihn mit einem Lächeln, das mindestens ebenso falsch war wie die wenigen Worte, die der Neunzehnjährige in der Lederjacke mit krakeliger Schrift unter den lateinischen Text geschmiert hatte.

»Schön, dass du uns auch schon beehrst, David«, sagte er mit vor Ironie triefender Stimme.

»Tut mir Leid.« David zuckte hilflos mit den Schultern und senkte beschämt den Blick. »Verschlafen ...«

»Ich hoffe, nicht zu verschlafen, um diesen Text hier zu übersetzen.« Alary maß den hoch gewachsenen Schüler vor der grünen Schultafel, der schon seit geraumer Zeit nichts Besseres mit der Kreide anzufangen wusste, als sie unruhig zwischen den Fingern hin und her zu drehen, während er darauf hoffte, dass der Lehrer sich irgendwann in Mitleid üben und ihn auf seinen Platz zurückschicken würde, mit einem geringschätzigen Blick. »Bei Frank wird das vor Weihnachten wohl leider nichts mehr.«

Einige Schüler kicherten schadenfroh. David war nicht sicher, ob diese Schadenfreude nun eher Frank galt, der ihn in diesem Moment mit einem zornigen Seitenblick bedachte, als hätte er und nicht Alary diese Worte ausgesprochen, oder aber ihm, der zur Strafe für sein Verschlafen nun zu Ende bringen musste, worin sein unbeliebter Klassenkamerad versagt hatte. Wahrscheinlich ihnen beiden.

David nickte gehorsam, trat an die Tafel und nahm die Kreide entgegen, die Frank ihm mit grimmiger Miene in die Hand drückte, um dann den Kopf in den Nacken zu werfen und sich von seinen O-Beinen stolz erhobenen Hauptes zu seinem Platz in der hintersten Reihe tragen zu lassen. Fast beiläufig verpasste er dem immer noch leise vor sich hinkichernden Cheech, der nicht bemerkt hatte, dass alle anderen längst aufgehört hatten zu lachen, weil er seinen ersten Joint bereits um kurz nach sieben am Morgen irgendwo zwischen Toilette und Frühstückssaal zu rauchen pflegte, einen Schlag in den Nacken, den Alary – wohl zu Deeskalationszwecken – ignorierte.

Die hübsche Stella hingegen schenkte David ein Lächeln, als er sich der Tafel zuwandte und Franks komplett falschen Übersetzungsansatz fortwischte, um die Aufgabe korrekt zu lösen.

Frank hatte David nie ausstehen können. Er konnte

die meisten Menschen nicht ausstehen, es sei denn, sie waren blond, vollbusig und stellten keine allzu großen Anforderungen an den grobschlächtigen Primitivling. Er war auch kein allzu begnadeter Gehirnakrobat. Ehrlich gesagt, wunderte sich David manchmal, dass er es in schulischen Dingen überhaupt so weit gebracht hatte und nur ein einziges Mal sitzen geblieben war. Frank war ein Raufbold, vor dem man lieber den Blick senkte, wenn man seine Augen innerhalb der darauf folgenden achtundvierzig Stunden noch zur Orientierung benötigte. Die beiden waren nur aus dem Grund nie ernsthaft aneinander geraten, weil David, wie die meisten anderen auch, den Kontakt mit ihm mied und seine Sticheleien, Beleidigungen, Drohungen und Wutausbrüche geflissentlich ignorierte. David hatte schon früh begriffen, dass er dem Teenager mit den durchtrainierten Oberarmen am besten einfach aus dem Weg ging.

Seit neuestem aber fiel es ihm des Öfteren schwer, über die Beschimpfungen seines ungeliebten Klassenkameraden, den er verdächtigte, sein dunkelblondes Haar allmorgendlich mit einer Mischung aus Gel und Zweikomponentenkleber auf seiner Schädeldecke zu fixieren – so sah es jedenfalls aus – hinwegzusehen, denn seit einer geraumen Weile ging es nicht mehr bloß um ihn und Frank, sondern, auch wenn niemand es laut aussprach, um die Gunst Stellas.

David hatte seine Übersetzung zu Alarys Zufriedenheit abgeschlossen und wandte sich von der Tafel ab, um seinen Platz neben Cheech anzusteuern. Stella war nicht das einzige gut aussehende Mädchen in der Klasse, das ihm in diesem Augenblick zulächelte, aber sie war die Einzige, von der er mit hundertprozentiger Sicherheit behaupten konnte, dass sie ihn nicht insgeheim *be*lächelte.

Ein Meter siebzig, dunkelblonde, kurz geschnittene Locken, braune Augen und eine schlanke, sportliche, aber nicht gerade muskulöse Figur machten, so fand er, einen Mann nicht sonderlich attraktiv. Seiner Meinung nach war das bestenfalls Durchschnitt. Hinzu kam die Tatsache, dass sein Lebensstil sicherlich ein recht außergewöhnlicher, leider aber sterbenslangweiliger war, mit dem die meisten jungen Menschen nicht viel anfangen konnten. Daher war ihm eher schleierhaft, was seine Klassenkameradinnen an ihm reizen könnte. Er misstraute ihrem Entgegenkommen, ihrer Freundlichkeit und ihren dezenten Annäherungsversuchen zumeist und wich ihnen aus. Bei Stella war das anders. Es fiel ihm schwer, in Worte zu fassen, was sie von den anderen unterschied, was ihr Lächeln von dem der anderen abhob. Ihre Augen leuchteten ein kleines bisschen mehr, ihre Stimme klang wärmer, und ihr Lachen ... Es wirkte *entspannter*. Ehrlicher.

Es knisterte zwischen ihnen beiden; jeder im Klassenzimmer wusste das. Frank brachte das immer wieder in Rage, und sei es nur, weil er ebenso wenig verstand wie David selbst, was ein hübsches, aufgewecktes und lebenslustiges Wesen wie Stella an einem Langweiler wie David finden konnte. Außerdem schien er instinktiv den Drang zu verspüren, sein Revier gegen Quentins Ziehsohn verteidigen zu müssen. Auch in dieser Sekunde, in der Stellas und Davids Blick sich für jeden offensichtlich begegneten und einmal mehr am Gleichgewicht der Atmosphäre in dem staubigen, kleinen Raum rüttelten, sodass eine Welle des stummen Seufzens durch die Reihen der Mädchen schwappte, zuckten Blitze aus den Augen des stumpfsinnigen Haudegens in der letzten Reihe, die tödlich gewesen wären, hätten Metaphern nur etwas mehr Substanz.

David wandte sich verlegen ab und ließ sich auf seinen Platz sinken, um sich voll und ganz der fünften Lektion mit all ihren Superlativen, Konjunktiven, Imperativen und – wie sehr er sie hasste! – Ablativen zu widmen. Es gelang ihm nicht vollständig. Stella, dachte er bei sich, und immer wieder Stella ... Ob das Liebe war? Er hätte seine Mutter danach gefragt, wenn er denn eine gehabt hätte. So aber blieb ihm nur Quentin – und mit dem konnte er über vieles reden, aber sicher nicht über dieses Kribbeln, das seit geraumer Zeit jedes Mal seinen Körper durchfuhr, wenn er sich abends mit dem Gedanken an Stella zu Bett legte.

Dieses Kloster war sicher nicht der Ort, dem er sein ganzes Leben verschreiben wollte. Er musste Quentin irgendwie erklären, dass er es nach dem Abitur verlassen würde, wenn er auch noch keine Ahnung hatte, wohin sein Weg ihn dann führen würde, denn er hatte niemanden außerhalb dieser Internatsanlage. Aber wie sollte er ihm das beibringen? Und wie sollte er Stella offenbaren, dass er sie liebte?

Als Ziehkind eines Mönchs in einem Kloster, dachte er bei sich, hatte man es wirklich nicht einfach. Besonders dann nicht, wenn man ein so verdammter Feigling war wie er.

Es schellte zur Pause, ehe er den ersten ablativus absolutus, der sich seiner Übersetzung in den Weg gestellt hatte, als solchen identifizieren konnte, was ihm weiteren Grund zum Ärger gab, denn Quentin hatte schon früh dafür gesorgt, dass sein Ziehsohn mit der lateinischen Sprache vertraut gemacht wurde. Und dass er Ablative hasste, bedeutete schließlich nicht, dass er nicht damit umzugehen wusste. Aber Stella warf, ohne es zu wollen, im Moment so einige gewohnte Regeln um. Zum Beispiel auch jene, dass es immer Frank war, der das Chaos, das mit dem Klingeln in der Klasse ausbrach, als Erster hinter sich zurückließ und auf den Flur hinausstürmte, obwohl er in der letzten Reihe saß. Er war zwar auch an diesem Tag der Erste, der die Tür erreichte, aber der grobschlächtige Trampel dachte überhaupt nicht daran, den Raum zu verlassen, sondern verharrte neben dem Ausgang, um Stella, die ihre Hefte und Bücher mit deutlich mehr Zeit und Ruhe in ihre Tasche schob, mit dem Blick eines Frosches, der eine Fliege belauert, zu beobachten. David packte seine Schulsachen ebenfalls ein und erhob sich ohne Eile. Als er den Blick hob, sah er sich Stella gegenüber.

»He, David.« Sie lächelte ihm aus ihren unendlich tiefen blauen Augen zu. Er bemühte sich, an alles Mögliche zu denken, nur nicht an das elektrisierende Kribbeln in seinen Lenden.

»Du weißt, dass wir heute Abend ’ne Party machen, oder?«

Ihre Frage war zweifellos rein rhetorischer Natur, denn man musste schon so taub und blind sein wie ihre Lehrer, um nicht mitzubekommen, wenn wieder eine der berüchtigten Feten auf der großen Lichtung geschmissen wurde. Trotzdem drückte sie ihm einen kleinen Flyer in die Hand. David erwiderte ihr Lächeln schüchtern, und die beiden Mädchen, die mit Stella im Raum zurückgeblieben waren, kicherten amüsiert.

Er spürte, wie seine Wangen sich röteten, was zur Folge hatte, dass er sich dafür schämte und seine Ohren daraufhin ebenfalls einen zarten Rotstich bekamen.

»Ja. Klar«, antwortete er stockend. Seine Knie wurden ein wenig weich. Er verfluchte sich innerlich für seine Verlegenheit. Schließlich hatte sie ihn bloß zu einer Party eingeladen und nicht zu ihrem gemeinsamen Polterabend. Er sollte sich endlich zusammenreißen!

»Und? Kommst du?« Stella legte den Kopf schräg, und zu dem Lächeln in ihrem Blick gesellte sich etwas, das er für ein leichtes Flehen hielt. Vielleicht lag darin auch ein bisschen vorausschauende Enttäuschung und ein vager Vorwurf, denn es wäre nicht die erste Einladung, die er ablehnte.

Warum eigentlich? Abgesehen von der Furcht, sich vor allen anderen zu blamieren, wenn er in seiner Unbeholfenheit etwas tat oder sagte, was seine Mitschüler amüsierte, und dem Wissen, dass Quentin es ihm zwar nicht verbieten, ihn aber einmal mehr seine Missbilligung spüren lassen würde, gab es keinen Grund, Nein zu sagen.

»Ich habe Quentin versprochen, ihm bei einer Übersetzung zu helfen«, antwortete er und hätte sich dafür am liebsten selbst in den Allerwertesten getreten, doch dazu waren seine Sehnen und Bänder einfach nicht flexibel genug.

Tatsächlich wirkte Stella nicht nur enttäuscht, sondern sogar verletzt, als sie seufzte und ihn mit eindringlichen Blicken maß. »Wir machen bald Abitur«, sagte sie und schüttelte ihren hübschen Kopf. »Viele Partys wird's nicht mehr geben, weißt du.«

David verschloss umständlich seine Tasche, um Stella

nicht ansehen zu müssen. Sie hatte Recht: Es würde nicht mehr lange dauern, bis sich ihre Wege trennten. Und er war wirklich alt genug, um Quentin zu zeigen, dass er sich langsam abnabeln musste, wenn er schon zu feige war, es ihm ins Gesicht zu sagen. Er gab sich sichtlich einen Ruck.

»Na ja«, antwortete er schließlich und lächelte schief. »Vielleicht kann ich mich ja mal für 'ne Stunde loseisen.«

»Mach das.« Stella strahlte und wandte sich zum Gehen, als befürchte sie, dass aus seinem Vielleicht doch noch ein Nein werden könnte, wenn sie ihm eine Gelegenheit gab, noch etwas hinzuzufügen. »Ich würde mich freuen. Bis heute Abend!«

Ihre Freundinnen verschwanden daraufhin immer noch kichernd aus dem Klassenzimmer. Stella wollte ihnen folgen, aber Frank, der in einer Haltung neben der Tür lehnte, die er wahrscheinlich für besonders cool und lässig hielt, ergriff sie am Handgelenk und hielt sie zurück.

»Jetzt sag nicht, du bist geil auf diese Nullnummer, Stella«, schnaubte er und deutete mit einem Naserümpfen auf David.

Stella musterte ihn abschätzig und riss sich los. »Was geht dich das an, Schwachkopf?«

David lächelte und blickte ihr nach, bis sie in der Menge der Schüler auf dem Flur verschwunden war, doch sein Lächeln gefror, als er Franks hasserfüllten Blick bemerkte.

Von Metz erinnerte sich an den Tag, an dem David getauft wurde, als sei es gestern gewesen. Es war viel Blut geflossen, und Robert fühlte sich deshalb immer noch schuldig. Manchmal fragte er sich, ob es nicht besser gewesen wäre, es sofort zu tun – den kleinen David unmittelbar nach seiner Geburt zu töten. Aber Lucrezia hatte ihm jeglichen Umgang mit dem Knaben verwehrt und ihn vor ihm versteckt gehalten. Selbstverständlich hatte sie das. Er hätte an ihrer Stelle nicht anders gehandelt. Sie hatte gewusst, dass er ihn ihr wegnehmen würde. Unwiderruflich. Aber er hätte ohnehin nicht gewollt, dass David starb, ohne zuvor Gottes Segen empfangen zu haben, und deshalb war es richtig gewesen, bis zu dem Tag zu warten, auf den der Pfarrer die Taufe des Kindes festgelegt hatte.

Schließlich, pflegte Robert sein Gewissen zu beschwichtigen, wenn es in ihm aufzubegehren begann, waren es keine unschuldigen Menschen gewesen, die sie umgebracht hatten, sondern lediglich Lucrezias seelenlose Schergen. Ihre gedungenen Mörder, die bereits wer weiß wie viele Menschenleben auf dem Gewissen hatten, und die ihrerseits gelernt hatten, jeden Morgen mit der Gewissheit aus dem Bett zu steigen, dass sie den Abend möglicherweise nicht mehr erleben würden.

Robert war unverzüglich nach Avignon gereist, als der Anruf des Geistlichen eingegangen war. Lucrezia hatte darauf gedrängt, dass die Taufe so schnell wie möglich vollzogen wurde, sodass der Pfarrer schließlich nachgegeben und sie auf den nächsten Vormittag nach seinem Gespräch mit ihr festgelegt hatte. Er war ein guter Mann, der wusste, was richtig war und was falsch, aber Durchsetzungskraft war nicht seine Stärke. Robert war nicht viel Zeit geblieben, alles Notwendige zu organisieren, aber letztlich war doch noch alles gut gegangen.

Fast.

Er hatte in einem kleinen Straßencafé im Zentrum Avignons ausgeharrt, während die anderen ihre Stellungen in unmittelbarer Nähe zur Kirche eingenommen hatten. Es war ihm nicht leicht gefallen, sich seine Nervosität und das nur allzu menschliche Unbehagen, das er bei dem Gedanken an das, was von ihm verlangt wurde – was er selbst von sich verlangte! –, nicht anmerken zu lassen. Deshalb und um nicht noch in letzter Sekunde zufällig von Lucrezias Schoßhündchen entdeckt zu werden, hielt er sein Gesicht hinter der *Le Monde* verborgen und senkte die Zeitung nur ab und zu, um an dem Espresso zu nippen, den der Kellner ihm gebracht hatte. Als die Uhr elf schlug, hatte er die Zeitung beiseite gelegt, ohne einen einzigen Artikel gelesen zu haben, einen Geldschein unter die Zuckerdose geklemmt, damit die sanfte Brise, die wehte, ihn nicht davontrug, und den Vorplatz der Kirche angesteuert. Wenn alles planmäßig verlaufen war – und daran hatte er keinen Zweifel, da der Pfarrer ein zuverlässiger Mensch war –, dann war es nun so weit.

Sein Blick hatte sich prüfend über den Kirchenvorplatz getastet, als er aus dem Schatten eines Torbogens auf den Platz getreten war, und was er gesehen hatte, hatte ihm nicht gefallen. Es war noch früh am Morgen und trotz strahlenden Sonnenscheines recht frisch für einen zweiten Juli. Dennoch herrschte bereits reger Betrieb auf dem Platz. Touristen bewunderten die historischen Bauten, fotografierten eifrig oder schlenderten plaudernd an den Verkaufsständen vorbei. Unter ihnen waren auch viele Kinder, die teils brav an den Händen ihrer Begleitpersonen gingen, teils fröhlich kreischend umherliefen. Von Metz hatte im Stillen ein Stoßgebet gen Himmel gesandt, dass bei dem, was sie nun tun mussten, keinem Unschuldigen etwas zustieß.

Verdammt, alles in ihm hatte sich dagegen gesträubt. David war die Frucht seiner Sünde – aber er war und blieb doch sein Sohn!

Roberts Blick war zu dem prachtvollen Portal am oberen Ende des Platzes hinübergewandert. Obwohl er nichts anderes erwartet hatte, war er unwillkürlich zusammengezuckt, als er die dunkel gekleideten Prieuré-Söldner erspähte, die vor der Kirche Aufstellung genommen hatten, um den Vorplatz zu überwachen. Die weiten Jacketts ihrer dunklen Anzüge waren nicht zugeknöpft gewesen – und das aus gutem Grund, wie Roberts geübtes Auge bereits auf den ersten Blick erkannt hatte: Über den Schultern der Männer hatten sich Gurte abgezeichnet, an denen Maschinenpistolen befestigt waren, die sie unter ihrer Kleidung verborgen hatten. Gleich vor ihnen hatte eine nachtschwarze Citroën-Limousine geparkt, hinter deren Steuer ein weiterer Prieuré-Söldner saß, der die Herumschlendernden auf dem weitläufigen Platz vor der Kirche mit aufmerksamen Blicken überwachte.

In demonstrativer Gelassenheit rücklings und mit entspannt ausgebreiteten Armen auf der Motorhaube liegend hatte von Metz selbst aus dieser Entfernung auf den ersten Blick Ares Saintclair erkannt. Saintclair … Der dunkelhaarige, gut einen Meter neunzig messende Mann hatte Erinnerungen in ihm geweckt, auf die er gerne verzichtet hätte. Ares war der Schlimmste von allen; auf seine Weise sogar gefährlicher als seine Schwester, so unmenschlich, intelligent und gottlos Lucrezia auch sein mochte. Er war ihre rechte Hand, das Instrument ihrer kranken Phantasien. Ohne ihren Bruder war sie nichts.

Und Saintclair war ein großartiger Kämpfer, wie von Metz bereits schmerzhaft am eigenen Leib hatte erfahren müssen. Er legte keinen Wert auf eine neuerliche Konfrontation mit dem Schwertmeister der Frau, die er sein ›Vergehen‹ nannte. Nicht einmal, um Rache zu nehmen für das, was ihm und vielen anderen angetan worden war, denn solcherlei Wesenszüge entsprachen nicht seinem Charakter. Robert selbst war kein schlechter Kämpfer – im Gegenteil: Er hatte zu den Besten der Besten gehört, als sie damals ins Abendland aufgebrochen waren, und daran hatte sich nichts geändert. Aber er verabscheute Gewalt und griff nur darauf zurück, wenn es sich absolut nicht umgehen ließ.

So wie an diesem Julitag. Sein Blick war weiter über den Kirchenvorplatz gewandert und verharrte schließlich auf einem langhaarigen, bärtigen Mann, der hinter einem fahrbaren Eisstand stand und in dieser Sekunde damit beschäftigt war, lächelnd ein Waffelhörnchen mit einer Kugel Schokoladeneis an ein kleines Mädchen weiterzureichen, das sichtbar ungeduldig von einem Fuß auf den anderen trat. Papal Menache hatte seinen Platz also bereits eingenommen, hatte von Metz mit einem Anflug der Erleichterung festgestellt. Der Bärtige hatte ihn sofort entdeckt und seinen Blick erwidert. Von Metz hatte ein Nicken angedeutet und nach William Blanchefort gesucht, den er ebenfalls dort anzutreffen erwartete. Der dritte Templer hatte mit dem Rücken zur Kirche vor einem mehr als mannshohen

Postkartenständer gestanden, ein offensichtlich harmloser Tourist, der die bunten Motive Avignons in Augenschein nahm. Er hatte ihn, Robert, wohl schon früher bemerkt, denn als von Metz ihn erspähte, trafen ihre Blicke sofort aufeinander. Damit waren sie so gut wie vollständig gewesen. Alles war so weit nach Plan verlaufen.

»Cedric?«, hatte Robert in das winzige Mikrofon geflüstert, das unter seinem Kragen verborgen war. Es gab nicht viele Vorzüge in diesem Zeitalter, fand er. Aber einer der wenigen, die diese Epoche bot, war ihre Technik. Er hatte nicht erst nach Charney suchen müssen, um zu wissen, wo er war. Er hatte seine Position im Turm gegenüber der Kirche auf der anderen Seite des geschäftigen Vorplatzes längst eingenommen. Robert hatte aus den Augenwinkeln beobachten können, wie das große, runde Fenster in diesem Moment zur Hälfte geöffnet wurde. »Bereit?«, hatte er leise gefragt.

Die Mündung des großkalibrigen Präzisionsrepetiergewehres, das nur als Schatten in der Dunkelheit hinter dem Fenster zu erkennen war, schwenkte leicht hin und her und verharrte schließlich, als Charney mit Hilfe des Zielfernrohres die optimale Position der Waffe bestimmt hatte.

»Jederzeit, Robert«, war Cedrics Stimme knisternd aus dem kleinen, kabellosen Empfänger in von Metz' Ohr erklungen.

Noch einmal war sein Blick zu Papal hinter dem Eiswägelchen und zu William neben dem Postkartenständer hinübergewandert. Ihre Mienen hatten stumm ihre Bereitschaft signalisiert. Von Metz hatte die letzten Zweifel an der Richtigkeit ihres Vorhabens abgeschüttelt. Der Weg, den sie gewählt hatten, war ein schrecklicher. Aber er war der einzige, der sich ihnen geboten hatte.

»Jetzt!«, hatte er in das verborgene Mikro gezischt.

Keine zwei Sekunden später waren die beiden Söldner vor dem Kirchenportal in sich zusammengesackt.

Es waren keine Schüsse zu hören gewesen. Cedric hatte sein Repetiergewehr mit einem Schalldämpfer versehen. Einzig die zentimetergroßen, kreisrunden Wunden, die auf der Stirn der Männer, die vor dem Eingang scheinbar grundlos zu Boden gestürzt waren, zu sehen waren, verrieten den Grund ihres plötzlichen Todes.

Charney war ein vortrefflicher Schütze – der beste, den Robert kannte. Doch auch der Schalldämpfer und die Treffsicherheit des hageren Mannes, der den Abzug zweimal binnen kürzester Zeit betätigt hatte, hatten eine Panik nicht vermeiden können. Eine junge Passantin hatte sich in dem Augenblick, in dem die lautlosen Schüsse gefallen waren, in unmittelbarer Nähe des Kirchenportals befunden. Als sie nun die beiden Männer plötzlich blutüberströmt und zweifellos tot am Boden liegen sah, stieß sie einen entsetzten, schrillen Schrei aus. Und als die dritte Kugel aus Cedrics Gewehr eine Sekunde später die zur Hälfte geöffnete Scheibe auf der Fahrerseite des Citroëns hatte zersplittern lassen, um sich zielsicher in die Stirn des darin sitzenden Mannes zu bohren, verwandelte sich der Kirchenvorplatz in einen Hexenkessel.

Es war nicht Roberts Absicht gewesen – Hysterie war niemals von Vorteil, denn sie brachte nur zu oft Unbeteiligte unnötig in Gefahr. Aber damit hatten sie rechnen müssen. Zumindest brachte sie den Vorteil mit sich, dass sich der Platz binnen kürzester Zeit leerte. Ein Ballonverkäufer hatte seine mit Helium gefüllten, bunten Luftballons achtlos in den sommerlichen Himmel über Avignon entlassen. Das kleine Mädchen vom Eisstand hatte mit einem erschrockenen Quietschen seine Waffel fallen lassen und war seinen Eltern nachgeeilt, die den Platz bereits kopflos durch die geschwungenen Torbögen links der Kirche verlassen hatten.

Papal und William waren zu von Metz aufgeschlossen, noch während die letzten Touristen, Reiseführer und Händler schreiend an ihm vorübereilten. Ares, der sich fluchend von der Motorhaube der Limousine gerollt hatte, als die ersten beiden Prieuré-Söldner zu Boden gegangen waren, hatte nur ein herablassendes Lächeln für sie übrig, als sie gleichzeitig ihre Schwerter unter den knöchellangen Mänteln hervorzogen.

»Templer ...«, hatte der Schwarzhaarige verächtlich gegrunzt, war einen kleinen Schritt zur Seite getreten und hatte in einer tausendfach geübten Bewegung seine eigene Klinge gezogen.

Dann hatten sich die Geschehnisse überschlagen. Ares war mit wenigen, weit ausgreifenden Schritten auf die drei Templer zugestürmt. Klirrend waren Williams und von Metz' Klingen auf die des reich verzierten Schwertes geprallt, das der Schwertmeister Lucrezias mit beneidenswertem Geschick und einer Gewalt schwang, die man selbst einem kräftig gebauten Mann wie ihm kaum zugetraut hätte. Aus der Bewegung seiner Parade heraus hatte Ares Robert schwungvoll beiseite gefegt, sodass dieser um sein Gleichgewicht hatte kämpfen müssen. Mit spielerischer Leichtigkeit und einem fast belustigten, arroganten Aufblitzen seiner Augen hatte der Hüne auch Papals Hieb pariert, hatte dann William mit der freien Linken am Kragen seiner Jacke zu fassen bekommen und ihm mit seinem Kopf einen Schlag ins Gesicht versetzt, der den Templer benommen hatte zurücktaumeln lassen. Von Metz hatte inzwischen sein Gleichgewicht zurückerlangt und ließ seine stählerne Klinge erneut auf den Schwertmeister hinabsausen, doch auch dieses Mal hatte Ares mit unglaublicher Schnelligkeit und sicherer Hand reagiert.

Der Sekundenbruchteil, in dem ihre Klingen scheppernd aufeinander getroffen waren, war Robert wie eine Unendlichkeit erschienen, in der er eine ganze Zeitreise unternommen hatte. Ihre Bewegungen und alles um sie herum waren mit einem Schlag wie in Zeitlupe abgelaufen und er hatte sich in die Katakomben unter dem Tempel des Salomon zurückversetzt gefühlt, als Ares und er vor annähernd tausend Jahren zum ersten Mal gegeneinander angetreten waren. Einmal mehr hatte er sich in seinen Gedanken inmitten vieler anderer Kreuzritter in Kettenhemden und hohen, ledernen Stiefeln befunden, die verbissen gegeneinander kämpften. Er hatte es damals schon beherrscht, dieses herablassende, unerschütterliche Lächeln, zu dem er während des Kampfes den Mundwinkel verzog, dieses siegessichere Blitzen seiner Augen, das Robert fast mehr als alles andere an ihm hasste.

Und mit dem er ihm nun in der Gegenwart eine schmerzhafte Wunde im Gesicht zugefügt hatte.

Von Metz hatte sich selbst verflucht, weil er nicht ganz bei der Sache gewesen war. Rasch war er mit einem erschrockenen und verärgerten Aufschrei einen Schritt weit zurückgewichen und hatte zu einem neuerlichen Schlag ausgeholt. Aber dann war es Papal gewesen, der den winzigen Augenblick, in dem Ares seinen Triumphgedanken gefrönt hatte, zu seinem Vorteil genutzt und seine eigene, rasiermesserscharfe Klinge auf die Schulter des Schwarzhaarigen hinabschnellen lassen hatte. Mit einem Schrei, aus dem mehr Wut als Schmerz klang, war der Hüne beiseite getaumelt, als Papal seine Klinge, die die Knochen, Sehnen und Muskeln des Schwertmeisters so leicht durchtrennt hatte, wie ein Messer durch Butter gleitet, wieder an sich gerissen und eine klaffende, stark blutende Wunde hinterlassen hatte. Von Metz hatte den Augenblick genutzt, um an Ares vorüberzustürmen und die Tür zur Kirche aufzustoßen.

Lucrezia und der Pfarrer hatten in ein Gebet vertieft vor dem steinernen Altar gekniet. Als der wuchtige Torflügel mit einem Krachen gegen die Wand der Kirche geprallt war, hatten sie sich erschrocken zu ihm umgewandt. Während er die Mimik des Pfarrers in dem Moment, in dem dieser ihn dort stehen sah – blutverschmiert und das Schwert des Templermeisters in der Rechten – nicht hatte deuten können, stand in Lucrezias Augen deutlich erkennbar blankes Entsetzen.

Mit schnellen, geschickten Handgriffen hatte von Metz die Tür hinter sich ins Schloss geworfen und sie von innen verriegelt. Der Pfarrer hatte sich erhoben und war schnellen Schrittes auf einen Seitenausgang zugeeilt, dicht gefolgt von Lucrezia, die den kleinen David auf dem Arm trug. Der Geistliche hatte die Tür nur einen Spaltbreit geöffnet, um selbst hindurchzuschlüpfen. Dann hatte er sie zum Entsetzen der abrupt innehaltenden Frau vor deren Nase wieder ins Schloss gedrückt. Kurz darauf hatte sich unüberhörbar ein großer Schlüssel in dem alten Messingschloss gedreht.

Robert hatte ein erleichtertes Aufatmen nicht unterdrücken können. Das, was er von dem Geistlichen erwartet hatte, war mehr, als ein Mensch ertragen konnte, und wäre er noch so gottesfürchtig und überzeugt von der Richtigkeit seines Tuns. Er hätte es dem Mann nicht verübelt, wenn er sich in letzter Sekunde vor die wehrlose Frau und ihr unschuldiges Kind gestellt hätte, aber er hatte die richtige Entscheidung getroffen. Er hatte den Schlüssel herumgedreht und sie ihrem Schicksal in Gestalt von Robert von Metz überlassen.

Lucrezia hatte schnell begriffen. Sie hatte das Einzige getan, was ihr in dieser Lage übrig geblieben war: Sie hatte danach getrachtet, die Situation zu entschärfen und ihn auf ihre Seite zu ziehen, wie sie es schon so oft – zu oft – versucht hatte. Gut ein Jahr war vergangen, seit er ihr zum letzten Mal begegnet war. Ein Jahr, in dem er genügend Zeit gehabt hatte, um zu begreifen, dass er einen Fehler gemacht hatte. Einen Fehler, den er nicht wieder gutmachen konnte und der nun ein unschuldiges Kind das Leben kosten sollte, weil er alles tun musste, um den Schaden, den er angerichtet hatte, zu begrenzen.

Sie hatte sich nicht verändert. Natürlich nicht. Niemand von ihnen hatte das, denn niemand von ihnen unterlag dem Prozess der Vergänglichkeit. Lucrezia war immer noch unglaublich schön. Mit ihren rehbraunen Augen, dem weichen, goldblonden Haar und in dem blütenweißen Samtkleid, für das sie sich anlässlich der Taufe ihres Kindes entschieden hatte, hatte sie wie die Fleisch gewordene Unschuld gewirkt.

Unglücklicherweise war sie sich ihrer Ausstrahlung nur allzu bewusst und hatte sich nach Kräften bemüht, dies zu ihrem Vorteil zu nutzen. Es war ihr gelungen, sich die Furcht, die sie empfand, als er ihr gegenüberstand, nicht anmerken zu lassen. Sie hatte seinem Blick standgehalten und gelächelt.

»Ich bin glücklich, dass du zur Taufe unseres Sohnes gekommen bist«, hatte sie behauptet. Ihre Stimme war genauso wohlklingend gewesen, wie er sie in Erinnerung hatte. Er hätte ihr geglaubt, hätte er nicht um die Heuchelei ihrer Worte gewusst. »Ich habe ihn David genannt«, hatte sie dann mit einem kurzen Nicken in Richtung des Knaben in ihren Armen gesagt.

»Gib ihn mir.« Es hatte Robert enorme Kraft gekostet, diese einfachen Worte auszusprechen. Es war ihm immer schwer gefallen, mit ihr zu reden, geschweige denn, ihr zu widersprechen oder sich gegen sie aufzulehnen. Das Kind in ihren Armen hatte es ihm zusätzlich erschwert, seine Fassung zu wahren und an seinem Entschluss festzuhalten. David ... Es war das erste Mal gewesen, dass er seinen Sohn gesehen hatte, und er hatte gewusst, dass es gleichzeitig das letzte Mal sein würde.

»Wir sind eine Familie, Robert.« Lucrezia hatte versucht, Ruhe und Gelassenheit zu demonstrieren. Sie hatte sich darum bemüht, keinerlei Angst oder Schwäche zu zeigen, doch in ihren großen braunen Augen stand etwas, was von Metz für ein flehentliches Bitten gehalten hatte. Er hatte den Blick abwenden müssen, weil er es nicht hatte ertragen können. So eiskalt und fanatisch sie auch sein mochte, war sie in diesen Sekunden doch nichts anderes gewesen als eine Mutter, der man ihr Kind zu entreißen drohte. Nie zuvor hatte er sich je so niederträchtig und verabscheuungswürdig gefühlt.

»Lass uns zusammen glücklich werden«, hatte Lucrezia flüsternd gebettelt, »bitte lass uns miteinander –«

Der Rest ihres Satzes war in einem erstickten Keuchen untergegangen, als Cedric wie aus dem Nichts hinter ihr aufgetaucht war und ihr ein chloroformiertes Tuch vor Mund und Nase gepresst hatte. Von Metz war zu sehr mit dem Anblick ihres engelsgleichen Gesichtes und mit seinen widersprüchlichen Gefühlen beschäftigt gewesen, um zu bemerken, wie Charney sich ihnen auf leisen Sohlen genähert hatte. Einmal mehr in seinem schier unendlich langen Leben hatte er sich selbst dafür verflucht, dass er sich immer wieder allzu leicht ablenken ließ. Erst dann hatte er bemerkt, dass die Seitentür, durch die der Pfarrer verschwunden war, wieder aufgeschlossen worden war und nun offen stand.

Lucrezia hatte gegen den drahtigen, nichtsdestotrotz aber muskulösen Tempelritter, der von hinten über sie hergefallen war, keine Chance gehabt. Sie konnte nicht einmal mehr schreien. Ihre Augen hatten sich vor Entsetzen geweitet in der Erkenntnis, dass schließlich doch geschehen würde, was sie bis zuletzt zu verhindern gehofft hatte; dass er, Robert, ihr das Kind – sein Kind! – entreißen würde. Dass er es töten würde. Einen qualvollen Augenblick lang, in dem sie mit letzter Kraft Gegenwehr zu leisten versucht hatte, hatte sie den Knaben noch halten können. Dann waren ihre Muskeln erschlafft. Von Metz hatte seine Waffe fallen lassen und nach dem Kind gegriffen, damit es nicht zusammen mit seiner bewusstlosen Mutter zu Boden stürzte.

Er hatte ihn an seine Brust drücken wollen. Er hatte ihn festhalten und streicheln und liebkosen wollen, den kleinen David, seinen Sohn. Nie wieder und um nichts in der Welt hatte er ihn hergeben wollen. Stattdessen hatte er das Baby rasch, wenn auch vorsichtig, zwischen den beiden silbernen Kerzenhaltern auf der steinernen Platte des Altars abgelegt. Je länger er das Kind im Arm halten würde – dessen war er sich spätestens in der Sekunde bewusst geworden, in der der süße, sanfte Duft der weichen Kinderhaut zu ihm aufgestiegen war – desto schwerer würde es ihm fallen, seinen Plan zu vollenden.

Ein letztes Mal hatte er ihn betrachten wollen, nachdem er die Klinge auf die winzige Brust des Kindes gesetzt hatte, unter der ein kaum mehr als walnussgroßes Herz gleichmäßig und ruhig schlug. David hatte seinen Blick mit der unschuldigen Neugier eines Menschen, der von der Welt kaum mehr gesehen hatte als die Brust seiner Mutter und den Rosenkranz, den diese unermüdlich zwischen den Fingern drehte, erwidert. Seine winzigen Hände hatten nach der scharfen Klinge gegriffen und …

Oh, verdammt! Unwillkürlich hatte er seine Waffe zurückgezogen – er hatte nicht gewollt, dass das Kind sich daran verletzte. Er hatte es nicht fertig gebracht. Es war doch sein Sohn, sein eigen Fleisch und Blut! Die Heilige Dreifaltigkeit würde ihm vergeben müssen, er hatte es nicht übers Herz gebracht. Niemals hätte seine Seele es ihm verziehen, wenn er den scharf geschliffenen Stahl des Templermeisterschwertes durch die Rippen dieses Kindes getrieben hätte, sie wäre daran zerbrochen.

Er hatte den Knaben vom Altar genommen und war Cedric nachgeeilt, der Lucrezia einfach in der Kirche liegen gelassen hatte und auf demselben Wege wieder hinausgeeilt war, auf welchem er so unerwartet aufgetaucht war.

Die Schlacht vor der Kirche war in der Zwischenzeit weitergegangen. Offensichtlich waren zwei weitere Kämpfer Ares zu Hilfe geeilt. Als von Metz den Kleinbus, den Cedric hinter einem offen stehenden Tor seitlich des Kirchenvorplatzes geparkt hatte, erreicht hatte, hatte er Balder in einer gewaltigen Blutlache am Boden liegen sehen. Ares war damit beschäftigt gewesen, wie ein Berserker auf den sich mit verzweifelter Kraft und Ausdauer zur Wehr setzenden William einzudreschen. Von Metz hatte beobachtet, wie Menache mit seiner Klinge ausholte, um Romans Kehle mit einem einzigen wuchtigen Hieb zu durchtrennen. Ein gurgelnder Laut, der Papals Gegner entwich, hatte von Metz verraten, dass es seinem Kampfgefährten gelungen war, diesen Kampf für sich zu entscheiden. Dann hatte er seinen beiden Mitstreitern den Befehl zum Rückzug erteilt.

Das eingespielte Templerduo war rückwärts auf das Tor zugegangen, wobei sie sich ohne Unterbrechung gegen Ares verteidigen mussten. Nachdem sie durch einen Spalt hindurchgeschlüpft waren, hatte Papal das Tor dem Schwertmeister schlicht vor der Nase zugeschlagen. Dieser hatte daraufhin Anlauf genommen und war mit einem Wutschrei darauf zugestürmt, als wollte er seinen eigenen Körper als Rammbock missbrauchen, doch William hatte das Tor mit seiner Waffe blockiert. Die Templer waren auf den Kleinbus zugeeilt, während Ares mit seinem Schwert auf das Tor eingehämmert und ihnen bitterböse Verwünschungen nachgerufen hatte.

Aus der Kirche war ein markerschütternder Schrei erklungen, als Lucrezia ihr Bewusstsein zurückerlangt und den Verlust ihres Kindes bemerkt hatte. Während sie ihren Schmerz herausschrie, las Robert in den Mienen seiner Freunde Verwirrung, als diese den Knaben in seinem Arm entdeckten. Cedrics Blick hatte neben Überraschung auch Mitgefühl, vor allem aber Enttäuschung und Vorwurf ausgedrückt.

»Verdammt, Robert!«, war ihm entfahren. »Du musst den Jungen töten!«

Von Metz hatte nichts gesagt. Es war der Knabe gewesen, der auf seine Art geantwortet hatte. Nachdem er seinem Unwillen über die unsanfte Behandlung, die Robert ihm bei ihrer Flucht hatte zuteil werden lassen, freien Lauf gelassen und ununterbrochen lauthals geschrien hatte, war er von einem Augenblick auf den anderen verstummt. Er hatte mit unbeholfenen Fingern und staunendem Blick nach dem Griff des Schwertes in der Hand seines Entführers gegriffen und begonnen, das in das Gold eingravierte Tatzenkreuz mit seinen winzigen Händen zu ertasten.

Das Kläffen des Retrievers auf dem kleinen, gepflasterten Platz vor der klostereigenen Kirche riss Robert aus der Welt seiner Erinnerungen. Ihm fiel der Grund wieder ein, aus dem er gekommen war und in diesem Moment neben Quentin hinter dem bunt verglasten Fenster der Bibliothek stand und den jungen Mann beobachtete, zu dem sich sein Sohn entwickelt hatte.

»Er spürt, wer er ist«, flüsterte er, ohne den Mönch dabei anzusehen. »Und er wird dir jeden Tag mehr Fragen stellen.«

»Aber ich glaube nicht, dass jetzt der richtige Zeitpunkt ist«, wandte Quentin ein. »Lass ihn wenigstens sein Abitur machen.«

»Es ist nie der richtige Zeitpunkt, Quentin«, erwiderte von Metz und schenkte dem Ordensmann ein trauriges Lächeln.

Er fühlte mit dem Mann, der dieses Kind, um das er selbst sich nicht hatte kümmern dürfen, so selbstlos und aufopferungsvoll zu einem intelligenten jungen Mann aufgezogen hatte. Er ahnte, was Quentin bei dem Gedanken fühlte, dass man ihm den Sohn nehmen würde, den er aufgrund der Berufung, der er gefolgt war, nicht selbst hatte haben können. Doch er würde David nicht ewig an sich binden können. Von Metz hatte seinen Sohn in all den Jahren beobachtet, und ihm war nicht entgangen, wie sehr er sich in letzter Zeit verändert hatte. Ob er ihn zu sich holte oder nicht: David würde dieses Kloster auf jeden Fall verlassen, dessen war er sich sicher.

»Die anderen wissen ja nicht einmal, dass du ihn nicht getötet hast.« Quentin bemühte sich um einen vernünftigen Tonfall, doch Robert spürte den verzweifelten Widerstand, der in den Worten des Alten lag.

»Ja«, bestätigte der Templer ruhig. »Und ich kann und will es nicht länger vor ihnen verheimlichen.«

Quentin seufzte tief. Von Metz stellte erleichtert fest, dass der mühsam unterdrückte Trotz in den Augen des Mönches der Einsicht, dass der Tempelritter Recht hatte, zu weichen begann. Er unterdrückte den Drang, seinen alten Freund tröstend in die Arme zu schließen, und blickte wieder zu seinem Sohn hinaus, der die Stufen zum Kirchenportal kehrte. Da geschah etwas Sonderbares: David ergriff ganz unvermittelt, wie aus einer reflexartigen Bewegung heraus, den alten Strohbesen mit beiden Händen und schwang ihn, als halte er ein mächtiges Schwert. Er ließ die imaginäre Klinge auf den wie verrückt bellenden Hund hinabsausen, um sie nur Millimeter über dem Kopf des Tieres abzubremsen. Gleich darauf schüttelte er verwirrt den Kopf und betrachtete den Besen erstaunt, als verstehe er selbst nicht, was er soeben getan hatte. Der Hund erkannte, dass es gesünder war, das Gekläffe einzustellen und zog sich winselnd ein paar Schritte weit von dem Jungen und der nicht zu unterschätzenden Waffe, mit der er die Stufen zu kehren vorgegeben hatte, zurück. David musterte den Besen misstrauisch, als hätte dieser ein magisches Eigenleben entwickelt und trüge die alleinige Verantwortung für das gemeine Attentat auf den Hund, ehe er ihn beiseite legte und den schreckensstarren Retriever zur Entschuldigung hinter den Ohren zu kraulen begann.

Unbewusst umspielte ein stolzes Lächeln von Metz' Lippen. »Wenn ich aus London zurück bin«, beschloss er, »wird David erfahren, wer er wirklich ist.«

Das Wetter hätte nicht besser sein können für ein nächtliches Fest im Wald. Die Luft war lau und der Himmel sternenklar; der Mond zeichnete sich als silberne Sichel hoch über den Wipfeln der mächtigen Eichen ab. David fühlte sich wohl wie seit langem nicht mehr, als er den zehnminütigen Fußmarsch zur Lichtung antrat. Quentins Erlaubnis, Stellas Einladung annehmen zu dürfen, war einfacher zu erlangen gewesen, als er befürchtet hatte. Das Schlimmste war die Zeit vor ihrem kurzen Gespräch gewesen, in welcher er, wie jeden Nachmittag, in der weitläufigen, staubigen, mit Wissen und alten Geschichten voll gestopften Schulbibliothek hinter einem Buch und dem Monitor des Computers gekauert und darüber nachgegrübelt hatte, wie er seine Bitte formulieren sollte. Er hatte sich bemüht, möglichst wenig an Stella zu denken, während er in Gedanken versunken auf einem Notizblock herumkritzelte, statt den vor ihm liegenden Text aus dem Lateinischen in seine Muttersprache zu übersetzen, wie er dem Mönch fest versprochen hatte. Irgendwann hatte Quentin bei ihm vorbeigeschaut, um nachzusehen, wie weit er mit seiner Arbeit vorangekommen war. Er war nicht, wie David befürchtet hatte, enttäuscht oder gar verärgert gewesen, als er feststellen musste, dass David so gut wie nichts zu Stande gebracht hatte, sondern hatte eher beunruhigt gewirkt, was David allerdings als fast genauso unangenehm empfunden hatte. Er fühlte sich durch Quentins ständige Besorgtheit zunehmend eingeengt.

Der Mönch hatte das Tatzenkreuz auf dem Schmierzettel betrachtet, welches David – er wusste selbst nicht recht, warum – darauf gemalt hatte. Er hatte die Stirn gerunzelt, aber nichts dazu gesagt. Dann hatte David sich einen Ruck gegeben und ihm mit wenigen Worten einfach erzählt, dass Stella ihn eingeladen hatte. Das hielt er für diplomatisch, denn es ersparte ihm die Verlegenheit, seinen Ziehvater um etwas bitten zu müssen. Zu seiner Überraschung hatte der Mönch mit einem verständnisvollen Lächeln reagiert und ihn ermutigt, diese Party zu besuchen, wenn er das denn wollte. So einfach konnte es sein ... David beschloss, künftig des Öfteren den einen oder anderen indirekten Wunsch zu äußern. Er war darin nicht sehr geübt, denn der Geistliche hatte sich von Anfang an darum bemüht, ihn zu

Selbstlosigkeit und Bescheidenheit zu erziehen. Aber nun, da er einmal auf den Geschmack gekommen war, würde ihm sicher noch das eine oder andere Anliegen einfallen, für das er – Volljährigkeit hin oder her – schon aus Höflichkeit und Rücksicht auf Quentins Segen angewiesen war.

Er näherte sich der großen Lichtung, auf der die Fete, wie schon von weitem zu hören gewesen war, in vollem Gange war. Er hatte absichtlich etwas länger gewartet, damit er nicht als einer der Ersten auf der Wiese auftauchte, sondern stattdessen schnell im Gemenge der Feiernden untertauchen konnte. Er rechnete fest damit, dass niemand darauf vorbereitet war, dass er Stellas Einladung annahm, denn spätestens, nachdem er die letzten drei oder vier Mal nicht zu den berühmt-berüchtigten Partys erschienen war, galt er bei vielen als unzugänglicher Langweiler. Man würde ihn ganz bestimmt schief ansehen. Die anderen würden über ihn tuscheln und lachen, und das konnte er ihnen nicht einmal verübeln. So bekam seine hervorragende Laune doch noch einen leichten Dämpfer, als er die letzten Meter zurücklegte und aus dem Dickicht des Waldes auf die beleuchtete Wiese hinaustrat. Ein mulmiges Gefühl breitete sich in seinem Magen aus, welches ihn, als ihn tatsächlich die ersten irritierten Blicke trafen, um ein Haar zur Umkehr bewegt hätte, wenn Stella ihn nicht gleich entdeckt und sich unverzüglich aus ihrem Gespräch mit einigen Mädchen aus ihrer Klasse gelöst hätte, um sichtbar erfreut auf ihn zuzueilen.

»David!«, übertönte ihre helle, klare Stimme die Musik und das Stimmgewirr. Wäre Stella nicht Stella gewesen, hätte er ihr dies womöglich verübelt, denn es hatte zur Folge, dass nun wirklich jeder, der ihn noch nicht erspäht hatte, in seine Richtung starrte. Er wurde rot.

»Du bist gekommen. Wow!« In ihren leicht glasigen Augen blitzte es fröhlich auf.

Er vergrub verlegen die Hände in den Taschen seiner Jeans, nickte ihr freundlich zu und tastete den Platz mit unsicheren Blicken ab, wobei er sich recht verloren fühlte. Ein großes Lagerfeuer flackerte mitten auf der Lichtung, ein Generator versorgte die Stereoanlage und die dazugehörigen, wuchtigen Bassboxen mit Strom. Der Hochsitz am Waldrand war kurzerhand zur Tanzfläche für eine Schar leicht bekleideter Schülerinnen umfunktioniert worden, die mit großer Freude als Go-go-Girls fungierten. David erspähte einige Klassenkameraden und schließlich auch Cheech, der in seinen farbenfrohen Klamotten und mit einer Wollmütze auf seiner kinnlangen Unfrisur auch in diesem kunterbunten Party-Haufen noch auffiel wie ein kariertes Pferd in einer Schafsherde. Jeder, der es irgendwie hatte einrichten können, schien gekommen zu sein. Hätten sie ihn nicht alle so unverblümt angestarrt, hätte er sich darüber sicher gefreut. So aber wandte er sich mit Hilfe suchendem, unruhigem Blick wieder Stella zu.

»Hier. Trink erst mal was.« Das Mädchen drückte ihm ihren halb leeren Bierbecher in die Hand. Auch sie wirkte verlegen, aber im Gegensatz zu ihm hatte sie einige Promille Vorsprung, die es ihr erleichterten, mit der Situation umzugehen.

Dankbar, etwas in die Hände zu bekommen, woran er sich festhalten konnte, nahm er den Becher entgegen und nippte vorsichtig daran. Er mochte eigentlich überhaupt kein Bier, aber das spielte jetzt keine Rolle. Noch viel weniger mochte er weiterhin mit hilflos in den Taschen vergrabenen Händen herumstehen und krampfhaft versuchen, den überraschten Blicken seiner Mitschüler auszuweichen.

Ella und Madeleine passierten Stella und ihn angetrunken herumalbernd und begrüßten ihn vergnügt. Schließlich hatte auch Cheech ihn entdeckt und kam, eine gewaltige, süßlich riechende Tüte in der Hand, auf ihn zugeeilt.

»David, Bruder!«, rief er ihm gut gelaunt zu, schenkte ihm ein bekifftes Lächeln und schlang den Arm um seine Schultern, um ihm seinen Joint so dicht unter die Nase zu halten, dass Davids Augen zu tränen begannen. »Du bist der Mann, David. Cool.«

Während er noch darüber nachdachte, was sein stets breiter, aber durchaus liebenswerter langhaariger Tischnachbar ihm mit seinen Worten wohl sagen wollte, zwinkerte Stella ihm vergnügt zu. »Ich hab doch gesagt, du hättest schon früher mal kommen sollen.«

David lächelte. Stella hatte Recht, so wie sie meistens Recht hatte. Nun, da die erste Verlegenheit überwunden war, war alles überhaupt nicht mehr so schlimm, wie er befürchtet hatte. Nachdem er an diesem Tag bereits gelernt hatte, eigennützige Wünsche zu äußern, zog er nun eine zweite Lehre: Setze diese auch in die Tat um.

Stella griff nach seiner Hand und zog ihn auf die vier Quadratmeter, die zur Tanzfläche bestimmt worden waren.

»Los!«, flötete sie vergnügt. »Lass uns tanzen.«

Lucrezia verhielt sich kindisch – und das Schlimmste daran war, dass sie sich dessen nicht einmal bewusst war. Trotzdem bemühte sich Ares, das Wiegenzimmer so leise wie möglich zu betreten, um seine Schwester in den Minuten der schweigenden Andacht, die sie seit nunmehr achtzehn Jahren fast täglich hielt, nicht zu stören.

Ein Wiegenzimmer! Ares verstand sie nicht, und mit jedem Tag, der über der Devina anbrach, verstand er sie weniger. Ein riesiger, in freundlichem Weiß gestrichener Raum mit einer ebenfalls in der Farbe der Unschuld lackierten Wiege, über welcher die Heilige Jungfrau in Öl auf einer Leinwand wachte – das alles für ein Kind, das nicht einmal dann etwas mit diesem Zimmer anfangen könnte, wenn es tatsächlich zu seiner Mutter zurückkehrte, weil es mittlerweile achtzehn Jahre alt und somit ein erwachsener Mann wäre … Oh, verdammt: David war tot! Wieso konnte Lucrezia das nicht endlich akzeptieren?

Ares räusperte sich verhalten. »Lucrezia. Der Minister ist da.«

Lucrezia verharrte kniend vor dem frisch bezogenen Kinderbett und ließ die zierlichen Finger ihrer linken Hand in einer liebevollen Geste über das Kissen gleiten, während sie in der anderen einen Rosenkranz hielt. Dann riss sie sich mit deutlichem Widerwillen von der Wiege und ihren Erinnerungen los, hauchte einen letzten Kuss auf die Holzperlen der Kette, hängte sie über das hölzerne Gitter des Bettchens und wandte sich zu ihrem schwarzhaarigen Bruder um.

Shareef, der den Raum unhörbar zusammen mit ihm betreten hatte, lehnte mit lässig vor der Brust verschränkten Armen an der Wand neben der Tür. Der dunkelhäutige Araber glich einem schwarzen Panther, der auf der Lauer liegt.

»Ich komme«, antwortete die goldblonde Schönheit in dem silbergrauen, knöchellangen Samtkleid. Doch dann zögerte sie und blickte zu der kleinen Wiege zurück, die seit achtzehn Jahren nichts als einige clevere Milben beherbergte, die dem Hygienetick seiner Schwester mit List und Tücke hatten entkommen können.

»Irgendwann musst du loslassen, Schwester.« Ares bemühte sich um einen brüderlichen Tonfall, allerdings fehlten ihm von Natur aus jegliches Einfühlungsvermögen oder Mitgefühl. Vielleicht war das der Grund, weshalb es ihm in den vergangenen achtzehn Jahren nicht gelungen war, Lucrezia davon zu überzeugen, wie unsinnig es war, den Schmerz über den Verlust ihres Sohnes mit solchen Ritualen regelmäßig wieder wachzurufen. Möglicherweise tat er aber auch gut daran, ihr endlich einmal in aller Deutlichkeit zu sagen, was er von diesem albernen Theater hielt.

Lucrezia schüttelte traurig den Kopf. »David lebt, Ares«, beharrte sie. »Und ich werde ihn finden. Ich spüre es.«

Es war zwecklos. Ares biss sich auf die Zunge, um nichts zu sagen, was er am nächsten Tag bereuen würde, und blickte seiner Schwester verständnislos hinterher, bis sie den Raum verlassen hatte. Erst als sie außer Hörweite war, wandte er sich Shareef zu, um auszusprechen, was er dachte. »Die braucht dringend einen Kerl«, stieß er hervor. »Das Balg ist tot. Von Metz hat ihn längst umgebracht.«

Shareef antwortete nicht, sondern maß sein Gegenüber nur mit ausdrucksloser Miene und verließ den Raum, um Lucrezia zu folgen.

Ares rümpfte verächtlich die Nase. Manchmal schien es ihm, als sei er der einzige Mensch in diesem Gebäude, der seine grauen Zellen zu benutzen wusste. Alle anderen schienen nichts weiter im Sinn zu haben, als blind zu parieren und im Stillen davon zu träumen, wie dieser Gehorsam eines Tages mit einer Nacht in Gesellschaft seiner wunderschönen Schwester belohnt werden würde.

»Ja, ja, küss meiner Schwester ruhig weiter den Arsch«, rief er dem Araber in einer Mischung aus Zorn und Enttäuschung nach. »Deswegen bleibst du trotzdem immer nur ihr Sklave!«

Es hätte ein perfekter Abend werden können, aufregender, interessanter und fröhlicher als alle anderen, die David in seinem tristen Klosterleben bislang erlebt hatte. Nachdem er die erste Scheu überwunden hatte und sich Stella ungeachtet seines eher mäßigen Rhythmusgefühls vom Beat der Black Eyed Peas wohltuend nah und unglaublich verführerisch an seinen Körper hatte treiben lassen, hätte er die ganze Nacht mit ihr durchtanzen können. Nicht einmal die bitterbösen Blicke, die Frank ihm von seinem Platz nahe der Tanzfläche aus aus der Tiefe seines vor Missgunst und Neid rasenden Herzens zuwarf, konnten die Euphorie, die David unerwartet ergriffen hatte, bremsen. Vielleicht hätte er sich aus dieser Partylaune heraus, die für ihn ein völlig neues Lebensgefühl darstellte, sogar auf ein paar halbe Becher Bier mehr überreden lassen. Hand in Hand hätten sich Stella und er später in einen abgeschiedenen Winkel des Waldes zurückziehen können, wenn sich Kuschelmusik mit dem flackernden Feuerschein und der sommerlich warmen Nachtluft zu einer durch und durch romantischen Atmosphäre vereinten, der sich niemand entziehen konnte. Es hätte ihn Mut gekostet, aber er war sicher, dass es ihm in dieser Stimmung gelungen wäre, die Courage aufzubringen, um Stella zu küssen.

Aber es sollte ganz anders kommen. Es dauerte nicht lange, bis David Frank auf sich zukommen sah, in seinem geschmacklosen, nicht zugeknöpften Hawaiihemd, auf dem sich Dutzende aufgedruckter, vollbusiger Weibsbilder tummelten, in der Lederjacke, die wahrscheinlich in seinem Nacken festgewachsen war (vermutlich hatte seine Mutter ihn als Einzige je ohne dieses Kleidungsstück gesehen, und zwar am Tag seiner Geburt) und mit der protzigen Sonnenbrille, die er trotz der Dunkelheit trug. Obwohl der breitschultrige Primitivling ihm zuvor bereits mit dem Hinweis, dass es nicht angehe, dass David einfach dort aufkreuze und »ihre Frauen«, womit er wohl Stella meinte, anbaggere, seinen Becher aus der Hand gefegt hatte, traf Franks Stoß ihn nun völlig unvorbereitet. David las rasende Eifersucht in den Augen seines verhassten Klassenkameraden, als dessen flache Hand mit brutaler Kraft gegen seinen Brustkorb schlug, sodass er erschrocken ein paar Schritte weit zurücktaumelte und nach Atem rang. Drei, vier der Kriecher, die Frank wider besseres Wissen seine Freunde nannte, die aber in Wirklichkeit nichts als ein paar unglückliche, von Minderwertigkeitskomplexen geplagte, spätpubertäre Knaben waren, hatten grinsend hinter dem Raufbold Aufstellung genommen und verfolgten das Geschehen mit sadistischer Freude.

»Mach dich locker, Frank. Nimm mal 'nen Zug.« Fast jeder der Anwesenden war zumindest angetrunken, doch Cheech war der Einzige, der sich genug Mut angekifft hatte, um zu versuchen, beschwichtigend in die Situation einzugreifen, indem er dem schmierigen Flegel seinen Joint hinhielt und ihm – wie hätte er auch nach dem Genuss einer halben Cannabisplantage anders gekonnt – freundlich entgegengrinste.

Frank schlug den Arm des liebenswerten Knaben, von dem niemand wusste, wie er wirklich hieß, einfach beiseite, sodass die Zigarette in hohem Bogen in die Flammen des Lagerfeuers segelte. Er trat drohend einen Schritt auf David zu, an dessen Erschrecken und offensichtlicher Nervosität er eindeutig Gefallen fand.

David war nur eines wichtig: irgendwie am Leben zu bleiben und dabei nach Möglichkeit das winzige bisschen Ehre, das er für sich beanspruchte, gegen Frank zu verteidigen.

»Warum gehst du nicht zurück zu deinen Pfaffen, Klosterboy«, höhnte Frank und versetzte ihm einen weiteren Stoß vor das Brustbein, der David um ein Haar der Länge nach hätte hinschlagen lassen. »Bibeln abstauben oder so«, fuhr Frank fort. »Hier will dich jedenfalls niemand!«

So wichtig war das mit der Ehre vielleicht doch nicht, entschied David. Er wollte sich gerade abwenden und aus dem Staub machen, als Stella eingriff.

»Was soll das, Frank?«, fuhr sie Davids gut und gerne zweieinhalb Köpfe größeren Kontrahenten an. »Lass ihn in Ruhe!«

»Hau ab, du Miststück!« Frank stieß sie nicht minder grob beiseite, als er mit David umgesprungen war. Das war der Tropfen, der das Fass zum Überlaufen brachte.

Welche Wut und unerwartete Kraft in ihm geschlummert hatten, bemerkte David erst, als er mit einem einzigen gewaltigen Satz auf den verhassten Grobian zusprang und ihm mit der geballten Faust einen Schlag mitten ins Gesicht versetzte. Frank wurde rücklings zu Boden geschleudert, wo er hart mit dem Hinterkopf aufschlug und sich nur deshalb nicht ernsthaft verletzte, weil er das Glück hatte, genau zwischen einem dicken Ast und einer leeren Bierflasche zu landen, statt darauf.

Einige Mädchen quietschten entsetzt auf. Selbst Franks Kumpane hielten verblüfft die Luft an.

»Du kleiner Wichser!«, fluchte der Hüne mit dem klebrig glänzenden, kurzen Haar und sprang auf. »Jetzt poliere ich dir wirklich die Fresse!«

Als ob du das nicht sowieso vorgehabt hättest, höhnte David im Stillen. So erschreckend dieser plötzliche Ausbruch von Aggressivität, die er nie in sich vermutet hätte, auch auf ihn selbst wirkte, konnte er seine Streitlust jetzt kaum noch kontrollieren. Dennoch hob er mit aller Kraft der Beherrschung, die er gegen diese unbekannte, befremdliche Seite seiner Persönlichkeit aufbringen konnte, in einer abwehrenden Geste die Arme.

»Frank, bitte. Ich will keinen Ärger«, presste er mühsam hervor, doch der Höllenhund, der in seinem Inneren erwacht war, als dieser Widerling Stella berührt hatte, strafte seine Worte Lügen und zerrte an einer Leine, die aus kaum mehr als einem Angorawollfaden gefertigt zu sein schien.

»Den hast du aber schon, du Arschloch.« Frank griff ihn an. Blanker Hass sprühte aus seinen Augen, während er ausholte und seine Faust dann mit aller Macht in Davids Gesicht schnellen ließ. David vermochte den zähnefletschenden Köter in sich für die Dauer zweier weiterer, schmerzhafter Hiebe zu bändigen, doch dann riss sich das Tier los und David schlug erneut zu.

Die Wucht dieses Schlages riss Frank nicht nur einfach von den Füßen – sie schleuderte ihn gleich drei, vier Meter weit zurück und ließ ihn gegen den Tapeziertisch neben dem Feuer schmettern, auf dem Salate und die Zapfanlage aufgestellt worden waren. Der Tisch gab unter seinem Gewicht nach, und Eiernudeln, Bockwürstchen, Baguettes und ein Bierfässchen begruben ihn nach einem schier nicht enden wollenden Augenblick, in dem er hilflos mit den Armen ruderte, unter sich. Cheech, der bekannt dafür war, wenigstens so lange auf der Seite des Verlierers zu stehen, bis dieser außer Lebensgefahr war, eilte zu dem gestürzten Koloss hinüber und ließ sich neben ihm auf die Knie sinken, um ihm in seinem Kampf gegen die widerspenstigen Lebensmittel beizustehen.

Stella maß David mit einem Blick, der im Wesentlichen das ausdrückte, was er selbst in diesen Sekunden empfand: Schrecken, Zweifel, Hilflosigkeit, Erstaunen und vor allem die Gewissheit, dass es besser war, das Weite zu suchen, ehe Franks Füße wieder Bodenkontakt erlangten. Sie griff nach seiner Hand und wollte ihn mit sich ziehen, als Cheechs entsetzte Stimme erklang.

»Scheiße, Mann. Ich glaube, du hast ihm den Kiefer gebrochen!«, fluchte er mit einem erschrockenen Blick auf Franks kreidebleiches Gesicht.

In den Mienen ihrer Mitschüler spiegelte sich Entsetzen, aber – und das war viel schlimmer – auch offener Vorwurf.

Zum Teufel noch mal, dachte David bei sich, was hatte er denn schon getan? Er hatte sich doch nur gewehrt! Niemand hatte damit rechnen können, dass ein einziger Schlag seiner schwächlichen Gestalt ausreichte, um –

Etwas Hartes, Kaltes traf seine Stirn. Grüne Glassplitter stoben nach allen Seiten davon und blitzten im flackernden Schein des Lagerfeuers gefährlich auf. David fühlte, wie warmes, dickflüssiges Blut aus einer Platzwunde über seiner linken Braue rann, noch ehe er begriffen hatte, dass einer von Franks Spießgesellen eine leere Sektflasche auf seinem Kopf zerschlagen hatte. Er erwartete von sich selbst, dass er höchstens noch einen Augenblick auf schwankenden Beinen stehen bleiben würde, ehe Schwindel und Schmerz ihn übermannten und vorübergehend in eine hoffentlich wohltuende Traumwelt beförderten. Aber nichts geschah. Nur kurz verspürte er ein unangenehmes Gefühl über seinem linken Auge – eine kurze Verspannung, wie ein Krampf, der seinen Irrtum binnen einer halben Sekunde nach Ankunft am falschen Körperteil des falschen Menschen bemerkte und so plötzlich wieder verschwand, wie er gekommen war. Mehr nicht. Ob er unter Schock stand und deshalb nichts spürte?

Franks Gefährte blickte einen kurzen Moment lang ungläubig zwischen dem Flaschenhals, den er noch immer in der Hand hielt, und David hin und her, ehe er deutlich erblasste, den Rest der Sektflasche fallen ließ und rückwärts vor ihm zurückwich.

Stella stand wie zur Salzsäule erstarrt da und blickte

ihn aus fassungslos aufgerissenen Augen und mit ungläubig offen stehendem Mund an.

War es wirklich nur der Schock, der ihn aufrecht auf beiden Beinen stehen bleiben ließ? War es nur der Schock gewesen, der ihm die ungewohnten Kräfte verliehen hatte, mit denen er Frank den Kiefer gebrochen hatte? Er hatte einen Menschen verletzt, um Himmels willen! Oder war er von einem boshaften Dämon befallen, der sein Schmerzgefühl um den Preis blockierte, dass er, David, ihm seine Seele überließ?

Zumindest starrten ihn in diesem Moment alle an, als sei er von Dämonen besessen, deren hässliche Tentakeln schon aus seinen Ohren quollen.

Er wirbelte auf dem Absatz herum und stürmte davon. Erst als die Dunkelheit des Waldes ihn längst schützend eingehüllt hatte, verlangsamte er seine Schritte. Auf halbem Wege zwischen Lichtung und Internatskomplex hielt er inne, sank auf die Knie und ließ seinen Tränen der Scham und des Schreckens freien Lauf.

Er hatte geglaubt, eine ziemlich lange Zeit so auf dem Waldboden kauernd und schluchzend zugebracht zu haben, doch nachdem er sich schließlich wieder aufgerappelt hatte und weitergegangen war, stellte er fest, dass dem wohl nicht so war. Als er den Parkplatz am Rande der Klosteranlage erreichte, brach Stella nur wenige Augenblicke nach ihm schwer atmend aus dem Unterholz und versuchte, ihn einzuholen.

»David! Warte!«, rief sie keuchend, aber er hielt nicht inne, sondern beschleunigte seine Schritte eher noch. Er schämte sich schon genug vor sich selbst; es wäre zu schmerzlich gewesen, ihr in die Augen sehen zu müssen. Trotzdem holte sie ihn ein.

»Jetzt warte doch endlich!« Sie packte sein Handgelenk und blieb stehen, sodass ihm nichts anderes übrig blieb, als ebenfalls anzuhalten, denn er wollte sich nicht mit Gewalt gegen ihren Griff stemmen. Überhaupt wollte er niemals im Leben wieder Gewalt gegen einen Menschen anwenden, nicht einmal, um sich zu verteidigen.

»Hau ab!«, fuhr er sie stattdessen barsch an. »Lass mich in Ruhe!«

Stella blickte ihn mit sorgenvoller Miene an, ließ seinen Arm aber los. David wandte sich von ihr ab und eilte weiter, doch sie folgte ihm hartnäckig.

»Es tut mir Leid, David«, flüsterte sie. Nun blieb er freiwillig stehen.

Was tat ihr Leid? Dass sie ihn zum Tanzen aufgefordert hatte, um Frank zu provozieren? Um diesem dreimal verfluchten Vollidioten zu demonstrieren, dass sie nicht sein Eigentum war? Oh ja, David hatte den kurzen, verächtlichen Seitenblick bemerkt, mit dem sie Frank von der Tanzfläche aus bedacht hatte, aber das hatte er in seiner ausgelassenen Laune gekonnt verdrängt. Wenn es das war, was sie meinte, dann sollte es ihr ruhig Leid tun.

»Okay, ja, ich habe Mist gebaut«, fuhr Stella neben ihm fort und zuckte hilflos mit den Schultern. »Ich hätte wissen müssen, dass ein Idiot wie Frank wegen so was austicken kann.« Sie musterte ihn erwartungsvoll von der Seite. »Es tut mir Leid, wirklich«, wiederholte sie, als David nicht reagierte, und hielt ihn einmal mehr fest, um ihm fürsorglich über die Wange zu streicheln und die Wunde über seinem Auge mit einem kritischen Blick zu betrachten. »Aber jetzt lass mich deinen verdammten Kopf sehen.«

Widerwillig ließ er ihre prüfenden Blicke zu. Alles in ihm wand sich gegen ihre Berührung. Er hatte einen Fehler gemacht, schalt er sich innerlich. Niemals hätte er sich auf das alles einlassen dürfen, nie hätte er zulassen dürfen, dass ein Mädchen an sein Herz rührte. Er hätte sich an das halten sollen, was Quentin unausgesprochen von ihm erwartete. Er hätte den Schutz und die Sicherheit des Klosters nie verlassen dürfen, sondern sich auf die ganz und gar ungefährliche Lektüre der vergilbten und verstaubten Dokumente vergangener, besserer Zeiten konzentrieren sollen. Verdammt, gerade erst hatte er ernsthaft mit dem Gedanken zu spielen begonnen, Quentin zu verlassen. Er hatte sich stark und reif genug für die große, weite Welt da draußen gefühlt – und wie weit war er gekommen? Schon nach weniger als tausend Metern war er jämmerlich gescheitert!

»Das … blutet schon gar nicht mehr.« Stella klang verwirrt, während ihre Finger nach der Platzwunde tasteten.

Auch David griff irritiert an seine Stirn. Der Schock hatte ihm die Schmerzen erspart, die er hätte spüren müssen, aber er wusste, dass die Flasche ihn hart getroffen hatte. Er hatte gefühlt, wie das Blut von seiner Stirn getropft war – sogar der Kragen seines Shirts war blutdurchtränkt. Doch selbst nachdem er die Wunde vollständig abgetastet hatte, klebte kaum frisches Blut an seinen Fingern.

»Wir müssen zum Arzt«, beschloss Stella trotzdem. »Du musst das untersuchen lassen.«

»Ich weiß nicht …« David zog eine unwillige Grimasse. Er war in seinem ganzen Leben noch nie beim Arzt gewesen, und seine Abenteuerlust hatte sich, sofern sie überhaupt noch existent war, wimmernd in einem finsteren Winkel seines Unterbewusstseins verschanzt.

»Ich aber.« Stella zog einen Autoschlüssel aus der Tasche ihrer eng anliegenden Jeans und drückte auf den Knopf der Fernbedienung. Ganz in ihrer Nähe blinkte ein gelber VW Beetle kurz auf, und sie schob David vor sich her auf ihren Wagen zu.

David wehrte sich nicht mehr, sondern tastete nur erneut mit den Fingerspitzen nach der bereits fast verheilten Wunde über seinem linken Auge. Was zum Teufel war nur mit ihm los? Was passierte mit ihm?

Stella warf den Motor an. Mit quietschenden Reifen rasten sie durch die Nacht, während ein Krankenwagen mit Martinshorn und Sirene auf den Parkplatz rollte.

Der nächste ärztliche Notdienst wäre zwanzig Autominuten entfernt vom Internat gewesen, deshalb hatte Stella kurzerhand vor dem städtischen Krankenhaus geparkt und David an der Hand in das kleine, nur schwach beleuchtete Wartezimmer des Hospitals geschleift. Dort hatten sie eine halbe Stunde schweigend ausgeharrt, ehe eine Nachtschwester sie schließlich mit grimmiger Miene in den kleinen Behandlungsraum, in dem sie nun auf den Arzt warteten, beordert hatte.

Während David auf das ruppige Kommando der Schwester hin auf der schmalen Liege Platz genommen hatte, lehnte Stella mit vor der Brust verschränkten Armen an der gegenüberliegenden Wand und bemühte sich um ein aufmunterndes Lächeln. David hatte ihr inzwischen erzählt, dass er noch nie einen Arzt aufgesucht hatte, weil er bislang niemals so krank gewesen war, dass Quentin ihn nicht mit Hilfe von Kräutern aus der umfassenden Hausapotheke des Klosters und Tinkturen, die seltsame Farben hatten, sich aber stets als wirkungsvoll erwiesen, binnen kürzester Zeit hätte gesund pflegen können. Sie hatte keinen Hehl daraus gemacht, dass sie ihm nicht glaubte, aber trotzdem unerschütterlich weitergelächelt.

Nun, nachdem er den ersten Schrecken über das, was geschehen war, überwunden hatte, tat ihre Gegenwart wieder gut. Er bemühte sich, dem Mädchen nicht zu lange in die hübschen blauen Augen zu schauen, um zu vermeiden, dass das Kribbeln in seinem Unterleib übermächtig wurde und letzten Endes vielleicht noch unkontrolliert Speichel aus seinen Mundwinkeln tropfte.

David war auf einen gepflegten, älteren Herrn mit silbrig schimmerndem Haar und der Aura aller Fernsehärzte gefasst, die mit einem jeden unter Schuppenflechte oder abstehenden Ohren leidenden Mitmenschen aufrecht mitfühlten und neben dem medizinischen Know-how zugleich auch noch über alle Qualitäten eines Psychologen und eines Sozialarbeiters verfügten. Oder aber auf einen zittrigen, griesgrämigen Metzger, der mit Mundschutz und einer riesigen Spritze bewaffnet, in der eine giftgrüne Flüssigkeit vor sich hin brodelte, über ihn herfiel und sich mit ungewaschenen Wurstfingern an seiner Platzwunde zu schaffen machte. Aber nichts von alldem war der Fall.

Es dauerte eine kleine Weile, bis schließlich ein junger, langhaariger Mann, der gut gelaunt eine Melodie vor sich hin summte, den Raum betrat. Mit seinem

Dreitagebart, dem schelmischen Grinsen und einem Eminem-T-Shirt erfüllte er mit Ausnahme des offenen weißen Kittels, den er trug, kein einziges der Identifizierungskriterien, die David erwartet hatte.

»Tut mir Leid, dass ihr warten musstet«, lächelte der Mann, der gar nicht viel älter als sie selbst zu sein schien. »Aber ich hatte noch einen Kieferbruch zu behandeln.«

Davids Magen zog sich bei der Erinnerung an das, was er angestellt und in der vergangenen Dreiviertelstunde nach Kräften aus seinem Bewusstsein verdrängt hatte, unangenehm zusammen, aber es war nicht nur das schlechte Gewissen, das ihn plagte. Er tauschte einen viel sagenden Blick mit Stella.

»Ist er noch da?«, fragte er an den Arzt gewandt.

»Liegt nebenan«, nickte der junge Mann. »Voll gepumpt mit Schmerzmitteln.«

Das reduzierte zwar Davids Furcht, womöglich im nächsten Moment unvermittelt einem wutschnaubendem Frank gegenüberzustehen, beruhigte aber sein Gewissen nicht.

»Wenigstens kann er jetzt eine Zeit lang keinen Mist mehr reden«, winkte Stella seufzend ab. Der Arzt schenkte ihr einen fragenden Blick.

»Bitte?«

»Ach, nichts.« Stella schüttelte den Kopf. Der Langhaarige hob die Schultern und wandte sich Davids Stirn zu.

Einen Augenblick lang wirkte er irritiert, dann machte sich etwas in seinen Zügen bemerkbar, das David für eine Mischung aus Verärgerung und Enttäuschung hielt.

»Die Wunde ist ja fast schon verheilt«, stellte er fest,

während er sich mit einem Wattetupfer daran zu schaffen machte. »Warum kommt ihr erst jetzt zu mir?«

»Schneller ging es nicht«, sagte Stella entschuldigend, und damit sagte sie die Wahrheit. Wer auch immer behauptete, dass Frauen nicht Auto fahren konnten, hatte noch nie mit Davids hübscher Klassenkameradin in ihrem schrillgelben Beetle gesessen. Stella war gefahren, als wäre der Teufel persönlich hinter ihnen her gewesen.

Der junge Arzt grinste, als hätte die junge Frau einen guten Scherz gemacht, doch dann wurde er plötzlich ernst.

»Mal ehrlich.« Er klopfte David in einer kumpelhaften Geste auf die Schulter. Es hätte ihn nicht verwundert, wenn er ihm im nächsten Augenblick auch noch verspielt in die Seite geknufft hätte, als wären sie seit Jahren eng befreundet. »Das muss doch schon gestern passiert sein, oder? Und du rennst die ganze Zeit mit dem getrockneten Blut im Gesicht rum?«

»Es ist vorhin erst passiert.« Was glaubte dieser Kerl eigentlich von ihm, dachte David. Dass er tagelang mit blutverkrustetem Gesicht durch die Weltgeschichte tingelte, um jedem zu demonstrieren, was für ein harter Kerl er war?

»Vor einer Stunde auf einer Party«, bestätigte Stella. »Jemand hat ihm eine Flasche über den Kopf gezogen.«

»Das kann nicht erst eine Stunde her sein«, beharrte der junge Arzt kopfschüttelnd und betrachtete die Wunde noch einmal genauer.

David fühlte sich zunehmend unwohl und begann unruhig auf der Liege herumzurutschen.

»Das ist nicht normal, oder?«, fragte er direkt an den Arzt gewandt.

Der junge Mann antwortete nicht, sondern versah die gereinigte Wunde, nun wieder lächelnd, mit einem kleinen Pflaster und klopfte ihm aufmunternd auf die Schulter. Manchmal war keine Antwort eben auch eine Antwort. »Du kannst abhauen.«

»Danke, Herr Doktor.« David rutschte von der Liege und trat an Stella vorbei zur Tür. Noch gestern war er ein durchschnittlicher Langweiler gewesen, der ein völlig unspektakuläres Leben führte, das vielleicht ein bisschen anders, aber nicht unnormal war. Heute war er urplötzlich ein von Dämonen befallenes Monster, das einem einen Meter neunzig messenden Berserker ohne große Mühe den Unterkiefer zerschmetterte, während seine eigenen Verletzungen auf magische Weise binnen kürzester Zeit einfach verschwanden.

»Tu mir einen Gefallen und komm morgen noch mal wieder«, rief der junge Arzt ihm nach. »Ich würde dich gerne noch etwas genauer untersuchen.«

»Hmmh«, machte David mit ausdruckslosem Gesicht und eilte aus dem Behandlungszimmer, um die Klinik Seite an Seite mit Stella im Schnellschritt zu verlassen.

»Der Doktor war cool«, stellte Stella fest, nachdem sie mit quietschenden Reifen in den Parkplatz vor dem Internat eingebogen war und den Motor eher abgewürgt als abgestellt hatte, womit sie David in seinem Glauben, dass sie auf dem Weg zur Klinik nur aus lauter Sorge um ihn so ein halsbrecherisches Tempo angeschlagen hatte, enttäuschte. Stella fuhr anscheinend immer wie vom Teufel besessen.

»Aber ich glaube, er hat gedacht, wir verarschen ihn«, setzte sie leicht zerknirscht hinzu, während sie ausstiegen. »Wegen deiner Wunde, meine ich.«

Unwillkürlich tastete David erneut nach der Stelle, an der die Flasche auf seiner Stirn zerborsten war, doch abgesehen von dem schmalen Pflaster spürte er dort gar nichts mehr.

»Schätze, dass ich Ärger kriegen werde. Wegen Frank«, lenkte er ab und schob die Hände tief in die Taschen, um nicht erneut nach der Wunde zu tasten. Er verstand nicht, was mit ihm geschehen war, und darüber nachzudenken, drohte ihn in den Wahnsinn zu treiben.

»Ich kenne Frank«, behauptete Stella, während sie gemeinsam auf den großen Wohnkomplex zuschlenderten. »Der ist viel zu stolz, um das zu melden. Schlimm genug, dass alle auf der Party gesehen haben, wie du ihn fertig gemacht hast.«

Sie hatten die Wohnheime erreicht. An dieser Stelle trennten sich ihre Wege, denn Jungen und Mädchen waren in diesem Internat selbstverständlich in verschiedenen Gebäuden untergebracht.

Für die Dauer einiger Atemzüge, in denen keiner der beiden recht wusste, was er sagen sollte, standen sie einander gegenüber und blickten verlegen aneinander vorbei oder auf ihre Schuhspitzen hinab. Wieder einmal war es Stella, die zuerst das Wort ergriff.

»Es tut mir wirklich Leid«, sagte sie noch einmal. David wusste, dass sie es ernst meinte. »Ich wollte nicht, dass so etwas passiert.«

David hob lächelnd die Schultern. »Ist doch nicht deine Schuld, dass Frank einen Dachschaden hat.«

Wieder schwiegen sie. Schließlich raffte er all seinen Mut zusammen und trat ein winziges Stückchen näher an Stella heran. »Danke für den schönen Abend, Stella«, flüsterte er.

»Das war für dich ein schöner Abend?« Stella lachte.

»Ja«, bestätigte David. In gewisser Hinsicht war das nicht einmal gelogen. Er musste nur darüber hinwegsehen, dass er versehentlich einen Mitschüler krankenhausreif geschlagen hatte, eine hässliche Platzwunde davongetragen hatte, die auf mysteriöse Art und Weise verheilt war, und er sich in den kommenden Monaten wahrscheinlich nirgendwo mehr blicken lassen konnte, ohne dumme Fragen beantworten zu müssen oder schief angesehen zu werden – vorausgesetzt, Frank ließ ihn so lange am Leben. Aber wenn er Stella ansah, wenn er daran zurückdachte, wie sie ihn aus ihren wunderschönen Augen angestrahlt hatte, als er auf der Lichtung erschienen war, wenn er an die Fürsorge zurückdachte, mit der sie sich um ihn gekümmert hatte, dann war alles andere nicht mehr wichtig.

»Weil ich ihn mit dir verbringen durfte«, flüsterte er.

Stella lächelte. David hätte nicht sagen können, ob er sich ihr genähert hatte oder umgekehrt. Doch auf einmal befanden sich ihre Gesichter unglaublich dicht voreinander. Er versank in der unendlichen Tiefe ihrer Augen. Ihre Lippen trennten nur noch wenige Zentimeter voneinander. Er spürte ihren heißen Atem auf seiner Haut und schloss erwartungsvoll die Augen, gefasst darauf, dass einer von ihnen die letzte Distanz ebenso unmerklich überbrücken würde, wie sie sich einander genähert hatten.

»Tja, dann …« Stella räusperte sich verlegen und wandte sich von ihm ab, drehte sich aber noch einmal zu ihm herum, als sie die Stufen zum Eingangsportal erreicht hatte. »Gute Nacht, David.«

»Gute Nacht«, hauchte David, während sie ihm ein

letztes Mal zuwinkte und im Wohnhaus der Mädchen verschwand.

Von Dämonen befallen oder nicht: Jedenfalls war er ein verdammter kleiner Feigling geblieben. David seufzte tief und eilte auf das Jungenwohnheim zu.

Lucrezia hatte Recht gehabt: David lebte. Wieder und wieder starrte Ares auf die seltsamen Gen-Codes, die auf dem Bildschirm vor seiner Nase aufflackerten. Er tauschte einen viel sagenden Blick mit Shareef, der neben ihm stand und mit ausdruckslosem Gesicht auf den Computermonitor hinabblickte, und presste die Lippen aufeinander. Er hatte seiner Schwester Unrecht getan. Sie hatte gewusst, dass ihr Sohn noch am Leben war. Die Daten, die ihn aus der Universitätsklinik erreicht hatten, sprachen ihre eigene Sprache. Sie verwandelten Lucrezias irrationalen Glauben in ein wissenschaftlich nachweisbares Faktum. Shareefs Beziehungen hatten sich bezahlt gemacht.

Ares hatte unverzüglich nach seiner Schwester schicken lassen, die außerhalb der Devina mit einer Delegation Schwarzafrikaner beschäftigt war, die gekommen waren, um in Gegenwart der Presse feierlich einen Scheck für eine Wohltätigkeitsorganisation entgegenzunehmen, den Lucrezia in ihrer Barmherzigkeit ausgestellt hatte. Manchmal, dachte Ares bei sich, war sie einfach zu gut für diese Welt.

Dennoch konnte sie keine Sekunde gezögert haben, ihre Gäste mitsamt den Fotografen einfach stehen zu lassen und in ihr mit Aktenordnern, Rechnern und allem möglichen Krempel voll gestopftes Büro zu eilen.

Es lagen kaum fünf Minuten zwischen dem Augenblick, in dem er nach ihr geschickt hatte, und diesem, in dem sie in das Zimmer gestürmt kam, um sich mit vor Erregung geröteten Wangen über seine Schulter zu beugen und mit leuchtenden Augen auf den Monitor hinabzusehen. Ihr Verhalten war völlig untypisch. Lucrezia war ein Mensch, der immer alles unter Kontrolle haben musste, sich selbst eingeschlossen. Sie war die Selbstbeherrschung in Person – nur ein einziges Mal hatte er erlebt, dass sie nicht an sich hatte halten können. Das war an jenem verhängnisvollen Tag gewesen, an dem sie den Schmerz über den Verlust ihres Sohnes hemmungslos herausgeschrien hatte.

»Die Blutprobe wurde von einem Arzt in einer Kleinstadt namens Marienfeld eingesandt«, erklärte Ares. Er ersparte sich bewusst eine Entschuldigung für all die Beleidigungen, die sich seine Schwester für ihren vermeintlichen Wahnsinn in den vergangenen achtzehn Jahren von ihm hatte gefallen lassen müssen. Niemand hatte damit rechnen können, dass von Metz den Jungen am Leben gelassen hatte. Dass es aus irgendeinem Grunde doch so zu sein schien, bedeutete noch lange nicht, dass Ares falsch gehandelt hatte, als er sich im Gegensatz zu seiner Schwester auf die Stimme seines messerscharfen Verstandes verlassen hatte.

»Er muss es sein«, fügte er hinzu, aber das war gar nicht nötig. Lucrezia hatte längst begriffen, was sie auf dem Bildschirm sah. Ein Lächeln umspielte ihre Lippen, während sie tief Luft holte, um schließlich ihre gewohnte Gefasstheit zurückzuerlangen und Shareef und ihren Bruder mit einem auffordernden Nicken zu versehen.

»Bringt mir den Jungen zurück«, sagte sie.

Damit wandte sie sich um und verschwand auf demselben Weg, auf dem sie gekommen war. Ares beobachtete, wie sie den Rosenkranz in ihrer Hand an die Lippen hob und zärtlich küsste, sobald sie sich außer Sichtweite wähnte.

Eine Schlägerei?« Quentin schob das letzte der Bücher, die er einzuräumen im Begriff gewesen war, als David die Schulbibliothek betreten hatte, in das hohe, massive Regal zurück, dessen Bretter sich unter der Last der schweren Bände im Laufe der Jahre sichtbar verzogen hatten.

David starrte verlegen auf seine Turnschuhe.

Der Mönch wandte sich zu ihm um und maß ihn mit einem eher erschrockenen als vorwurfsvollen Blick. David hätte eine offene Rüge bevorzugt. Es gab nichts Schlimmeres für ihn, als wenn sich Quentin wegen einer seiner Taten bestürzt oder niedergeschlagen zeigte. Wahrscheinlich empfand er die Vergehen seines Ziehsohnes als direkte Quittung für sein eigenes Versagen bei der Erziehung des Kindes. Dass das nicht stimmte, hätte David ihm gerne schon vor vielen Jahren erklärt, aber da Quentin nie über seine Gefühle sprach, sondern bei mit Emotionen verbundenen Angelegenheiten vorzugsweise über Blicke und Körpersprache mit ihm kommunizierte, hatte er nie die Gelegenheit gefunden, ihm seinen Irrglauben zu nehmen.

»Ja«, gestand er in schuldbewusstem Tonfall, ohne Quentin anzusehen. »Ich habe Frank wohl ziemlich wehgetan. Aber er hat angefangen … Ich wollte das ja auch gar nicht.«

»Und was ist mit dir?«, unterbrach ihn Quentin schroff.

David zuckte erschrocken zusammen.

Er war ein pflegeleichtes Kind und später ein zuverlässiger, pflichtbewusster junger Mann gewesen. Aber es hatte durchaus auch Momente gegeben, in denen er nicht unerhebliche Schande über seinen Ziehvater gebracht hatte. Er erinnerte sich beispielsweise an einen Tag vor etwa sechs Jahren. Damals wollte er Quentin und dessen Mitbrüdern einen Gefallen tun, indem er der Marienstatue in der kleinen Kirche einen neuen Anstrich verpasste. Also hatte er sie mit einer Dose wetterfestem Sprühlack bearbeitet. Er hatte nicht gewusst, dass das Ding vierhundert Jahre alt war und dass solche antiken Gegenstände einer speziellen Behandlung durch fachkundige Restauratoren bedurften. Jedenfalls hatte der alte Mönch nicht einmal angesichts dieses Frevels die Stimme erhoben. Er hatte auch bei weitem nicht so erregt gewirkt wie in diesem Moment, sondern sogar ein schelmisches Lächeln auf sein Gesicht gezaubert, nachdem er David sein Vergehen erläutert hatte. Nun aber klang seine Stimme durch und durch erschüttert, fast schon panisch.

»Hast du irgendetwas abgekriegt?« Quentin war mit zwei schnellen Schritten bei ihm und hob sein Kinn mit den Fingerspitzen an, sodass David nicht mehr umhinkam, ihn anzusehen. Der Mönch war kreidebleich. David konnte erkennen, wie das Blut durch eine dicke Ader, die sich auf seiner Schläfe abzeichnete, schoss.

»Einer von Franks Freunden hat mir eine Flasche über den Kopf gezogen.« David bemühte sich, seiner Stimme einen betont gelassenen Tonfall zu verleihen.

»Was?! Bist du verletzt?« Quentin riss das Pflaster auf Davids Stirn mit einem einzigen, schnellen Ruck ab.

David wusste, dass von der Wunde nichts, aber auch gar nichts mehr zurückgeblieben war. Er hatte es am Morgen bei einem Blick in den Spiegel festgestellt. Aber er hatte ein neues Pflaster auf die Stelle geklebt, damit Stella und die anderen, die dabei gewesen waren, als die Sektflasche an seinem Kopf in tausend Teile zersprungen war, nicht gleich mitbekamen, dass mit ihm etwas nicht stimmte.

»Eigentlich war die Wunde schon fast verheilt, als wir beim Arzt ankamen«, erklärte David. »Der war auch ziemlich überrascht ...«

»Ein Arzt?!« Quentin schrie fast, und David wich einen Schritt vor ihm zurück.

»Ich wollte gar nicht hin«, verteidigte er sich für etwas, das seines Wissens gar keiner Rechtfertigung bedurfte. Doch er hatte beschlossen, sich in Demut zu beugen, egal, was Quentin sagte oder tat, egal, welche Strafe er ihm auferlegte, um die Dinge nicht noch schlimmer zu machen, als sie ohnehin schon waren. »Aber Stella hat sich Sorgen gemacht«, erklärte er und versuchte ein gequältes Lächeln. »Ich glaube, sie mag mich.«

»Hat der Arzt dir Blut abgenommen?« Der Mönch ließ sich nicht vom Thema ablenken.

David verneinte.

Quentin drehte sich nach einem weiteren entsetzten Blick auf seine Stirn um und sah wortlos aus dem Fenster auf die große Wiese vor dem Gebäude hinaus.

David war drauf und dran, die Bibliothek einfach zu verlassen. Er hatte gestanden, was es zu gestehen gab. Nun konnte er sich doch eigentlich in sein Zimmer zurückziehen und einen neuerlichen Versuch starten, das heillose Chaos seiner Gedanken, das am Abend zuvor in seinem Kopf ausgebrochen war, zu ordnen. Doch er zögerte. Irgendetwas stimmte nicht mit Quentin. David war sicher, dass der Mönch ihm etwas verschwieg. Er wusste etwas, das möglicherweise von größter Bedeutung für Davids weiteres Leben war.

»Quentin. Eine Riesenplatzwunde, die innerhalb nur einer Stunde fast verheilt ...«, begann er unsicher, aber der Mönch reagierte nicht auf seine Worte, sondern sah weiter wortlos aus dem Buntglasfenster. David trat an seine Seite. »Was ist mit dir los, Quentin?«

»Nun, du hast schon immer eine gute Konstitution gehabt, weißt du ...« Der Mönch bemühte sich um einen gelassenen Gesichtsausdruck, doch David war nicht entgangen, dass er sich unwillkürlich kurz auf die Unterlippe gebissen hatte, bevor er geantwortet hatte. Quentin war kein guter Lügner, und weil er das selbst am besten wusste, fügte er rasch hinzu: »Hör mal, ich muss noch mal schnell in mein Büro. Ich habe etwas vergessen.«

»Quentin ...«, seufzte David, doch der Mönch ließ sich nicht zurückhalten. Er verschwand schnellen Schrittes aus der Bibliothek und ließ seinen Ziehsohn allein zurück mit der quälenden Gewissheit, eine Chance verpatzt zu haben, etwas ungemein Wichtiges zu erfahren.

Über all die Jahre hinweg hatte Robert von Metz seinen Sohn nie aus den Augen verloren. Aus dem Verborgenen heraus hatte er ihn beobachtet und glaubte, ihn recht gut zu kennen. Deshalb hatte er bereits damit gerechnet, dass es in absehbarer Zukunft Probleme geben würde. David war nun achtzehn Jahre alt, und es war allein seiner zurückhaltenden Persönlichkeit und seiner allgemeinen Umgänglichkeit zu verdanken, dass er nicht schon viel früher damit begonnen hatte, gewisse Dinge offen zu hinterfragen und sich Gedanken darüber zu machen, woher er kam und was er mit seinem Leben anfangen wollte. Es war nur natürlich, dass ein aufgeweckter junger Mann wie David irgendwann in eine Aufbruchstimmung geriet, dass er sich nicht mehr allzu lange an ein abgeschiedenes Klosterinternat binden lassen würde, in dem ein alternder Mönch mit Adleraugen über ihn wachte. Die erste Liebe, die erste große Reise, ausgelassene Feste, all die aufregenden neuen Erfahrungen und unvermeidlichen Enttäuschungen, die zum Erwachsenwerden dazugehören, waren längst überfällig. Von Metz hatte sich fest vorgenommen, David so bald wie möglich über sein wahres Ich aufzuklären, ehe er selbst danach zu suchen begann und sich womöglich unnötig in große Gefahr brachte.

Trotzdem hatte er nicht erwartet, dass es so schnell und unvermittelt geschehen würde. Er hatte eher mit vorsichtigem Aufbegehren gerechnet und nicht damit, dass sein Sohn sich gleich auf der ersten Party, die er besuchte, mit einem anderen Jungen prügelte. Immerhin hatte er dadurch Gewissheit über etwas erhalten, was er vorher nur vermutet hatte: Nämlich, dass in David ein großartiger Kämpfer, ein wahrer Ritter, steckte.

Das einzige Problem dabei war, dass sich David dazu hatte breitschlagen lassen, mit seiner Verletzung einen Arzt aufzusuchen. Von Metz konnte nun nichts anderes mehr tun, als zu versuchen, den Schaden zu begrenzen, indem er David schnellstmöglich in Sicherheit brachte.

Kein einfaches Unterfangen, wenn man den Umstand bedachte, dass er sich zum Zeitpunkt von Quentins Anruf in einem hübschen, kleinen Hotel mitten in London befand, wo er in dem Moment, in dem sein Handy geklingelt hatte, gerade damit beschäftigt gewesen war, mit einem potenziellen Käufer für das wunderschöne, reich verzierte Schwert zu verhandeln, das William Wallace seinerzeit in der Schlacht von Stirling geführt hatte. Der Mann musste ihn für einen Betrüger halten, denn Robert hatte die Verhandlungen unverzüglich abgebrochen, nachdem Quentin ihn über den aktuellen Stand der Dinge informiert hatte. Er hatte den Kunden ohne Angabe von Gründen gebeten, das Zimmer zu verlassen, um dann seine wenigen Habseligkeiten in seine Reisetasche zu stopfen, während er Cedric und William telefonisch beauftragt hatte, sofort nach Marienfeld zu reisen.

Nicht auszudenken, was geschehen würde, wenn dieser Arzt seinem Sohn eine Blutprobe entnommen hatte, um sie eingehend zu untersuchen – und genau das würde jeder Arzt tun, der seinen Doktortitel nicht im Internet ersteigert hatte. Wie alle anderen ihrer Art würde David eine wissenschaftliche Goldgrube für jeden Mediziner darstellen. Wenn die Eigenarten seiner DNA erst einmal in einer Datenbank verzeichnet waren, war es nur noch eine Frage der Zeit, bis Lucrezias Schergen herausgefunden hatten, dass er noch lebte, und vor allen Dingen, wo er sich derzeit aufhielt. Der Einfluss, das Vermögen und die Beziehungen der Frau, die sein Vergehen war, waren bemerkenswert. Sobald sie den Jungen aufgespürt hatte, war es ihr sicher ein Leichtes, seine Spur, seinen Lebensweg zurückzuverfolgen, bis dieser den seinen kreuzte – und damit wäre das Geheimnis, das zu hüten er sich vor Hunderten von Jahren verpflichtet hatte, gelüftet.

Robert ließ die Tür hinter sich ins Schloss fallen, warf im Vorbeieilen einen Hunderter auf die Theke der Rezeption und stürmte in die Tiefgarage, in der er seinen Mietwagen geparkt hatte. Er hatte keine Zeit zu verlieren. Lucrezia durfte den Jungen nicht in die Finger bekommen. Das wäre der Untergang seiner Seele und das Unglück unzähliger Menschen.

Wenn es darum ging, die Schönheit und die Vorzüge des eigenen Wohnortes zu erkennen, verhielten sich viele Menschen recht seltsam: Sie bewiesen ein unglaublich scharfes Auge für unwichtige Details und schafften es, die einzige Blattlaus im Umkreis von mehreren hundert Metern zu entdecken und zu bemängeln, während ihnen der Marienkäfer auf derselben Pflanze sowie das prächtige Mohnblumenfeld, in dessen Mitte sie sich befanden, auf mysteriöse Weise zu entgehen schienen. David ging es ähnlich. Er hatte die Wiesen und Wälder, die das Internat umgaben, niemals als etwas Besonderes empfunden. Wieso auch? Er kannte schließlich nichts anderes. Quentin hatte ihn nur selten mit in die Stadt genommen, und Marienfeld verfügte ebenfalls über eine große Anzahl hübscher Gebäude und war kaum weniger idyllisch gelegen, sodass ihm das Kloster auch dann nicht besonders attraktiv vorgekommen war, wenn er von einem seiner Ausflüge dorthin zurückgekehrt war. Natürlich wusste er, dass es hässlichere, lautere und schmutzigere Orte gab als jenen, an dem er den Großteil seines bisherigen Lebens zugebracht hatte. Schließlich war er kein Alien und lebte auch nicht in einer Lehmhütte irgendwo in der afrikanischen Savanne. Er las viel, und darüber hinaus hatte jeder Schüler einen eigenen kleinen Fernseher in seinem Zimmer. Doch er hatte diese Städte nie selbst erlebt, nie *gefühlt*, und das war ein großer Unterschied.

An diesem Nachmittag aber erschien ihm alles anders, strahlender, lebendiger als sonst. An Stellas Seite schlenderte er über das bewaldete, hinter dem Haupthaus gelegene Internatsgrundstück. Er sog die warme Waldluft ein, während eine sanfte Brise wie weicher Samt über seine Haut strich und er dem fröhlichen Zwitschern der Vögel und dem Plätschern eines schmalen Bachlaufs lauschte. Hier und da brachen vereinzelte Sonnenstrahlen durch das dichte Blätterdach und tanzten fröhlich über den weichen Waldboden. Einmal hoppelte ein junges Kaninchen unter einem Strauch hervor, reckte ihnen neugierig sein Stupsnäschen entgegen und verschwand dann im Dickicht des Waldes.

In den letzten achtzehn Jahren hatte er inmitten dieser Landschaft gelebt; heute aber war er ein Teil von ihr. Und das alles hatte er nur ihr zu verdanken: Stella, die, mit einer Jeans und einem T-Shirt bekleidet, leichtfüßig neben ihm herspazierte und lächelnd den hochgradig ansteckenden *Was-schert-mich-das-was-gestern-war?-Mir-geht-es-prächtig!*-Virus in seiner kleinen Welt verbreitete.

»Wieso lebst du eigentlich bei Quentin?«, riss sie David aus seinen Tagträumen, in denen er sie längst fest in den Armen hielt und voller unbefangener Leidenschaft küsste. »Ich meine, ein Mönch kann doch nicht dein richtiger Vater sein, oder? Da gibt es doch das Zölibat oder wie das heißt ...«

David schüttelte verlegen lächelnd den Kopf. »Nein«, antwortete er und nickte dann heftig, um gleich darauf wieder den Kopf zu schütteln. »Ich meine, ja, so heißt das, und nein, das ist er nicht.« Oh je – er verhielt sich wie ein nervöser Sechstklässler vor dem ersten Referat, schalt er sich. Wie war das eben in seinen Träumen gewesen? Er hatte sich ihr einfach gegenübergestellt, wortlos seine Arme um sie geschlungen und die Augen geschlossen, um ihre Lippen mit den seinen zu erkunden. Es war alles ganz einfach gewesen ...

»Ich wurde als Baby vor Quentins Kloster gefunden«, erklärte er ein wenig beherrschter – zumindest hoffte er, dass es so klang –, »und er hat mich großgezogen. Meine wirklichen Eltern kenne ich nicht.«

»Das geht mir ähnlich«, behauptete Stella. David warf ihr einen erschrockenen Blick zu. »Sie sind nicht tot oder so was«, beschwichtigte Stella ihn lächelnd. »Meine Eltern arbeiten für das russische Außenministerium. Die ziehen durch die ganze Welt und mich schicken sie hier ins Internat, weißt du. Weihnachten spielen wir dann glückliche Familie.«

Obwohl es für ihn bereits die Erfüllung seines sehnlichsten Wunsches bedeutet hätte, wenigstens einmal im Jahr mit den Eltern, die er nie hatte kennen lernen dürfen, zusammen zu sein, war das Mitgefühl in Davids Augen echt. Dass er vielleicht noch schlechter dran war als Stella, änderte schließlich nichts daran, dass sie, obwohl sie sich darum bemüht hatte, weiterhin zu lächeln und ihre Stimme nicht bitter klingen zu lassen, merklich unter ihrer Situation litt.

»Aber die können mich mal«, winkte Stella ab, als sie seinen betroffenen Blick bemerkte. Offensichtlich hatte sie sich vorgenommen, sich an diesem Tag von nichts und niemandem die gute Laune verderben zu lassen, schon gar nicht von sich selbst. »Du willst aber doch wohl nicht auch Mönch werden wie Quentin, oder?« Ihre Hand glitt durch einen Strauch am Rande des schmalen Trampelpfades, der zum Haupthaus hinaufführte.

»Nein.« David schüttelte entschieden den Kopf – vielleicht ein bisschen zu entschieden. »Religion ist nicht wirklich mein Ding«, behauptete er.

»Da bin ich aber beruhigt.« Stella hielt inne. Der Blick ihrer meeresblauen Augen suchte den seinen. Er fühlte, wie das Blut in seine Wangen schoss, während seine Knie weich wurden und dieses Kribbeln in seine Leisten zurückkehrte, das ihn neuerdings nur zu oft um seinen wohlverdienten Schlaf brachte. »Du als Mönch«, fuhr Stella fort und hob die Rechte, in der sie eine schwarze Beere hielt, an die Lippen, »das wäre echt Verschwendung.«

Das Kribbeln verschwand urplötzlich und Davids Finger schlossen sich erschrocken um ihr Handgelenk. Stella starrte ihn irritiert an.

»Das würde ich nicht tun.« David deutete mit einem Nicken auf die Beere zwischen ihren zierlichen Fingern. »Das sind Tollkirschen. Die sind giftig.«

Stella sagte nichts, sondern blickte nur kurz stirnrunzelnd auf die Frucht in ihrer Hand hinab, ehe ihr Blick sich wieder in den seinen vertiefte. Sie lächelte und David spürte, wie sein Herz zu rasen begann. Irgendwann bemerkte er mit einem Gefühl der Scham, dass er noch immer ihr Handgelenk umklammert hielt. Er wollte es gerade loslassen, als sie ihn küsste.

»Ich hab dich gern, David«, flüsterte sie.

Er war so überrascht, dass er nichts fühlte als sein Herz, das einen heftigen Satz in seinen Hals hinauf zu machen schien. Dann berührten ihre Lippen die seinen erneut, seidenweich und unendlich zärtlich. David schloss die Augen, erwiderte ihren Kuss und legte schließlich beide Arme um ihre Schultern, um sie so dicht wie möglich zu sich heranzuziehen. Sie küssten und sie streichelten einander, erst schüchtern und vorsichtig, dann immer leidenschaftlicher, bis es fast so wie in seinen verrückten Tagträumen war.

Doch dann räusperte sich jemand in ihrer unmittelbaren Nähe. Beide schreckten zusammen und hoben mit ertapptem Gesichtsausdruck den Blick, um zu erkunden, woher das störende Geräusch erklungen war. Da erspähten sie Quentin, der etwas abseits auf halber Höhe zum Haupthaus zwischen zwei mächtigen Erlen erschienen war.

»Tut mir Leid, wenn ich störe«, begann der Mönch verhalten. David glaubte ihm kein Wort. »Aber ... Hallo, Stella. Ähm, David, ich brauche dich in der Bibliothek. Sofort. Dringend.«

David zog eine Grimasse. »Muss das jetzt sein, Quentin?«, fragte er. Er konnte den Ärger in seiner Stimme nicht gänzlich verbergen und war auch nicht sicher, ob er das überhaupt wollte. »Ich – «

»Es *muss* jetzt sein«, fiel der Geistliche ihm mit ungewohnter Schärfe ins Wort. David zuckte zusammen. »Du kommst jetzt sofort mit mir«, setzte Quentin in einem Tonfall, der keine Widerworte duldete, hinzu.

David starrte seinen Ziehvater mit einer Mischung aus Beunruhigung und Irritation an. Verdammt, was war nur mit Quentin los? Sicher, David hatte ihn mit seinem nachgiebigen und umgänglichen Verhalten in den vergangenen Jahren regelrecht verwöhnt. Der Mönch war es nicht gewohnt, dass er seinen Anweisungen trotzte. Wenn David wirklich einmal etwas angestellt hatte, dann immer nur aus Dummheit oder Naivität, aber stets mit guten Absichten. Es hatte nichts gegeben, das je die Sanftmut aus dem Blick des Mönchs hatte vertreiben können. David hätte es verstanden, wenn Quentin ihm für seine Schlägerei mit Frank zum ersten Mal im Leben die Hölle heiß gemacht hätte, aber das hatte er nicht getan. Und jetzt, wo er gesehen hatte, wie sein Ziehsohn ein Mädchen in den Armen hielt und küsste, wirkte Quentin … wütend, verletzt, enttäuscht, erschrocken? David wusste nicht, welches dieser Adjektive das am ehesten zutreffende war, doch eines glaubte er zu verstehen: Quentin war eifersüchtig. Er konnte es nicht ertragen, dass David einem anderen Menschen als ihm nahe stehen könnte.

Wut und Trotz funkelten in Davids Augen auf, als er an diesem Punkt seiner Überlegungen angelangt war. »Und was ist, wenn ich keine Lust habe?«

»Ich habe keine Zeit für Diskussionen, David.« Der Mönch kämpfte sichtbar um seine Beherrschung. »Du setzt dich jetzt auf der Stelle in Bewegung!«

Das waren wirklich völlig neue Töne. David war so verblüfft, dass er seinen Ziehvater einfach nur aus ungläubig aufgerissenen Augen anstarrte.

»Wir können uns ja später wieder treffen«, schlug Stella, der die Auseinandersetzung deutlich unangenehm war, vor, ehe David seine Überraschung überwinden und auf die trotzige Geisteshaltung, zu der er sich entschieden hatte, zurückgreifen konnte. »Wiedersehen, Pater Quentin.«

David schnappte hastig nach Luft, um etwas gegen ihren Entschluss einzuwenden, doch Stella war bereits mit schnellen Schritten an Quentin vorbeigeeilt und hinter dem Haupthaus verschwunden. Er sah dem Mädchen hilflos hinterher. Dann warf er Quentin einen zornigen Blick zu, doch der seufzte nur und bedeutete ihm mit einer Bewegung, ihm zu folgen.

Wütend stapfte David an ihm vorbei und legte den Weg zur Bibliothek im Laufschritt zurück, nur um die Tür dort mit solcher Wucht hinter sich zuzuschlagen, dass sie noch einige Sekunden lang im Rahmen vibrierte und der Knall wie ein Donnerhall durch das ganze Gebäude schallte. Er scherte sich nicht darum, ob er mit seinem Verhalten andere störte. Wer, bitte sehr, nahm in diesem Irrenhaus denn Rücksicht auf *ihn* und das, was *er* wollte?

Und ganz gleich, welche ach wie wichtige Aufgabe sich Quentin für ihn hatte einfallen lassen, um ihn von Stella wegzulotsen, er war nicht gekommen, um ihm zu helfen. Er war lediglich dort, um ihm seine Meinung zu sagen. Und um ihm mitzuteilen, dass er fortgehen würde. Nichts von alledem, was ihn in der Welt außerhalb der Klostermauern erwartete, konnte schlimmer sein, als mit einem vertrockneten alten Mönch eingesperrt zu sein, der ihm nicht das kleinste bisschen menschlicher Wärme gönnte.

In seiner Wut fragte sich David sogar, ob Quentin ihn vor achtzehn Jahren tatsächlich vor dem Kloster gefunden oder ihn vielleicht irgendwo gestohlen hatte, weil das verfluchte Zölibat seinem Kinderwunsch im Wege gestanden hatte; besser gesagt, dem Wunsch nach einem Wesen, das er nach seinem Willen formen und zu seinem Nachfolger heranziehen konnte. Seine Enttäuschung war grenzenlos. Es war ihm egal, wie absurd und unfair diese Gedanken waren. War Quentins Verhalten vielleicht fair?

Die Tür flog auf, und Quentin folgte ihm ungewohnt schnellen Schrittes.

»David ...«, sagte er bittend. Er ergriff ihn am Handgelenk, doch David riss sich aufgebracht los und wich ein paar Schritte zurück.

»Warum gönnst du mir nicht, dass mich endlich mal ein Mädchen mag?«, schrie er zornig. »Ich bin kein Mönch wie du! Wann begreifst du das endlich?!«

Quentin maß ihn mit einem Blick, in dem er aufrichtiges Bedauern hätte lesen können, wäre er nicht so in Rage gewesen.

»Setz dich bitte, David.« Er deutete auf einen von zwei hölzernen Stühlen an einem kleinen Tisch nahe des großen Fensters.

Widerwillig ließ sich David auf den ihm zugewiesenen Platz sinken, ohne seinen wütenden Blick von dem Mönch abzuwenden.

»Was ist los, Quentin?«, wiederholte er die Frage, die sein Ziehvater an diesem Tag schon einmal unbeantwortet gelassen hatte, doch dieses Mal klang seine Stimme fast hysterisch. Der Alte verschwieg ihm etwas, das spürte er deutlich. Er würde nicht zulassen, dass er einer Antwort erneut auswich. Das Ganze musste etwas mit den Umständen zu tun haben, die ihn in dieses Kloster geführt hatten. Und mit der Verletzung, über deren mysteriöses Verschwinden, welches er in Stellas Gegenwart so hervorragend aus seinem Bewusstsein verdrängt hatte, er nicht weiter hatte reden wollen. Irgendetwas stimmte nicht mit Quentin, und irgendetwas stimmte mit ihm selbst nicht – aber was, zum Teufel noch mal?

Quentin hielt seinem Blick nicht lange stand. Er begann bald, nervös an der Kordel seiner modisch seit Jahrhunderten überholten Kutte herumzufummeln und drehte sich schließlich ruckartig um, um einen dicken, verstaubten und vergilbten Historien-Wälzer aus dem Regal zu ziehen, welchen er sodann auf der Tischplatte vor David ablud. Mit einer Zielsicherheit, die vermuten ließ, dass er das Buch in- und auswendig kannte, schlug er eine der hauchdünnen, fast transparenten Seiten auf, auf der ein Tatzenkreuz abgebildet war.

»Das Tatzenkreuz, David«, begann er unbeholfen, während er auf die Zeichnung deutete, die der, die David am Tag zuvor auf den Notizblock geschmiert hatte, verdächtig ähnlich sah.

Für einen Moment flackerten die Bilder aus seinem Traum wieder vor seinem inneren Auge auf. Quentin wusste davon, doch er hatte seine verrückten Träume stets als Folge zu späten Zubettgehens abgetan.

»Das Zeichen, das du immer wieder im Schlaf siehst«, erklärte der Alte mit deutlichem Unwohlsein. »Es ist ein Symbol der Tempelritter.«

»Wieso kommst du jetzt plötzlich darauf?« David starrte den Geistlichen verständnislos an. Vor vierundzwanzig Stunden hätte ihn das noch brennend interessiert, so wie an vielen anderen Tagen, an denen er über diesen eigenartigen Traum nachgegrübelt hatte. Jetzt aber war es vollkommen irrelevant. Er wollte nur wissen, weshalb Quentin ihn von Stella fortgeholt hatte, und vielleicht noch, weshalb jegliches Blut aus seinem Gesicht gewichen war, als er von Davids Abstecher in die Klinik erfahren hatte.

Quentin schob den Wälzer ein Stückchen dichter zu ihm heran und blätterte mit einer schlafwandlerischen Zielstrebigkeit darin herum, die David endgültig davon überzeugte, dass er den wohl mehr als tausend Seiten umfassenden, in rotes Leder gebundenen Schinken komplett auswendig kannte, Seitenzahlen und Satzzeichen eingeschlossen. Es musste am Zölibat liegen, dachte David bitter, der Alte hatte einfach zu viel Zeit. Dennoch konnte er die Neugier und den Wissensdurst, der immer schon ein unerschütterlicher Bestandteil seines Charakters gewesen war, nicht gänzlich unterbinden, und so betrachtete er die auf Fresken und Kupferstichen dargestellten Szenerien, die auf der Seite, die Quentin aufgeschlagen hatte, abgebildet waren. Es waren Darstellungen von den Kreuzzügen. Die meisten von ihnen zeigten Kreuzritter im Kampf gegen so genannte Ungläubige.

»Der Orden der Tempelritter wurde kurz nach dem ersten Kreuzzug gegründet«, erklärte Quentin, wobei er sich bemühte, seinen Ziehsohn nicht direkt anzusehen. »Die Templer machten sich bald einen Namen als furchtlose Krieger Gottes ...«

Dann geschah etwas Seltsames: Obwohl David noch immer außer sich war vor Wut und Enttäuschung, rissen ihn die Worte des Mönches mit, als hätte er sein Leben lang nur darauf gewartet, all das zu erfahren. Er konnte das donnernde Hufgetrappel der mächtigen

Schlachtrösser hören, auf denen die Kreuzritter durch eine eindrucksvolle, urtümliche Landschaft ritten. Er sah die gewaltige Staubwolke, die die kleine Armee nahezu verschluckte, sodass kaum mehr als Konturen zu erkennen waren. Plötzlich befand er sich inmitten einer blutigen Schlacht, in der Männer in weißen Kutten, auf denen rote Kreuze prangten, gegen andere Krieger kämpften, die sich mit ihren blutbesudelten Klingen, Morgensternen und Beilen erbittert gegen die erbarmungslos auf sie eindreschenden Tempelritter zur Wehr setzten. Er roch Blut und den Schweiß der Kämpfenden. Er blickte in die Augen jener, denen keine Zeit blieb, zu begreifen, dass sie unterlegen waren, weil sie schon tot waren, noch ehe ihre Gehirne die logischen Schlüsse aus ihren grausamen Verletzungen ziehen konnten.

Das Bild verschwamm, löste sich auf und setzte sich schließlich zu einem anderen zusammen. David erkannte ein prächtiges weißes Schlachtross, dessen Schönheit durch Staub, Schmutz und Schweiß auf seinem Fell nicht beeinträchtigt werden konnte. Doch noch beeindruckender als das Tier war die Gestalt, welche es ritt: ein breitschultriger Mann von beachtlicher Größe, der, obgleich vom langen Ritt und vielen Kämpfen ebenfalls dreckig und verschwitzt, voller Stolz und Anmut im Sattel seines dahingaloppierenden Pferdes saß. Er trug die weiße Kutte der Tempelritter. In der Scheide an seinem Gürtel baumelte ein prachtvolles, mit Ornamenten und Steinen verziertes Schwert, in dessen Griff das Tatzenkreuz eingearbeitet war, welches David aus seinen Träumen kannte. In rasender Geschwindigkeit sprengte der Hengst mit seinem Reiter durch eine schmale Straße, die von flachen, beigefarbenen Bauten gesäumt wurde. Hastig brachten sich die Menschen, die sich in der Gasse befanden, zwischen den schlichten Wohnhäusern in Sicherheit.

»Nach der Eroberung Jerusalems gruben neun Ritter neun Jahre lang unter dem Tempelberg«, drang Quentins Stimme wie aus weiter Ferne zu ihm durch, um die Bilder vor seinem inneren Auge zu untermalen, »und dort glaubten sie, sie gefunden zu haben ...«

Der Ritter verschwand wie zuvor die kämpfende Truppe, und das Bild wechselte aus dem taghellen Jerusalem in eine finstere Katakombe, die lediglich durch flackernden Fackelschein in gespenstisches Licht getaucht wurde.

»Die heiligste Reliquie der Christenheit. Das Grab Jesu Christi ...«

Neun Tempelritter, darunter der Kämpfer, der auf seinem Schlachtross durch die Gassen Jerusalems gesprengt war, drangen zögerlichen Schrittes und ehrfürchtigen Blickes in die Katakombe ein und gingen langsam auf einen einfachen Holzsarg zu, welcher auf einer kleinen Anhöhe thronte. Und mit dem Sarg fanden sie ...

»... die anderen Reliquien«, flüsterte Quentin. »Das Grabtuch, mit dem der Leichnam des Herrn bedeckt wurde, und den Speer des Longinus, der Jesus am Kreuz durchbohrte.«

David sah, wie die Templer vor dem Grab in die Knie sanken und sich bekreuzigten. Ehrfürchtig neigten sie die Köpfe und versanken im stummen Gebet. Lediglich einer von ihnen warf verstohlene Blicke auf den hölzernen Sarg. Im Schein der Fackeln blitzte etwas hinter den Ritzen der verwitterten Sargtruhe metallisch auf.

»Alle ahnten, dass er in diesem Sarg sein musste«, erklärte Quentin mit ehrfurchtsvoller Stimme. »Der Heilige Gral. Es heißt, dass derjenige, der aus dem Gral trinkt, grenzenlose Macht erlangen wird. Eine Macht, die nicht dazu bestimmt ist, in die Hände von Menschen zu gelangen. Deswegen wurde es zur Aufgabe der Templer, das Grab zu schützen.«

Für einen der Ritter stellte der Zauber, der vom Gral ausging, offensichtlich eine übermächtige Verlockung dar. David erkannte hinter der Furcht und dem Respekt vor dem Heiligen das Aufflammen verhaltener Gier. Für einen Moment erinnerte der Unbekannte ihn an Boromir, der den goldenen Ring anstarrt.

»Aber für einige war die Versuchung zu groß«, fuhr Quentin wie zur Bestätigung fort und deutete auf eine weitere farbige Abbildung in dem Buch, das er auf dem Tisch abgelegt hatte.

Seine Geste holte David kurz in die Realität zurück, doch dann geriet das Bild, auf das Quentin zeigte, in Bewegung. Unversehens schien er sich wieder mitten in dem Geschehen zu befinden, das sich vor fast eintausend Jahren unter dem Tempelberg abgespielt hatte.

Plötzlich richtete sich der Ritter, der ihn an Boromir erinnerte, abrupt auf und trat mit entschlossener Miene und festen Schritten auf den Sarg zu, um die Hand nach dem Deckel auszustrecken, doch der Ritter, der das prächtige Pferd geritten hatte, reagierte blitzschnell und sprang ebenfalls auf, um den Mann an der Schulter zu packen und zu sich herumzureißen.

»Das dürft Ihr nicht!«, rief er auf Französisch. In seiner Stimme schwang blankes Entsetzen mit.

Durch die grobe Behandlung geriet der Mann ins

Stolpern und stürzte von der Erhöhung, auf der sich der Sarg befand. Nun sprangen alle Templer auf die Füße – und teilten sich, teils zögerlich, teils entschlossen, in zwei Gruppen auf. Vier von ihnen nahmen hinter dem stattlichen Ritter Aufstellung, während die drei übrigen Partei für den Störenfried ergriffen, der sich soeben voller Wut wieder aufrichtete.

Die Hand des eindrucksvollen Ritters schloss sich um den Griff seines Schwertes. »Der Gral ist nicht für unsere Hände bestimmt«, mahnte er.

Zwei, drei Atemzüge lang standen beide Parteien einander unschlüssig gegenüber. Der Boromir unter ihnen, der aus einer Stirnwunde blutete, die er sich bei seinem Sturz zugezogen hatte, fauchte: »Ihr seid ein Narr, Anjou!«

Jeglicher Respekt vor der heiligen Grabstätte war aus seinen Zügen verflogen. Mit entschlossener Miene riss er seine Klinge aus der Scheide und stürzte sich damit auf den hoch gewachsenen Ritter.

»Es kam zum Kampf«, erläuterte Quentin, und schon befand sich David inmitten einer Schlacht, die zwischen den neun Entdeckern tobte. »An diesem Tag, so heißt es, trennte sich die Blutlinie.«

Der Mönch verstummte. Nach und nach lösten sich die Bilder vor Davids innerem Auge auf im Klang der mit ohrenbetäubendem, metallischem Klirren aufeinander schlagenden Waffen und dem Rauch der achtlos zu Boden geworfenen Fackeln.

»Welche Blutlinie?«, fragte David tonlos, während er erfolglos versuchte, den Zorn und den Trotz aus seinem Inneren hervorzukramen, die er vor wenigen Minuten noch empfunden hatte. Irgendetwas ... *geschah* mit ihm.

Quentin zögerte und ließ den Blick nervös über die Regale schweifen, als erwarte er von dort Hilfe. Dann gab er sich einen Ruck und beantwortete die Frage.

»Es gibt eine Legende ...«, begann er zögernd. »Sie besagt, dass ... Nun, in den Adern der Templer fließt angeblich das Sangreal, das Heilige Blut. Es heißt, sie seien die direkten Nachfahren des Herrn, Abkömmlinge der Kinder, die ... die Jesus mit Maria Magdalena zeugte. Und nur, wer dieses Blutes ist, werde in der Lage sein, das Grab zu öffnen ...« Er machte eine unwirsche Bewegung mit der Linken. Als er den Namen Maria Magdalenas aussprach, konnte er ein Naserümpfen nicht unterbinden; so als spräche er über eine besonders verwerfliche Lüge. »Aber das ist ausgemachter Unsinn!«, setzte er lauter und überhaupt nicht mehr zögerlich hinzu. »Nur weil sie stärker und bessere Kämpfer sind als andere, macht das die Templer noch lange nicht zu Heiligen.«

David legte den Kopf schräg. Er bemühte sich herauszufinden, ob Quentin tatsächlich alles glaubte, was er da von sich gab oder ob es seine Berufung mit sich brachte, dass er den Unsinn glauben *musste*. Wahrscheinlich wusste der Geistliche das selbst nicht.

»Fakt ist jedoch, dass René von Anjou damals in Jerusalem das Grab und die Reliquien vor den Verrätern retten konnte«, erzählte der Mönch weiter. »Doch der Orden war für immer gespalten. Und die Verräter, die sich selbst den Namen ›Prieuré de Sion‹ gaben, versuchen seitdem in den Besitz der Reliquien und des Grabes zu gelangen.«

Etwas irritierte David an der Erzählung seines Ziehvaters. Ja, das war es: Für seinen Geschmack benutzte Quentin in seinen Formulierungen zu oft die Gegenwartsform. Selbst wenn sich David in dem Kloster manchmal ein wenig fühlte wie ein der Zeit hinterherhinkender Hinterwäldler, so bestand doch kein Zweifel daran, dass man auch dort mittlerweile das einundzwanzigste Jahrhundert schrieb.

»Aber erst als 1314 mit der Verbrennung des Großmeisters Jacques de Molay durch König Philipp den Schönen der Templer-Orden offiziell zu existieren aufhörte, hatte die Prieuré ihren ersten und bis heute einzigen Erfolg. Sie konnte eine der Reliquien, das Grabtuch Christi, in ihren Besitz bringen. Noch heute versucht die Prieuré das Versteck des Grabes zu finden. Und noch heute gibt es Templer, die das Grab vor ihr schützen, denn der Orden wurde nie wirklich vernichtet. Er hat im Untergrund weiterexistiert.«

Die Wahl der Zeitform war kein Versehen gewesen, begriff David. Es gab anscheinend tatsächlich noch erwachsene Menschen, die sich für Kreuzritter hielten, deren Aufgabe darin bestand, vermeintliche Heiligtümer zu beschützen! Gott, die Welt da draußen war wohl noch viel verrückter, als er befürchtet hatte. Aber was zum Teufel ging David das eigentlich an?

»Warum erzählst du mir das, Quentin?«, fragte er verwirrt. »Und warum jetzt? Was hat das alles mit mir zu tun?«

Der Mönch begann nervös auf seiner Unterlippe herumzukauen.

»Auch wenn ich ein Mönch bin und im Zölibat lebe, David«, sagte er schließlich mit schmerzerfüllter Stimme, »ich liebe dich, als wärst du mein eigener Sohn.«

Zu der Wut und der Verunsicherung in Davids Innerem gesellte sich jetzt auch noch Überraschung, um dem heillosen Chaos seiner Emotionen den letzten Schliff zu verpassen, auch wenn der Mönch nichts gesagt hatte, was er nicht schon immer gewusst hätte. Quentin hatte ihn seine Zuneigung zeit seines Lebens spüren lassen, aber er hatte noch nie offen darüber gesprochen.

Quentin wirkte von seinen eigenen Gefühlen übermannt und wandte sich verlegen ab, um auf den Ausgang zuzueilen. Es war nicht seine Art, Schwäche zu zeigen.

»Ich bin gleich zurück«, entschuldigte er sich.

Noch ehe David etwas erwidern konnte, fiel die wuchtige Eichentür hinter dem Mönch ins Schloss.

Oh, verflucht! Er war mit so vielen Fragen in die Bibliothek gekommen, und einmal mehr hatte er keine Antwort bekommen, sondern nur Zündstoff für eine ganze Reihe weiterer brennender Fragen. Davids Blick wanderte zu dem aufgeschlagenen Buch auf der Tischplatte. Quentin war allem Anschein nach nicht bereit, ihm Rede und Antwort zu stehen. Aber vielleicht hatte er dieses Buch absichtlich dort zurückgelassen, damit er selbst herausfand, was der Mönch nicht auszusprechen wagte. Langsam begann er zu lesen: von Tempelrittern, Reliquien und den ewigen Kämpfen zwischen zwei zutiefst verfeindeten Parteien.

Ares hatte früh gelernt, die Vorteile der Eigenarten seiner Spezies voll und ganz auszukosten. Mit einem geübten Schnippen seines Daumens öffnete er eine kleine Klappe, die in den protzigen, silbernen Ring an seinem linken Mittelfinger integriert war. Er setzte das Schmuckstück dicht unter seiner schmalen Nase an, um das Kokain aus dem kleinen Geheimfach gierig in sich hineinzuschnupfen, damit es seine anregende Wirkung entfalten konnte. Schädliche Folgen hatte er im Gegensatz zu anderen Menschen nicht zu befürchten. Er wusste nicht, ob er die übermenschlichen Regenerationskräfte seines Körpers und sein nunmehr seit Jahrhunderten andauerndes Leben tatsächlich dem einen oder anderen Schäferstündchen zu verdanken hatte, welches dieser Scheinheilige Jesus mit Maria Magdalena abgehalten hatte. Aber wenn dem so war, dann dankte er seinem sonst so tugendhaften Vorfahren für diese hormonell bedingte Abweichung von Sittsamkeit und Anstand. Er hatte eine ganze Menge wunderbar berauschender Substanzen kennen gelernt, die ihm das Dasein erleichterten und verschönerten, ohne dass er jemals in schweißnassen Kleidern zitternd und elend wieder zu sich gekommen wäre.

Shareef ließ den nachtschwarzen, eleganten Porsche auf den Internatsvorplatz rollen, dicht gefolgt von der Limousine, mit der Lucrezia, Tyros und ein weiterer Söldner, dessen Namen Ares sich nicht gemerkt hatte, weil er ihn für derart hirnlos hielt, dass er ihm insgeheim nur eine sehr begrenzte Restlebenszeit zutraute, ihnen nachgefahren waren. Der Wagen bot ausreichend Platz für das zappelnde, um sich tretende und schlagende Bündel, als das sein Neffe gleich eingeladen werden würde.

Ares rieb sich mit unverhohlener Vorfreude die Hände. »Dann lass uns den Hosenscheißer holen«, beschloss er.

»Bring dabei nur nicht die halbe Schule um«, nickte der Araber. Im Gegensatz zu Ares wirkte er kein bisschen fröhlich, sondern blickte mit ausdruckslosem Gesicht an ihm vorbei durch das Seitenfenster in Richtung des Jungenwohnheimes, in dem sie David zu finden hofften. Erstes Obergeschoss, zweites Zimmer links. Es war beschämend einfach gewesen, das herauszufinden.

»Für einen Mann aus einer Familie von Attentätern bist du verdammt weich, Kameltreiber«, spöttelte Ares, doch Shareefs Blick blieb kalt.

»Ich töte, weil das meine Bestimmung ist. Gefühle haben nichts damit zu tun«, antwortete er mit seiner emotionslosen Stimme und entlockte seinem Gefährten damit lediglich ein verächtliches Schnauben.

»Jetzt komm mir bloß nicht so, Sklave. Das steht dir nicht.«

Shareef hatte gewisse Vorzüge: Man konnte ihn beschimpfen, wie man wollte, die Worte schienen von seiner dunklen Haut einfach abzuprallen. Und wenn sie doch einmal bis in die Seele vordrangen, dachte Ares bei sich, dann wäre es ein Leichtes, sie ihm mit gezielten Schnitten aus dem Leib zu säbeln. Er war der Schwertmeister. Es gab niemanden, der geschickter mit der Klinge zu hantieren wusste als er.

Mit einem letzten geringschätzigen Zucken der Mundwinkel stieg Ares aus dem Wagen. Shareef folgte ihm, während er ohne große Eile auf das Jungenwohnheim zuging.

Von Metz hatte sich wirklich Mühe mit der Auswahl des Verstecks gegeben, stellte er fest. Wenn Marienfeld schon der sprichwörtliche Arsch der Welt war, dann war das hier der Donnerbalken, dem die Stadt vor Jahrhunderten den Rücken zugekehrt hatte, um ihn einfach zu vergessen. Dennoch hatten sie den kleinen David binnen kürzester Zeit aufgespürt. Es konnte sich nur noch um Wochen, vielleicht Tage handeln, bis sie auch Robert von Metz selbst ausfindig machen würden. Und mit ihm den Sitz dieser dreimal verfluchten Templer und das Versteck der Reliquien.

Vor Davids Zimmer angekommen, stutzte er. Seinen Neffen hatte er sich doch ein wenig anders vorgestellt. Schließlich schlummerte in seinen Zellen zu fünfzig Prozent die DNA seiner Schwester, unabhängig davon, mit wem Lucrezia in der Nacht seiner Produktion herumgevögelt hatte. Dementsprechend hatte Ares einen intelligenten, eher in sich gekehrten jungen Mann erwartet – vor allem, nachdem er achtzehn Jahre in der Obhut eines prüden Mönchs in einem sterbenslangweiligen Klosterinternat am Rande der Zivilisation zugebracht hatte. Außerdem verfügten die Mitglieder ihrer Familie seit Generationen über eine gewisse körperliche Attraktivität, die zumindest teilweise, egal wie dominant das väterliche Erbgut auch sein mochte, an David hätte weitergegeben werden müssen.

Der grobschlächtige Kerl, den er in Davids Zimmer vorfand, entsprach diesen Vorstellungen in keinster Weise. Er war zweifellos stark. Aber mit seinem zu hässlichen Strähnen verklebten, dunkelblonden Haar, dem unsteten Blick seiner grünen Augen und den hassverzerrten Zügen seines eher unansehnlichen Gesichts hatte er ganz und gar nichts mit Lucrezia gemein. Um seinen Hals trug er eine Plastikkrause. Er hielt mit beiden Händen einen Baseballschläger umklammert, mit dem er aus irgendeinem Grunde das Inventar seines geräumigen Zimmers mit wütenden, abgehackten Bewegungen kurz und klein schlug.

Ares schüttelte in einer Mischung aus Sorge und Vorwurf den Kopf. Wenn Lucrezia ihren Jungen so sehen könnte, dachte er, würde sie wahrscheinlich augenblicklich ihre stets so unerschütterliche Gelassenheit vergessen und ihrem Sprössling – volljährig hin oder her – mächtig den Hintern versohlen. Aber seine Schwester wartete unten in der Limousine, und so blieb die Drecksarbeit wieder einmal an ihm hängen.

»So viel Wut«, seufzte er und zog eine missbilligende Grimasse, mit der er seine Enttäuschung über den missratenen Neffen zu überspielen versuchte. »Das kommt wohl, wenn einem die Mutterliebe fehlt.«

Der Junge, der ihn in seiner Rage noch überhaupt nicht bemerkt hatte, wirbelte zu ihm herum. Ares' behandschuhte Faust traf ihn zielsicher und hart mitten ins Gesicht. Der junge Mann verdrehte kurz die schreckensweit aufgerissenen Augen, ehe er das Bewusstsein verlor und zu Boden fiel.

Ares ließ sich in die Hocke sinken und beugte sich über ihn. Nun, da der Junge endlich stillhielt, konnte er ihn sich etwas genauer ansehen. Es war wirklich kein schöner Anblick. Ein paar hässliche Drähte, die aus seinem breiten Unterkiefer ragten, gaben ihm einen Touch von Frankensteins Monster. Dickflüssiges Blut sprudelte aus der leicht gebogenen Nase, die Ares ihm gebrochen hatte. Ares legte die Stirn kraus. Frisch vernähte Wunden? Blutungen aus einer so unwesentlichen Verletzung, die nicht binnen kürzester Zeit von allein aufhörten?

Der junge Mann kam stöhnend zu sich und begann unverzüglich am ganzen Leib zu zittern. Er starrte Ares aus schreckerfüllten Augen an wie ein ausgedientes

Auto die Schrottpresse. Das Blut, das aus seiner Nase quoll, tropfte mittlerweile über Ares Arm, nachdem er den Kopf des Jungen ein wenig angehoben hatte, um ihn besser betrachten zu können.

»Der blutet ja wie ein Schwein!«, fluchte er, als er seinen Fehler begriff. »Das ist er nicht.« Wütend über sich selbst packte er den breitschultrigen Kerl am Schopf und zerrte ihn in eine aufrechte Position. »Wo ist David?« Er schüttelte ihn durch und scherte sich nicht um die frisch vernähten Wunden, die unverzüglich wieder aufrissen. »Komm, mach das Maul auf!«

»Ch wß ncht«, stammelte der Junge, dem die Drähte zwischen seinen Zähnen das Sprechen nahezu unmöglich machten. Außerdem schien er große Schmerzen zu haben. Es war Ares gleichgültig. Er hatte andere Sorgen als die Probleme von Leuten, die er nicht kannte, nie wieder sehen würde und deren Lebenszeit ohnehin auf weit weniger als ein Jahrhundert begrenzt war.

»Wklch nch«, fügte der Kerl verzweifelt hinzu. Seine Augen füllten sich mit Tränen. Wenn er vorher einfach nur hässlich gewesen war, dann bot er jetzt einen erbärmlichen und, wie Ares fand, regelrecht widerwärtigen Anblick.

»Scheiße! Worauf wartest du noch? Such ihn!«, fuhr er Shareef, der an der Tür zurückgeblieben war, an, während er sich wieder aufrichtete und den Jungen angeekelt auf den Boden zurückschleuderte. Dieser hätte wahrscheinlich laut aufgeschrien, hätten die Drähte, Schrauben und was die Ärzte sonst noch alles in seinem Unterkiefer und zwischen seinen Zähnen deponiert hatten, ihn nicht daran gehindert, sodass er sich darauf beschränken musste, zu schluchzen wie ein kleines

Mädchen, dass vor der ganzen Schulklasse in die Hose gemacht und dafür auch noch Schläge mit dem Rohrstock bezogen hatte.

»Es würde mir helfen, wenn ich wüsste, wie er aussieht«, antwortete Shareef kühl. Für einen kurzen Moment glaubte Ares eine Spur von Vorwurf im reglosen Gesicht des Arabers zu erkennen.

Der Schwertmeister schwieg auf der Suche nach einer Antwort, mit der er Shareef klarmachen konnte, was er von ihm hielt. Doch in Anbetracht der Tatsache, dass der Dunkelhäutige Recht hatte, war dies nicht einfach, sodass er schließlich nur den Kopf schüttelte und ihn mit einem Wink dazu aufforderte, ihm zu folgen. Sie brauchten tatsächlich ein Bild oder eine genaue Beschreibung, um seinen Neffen ausfindig zu machen.

Zügigen Schrittes machten sie sich auf den Weg in das Büro des Pfaffen, welches in einem Nebengebäude untergebracht war. Dort angelangt, zog Shareef einen seltsamen Apparat aus seinem Rucksack hervor, um ihn an das völlig veraltete Telefongerät anzuschließen, während Ares eher gelangweilt als hoffnungsvoll in der Akte des Jungen herumblätterte, die er rasch ausfindig gemacht hatte.

Dieser komische Vorbeter, dem Robert das Kind anvertraut hatte, musste ein äußerst ordnungsliebender Mensch sein. Es gab ein paar persönliche Daten in der Mappe, wobei Angaben über Davids Abstammung und Herkunft wie erwartet fehlten. Außerdem, säuberlich sortiert vom ersten Schuljahr an bis zum Abschluss des vergangenen Halbjahres, Zeugnisse, die in Klarsichthüllen steckten. Beneidenswerte Zeugnisse, wie Ares schon bei flüchtigem Überfliegen bemerkte, und kein einziger Tadel. Offenbar hatten sie es mit einem richtigen kleinen Streber zu tun, doch das war ihm immer noch lieber als ein hirnloses Kraftpaket, wie er es gerade in Davids Zimmer niedergeschlagen hatte. Ein Foto gab es in der Akte allerdings nicht.

»Der Gedanke, dass sie 'ne Nummer mit Metz geschoben hat …«, stellte er angewidert fest. »Ich meine, sie ist ein scharfes Luder, aber ich kann mir meine Schwester einfach nicht beim Sex vorstellen. Du etwa?«

Shareefs Miene blieb ausdruckslos wie immer. Ein kaum merkliches Zucken unter dem Auge des Arabers verriet, dass er sich dies durchaus vorstellen konnte.

Ares lächelte spöttisch. »Träum weiter, Sklave. Die treibt es vielleicht mit dem Feind – aber niemals mit einem Dienstboten.«

Also hatte der Araber doch Gefühle, stellte Ares mit einem Anflug von sadistischer Befriedigung fest. Er erkannte den Ansatz einer Grimasse auf dessen Gesicht, ehe er ihm demonstrativ den Rücken zuwandte und sich daran machte, seinen Apparat, der soeben mit elektronischem Summen einen Zettel voller Zahlenkolonnen ausgespien hatte, wieder in seinem Rucksack zu verstauen. Den Zettel reichte er Ares, ohne ihn dabei anzusehen.

»Dieser Mönch hat mehrere lange Telefonate mit einer bestimmten Handynummer geführt«, stellte er kurz fest.

Sie verließen das Büro und traten kaum eine Minute später auf den Hof hinaus. Als sie den Wagen fast erreicht hatten, hatte Ares aus dem Wirrwarr von Zahlen und Daten herauskristallisiert, was der Araber gemeint hatte.

»Das muss von Metz sein«, bestätigte er. »Gut. Wir verschwinden von hier, und du ortest mir dieses verdammte Handy.« Er streckte die Hand nach dem Griff der Beifahrertür aus, doch dann fiel sein Blick auf die Finger seines Begleiters, und er hielt mitten in der Bewegung inne. »Sag mal – hast du keine Handschuhe getragen?«, fragte er.

»Was?« Shareef blickte ihn verwirrt an. »Nein.«

»Dann sind deine verdammten Fingerabdrücke jetzt überall da drinnen«, stöhnte Ares.

Der Araber öffnete den Mund, um etwas zu sagen, doch dazu sollte es nicht mehr kommen. Ares ließ ohne weiteren Kommentar eine Hand in seine Manteltasche gleiten, zog eine Handgranate hervor und schleuderte sie durch die offen stehende Tür in das Haus des Pfaffen. Mit ihm hatte die Prieuré wenigstens ein Mitglied, das sein Hirn benutzte, dachte er bei sich und stieg in den Wagen, während die Handgranante das kleine Häuschen hinter ihnen mit einem mächtigen Knall dem Erdboden gleichmachte.

Mit unbewegter Miene bedeutete er dem Araber, den Motor anzuwerfen und Gas zu geben.

Nichts von dem, was er las oder auf den Bildern sah, die in sporadischen Abständen auf den Seiten des, wie er schnell festgestellt hatte, sogar über eintausendfünfhundert Seiten dicken Wälzers abgedruckt waren, brachte David weiter. Vielleicht wäre es einfacher gewesen, wenn er das, was Quentin erzählt hatte und was von dieser Lektüre bestätigt wurde, hätte glauben können. Zusammen mit den Schlussfolgerungen, die er aus den Geschehnissen des gestrigen Abends zog, machte das Ganze sogar Sinn, wenn man nur genügend Fantasie hatte. Doch das hätte ihn auf die Schwelle zwischen Irrsinn und Größenwahn getrieben, und nach allem, was passiert war, konnte er sich keinerlei Risikofaktoren mehr leisten, die an den Schräubchen und Rädchen in seinem Gehirn rüttelten.

So vergingen fünfzehn, zwanzig Minuten, in denen er hilflos und mit zunehmender Verwirrung in dem alten Buch herumblätterte, bis sich die Tür hinter ihm wieder öffnete und Quentin in die Bibliothek zurückkehrte. Er war nicht sicher, ob er das als Lichtblick auffassen sollte, denn er kannte den Mönch gut genug, um zu wissen, dass dieser über Dinge, über die er nicht reden wollte, auch dann kein Wort verlor, wenn sich David auf den Kopf stellte, mit den Ohren wackelte und dabei Beethovens Fünfte auf dem Kamm blies. In David brannte noch immer das Feuer der Neugier, doch mittlerweile brannten auch seine Augen. Der fehlende Schlaf der vergangenen Nächte, die Aufregung und der Ärger (er hatte gar nicht gewusst, wie anstrengend Wut sein konnte) hatten seine Energiereserven aufgebraucht. Nachdem sein Ziehvater ihn allein zurückgelassen hatte, hatte sich schnell ein Gefühl zunehmender Resignation in ihm ausgebreitet.

»Quentin?«, fragte er kraftlos, ohne sich umzudrehen oder von seiner Lektüre aufzusehen, doch niemand antwortete. Mit einer müden Geste rieb sich David mit beiden Händen über das Gesicht. Er wunderte sich, dass er gar keine Schritte auf den hölzernen Dielen hörte. Und als er schließlich welche vernahm, stimmte etwas nicht mit ihnen. Es war nicht Quentins Art, so zu schleichen.

Erschrocken hob David den Kopf und wandte sich zu dem Eindringling um, doch als er seinen Fehler erkannte, war es bereits zu spät. Der Fremde hatte ihn bereits erreicht, war hinter seinen Stuhl getreten und umklammerte ihn mit gewaltiger Kraft, ohne dass er sein Gesicht hätte erkennen können. Nur seine Bärenkräfte verrieten David, dass es sich um einen Mann handeln musste. Lange bevor er auf die Idee kam, dass ein Hilferuf die angemessene Reaktion auf fremde Gestalten, die sich von hinten anschleichen, war, hatte der Mann ihm ein mit einer scharf riechenden Flüssigkeit getränktes Tuch vor Mund und Nase gepresst. Chloroform, stellte David voller Entsetzen fest. Er kannte dieses Teufelszeug. Erst vergangene Woche hatten sie in Chemie …

Er spürte, wie sein Bewusstsein zu schwinden begann und bemühte sich verzweifelt mit all seiner Willenskraft, sich an die zunehmend kümmerlichen Reste seiner Sinne zu klammern, doch er hatte keine Chance. Wohltuende, samtene Schwärze senkte sich über ihn und hüllte ihn in einen tiefen, traumlosen Schlaf.

Ich sage es Ihnen noch einmal«, stöhnte von Metz gereizt und blickte nervös auf das riesige Zifferblatt der Uhr, die an der Wand hinter dem Zollbeamten in dem muffigen Büro im Flughafen prangte. »Ich bin Kunsthändler und ich habe eine amtliche Einfuhrerlaubnis für dieses Schwert.«

Robert warf dem fleischigen Beamten auf der anderen Seite des Tresens, auf dem der Koffer mit dem Schwert des Templermeisters – mit *seinem* Schwert – lag, einen eindringlichen Blick zu, doch das schien diesen eher noch misstrauischer zu machen. Er bemühte sich verzweifelt, nicht etwa unruhig von einem Fuß auf den anderen zu treten, was den Dummkopf in seinem Irrglauben, einen Schmuggler auf frischer Tat ertappt zu haben, wohl nur bestätigt hätte. Mit regungsloser Miene betrachtete der Ignorant die Waffe, doch der glasige Schimmer in seinen Augen verriet, dass ihm gefiel, was er sah – und dass er überaus stolz auf seinen vermeintlich illegalen Fund war. Der Mann hielt die Einfuhrerlaubnis, von der Robert gesprochen hatte, bereits seit einer geraumen Weile in den Händen, konnte aber offenbar herzlich wenig damit anfangen.

»Und ich sage es Ihnen auch gerne noch einmal«, erwiderte der Uniformierte unbeeindruckt, »ich bin zu einer genauen Überprüfung verpflichtet, und so lange werden Sie sich gedulden müssen. Warum nehmen Sie nicht einfach Platz?«

Er deutete auf einen der billigen Plastikstühle, die die Wand hinter Robert säumten. Dann wandte er sich ab und rauschte ohne ein Wort der Entschuldigung aus dem Büro. Von Metz hoffte inständig, dass der Kerl unterwegs einen erfahrenen Kollegen treffen würde, der ihn von der Rechtmäßigkeit der Einfuhrerlaubnis überzeugen konnte.

Statt der Aufforderung des unsympathischen Fleischberges nachzukommen und sich zu setzen, zog Robert sein Handy aus der Manteltasche hervor und begann, unruhig im Raum auf und ab zu gehen, während er Williams Nummer wählte.

»Robert«, erklang umgehend die Stimme des Templers aus dem kleinen Gerät. »Wir sind am Flughafen. Wir haben den Jungen.«

»Gott sei Dank.« Ihm fiel eine ganze Steinlawine vom Herzen.

Er schloss die Augen, um sich zu sammeln. Der erste Schritt, Lucrezias größenwahnsinnigen Plänen entgegenzuwirken, war getan. Aber ihm musste bald der nächste folgen, und an diesem Punkt beschloss der Vater in ihm, das Denken vorläufig einzustellen. Er ertrug es nicht. Doch er musste tun, wofür er vor achtzehn Jahren zu schwach gewesen war.

»Ich habe hier ein paar Probleme, es kann noch etwas dauern«, sagte er.

»Okay. Wir treffen uns in der Tiefgarage«, schloss William.

Von Metz verabschiedete sich, legte auf, nahm nun doch auf einem der unbequemen Plastikstühle Platz und dankte dem Herrn dafür, dass er ihm Cedric und William an die Seite gestellt hatte. Es waren gute Männer. Cedric war nach wie vor der beste Schütze, den er kannte, und es gab nicht viele Menschen, die mit ihrer Klinge besser umzugehen vermochten als der bärtige William. Die beiden hatten immer zu ihm gehalten, und das nicht allein aus Pflichtgefühl dem Herrn und dem Templermeister gegenüber, sondern auch und vor allen Dingen aus einer langjährigen, innigen Freundschaft heraus.

Robert wusste, dass keiner der beiden begeistert von seiner Idee gewesen war, den Jungen einem Mönch anzuvertrauen und in einem abgeschiedenen Internat unterzubringen, statt ihn, wie es für alle das Beste und von Metz' Pflicht gewesen wäre, zu töten. David konnte es nicht ahnen, und es war bei Gott nicht seine Schuld, doch er stellte eine große Gefahr für den Orden und vor allem für die Heiligen Insignien dar, die zu wahren und vor Menschenhand zu schützen Robert und seine Männer bestimmt waren. Nie hatten sie ihren verständlichen Unwillen verlauten lassen, denn sie hatten sich ihre Menschlichkeit bewahrt. Robert wusste, dass sie ihn verstanden und dass es nicht bloß Respekt, sondern Mitgefühl gewesen war, das sie dazu veranlasst hatte, sich über das Versagen des Templermeisters in Schweigen zu hüllen und ihn nach Kräften dabei zu unterstützen, den Schaden, den er angerichtet hatte, zu begrenzen.

Sie hatten viel für ihn getan, dachte Robert dankbar bei sich, aber sie konnten ihm nicht alles abnehmen. Er hatte einen Fehler gemacht, er hatte verhängnisvolle Schwäche gezeigt, und schließlich hatte sein Verstand den Kampf gegen sein Herz verloren, und er hatte den Moment ungenutzt verstreichen lassen, in dem er die Folgen seines Fehlers hätte beseitigen müssen.

Den Moment, in dem er den Jungen hätte töten müssen.

Von Metz schüttelte den Kopf. Er verdrängte den Gedanken daran, dass bald der Augenblick des Unvermeidlichen kommen würde, und wartete.

Es dauerte einige Atemzüge lang, bis David begriff, dass er aus seiner Bewusstlosigkeit erwacht war und die dumpfen Stimmen, die an sein Ohr drangen, nicht etwa Teil eines Albtraumes waren, in dem er erblindet war, sondern der Realität angehörten. Erschrocken und für einen Moment tatsächlich im Glauben, nichts mehr sehen zu können, rieb er sich die Augen. Doch die Dunkelheit, die ihn umschloss, stellte er mit einem Anflug der Erleichterung fest, war nicht vollkommen. Die Enge des Raumes, in dem er sich befand, und das unverwechselbare Geruchsgemisch von Gummi, Blech und Hartplastik verrieten ihm, dass er sich in einem recht neuen Fahrzeug befinden musste. Sein Herz machte einen entsetzten Satz in seinen ungewöhnlich trockenen Hals hinauf und hämmerte mit irrsinniger Geschwindigkeit weiter, sodass sich sein Atem um ein Vielfaches beschleunigte, um seinen Kreislauf weiterhin mit der erforderlichen Menge an Sauerstoff zu versorgen.

Er war entführt worden, schoss es ihm durch den Kopf. Diese Gestalt in der Bibliothek, die Umklammerung, gegen die er nicht angekommen war, der Lappen mit dem Betäubungsmittel ... David verspürte einen pelzigen Belag auf der Zunge. Man hatte ihn in der Bibliothek gekidnappt und in den Kofferraum eines Kleintransporters oder eines ähnlichen Fahrzeuges gestopft. Und nun standen seine Entführer allem Anschein nach hinter der Ladeklappe und –

»Kaffee?«, hörte er eine Stimme fragen. Obwohl durch die Heckklappe gedämpft, vernahm David doch den Schall, der der Stimme nachhallte. Wahrscheinlich befanden sie sich in einem Parkhaus, schloss er.

»Schwarz«, antwortete eine andere, ebenfalls männliche Stimme bestätigend. David hörte, wie sich Schritte entfernten.

Waren sie zu zweit oder zu dritt? Vielleicht gab es noch eine Person, die nur stumm den Kopf geschüttelt hatte.

Er blickte sich mit immer noch rasendem Herzen, aber aufmerksamer als zuvor, im Inneren des Kofferraumes um. Er war recht geräumig. Irgendwann hatte es wohl einmal eine Rückbank gegeben, aber sie war ausgebaut worden. Wahrscheinlich gab es vorne nur zwei Sitze. Wenn er zu seinen Gunsten spekulierte (und das war ihm momentan ein dringendes Bedürfnis) und kein Fahrzeug sie begleitet hatte, dann waren die Fremden zu zweit. Und einer von ihnen war gerade fortgegangen, um Kaffee zu besorgen.

Oh verdammt! Hätte es doch wenigstens ein Fenster gegeben ... Das hätte ihm seine Situation vielleicht nicht erleichtert, sie aber im wahrsten Sinne des Wortes ein wenig überschaubarer gestaltet.

David richtete sich vorsichtig in eine hockende Position auf, presste ein Ohr gegen das Blech der Heckklappe und lauschte. Jemand hustete.

Er dachte gar nicht über das nach, was er tat. Er wusste nur, dass er sofort handeln musste, wenn dieser verzweifelte Fluchtversuch die geringste Aussicht auf Erfolg haben sollte. In der Hoffnung, dass der Kofferraum nicht abgeschlossen war, streckte er die Hand blitzschnell nach dem Griff aus und stieß die Tür mit einer so plötzlichen Bewegung und so großer Kraft auf, dass der unmittelbar hinter dem Wagen stehende Mann von der Wucht der ihm in den Rücken schlagenden Klappe von den Füßen gerissen wurde und mit einem erschrockenen Aufschrei zu Boden fiel.

Noch während er von der Ladefläche sprang, stellte David fest, dass er sich tatsächlich in einem Parkhaus befand. Er überlegte nicht lange, in welche Richtung er sich wenden sollte, sondern rannte, so schnell er konnte. Weg, schoss es ihm durch den Kopf. Einfach nur weg von hier!

Er hörte, wie sich sein Entführer fluchend aufrappelte und ihm nachsprintete, wandte aber nicht einmal den Kopf. Er zwängte sich zwischen zwei dicht nebeneinander geparkten Kleinwagen hindurch, setzte über die Motorhaube eines im Weg stehenden, schnittigen Sportwagens hinweg und erreichte den unteren Absatz einer Treppe, von der er innig hoffte, dass sie ins Freie führen würde – aber das tat sie nicht.

Stattdessen fand er sich in einer riesigen, hell erleuchteten Halle wieder, in der geschäftiges Leben tobte. Schwer atmend verharrte er eine Sekunde, um sich zu orientieren. Er erblickte ein modern ausgestattetes, offenes Café, über dem sich riesige und trotzdem filigran scheinende Bögen wie überdimensionale Rippen wölbten, und elektronische Tafeln, auf denen Buchstaben und Zahlen aufblinkten, sodass er in seiner Verwirrung einen Augenblick lang glaubte, in einem gewaltigen Raumschiff gelandet zu sein. Er hatte den Punkt, an dem er eingesehen hatte, dass in dieser Welt nichts unmöglich war, längst erreicht. Aber ein großer Dutyfreeshop zu seiner Rechten, den Menschen mit großen Brieftaschen betraten und andere mit großen Plastiktüten verließen, flüsterte seinem Verstand zu, dass es sich um einen Flughafen handelte. Er befand sich auf einem als *Ebene B* gekennzeichneten Plateau mit einem riesigen Loch in der Mitte, durch das man von der untersten Etage bis zur gläsernen Kuppel, die das Dach bildete, hindurchsehen konnte.

Egal, wo er war: Er musste von dort verschwinden, ehe sein Verfolger ihn eingeholt hatte, dessen Schritte trotz des Lärmes um ihn herum aus dem Treppenhaus an sein Ohr drangen. Erneut lief er los, nur um nach ein paar Schritten abrupt stehen zu bleiben –

– als weiter vorne etwas Metallisches im hellen Licht aufblitzte, was in einer Nische verborgen gewesen war, und einem Passanten in einem knöchellangen, ledernen Mantel mit einer nicht nachvollziehbaren, irrsinnig schnellen Bewegung den Hals durchtrennte!

David riss entsetzt die Augen auf. Er versuchte zu schreien, doch seiner Kehle entwich nicht mehr als ein krächzender, erstickter Laut. Zwei, drei unendlich lang erscheinende Sekunden blieb das Haupt des Passanten noch an seinem Platz auf den Schultern des Mannes, ehe es mit einem dumpfen Laut auf den gefliesten Boden hinabpolterte und Blut aus dem kopflosen Körper des Fremden schoss, der seinerseits eine weitere unerträgliche Sekunde erstarrt in aufrechter Haltung verharrte, ehe seine Hände ihre Umklammerung um die beiden Kaffeebecher, die er getragen hatte, lösten und er ebenfalls zu Boden fiel.

Schrille Schreie erklangen von überall her. Menschen begannen umherzurennen – zwar unversehrt, aber in gewissem Sinne nicht weniger kopflos als das Opfer des dunkelhäutigen Mannes, der mit ausdrucksloser Miene und einem blutverschmierten Krummsäbel bewaffnet aus der Nische trat, in der er sich versteckt hatte.

Dann erklang nur wenige Schritte von dem Toten und seiner Blutlache entfernt plötzlich ohrenbetäubendes, metallisches Klirren, als stählerne Klingen mit gewaltiger Kraft aufeinander trafen.

David keuchte entsetzt auf. Mit ungläubigen Blicken folgte er den unglaublich schnellen Bewegungen der zweifellos rasiermesserscharfen Schwerter, mit denen zwei Männer in langen Mänteln keine fünf Schritte von ihm entfernt aufeinander eindroschen, als hätte jemand eine brutale Kampfszene aus einem historischen Abenteuerfilm in die Realität geschnitten. Zischend schnitten die Klingen durch die klimatisierte Luft der Flughafenhalle, trafen aufeinander, wechselten von der Parade in die Attacke und umgekehrt und –

– das Tatzenkreuz! David erkannte es auf der Waffe des älteren Kämpfers. Sogleich flackerten die Bilder aus seinem Traum wieder vor seinem inneren Auge auf und verschleierten seinen Blick für die Wirklichkeit. Der Fremde trug das Schwert aus dem Traum! Er bildete sich ein, den kalten Stahl der Klinge an seinen Fingerkuppen zu spüren wie der Säugling, der sie mit unbeholfenen Bewegungen ertastet hatte.

»*Der Junge*!«

Die Stimme des Kämpfers mit dem Schwert aus seinem Traum versetzte ihn abrupt in die Realität zurück; oder zumindest in das Irrenhaus, das die Wirklichkeit zu sein vorgab. Aus den Augenwinkeln bemerkte er, wie sein Verfolger aus der Tiefgarage zu ihm aufschloss – kaum mehr als zwei Schritte trennten sie voneinander. David wirbelte auf dem Absatz herum und wandte sich nach links, aber nur, um dann unerwartet kehrtzumachen und blitzschnell in geduckter Haltung an seinem überraschten Verfolger vorbei zurück in das Treppenhaus zu stürzen und die Treppe wieder hinunterzuhasten.

Das war überhaupt kein Flughafen, beschloss er voll maßlosem Entsetzen, während er die Treppen zum Erdgeschoss so schnell er nur konnte zurücklegte, indem er mehrere Stufen gleichzeitig nahm. Das alles gehörte nicht zu der Welt, in der er lebte. Er hatte ja gewusst, dass sich der Nobelpreis aus dem Vermögen finanzierte, das Alfred Nobel mit seiner Erfindung des Dynamits erworben hatte, aber dass diese Welt so verrückt, so wahnsinnig, so brutal war, das konnte er einfach nicht fassen. Er musste so schnell wie möglich zurück nach Hause in das Kloster, in dem er sein bisheriges Leben verbracht hatte, wollte nur noch die Tür hinter sich verriegeln und nie wieder zurückdenken an dieses Horrorkabinett, über dem Passagiermaschinen und Frachtflugzeuge seelenruhig durch die Lüfte kreuzten. Aber dazu musste er es erst einmal überleben.

Als David das Erdgeschoss erreichte, hörte er – außer seinen eigenen – keine Schritte durch das enge Treppenhaus schallen. Trotzdem verlangsamte er sein Tempo nicht, sondern stieß die Tür mit der erlösenden Aufschrift »Ausgang« mit der Linken auf, ohne abzubremsen, und stürzte schwer atmend und in Schweiß gebadet ins Freie. Erst dann blieb er kurz stehen, um sich davon zu überzeugen, dass sich unter den Passanten auf dem Bürgersteig vor dem Flughafengebäude keine Schwerter schwingenden, blutrünstigen Neuzeitritter befanden und auch keine abgetrennten Köpfe über den Asphalt kullerten.

Eine nachtschwarze Limousine mit getönten Scheiben rollte gemächlich die Straße hinab und hielt unmittelbar vor ihm. David eilte ohne nachzudenken darauf zu und beugte sich vor, um durch ein geöffnetes Fenster ins Innere des Fahrzeugs zu blicken. Hilfe, dachte er verzweifelt, er brauchte verdammt noch mal sofort Hilfe! Wo blieb bloß die Polizei? Die Polizei, die Blauhelme und vor allem die Ärzte und Pfleger, aus deren Anstalt diese Wahnsinnigen entkommen sein mussten?

Aus den Augenwinkeln erspähte er einen der Schwertkämpfer, der in ebendieser Sekunde aus der Empfangshalle ins Freie sprintete und sich mit gehetztem, suchendem Blick vor dem Flughafengebäude umsah.

»Bitte!«, keuchte er flehend ins Innere der Luxuskarosse, aus der ihm eine hübsche blonde Frau lächelnd entgegenblickte. »Sie müssen mir helfen! Ich muss sofort hier weg!«

Die Frau antwortete nicht, doch David deutete ihr Lächeln als Aufforderung, zu ihr in den Wagen zu springen, und warf die Tür hinter sich zu, nachdem er Letzteres getan hatte.

»Hallo, David.«

Er zuckte erschrocken zusammen und blickte die junge Frau verwirrt an. Woher, zum Teufel, wusste sie seinen Namen? Es waren nur Sekundenbruchteile, die sein Gehirn benötigte, um die logische Konsequenz zu ziehen: Es war gar nicht wichtig, woher sie ihn kannte, sondern lediglich, *dass* dem so war, was in seiner Situation auf jeden Fall ein bedrohliches Zeichen war. Entsetzt streckte er die Hand nach dem Türgriff aus und rüttelte daran, doch der Wagen verfügte offenbar über eine Kindersicherung, sodass sich die Tür von innen nicht öffnen ließ. Dafür schwang im nächsten Moment die Beifahrertür auf. Noch ehe der Neuankömmling sie wieder hinter sich zugezogen hatte, warf der Fahrer den Motor an und raste mit quietschenden Reifen los.

Der Mann, der sich mit einer eleganten, fast katzenhaften Bewegung auf den Beifahrersitz geschwungen hatte, wandte sich zu ihm um und beugte sich mit einem lässigen Lächeln ein Stück weit vor. Es war einer der beiden Männer, die auf *Ebene B* mit Schwertern aufeinander eingedroschen hatten!

David unterdrückte nur mit Mühe einen erschrockenen Aufschrei. Hinter seiner Stirn drehten sich seine Gedanken in einer schrillbunten Spirale, um letztlich zu dem einzig möglichen Ergebnis zu gelangen: Er hatte verloren. Wer auch immer diese Männer waren, die Flughäfen in tödliche Arenen verwandelten, um wie Gladiatoren auf Leben und Tod zu kämpfen – sie hatten ihn gewollt, und sie hatten ihn bekommen.

Er schloss die Augen und bemühte sich darum, die Tränen hilfloser Verzweiflung, die in seinen Augen brannten, in die Drüsen zurückzudrängen, denen sie entwichen waren, während er stumm zu beten begann. Er fühlte sich ausgeliefert wie ein Lamm im Tiertransporter auf dem Weg zur Schlachtbank. Wenn Gott ihn schon unverschuldet mit solch grauenhaften Ereignissen konfrontierte, dann schuldete er ihm etwas. Ein UFO mit einer Armee schwer bewaffneter Marsmännchen zum Beispiel, die ihn befreiten und auf einem anderen Planeten vor dieser wahnsinnigen Welt in Sicherheit brachten.

Die Faust des Schwarzhaarigen, der ihn noch immer lächelnd ansah, traf ihn vollkommen unvorbereitet und mit einer Wucht, die ihn hart in den Sitz zurückschleuderte. Zum zweiten Mal innerhalb weniger Stunden kämpfte David einen kurzen, vergeblichen Kampf um sein Bewusstsein.

Diese seelenlosen Hunde hatten William ermordet und eine unschuldige Passantin als lebenden Schutzschild benutzt! Robert konnte noch immer nicht fassen, was gerade geschehen war. Er hatte nichts tun können, als zu warten, bis Lucrezias Bruder seine ängstlich vor sich hin schluchzende, wehrlose Geisel am Ausgang endlich freigelassen hatte und durch die Glastür verschwunden war, während Cedric mit dem Araber kämpfte, der William aus dem Hinterhalt enthauptet hatte. Dann war er kurz entschlossen über die Brüstung gesprungen, um sich zwei Stockwerke weit in die Tiefe fallen zu lassen und hart in einem Verkaufsstand voller Parfümfläschchen und Seifenschalen zu landen. Er hatte gehört, wie außer der Spanplatte unter der samtenen Decke, auf der die Ware ausgestellt gewesen war, auch seine Schien- und Wadenbeinknochen brachen. Leider bedeutete die Tatsache, dass seine Wunden unglaublich schnell verheilten, noch lange nicht, dass er keinen Schmerz empfand, wenn er sich verletzte. Aber er hatte keine Rücksicht auf sich selbst nehmen können.

Robert hatte die Zähne zusammengebissen und war trotz Schmerzen aus dem Gebäude gestürmt, doch es war zu spät gewesen. Er konnte nur erschüttert zusehen, wie der Junge in Lucrezias Limousine einstieg und Ares sich auf den Beifahrersitz schwang, ehe der Wagen mit Vollgas die Straße hinabraste und mit quietschenden Reifen hinter der nächsten Kurve verschwand. Hinter ihm schloss Cedric schwer atmend und mit gezogener Waffe zu ihm auf.

Sein Magen zog sich schmerzhaft zusammen, als er widerwillig einsah, dass er einmal mehr versagt hatte und allein nicht weiterkam. Er musste den übrigen Templern gestehen, was er vor achtzehn Jahren getan hatte und darauf hoffen, dass sie ihm halfen, David aus Lucrezias machtgierigen Fingern zu befreien. Sobald sie

William beerdigt hatten. Ein bitterer Kloß bildete sich in seinem Hals und setzte sich darin fest, wie eine übergroße, widerliche Zecke. Er hatte in seinem Leben schon zu viele Männer sterben sehen; er hatte zu viele Freunde verloren.

William aber war einer der besten gewesen.

Mit dem säuerlichen Geschmack von Erbrochenem auf der Zunge und einem leisen Pfeifen in den Ohren erwachte David auf hartem, glattem Parkettboden und blinzelte benommen an der Gestalt hinauf, die vor ihm in die Höhe ragte. Anthrazitgrauer Samt umspielte ihren schlanken Körper. Große braune Augen blickten mit sorgenvollem Lächeln auf ihn hinab. »Wie fühlst du dich, mein Junge?«, hörte er sie fragen, doch ihre Stimme klang verzerrt und wurde untermalt von dem hässlichen Pfeifen, das noch immer in seinem Innenohr tobte und sich nur langsam zurückzog.

Vorsichtig richtete er sich auf die Ellbogen auf und kämpfte die letzte Benommenheit nieder, während er die Frau aus der Limousine zitternd vor Angst und Kälte mit wachsamen Blicken maß. Doch in seine Furcht mischte sich schnell etwas, was er selbst nicht richtig beschreiben konnte, das aber an Faszination grenzte. Keine Frage: Diese Frau gehörte zu den Leuten, die ihn entführt hatten, aber das änderte nichts daran, dass sie unglaublich schön war. Ihre Figur, ihr Gesicht, ihre Augen, ihr goldblondes, wallendes Haar – alles war so makellos, dass es schon befremdlich wirkte. Aber dennoch war sie David irgendwie … vertraut?

»Wer … sind Sie?«, stammelte er leise.

»Du weißt es nicht?«, entgegnete die Schönheit anstelle einer Antwort und lächelte noch liebenswürdiger.

»Nein, ich weiß es nicht«, gab David zurück und entschied, dass er genug gelitten hatte und es außerdem ehrenwertere Körperhaltungen gab, in denen man mit einem potenziellen Feind kommunizieren konnte. Er stand auf. »Und wenn ich es mir so überlege«, fuhr er die Fremde an, »dann will ich es auch gar nicht wissen!«

Mit einer Sicherheit und Entschlossenheit, die ihn selbst erstaunte, eilte er auf eine der beiden Türen zu, die aus dem bis auf wenige Stühle am Rande vollkommen leeren, lichtdurchfluteten Saal führte. In diesem Augenblick betraten zwei weitere Gestalten den Raum, von denen er eine erschrocken als jenen Kämpfer identifizierte, dessen Fausthieb ihm im Auto das Bewusstsein geraubt hatte, und den anderen als den Metzger arabischer Herkunft ausmachte, der den ahnungslosen Mann auf *Ebene B* geköpft hatte.

»Das sind Ares und Shareef«, erklärte die Schöne mit unerschütterlichem Lächeln, während David entsetzt rückwärts vor den beiden Männern zurückwich. »Sie haben dich am Flughafen gerettet.«

»Keine Ursache«, winkte der eine Art brutale Erotik ausstrahlende, schwarzhaarige Fremde, der Ares sein musste, lässig ab und lächelte ein falsches Lächeln.

»Salam aleikum«, sagte der Araber. Die Teilnahmslosigkeit in seinem Blick war zweifellos echt.

»Mein lieber Junge«, seufzte die blonde Schönheit, der David den Rücken zugewandt hielt, während er die beiden Männer, die er am Flughafen als rücksichtslose Schlachter kennen gelernt hatte, denen das Töten Freude bereitete, aus schreckensweiten Augen anstarrte und eine weitere Adrenalindosis seinen Kreislauf zu Höchstleistungen antrieb. »Die Frage, die sich stellt – die Frage, die du dir stellen solltest –, ist doch vielmehr: Wer bist du? Ist es nicht das, was du schon immer wissen wolltest?«

David wandte sich von den beiden Fremden ab, die ihn, ob Auge in Auge oder aus dem Hinterhalt, sowieso umbringen würden, sobald ihnen danach war, und fuhr zu der Unbekannten herum. Das war unmöglich! Woher kannte sie seine geheimsten Gedanken? Er hatte mit niemandem darüber gesprochen – nie! Nicht einmal mit Stella, die schließlich mit sich selbst genug zu tun hatte. Selbst mit Quentin nicht, denn er hatte gewusst, dass es keinen Sinn hatte, den Mönch nach persönlichen Dingen zu fragen, die er ihm nicht aus eigenem Antrieb erzählte. Woher also wusste diese Frau von dem, was in seinem Kopf vorgegangen war, schon ehe die Welt um ihn herum vollkommen aus den Fugen geraten war?

»Du weißt, dass du anders bist.« Die Schönheit trat einen Schritt auf ihn zu und ihr Lächeln veränderte sich. »Du spürst es jeden Tag ein wenig mehr, habe ich Recht?«

Davids Kopf nickte langsam, während sein Wille ein energisches Nein in seinem Schädel verlauten ließ. Und wenn schon! Was ging sie das an? Sie hatte ihn entführt! Diese Hexe hielt ihn gegen seinen Willen fest! Sie war es nicht wert, dass er ein einziges Wort mit ihr wechselte, dass er ihr auch nur zuhörte! Nichts gab ihr das Recht, ihn so etwas zu fragen, nichts berechtigte sie, ihre Hand nach seiner Wange auszustrecken und ihn zu streicheln ...

Aber es tat unendlich gut. Etwas in der Berührung ihrer samtweichen Hände, in ihrer Art, sich zu bewegen, in ihrem Geruch, machte ihre Berührung so einzigartig und unverwechselbar wie die Liebkosungen einer –

»Schnapp!«

Ares' Stimme unterbrach den Lauf seiner Gedanken und ließ ihn erschrocken auf dem Absatz herumfahren. Im nächsten Sekundenbruchteil hielt er ein mehr als armlanges, stählernes Schwert in der Hand, welches der hünenhafte, gut aussehende Mann mit den stechend blauen Augen ihm zugeworfen hatte. David hatte es instinktiv aufgefangen. Seine eigene Reaktion erschreckte ihn dabei mehr als der Umstand, dass der Dunkelhaarige mit seiner waghalsigen Aktion auch das Leben seiner Gefährtin in Gefahr gebracht hatte, die dicht vor David gestanden hatte und ihn nun mit einem zufriedenen Lächeln bedachte, während sie ohne Eile zurückwich, um das weitere Geschehen zu beobachten – mit einem weiteren Lächeln aus ihrer Zauberkiste des Lächelns für jede Situation, wie David vermutete.

»Was soll das?«, entfuhr es ihm, einer Panikattacke nahe, während sein Blick zwischen der Klinge in seiner Hand und dem Schwert, das der Dunkelhaarige hielt, hin und her irrte wie der eines in die Enge getriebenen Kitzes zwischen Wölfen, die es bereits unwiderruflich auf ihre Speisekarte gesetzt hatten und es nur noch in mundgerechte Stücke reißen mussten.

Wieder war es ein Reflex, der ihm das Leben rettete. Noch bevor er das letzte Wort vollständig ausgesprochen hatte, war Ares bereits mit einem einzigen, antilopenhaft eleganten Satz bei ihm und ließ zielsicher sein Schwert auf ihn hinabsausen. David schaffte es gerade noch, die Klinge mit seinem eigenen Schwert nur Millimeter über seinem Kopf, wie es ihm schien, abzubremsen, doch sein Gegenüber hatte mit einer Kraft zugeschlagen, die von seinen verzweifelt um den Griff der Waffe geklammerten Händen aus einen fürchterlichen, vibrierenden Schmerz durch seinen gesamten Körper jagte. Mit geheuchelter Anerkennung holte der Hüne zu einem neuerlichen Hieb aus. Auch diesen parierte David – aus reinem Überlebensinstinkt heraus, wie er glaubte, denn er hatte noch nie zuvor eine Waffe – schon gar kein Schwert – in Händen gehalten.

»Verdammt, was soll das?!«, wiederholte er verzweifelt. Diese Worte drangen als hysterisches Keifen aus seiner Kehle.

Ares tauschte einen knappen Blick, aus dem David nicht schlau wurde, mit der Schönen, ehe er sich wieder lächelnd seinem Opfer zuwandte. »Bist du sauer, Kleiner? Dann greif mich doch an!«

Bislang war er nur verzweifelt gewesen, doch der arrogante Tonfall seines Gegenübers kitzelte tatsächlich einen Zorn in ihm wach, der sich bislang unter seiner grenzenlosen Furcht verborgen hatte. Da war er wieder, der kleine Zerberus in seiner Seele, der Frank den Unterkiefer zerschmettert hatte. Selbstverständlich war er sauer! Und wenn er schon sterben musste, dann würde er wenigstens nicht kampflos zu Grunde gehen, dachte er in einer plötzlichen Attacke selbstmörderischen Größenwahns. Entschlossen stürmte er auf den Dunkelhaarigen zu, riss das Schwert in die Höhe und – spürte, wie die Klinge seines Gegners sich tief in seinen Unterbauch grub, um an seinem Rücken wieder auszutreten, bis der Griff der Waffe den Hünen daran hinderte, diese noch weiter durch seinen Leib zu treiben.

Winselnd zog sich der Höllenhund in die unerreichbaren Tiefen seines Unterbewusstseins zurück. David erstarrte mitten in der Bewegung und blickte regungslos auf den Griff des Schwertes, den Ares noch immer lächelnd umklammert hielt, hinab. Sein T-Shirt saugte dunkles Blut auf und verschaffte ihm die Gewissheit, dass tatsächlich geschehen war, was er verspürt zu haben glaubte: In seinem Bauch steckte eine mehr als armlange, stählerne Klinge. David ließ seine Waffe fallen und hob den Kopf, um den Dunkelhaarigen völlig fassungslos anzustarren.

»Er hat es wirklich im Blut«, hörte er diesen noch an die junge Frau gewandt sagen, während er sein Schwert wieder aus Davids Bauch zog. »Aber er muss noch eine Menge lernen.«

David schrie auf. Diesen grauenhaften, in seinen Gedärmen wühlenden Schmerz konnte selbst der gewaltigste Schockzustand der Welt nicht übertünchen. Er wusste nicht, wie der Hüne seine Worte gemeint hatte, aber er glaubte nicht, dass das noch eine Rolle spielte. Ares hatte ihn umgebracht, begriff er, während er in die Knie brach und der Saal sich um ihn herum zu drehen und vor seinen Augen zu verschwimmen begann. Was auch immer er Ares' Meinung nach noch lernen musste – in diesem Leben bekam er mit Sicherheit keine Gelegenheit mehr dazu.

Auch in der Abgeschiedenheit des Internates, in dem er aufgewachsen war, war David keineswegs entgangen, welch rasende Geschwindigkeit der technische Fortschritt in dieser Zeit erzielte. Nicht einmal das Kloster war davon verschont geblieben, wie der PC in der alten Bibliothek mit CD-ROM-Laufwerk und Internetzugang deutlich bewies. Viele der Mönche besaßen sogar Handys, mit denen sie mehr oder weniger offen in die Zivilisation hinter den bewaldeten Hügeln hinaustelefonierten. Dass aber selbst das Himmelreich nicht verschont geblieben war vom Summen der Klimaanlagen, von energiesparenden Glühlampen und zerbrechlich wirkenden, verchromten Designermöbeln, hätte er nicht erwartet.

Verwirrt ließ er den Blick durch den Raum schweifen, nachdem er mühsam die flatternden Lider gehoben hatte. Warmes Sonnenlicht schien durch ein großzügiges Fenster in den weitläufigen, modern, aber spartanisch eingerichteten, weiß gestrichenen Raum. Er stellte fest, dass die Engel seine Kleider gewaschen und gebügelt und auf einem Hocker neben dem Bett abgelegt hatten. Wenigstens seine Schlafstätte enttäuschte seine Erwartungen vom Jenseits nicht: Die Kissen, in denen seine Seele ruhte, waren unglaublich weich und die Matratze so bequem, dass sie mit seinem Körper nahezu zu verschmelzen schien, sodass allein der Gedanke, sich jemals wieder erheben zu müssen, eine Qual war.

Sein *Körper* ...?

David blickte verwirrt an sich herab und erkannte seine Hände, die entspannt auf der weißen Decke ruhten. Er war nicht tot, stellte er in einer widersprüchlichen Mischung aus Enttäuschung und Erleichterung fest. Er lebte! Als er seinen Händen ein Signal sandte, sich zu bewegen, damit er sich dessen vergewissern konnte, hoben und senkten sie sich in einer müden Geste über seinem sorgsam zugedeckten Körper.

»Wie fühlst du dich, David?«

Erschrocken hob er den Blick und bemerkte die Frau, die lächelnd dabei zugesehen hatte, wie er verzweifelt um sein Leben kämpfte und nun ebenso lächelnd neben ihm am Kopfende des Bettes stand, in das man ihn gelegt hatte.

»Du brauchst keine Angst zu haben«, sagte sie in einem Ton, der so warm und einfühlsam war, dass David ihr ihre Worte unter anderen Umständen nur zu gerne abgenommen hätte. »Hier bist du in Sicherheit.«

»In Sicherheit!?«, wiederholte David in neuerlich aufkeimender Hysterie und setzte sich mit einem Ruck auf, was sein Kopf ihm mit einer Woge des Schwindels dankte. Er versah die junge Frau mit einem ungläubigen Blick, der einem Schrimp zur Ehre gereicht hätte, dem die Gabel versprochen hatte, ihn ins Meer zurückzubringen.

»Es tut mir Leid, dass wir so grob sein mussten«, sagte die Frau, die nun ein silbrig-weiß schimmerndes Kleid mit einer großen Kapuze trug, und demonstrierte ihm das wohl entschuldigend gemeinte Lächeln aus ihrem umfangreichen Repertoire. »Aber du solltest erfahren, wer du wirklich bist. Wie fühlst du dich?«, wiederholte sie, als David sie weiterhin reglos anstarrte.

»Gut«, antwortete er zu seiner eigenen Überraschung und schlug nach einem Augenblick der Irritation die Bettdecke beiseite, um sich selbst davon zu überzeugen, dass seine automatisch gegebene Antwort der Wahrheit entsprach. Sein Oberkörper war nackt, und auf seinem Bauch entdeckte er eine kleine Blutkruste. Das war alles, was noch an die tödliche Klinge erinnerte, die ihn durchbohrt hatte wie ein Schaschlikspieß ein Stück Paprika.

Vorsichtig und von ungläubigem Staunen erfüllt, richtete er sich neben dem Bett auf und tastete mit den Fingerspitzen über die fast völlig verheilte Wunde, die ihn das Leben hätte kosten sollen. Wie lange hatte er bloß geschlafen?, fragte er sich erschrocken. Aber die Erinnerung an das mysteriöse Verschwinden der Platzwunde über seinem linken Auge beruhigte ihn, dass er vielleicht gar nicht so lange im Reich der Träume verweilt hatte, wie ihn sein erstaunlich guter körperlicher Zustand glauben machen wollte.

Wieder fiel sein Blick auf die zusammengelegten Kleider auf dem kleinen Hocker. Er maß die Frau mit einem heimlichen Seitenblick, doch die Schöne bemerkte ihn trotzdem.

»Du bist kein Gefangener«, behauptete sie. »Es steht dir frei zu gehen.«

Instinktives Misstrauen ließ David zögern, diese Behauptung unverzüglich zu überprüfen, indem er nach seinen Kleidern griff und aus dem Zimmer zu stürmen versuchte. Oder die Gewissheit, dass ihren Worten weitere folgen würden, die er sich unbedingt noch anhören sollte. Der Zusatz *»... wenn du an den fünfzehn Pitbull-Terriern vor der Tür vorbeikommst«* beispielsweise, oder *»... vorausgesetzt, du löschst vorher das Feuer, über welchem Ares und der Araber gerade ein paar Kinder rösten.«*

Stattdessen hielt die Fremde ihm ein Farbfoto hin, das sie mit einer gezielten Bewegung aus der Mappe, die sie im Arm trug, zog, und sagte: »Aber du solltest dir darüber im Klaren sein, dass dieser Mann da draußen auf dich wartet. Sein Name ist Robert von Metz. Er hat dich als Kind entführt und heute wollte er dich ermorden. Er wird es wieder versuchen.«

David betrachtete den blonden Endvierziger mit dem Dreitagebart und dem durchdringenden Blick, der sich selbst von diesem Foto aus noch direkt in seinen Kopf zu bohren schien, verwirrt. Er kannte diesen Mann: Er hatte zu den Kämpfern auf *Ebene B* gehört. Nun, da er sich einigermaßen beruhigt hatte, fiel ihm noch etwas ein. Er war dem Fremden schon einmal begegnet. Es war schon eine Weile her, aber jetzt war er ganz sicher, ihn schon einmal kurz gesehen zu haben, und zwar in Quentins Büro! Außerdem war da noch etwas … Es hatte etwas mit dem Schwert zu tun, mit dem Tatzenkreuz, das in den vergoldeten Griff der Waffe eingelassen war, und mit seinen Augen – dieser von Metz war der Mann aus seinem Traum, der Ritter, der den Säugling auf dem Altar töten wollte!

»Du erinnerst dich, nicht wahr? Obwohl du eigentlich zu jung warst«, fragte die junge Frau sanft und trat ein Stück näher an ihn heran.

David schenkte ihr einen hilflosen Blick und tastete erneut über die Kruste, die von der Schwertwunde übrig geblieben war. Obwohl er zu jung war? Was sollte das heißen? Was hatte das alles nur zu bedeuten? Was wollte diese Frau von ihm, die … An diesem Punkt gerieten seine Gedanken ins Stocken. Er kannte auch sie! Sie war die Frau, der der Mann den Knaben entrissen hatte, sie war die Mutter, deren entsetzter Aufschrei durch die Mauern der alten Kirche bis zu dem Wagen hindurch gedrungen war, zu dem der Mann ihn getragen hatte. *Ihn?!*

»Wer bin ich?«, flüsterte David tonlos.

»Du bist derjenige, in dem sich die Blutlinien wieder vereinigen, David«, orakelte die Schönheit. »Deine Geburt sollte einen Jahrhunderte währenden Streit beenden.«

Bist du meine Mutter?, fragte sein verzweifelt um Fassung ringender Verstand, während seine Stimme sagte: »Den Streit um das Grab Jesu.«

»Du kennst die Geschichte?«

»Ja ...«, antwortete David geistesabwesend. »Vielleicht ...«

»Du bist der Sohn eines Templers und eines Mitglieds der Prieuré de Sion«, sagte die Schönheit in dem Samtkleid, das sich wie eine zweite Haut um ihren vollen Busen schloss. Sie bedeutete David, sich anzukleiden und schritt zur Tür. »Und jetzt komm.«

David schlüpfte in seine Jeans und sein T-Shirt und hastete ihr hinterher.

Sie führte ihn kreuz und quer durch das gewaltige Gebäude der Devina und stieg schließlich über eine schmale, steile Treppe in den Keller hinab, der, wie David schnell feststellte, kaum weniger gewaltig war als der Gebäudekomplex, unter welchem er ruhte. Obwohl der Keller nahezu taghell erleuchtet war, herrschte dort unten eine unheimliche Atmosphäre. Er fühlte sich alles andere als wohl, während er der Schönen durch ein paar kleinere Kammern und schmale Gänge folgte, bis sie schweigend auf ein gut zwei Meter hohes Gebilde zutrat, das in einem riesigen, im Gegensatz zu den anderen Räumen nur schwach beleuchteten Gewölbe, befestigt war.

Auf den ersten Blick erkannte David nichts als eine weiße Platte, die – an zwei dünnen, aber stabilen Ketten unter der Decke befestigt – nahezu schwerelos im Raum zu schweben schien. Dann korrigierte er sich: Es war nicht etwa eine weiße Platte, sondern zwei vor streifenfreier Sauberkeit nahezu unsichtbare Glasplatten, zwischen denen ein gelbliches, altes Leinentuch steckte. Die Konturen einer menschlichen Gestalt zeichneten sich schwach und doch unzweifelhaft darauf ab. Sogar die Nase, ein schmaler Mund zwischen den Abdrücken eines dichten Bartes und zwei merkwürdig groß wirkende Augen waren zu erkennen, wenn man genau hinsah. Unwillkürlich zuckte David zusammen. Ein seltsames Frösteln, wie er es bisher nie zuvor erfahren hatte, durchfuhr seinen Körper.

»Ist das …?«, flüsterte David, vermochte die Frage, die ohnehin rein rhetorischer Natur gewesen wäre, aber nicht zu vervollständigen. Er spürte, dass das, was dort in einem gläsernen Schaukasten unter der hohen Decke des Gewölbekellers schwebte, eine der heiligen Reliquien war, die Jesus Christus auf der Erde zurückgelassen hatte. Ehrfurcht und Respekt hingen greifbar in der kühlen Luft des gewaltigen, ansonsten vollkommen leeren Raumes. Für einen Moment vergaß er vor Staunen beinahe zu atmen.

»Das Grabtuch des Herrn, ja«, bestätigte die Frau, die vor den gläsernen Platten auf die Knie gesunken war und sich bekreuzigt hatte, ohne sich zu ihm herumzudrehen. Aus dem Frösteln wurde ein Frieren. David spürte, wie sich die feinen Härchen in seinem Nacken und auf seinen Armen aufstellten und bis auf weiteres erstarrten.

»Dann seid ihr … die Prieuré de Sion«, schlussfolgerte er tonlos. Die Frau nickte langsam. »Und ihr sucht nach dem Heiligen Gral«, setzte David hinzu.

»Ganz recht.«

»Und was ist der Gral?«

Die Schöne schwieg für einen Moment. Sie sah ihn noch immer nicht an, doch es bedurfte keines Blickes auf ihr hübsches Gesicht, um David wissen zu lassen, dass sie lächelte, während sie antwortete: »Die Unsterblichkeit.« Wieder ließ sie einige Augenblicke verstreichen, ehe sie fortfuhr: »Kämpfe den Kampf des Glaubens, ergreife das ewige Leben, wozu du berufen bist. So steht es in der Bibel.« Sie erhob sich, bekreuzigte sich erneut und wandte sich ihm endlich zu. »Der Gral hat die Kraft, diese Welt zu einem besseren Ort zu machen.« Er erkannte einen Hauch von an Schmerz grenzendem Bedauern in ihren rehbraunen Augen. »Wir waren eine starke Familie. Die Templer und wir. Der Gral ist unser gemeinsames Erbe«, erzählte sie mit ernster Miene. Blanker Vorwurf schlich sich in ihre Züge. »Aber die Templer wollen ihn für sich behalten. Und uns bringen sie um.«

Dann kehrte ein Lächeln in ihr Gesicht zurück. Sie trat einen Schritt dichter an ihn heran und streckte die Hand nach seiner Wange aus, um sie zu streicheln. Wieder verspürte David ein unvergleichliches, schwer zu deutendes Gefühl. Dieses Mal aber verband es sich mit der hartnäckigen Erwartung, endlich zu bekommen, was ihm zustand und um was man ihn achtzehn Jahre lang betrogen hatte.

»Du bist seit fast tausend Jahren das erste Kind, das beide Blutlinien wieder in sich vereint«, sagte sie sanft. »Als Robert von Metz, der Anführer der Templer, davon erfuhr, tötete er deinen Vater – und dich stahl er deiner Mutter.«

Etwas stimmte nicht. In ihren Augen lag ein Ausdruck, der ihn misstrauisch machte, ein kaum merkliches Flackern, das jedoch zu schnell wieder aus ihrem Blick verschwand, als dass David mit Sicherheit hätte behaupten können, es gesehen zu haben.

»Und warum hat er mich nicht auch getötet?«, flüsterte er.

»Weil er dich benutzen wollte«, antwortete sie und hielt dem Blick, mit dem er sie festhielt, stand, ohne auch nur zu zwinkern. »Als Pfand. Er wusste, solange er dich gefangen hält, würde die Prieuré es nicht wagen, nach dem Grab zu suchen. Er wusste, ich würde nichts tun, was das Leben meines Sohnes gefährdet.«

David starrte sie an, als ihre Stimme aussprach, was er längst geahnt und noch früher gefühlt hatte. Dieses Flackern, erkannte er, war nicht das Flackern der Lüge gewesen, sondern lediglich das verräterische Zeichen des mühsam unterdrückten Jubels einer Mutter, die ihr Kind nach unendlich langer Zeit wieder sehen durfte. Ihre Augen glänzten feucht. Auch David spürte Tränen in sich aufsteigen.

»All die Jahre habe ich nach dir gesucht«, flüsterte die Schöne, »und manchmal war ich so verzweifelt. Ich glaubte, ich würde dich nie wieder sehen …«

Er verlor den Kampf gegen die Tränen. Als sie ihn in ihre Arme schloss und mit sanfter Gewalt an ihre warme, weiche Brust drückte, schämte er sich nicht mehr dafür. Achtzehn Jahre lang hatte man ihn belogen und betrogen, ihn in einem Kloster gefangen gehalten, ohne dass er es gemerkt hatte. Er hatte allen Grund zu heulen, wenn er auch nicht wusste, welche Erkenntnis ihm am ehesten die Tränen in die Augen trieb – der Umstand, dass er ein verdammter Narr gewesen war, nicht selbst zu merken, dass er nie mehr als ein Spielball in den Händen religiöser Fanatiker gewesen war; die Tatsache, dass er Quentin vertraut hatte, der nach allem, was er erfahren hatte, offensichtlich zu diesem von Metz und seinen Männern gehörte oder zumindest gemeinsame Sache mit den Templern machte, und ihm die väterliche Zuneigung, mit der er ihm zeit seines Lebens begegnet war, abgenommen hatte; die beängstigende Erkenntnis, dass er auf rätselhafte Art anders war als alle anderen; oder das Gefühl bedingungsloser, mütterlicher Liebe, das ihm so fremd gewesen war und ihn nun mit aller Macht übermannte.

David weinte hemmungslos in den Armen seiner Mutter, die ihn fest an sich drückte und mit der beruhigenden Geste, die er seit dem Tag seiner Taufe nie wieder hatte verspüren dürfen und von der er erst jetzt merkte, wie unglaublich er sie vermisst hatte, durch sein Haar und über den Rücken streichelte.

Sie hatten William in der Gruft unter der Burg beigesetzt und für seine Seele gebetet. Der Schmerz um den Verlust seines Freundes und das berechtigte Gefühl von Mitschuld an seinem Tod hatte weiterhin mit ungebrochener Macht in Roberts Herzen gewütet, sodass es ihm nicht leicht gefallen war, seine Selbstbeherrschung während der Zeremonie, mit der sie sich von ihm verabschiedet hatten, zu bewahren, zumal Cedric den einen oder anderen vorwurfsvollen Blick nicht hatte unterlassen können. Dennoch war er in Gedanken nicht vollständig bei dem Verstorbenen gewesen, sondern war immer wieder zu David abgeschweift, den er in Lucrezias Händen wusste.

Die Vorstellung, dass sie seinen Sohn auf hinterhältigste und widerwärtigste Weise unter Ausnutzung des Traumas, das sein Junge unweigerlich davongetragen haben musste, um ihre unersättlichen Finger wickelte, um ihn sich zu ihren unmenschlichen, größenwahnsinnigen Zwecken gefügig zu machen, war kaum weniger erträglich als die, seinen Freund William nie wieder zu sehen, sobald sie den Sargdeckel über seinem Leichnam geschlossen hatten. Er brauchte Hilfe.

Doch dazu musste er erst einmal gestehen.

Von Metz hatte den gesamten an der Zeremonie für William beteiligten Orden, der sich aus Cedric Charnay, Montgomery Bruce, Philipe Moray, Vicomte Montville, Jacob de Loyolla, Papal Menache, Armand De Bures und Raimund von Antin zusammensetzte, nach den letzten Gebeten in den so genannten Großen Saal der Templerburg gebeten, wo sie ihre Plätze an der langen, antiken Tafel in der Mitte des prächtigen, mit Teppichen, Standarten, Waffen und Bannern ausgestatteten Raumes eingenommen hatten. Dort berichtete er, immerfort verzweifelt nach den richtigen Worten suchend, was vor achtzehn Jahren tatsächlich in Avignon geschehen war. Nachdem er geendet hatte, starrten ihn alle voller Empörung, Enttäuschung, Schock oder einer Mischung aus diesen Empfindungen an – mit Ausnahme Cedrics und Papals, die dabei gewesen waren und, sich als Mitwisser mitschuldig fühlend, die Köpfe gesenkt hielten und nervös mit ihren verzinkten Bechern spielten.

»Ich habe euer Vertrauen in mich missbraucht«, schloss Robert. Die Scham und das Bedauern in seiner Stimme kamen von Herzen. »Verzeiht mir.«

Einige Sekunden lang herrschte unbehagliches Schweigen. Es fiel von Metz schwer, hinter seinem Stuhl stehen zu bleiben und sich den zu Recht zornigen Blicken seiner Männer auszuliefern, statt auf dem Absatz kehrtzumachen und aus dem Raum zu stürmen.

Schließlich war es von Antin, der als Erster das Wort ergriff.

»Ist dir eigentlich klar, dass der Junge dein Nachfolger ist?«, entfuhr ihm in wütender Fassungslosigkeit, doch er erwartete keine Antwort auf seine Frage. Selbstverständlich wusste Robert das – das war es ja gerade, was sein Vergehen so unverzeihlich machte. »Er ist der nächste Templermeister!«, wetterte von Antin. »So lauten die Regeln!«

»Und wir werden ihm folgen müssen«, fügte de Loyolla hinzu und blickte in – mit Sicherheit wenig erquickende – Gedanken versunken durch den Templermeister hindurch.

»Er wusste doch nicht, wer die Frau war«, versuchte Cedric beschwichtigend einzugreifen, doch von Metz ließ eine Hand auf die Schulter seines Freundes sinken und wies ihn mit traurigem Blick an, sich nicht gegen alle anderen zu stellen. Es war allein sein Fehler, sein Vergehen gewesen. Er wollte nicht, dass auch Cedric unter der Schande litt, die er sich ganz allein zuzuschreiben hatte.

»Ich werde meinen Fehler wieder gutmachen«, versprach er, wobei er versuchte, von Antins zornentbranntem Blick nicht auszuweichen. Als er weitersprach, bemühte er sich, seiner Stimme die Überzeugung und Unerschütterlichkeit zu verleihen, die er hoffte, bald tatsächlich zu empfinden – wenigstens für einen kurzen, alles entscheidenden Augenblick. »Ich werde den Jungen töten. Aber ihr müsst mir helfen.«

David hatte sich in einem Sessel in Lucrezias Büro niedergelassen und wartete mit zunehmender Ungeduld auf einen günstigen Augenblick, um aufzustehen und zu gehen. Shareef, von dessen düsterem Charakter er sich bereits in der Flughafenhalle ein Bild gemacht hatte, war in respektvollem Abstand zu dem modernen Schreibtisch, hinter dem seine Mutter in einem großen, mit weißem Leder bezogenen Sessel thronte, stehen geblieben und erstattete Bericht über seine – Davids – Vergangenheit.

Er hörte die Worte des Mannes, den er insgeheim längst nur noch den Metzger nannte, und er war sich darüber im Klaren, dass über ihn gesprochen wurde. Trotzdem hatte er nicht das Gefühl, dass ihn das alles unmittelbar betraf.

»Davids Schulkosten wurden von einer Stiftung für Waisen bezahlt, die nicht existiert«, erklärte Shareef in diesen Sekunden, ohne David eines Blickes zu würdigen. »Eine Art Briefkastenfirma. Aber unsere Leute sind zuversichtlich, dass sie die Spur weiterverfolgen können.«

Mit den Fingerspitzen angelte David das hölzerne Kreuz unter seinem T-Shirt hervor, welches an dem Rosenkranz hing, den Lucrezia ihm im Wiegenzimmer gegeben hatte. Er begann, nachdenklich damit herumzuspielen. Er war bei seiner Mutter, dachte er insgeheim enttäuscht, und fühlte sich kein bisschen wie zu Hause. Vorhin, in dem hellen Kinderzimmer, das sie ihm wie zum Beweis dafür, dass sie in all den Jahren immerfort an ihn gedacht hatte, gezeigt hatte, hatte er sie angeschrien. Es tat ihm nicht Leid. Das Gefühl, von seiner Mutter geliebt zu werden, hielt keinen Augenblick länger an, als Lucrezia ihn in irgendeiner Form berührte. Und sobald es ihn verließ, begannen sich die Rädchen hinter seiner Stirn wieder zu drehen. Dann fiel ihm ein, dass das Erste, was sie getan hatte, als sie ihren Sohn wieder bei sich hatte, war, tatenlos lächelnd dabei zuzusehen, wie ihr wahnsinniger Bruder ihn niederstach. Er hätte tot sein können! Er war vielleicht anders, das hatte er mittlerweile endgültig verstanden und akzeptiert. Seine Wunden heilten schneller und hinterließen keinerlei Narben: Dort, wo Ares' Klinge seinen Leib durchbohrt hatte, zeugte mittlerweile nicht einmal mehr ein Kratzer von dem Angriff des Hünen, der jeden Normalsterblichen das Leben gekostet hätte. Aber dass er aus irgendeinem Grunde nicht *normal*sterblich war, bedeutete noch lange nicht, dass er *un*sterblich wäre. Denn solange die Templer über den sagenhaften Gral wachten, war Unsterblichkeit keine menschliche Eigenschaft, und allen Eigenarten zum Trotz fühlte sich David immer noch überaus menschlich.

So war seine Enttäuschung über Lucrezias Verhalten, über die Kälte, mit der sie ihn grausame Schmerzen und Ängste hatte erleiden lassen, nur zu nachvollziehbar. Wäre die heile Welt des Klosters, in dem er aufgewachsen war, nicht längst haltlos zusammengebrochen, hätte er sich in diesen Minuten dorthin zurückgesehnt. Er vermisste die Ruhe und die Geborgenheit der ihm vertrauten Mauern und die Nähe Stellas. Und Quentins. Keine Frage: Auch von ihm war David maßlos enttäuscht. Er fühlte sich um einen Teil seines Seins betrogen, und er hasste den Mönch für das, was er ihm angetan hatte. Trotzdem verspürte er das Bedürfnis, zu ihm zurückzukehren, doch es war der Quentin von gestern, den er wieder sehen und in dessen Obhut er sich zurückbegeben wollte, nicht der, zu dem er auf einmal geworden war.

Auf jeden Fall fühlte er sich in der Devina alles andere als geborgen. Er wollte fort. Er wollte Stella sehen, sie mit sich nehmen, um irgendwo fernab des Klosters, seiner Mutter und aller Irrer dieser Welt einen Neubeginn zu wagen. Es würde nicht einfach werden, dessen war er sich bewusst. Es würde lange Zeit dauern, ehe er sich in seiner neuen Heimat, wo auch immer diese sein würde, heimisch und geborgen fühlen konnte. Hier jedoch würde sich dieses Gefühl bestimmt niemals einstellen.

»Wir können das Grab nur finden, wenn Metz und die Templer aus dem Weg geräumt sind und wir alle Reliquien haben, denn sie führen zum Grab«, stellte Lucrezia fest. Die Selbstverständlichkeit, mit der seine Mutter diese Worte aussprach, erschreckte David. Sie stand auf und ging ein Stück auf ihn zu, während er den Blick, den sie ihm zuwarf und den er nicht deuten konnte, weder erwiderte noch auf eine andere Weise darauf reagierte. »Was ist los, David? Was liegt dir auf dem Herzen?«, fragte sie.

David stand auf. Oh, eine ganze Menge lag ihm auf dem Herzen. Er war wütend und enttäuscht, und er hatte nicht vor, eine Sekunde länger zu verweilen, als seine gute Erziehung es von ihm verlangte, und wenn sie seine Mutter, seine Großmutter und seine kleine Schwester in einer Person gewesen wäre! Er hatte alles erfahren, was er für wichtig hielt und noch einiges mehr, auf das er gerne verzichtet hätte. Er hatte sie kennen gelernt und er wusste, dass sein Vater nicht mehr lebte und Quentin ihn belogen hatte. Er würde lernen, mit diesem Wissen zu leben, um es dann hinter sich zurückzulassen und mit seiner Kindheit und Jugend abzuschließen und ein neues Leben als erwachsener, eigenverantwortlicher Mensch zu beginnen. Ob in Shanghai, Berlin oder in einer schlichten Lehmhütte in Südafrika – es würde sich schon ein Ort auf dieser Welt auftreiben lassen, an dem er seinen Seelenfrieden finden und dieser von Metz ihn niemals aufspüren würde!

»Ich weiß nicht ...«, antwortete er zögerlich und hob hilflos die Schultern. Es war nicht nur seine gute Erziehung, die es ihm erschwerte, Lucrezia in die Augen zu sehen. Verflucht, warum musste Mutterliebe etwas so furchtbar Dominantes sein? »Irgendwie geht mich das alles nichts an, weißt du«, presste er tapfer hervor.

Shareefs Augen zogen sich in seinem ansonsten regungslosen Gesicht zu schmalen, misstrauischen Schlitzen zusammen. Lucrezias Blick wirkte für einen kleinen Moment erschrocken, um sich dann Unheil verkündend zu verdüstern. David zuckte zusammen.

»Es geht dich nichts an?«, entfuhr es Lucrezia. Die mütterliche Fürsorge, die sonst in jeder ihrer Silben mitschwang, war aus ihrer Stimme verschwunden. David kämpfte in seinem Innern mit den widersprüchlichsten Gefühlen und suchte nach ein paar passenden Worten, mit denen er die Situation entschärfen konnte. Doch ehe er auch nur den richtigen Anfang finden konnte, entspannten sich Lucrezias Züge wieder und sie trat einen Schritt näher, um ihm eindringlich in die Augen zu blicken. »Dein Blut fließt in meinen Adern, David«, flüsterte sie in beschwörendem Tonfall. »Du bist ein Saintclair. Ein Mitglied der Prieuré de Sion.«

Er antwortete nicht, sondern erwiderte ihren Blick nur mit verunsicherter Miene. Seine Mutter schüchterte ihn ein ... Gehörte das etwa auch zu einer ganz normalen Mutter-Sohn-Beziehung? War das der Grund, aus dem Kinder ihren Eltern widerspruchslos gehorchten?

»Das Grab ist unser Schicksal«, fuhr Lucrezia etwas lauter fort. »Dein Schicksal! Du trägst eine große Verantwortung, und der kannst du dich nicht einfach entziehen.« Sie wandte sich wieder von ihm ab und machte ein paar Schritte in Shareefs Richtung, ehe sie sich erneut zu ihm umwandte. »Von Metz hat deinen Vater ermordet! Er will auch dich ermorden!«, setzte Lucrezia aufgebracht hinzu, als David noch immer hilflos schwieg. »Und was glaubst du, hat er mit deinem Freund Quentin gemacht, als er ihn nicht mehr brauchte?«

David runzelte irritiert die Stirn. *Mit Quentin gemacht*? Was sollte dieser Verrückte mit Quentin angestellt haben? Und was hieß, *nachdem er ihn nicht mehr brauchte*? Er hatte geglaubt, der Mönch und sein Entführer seien Freunde gewesen und hätten ihn gemeinschaftlich und einvernehmlich im Kloster aufbewahrt. Ja, das war wohl das richtige Wort dafür. Die Worte seiner Mutter schienen diese Annahme zu widerlegen. Irgendetwas flüsterte David zu, dass er die Antwort auf die Fragen, die er sich gerade gestellt hatte, überhaupt nicht wissen wollte; zumindest nicht in diesem Augenblick. Es war alles zu viel für ihn. Er hatte das sichere Gefühl, endgültig zerbrechen zu müssen, wenn er auch nur einen einzigen weiteren Schlag kassierte. Er biss sich auf die Unterlippe und konzentrierte sich auf das Brennen, mit dem sich seine Zähne ins Fleisch gruben, um den körperlichen Schmerz, den er sich selbst zufügte und der ihn von der Pein seiner geschundenen Seele ablenkte, auszukosten.

»Das Grab geht dich sehr wohl etwas an, mein Sohn«, sagte Lucrezia in einfühlsamerem Tonfall.

Während sein Verstand vergeblich dagegen protestierte, erwachte der blutrünstige Höllenhund, der sich seit neuestem in Davids Persönlichkeit eingenistet hatte (wo er sich bisher glücklicherweise die meiste Zeit die Pfoten über die Ohren gelegt hatte, um unbeteiligt vor sich hinzuschlummern), einmal mehr und verkündete mit einem kurzen Kläffen, dass dieser von Metz bitter büßen sollte für alles, was er seinem Vater, Lucrezia, Quentin und ihm angetan hatte. David nickte langsam.

»Ich weiß, in den letzten Tagen hat sich dein ganzes Leben auf unglaubliche Art und Weise verändert.« Lucrezia trat zu ihm und streichelte liebevoll seine Wange.

Diese Berührung ..., dachte er verzweifelt. Ob er auch ohne sie glücklich werden konnte, irgendwo im australischen Hinterland?

»Aber bald wirst du die Dinge im großen Zusammenhang sehen«, fügte seine Mutter hinzu und zog ihn zu sich heran, um ihn zu umarmen. »Und auch verstehen.«

Vielleicht, dachte David, während sie ihre beruhigende Wärme auf ihn übertrug und ein Gefühl vollkommener, wenn auch unbegründeter Erleichterung Einzug in ihn hielt. Vielleicht aber auch nicht. Zumindest glaubte er verstanden zu haben, dass er seine Mutter nicht wieder verlassen konnte. Nirgendwo auf dieser Welt würde er glücklich werden können ohne sie.

Allen Befürchtungen zum Trotz hatte David tief und traumlos geschlafen, nachdem er sich am späten Abend dieses langen, ereignisreichen Tages zu Bett gelegt und mit vor Müdigkeit schweren Gliedern eine kleine Weile unruhig in seinen Kissen gewälzt hatte. Innerlich war er die ganze Zeit darauf vorbereitet, dass Ares oder Shareef unversehens im Gästezimmer auftauchten und ihm die Kehle durchtrennten oder einen Pflock in die Brust rammten, nur um ihm zu demonstrieren, wie unglaublich schnell seine Wunden heilten, um sich schlicht an seinem Leid zu erquicken oder welchen Grund auch immer die Aktion des dunkelhaarigen Irren einige Stunden zuvor im Fechtsaal gehabt hatte.

Obwohl niemand ihn geweckt hatte und ein Blick auf seine Armbanduhr ihm verriet, dass er mehr als acht Stunden geschlafen hatte, fühlte er sich zerschlagen und unausgeruht, als er am zweiten Tag, den er in der Devina verbringen sollte, erwachte und unwillig die Beine aus dem Bett schwang.

In der absurden Hoffnung, die Zeit zurückdrehen zu können und auf wunderbare Weise in seinem Internatszimmer aufzuwachen, hätte David sich am liebsten sofort wieder in das Kissen zurückfallen lassen, die Augen geschlossen und weitergeschlafen, als sich die Maschinerie unter seiner Schädeldecke erst träge, dann immer schneller und nach wie vor unüberschaubar chaotisch in Bewegung setzte. Die Ereignisse des vergangenen Tages warfen ihre Schatten auf diesen noch jungen Tag und drohten ihn damit zu verderben, noch ehe er etwas gegessen oder sich auch nur gewaschen hatte.

Der Duft von frischen Brötchen, herzhafter Wurst und heißem Karamelltee vertrieb die verbliebene Müdigkeit binnen kürzester Zeit. David entdeckte ein Tablett auf dem Hocker neben seinem Bett, auf dem jemand liebevoll ein Frühstück für ihn angerichtet hatte. Obwohl er sich noch immer schwer damit tat, Lucrezia als zärtliche, sorgende Mutter zu sehen, solange sie ihm nicht direkt gegenüberstand, empfand er diese Geste der Fürsorge wie einen mütterlichen Kuss auf die Wange. In seinem ganzen Leben hatte ihm noch nie jemand das Frühstück ans Bett gebracht. Bisher hatte er allmorgendlich dafür in einer Schlange mehr oder weniger unwillig nörgelnder, verschlafener Kinder und Teenager gestanden, ein orangefarbenes Plastiktablett in der Hand haltend, auf dem irgendwann, wenn er im Stehen schon fast wieder einzunicken drohte, ein Brötchen, eine Scheibe fader Käse, und – wenn er Glück hatte und noch eins für ihn übrig geblieben war, weil nicht zu viele Leute in ihrer rücksichtslosen Gier heimlich ein paar davon eingesteckt hatten – ein extrem hart gekochtes Ei landeten.

Von dieser schlichten Geste gerührt und plötzlich enorm hungrig, stieg seine Laune auf einen Pegel an, auf dem er sich innerlich dazu bereit erklärte, diesem Tag unvoreingenommen entgegenzutreten und ihm die Chance zu geben, sich als ein besserer herauszustellen als der vergangene. Auch von seiner Mutter, so glaubte er, würde er sich ein objektiveres, hoffentlich besseres Bild machen können. Er hatte keineswegs vergessen, wie schlecht er sich am Tag zuvor gefühlt hatte. Sein Verstand drängte noch immer auf Aufbruch, aber er hatte es nicht mehr so eilig damit. Wenn er sich am kommenden Tag in der Devina nicht deutlich besser fühlte, entschied er, würde er sie verlassen.

David verschlang sein Frühstück regelrecht und hatte danach gerade seine Morgentoilette im angrenzenden Gästebad beendet, als Lucrezia ohne anzuklopfen eintrat, sich freundlich nach seinem Befinden erkundigte und ihm bedeutete, ihr in den Festsaal zu folgen. Auf dem Weg dorthin betrachtete er sie heimlich aus den Augenwinkeln. Sie war wirklich wunderschön, stellte er bewundernd fest. In dieser Feststellung schwang eine Spur von Neid mit. Äußerlich kam er wohl eher nach dem Vater, den er nie gesehen hatte, denn außer ihren braunen Augen hatte Lucrezia ihm kaum etwas vererbt, wie er fand. Überhaupt war der mütterlichen Seite seiner Familie offenbar eine nahezu befremdliche körperliche Anziehungskraft mit auf den Weg gegeben worden, denn auch Ares, so arrogant und überheblich er sich verhielt, konnte David eine solche, verbunden mit einer widersprüchlichen Aura brutaler Erotik, nicht absprechen. Er fühlte sich neben seiner Mutter wie ein hässliches Entlein. Als sie den von Shareef bewachten Fechtsaal erreicht und betreten hatten und er sich auch noch seinem Onkel gegenübersah, kam es ihm vor, als hätte dieses Entlein plötzlich auch noch sein langweiliges Federkleid eingebüßt und stünde nun faltig und nackt zwei eleganten Schwänen gegenüber.

Aber dieses Gefühl schwand zügig, als sein Blick dem ganz und gar unattraktiven, arroganten Blick seines Onkels begegnete. Wenn das der Preis für Schönheit war, beschloss er, dann fühlte er sich in seiner eigenen langweiligen Haut rundum wohl.

»Wenn du das nächste Mal auf Robert von Metz triffst, solltest du vorbereitet sein«, sagte Lucrezia. Während David noch darüber nachgrübelte, wie sie das wohl meinte, deutete sie auf Ares, der mit der Klinge seines Schwertes in lässiger Eleganz ein paar Mandalas in die Luft zeichnete. Jedenfalls vermutete David, dass es sich bei den Mustern, in denen sich die Waffe bewegte, um solche handeln könnte. Sie waren kompliziert, ohne chaotisch zu wirken, und die Bewegungen erfolgten in einer Geschwindigkeit, die es seinem ungeübten Auge unmöglich machte, ihnen zu folgen.

»Hier hast du den besten Lehrer«, fügte Lucrezia lächelnd hinzu und wandte sich von ihm ab, um ihn mit Ares allein auf dem Fechtboden zurückzulassen und eine Beobachterposition am Rande des Saales zu beziehen. Shareef folgte ihr wie ein zweiter Schatten.

Wie am Vortag, doch dieses Mal ohne jede Vorwarnung, warf der Hüne David ein Schwert zu. Wie am Vortag fing dieser es reflexartig auf und war über seine Reaktion wahrscheinlich erstaunter als alle anderen im Raum. Streng genommen zeigte sich außer ihm niemand sonderlich überrascht: Lucrezia lächelte zufrieden, Ares schenkte ihm ein verächtliches Naserümpfen, während es in seinen Augen herausfordernd aufblitzte, und Shareef reagierte, wie er auf alles reagierte, was um ihn herum geschah – nämlich überhaupt nicht.

»Willkommen zurück in der Schule, Neffe«, säuselte Ares.

Davids Blick wanderte irritiert zwischen der Waffe in seiner Hand und seinem Onkel hin und her, während die freie Linke unwillkürlich über seinen Bauch tastete, wo Ares ihn bei ihrem ersten Kampf buchstäblich aufgespießt hatte.

»Ich habe keine lebenswichtigen Organe verletzt«, bemerkte Ares, der Davids Gedanken, die sich nur zu deutlich in seiner Gestik und Mimik widergespiegelt haben mussten, registriert hatte. Er grinste sichtlich amüsiert, wofür David ihn noch ein bisschen weniger ausstehen konnte, als er es ohnehin schon tat. Mit der schweren Klinge spielend, als wöge sie nicht mehr als eine Bambusrute, begann er David zu umkreisen wie ein lauerndes Raubtier. »Wir sind was Besonderes, Junge«, sagte er im Plauderton, doch dieser konnte nicht über die siegessichere erregte Vorfreude, die in seinen Augen aufblitzte, hinwegtäuschen. »Lucrezia glaubt an die Geschichte vom Heiligen Blut. Du weißt schon: Freund Jesus und die gute Maria Magdalena.«

David drehte sich langsam in der Mitte des Raumes und folgte jeder noch so unbedeutenden Bewegung des Hünen mit ängstlichem Blick. Seine Muskeln waren zum Zerreißen angespannt. Seine Hand klammerte sich so fest um den Griff des Schwertes, dass es wehtat.

»Was mich betrifft«, fuhr Lucrezias Bruder mit einem gleichgültigen Schulterzucken fort, während er ihn weiter umkreiste und sich die Anspannung in David ins Unerträgliche steigerte, sodass er das Schwert am liebsten hätte fallen lassen, um schreiend davonzulaufen und nie wieder in dieses Irrenhaus zurückzukehren, »mir ist scheißegal, warum wir so sind, wie wir sind. Die Hauptsache ist doch, wir haben Spaß!«

Mit dem letzten Wort ließ er seine Klinge mit gewaltiger Kraft auf David hinabsausen. Unbeholfen parierte dieser den Hieb und sprang einen Schritt zurück. Verdammt, was sollte das nur schon wieder?! War das etwa die erste Lektion dessen, was seine Mutter indirekt als Selbstverteidigungskurs bei einem großartigen Lehrmeister bezeichnet hatte? Ares war kein Lehrer, sondern ein blutrünstiger Irrer, wie er bereits schmerzhaft erfahren hatte. Er wollte nichts wie weg und schimpfte sich innerlich einen verdammten Vollidioten, weil er die Devina nicht gleich nach dem Aufstehen verlassen hatte. Streng genommen hatte er sich von einem Frühstück im Bett dazu herumkriegen lassen, in dieser Klapsmühle ohne Betreuung für die Kranken und Verwirrten zu bleiben und – er hätte es wirklich wissen müssen! – ein weiteres Mal um sein Leben zu zittern.

»Krankheiten, Kugeln ...«, sagte Ares verächtlich, während er ihn weiter umkreiste wie ein hungriger Tiger, der nach einer geeigneten Stelle zum Zubeißen suchte. »Man muss schon größere Geschütze auffahren, um uns ans Bein zu pinkeln!«

Ein blitzartiger, geschickter Hieb, den David nicht einmal kommen sah, versetzte ihm einen klaffenden Schnitt auf der Brust. Erschrocken keuchte er auf und taumelte einige Schritte weit zurück. Hektisch eilte sein Blick zwischen der blutigen Wunde auf seinem Oberkörper und seinem zufrieden grinsenden Onkel hin und her. Der Schnitt brannte wie Feuer auf seiner Haut.

»Aber glaub jetzt bloß nicht, du bist unsterblich.« Ares' Schwert sauste ein weiteres Mal auf ihn hinab. Dieses Mal bemerkte er die Bewegung rechtzeitig und schaffte es, den Schlag eine halbe Armlänge von seinem Hals entfernt abzuwehren.

»Die Hauptschlagader ist unsere Schwachstelle«, erklärte Ares in einem Tonfall, den David bislang nur von seinem erklärten Lieblingslehrer Alary her kannte. Der Hüne wirbelte einmal um die eigene Achse, und sein Schwert schnellte erneut auf Davids Kopf zu. Wieder parierte dieser unbeholfen, aber immerhin gelang es ihm, am Leben zu bleiben. »Oder hau ihnen gleich den verdammten Kopf von den Schultern. Kapiert?«

David nickte gehorsam. Er hatte jedenfalls verstanden, dass dieser Mistkerl nicht mehr alle Tassen im Schrank hatte, aber er beschloss, dass es geschickter war, seinen Onkel nicht zu reizen und auf eine Gelegenheit zu hoffen, in der er sich unbemerkt aus dem Staub machen konnte. »Kapiert«, wiederholte er.

Während seiner nächsten Attacken reduzierte Ares die Wucht seiner Hiebe um einen Deut. David entspannte sich ein bisschen, während er einen Schlag nach dem anderen mit zunehmender Sicherheit abwehrte, was ihn selbst am meisten überraschte.

Während ihre Klingen in immer kürzeren Abständen klirrend aufeinander trafen, passierte etwas mit ihm: Er arrangierte sich mit seinem Schwert. Oder, besser gesagt, die tödliche Klinge arrangierte sich mit ihm, denn David hatte auf einmal den Eindruck, dass nicht er es war, der die Waffe führte, sondern dass sie es war, die seine Hand führte, die seinen Muskeln und Nerven ohne zeitraubende Umwege über sein Gehirn signalisierte, wohin sie sich zu wenden, auszuweichen und wo sie schließlich ihrerseits zuzuschlagen hatten. Staunend beobachtete er den Kampf, den er führte, ohne dass er sich tatsächlich beteiligt fühlte. Sein Schwert sauste immer wieder auf den Schritt für Schritt vor ihm zurückweichenden Hünen hinab, nur um immer wieder im letzten Moment von der Waffe seines Gegenübers abgefangen zu werden. Er war gut, erstaunlich gut.

Aber Ares war besser. Mit einem überraschenden, blitzschnellen Ausfall riss er eine blutige Furche in Davids rechten Arm. Dieser schrie entsetzt auf, als der erbärmliche Schmerz, der bis in seine Schulter hinaufzuckte, ihn unbarmherzig auf den Boden der Tatsachen zurückholte. Fast hätte er vergessen, dass er in den vergangenen achtzehn Jahren keinerlei Sport getrieben, geschweige denn ein Schwert in der Hand gehalten hatte und außerdem in den letzten Sekunden auf einen erfahrenen Kämpfer eingedroschen hatte, der nicht zuletzt auch noch gut anderthalb Köpfe größer war als er. Das Schwert entglitt seiner plötzlich tauben Hand, doch Ares setzte ihm erbarmungslos nach und beförderte ihn mit einem Schlag der freien Linken mitten ins Gesicht zu Boden.

Grinsend blickte er auf seinen wimmernd am Boden liegenden, aus zwei gefährlichen Wunden und nun auch noch der Nase blutenden Neffen hinab. »Du wirst eine Menge von mir lernen«, spottete der Hüne. »Gewöhn dich schon mal an die Schmerzen.«

Irgendwie habe ich das Gefühl, dass wir noch eine ganze Weile hier sitzen werden«, stellte Cedric seufzend fest, während er durch die Windschutzscheibe des VW Touareg starrte, den er in einer günstigen Position, die es ihnen ermöglichte, die Devina im Auge zu behalten, ohne selbst gesehen zu werden, geparkt hatte.

Robert nickte und zwang sich zu einem gequälten Lächeln.

»Dann brauchen wir definitiv besseren Kaffee«, stellte er mit einem bedeutungsvollen Blick auf den Plastikbecher in seiner Hand fest, aus dem ein Geruch wie von leicht koffeinhaltigem Spülwasser zu ihm aufstieg.

Cedric nickte bestätigend und zog eine Grimasse, die

von Metz wissen ließ, dass er seinen eigenen Becher nicht etwa deswegen mit wenigen Zügen geleert hatte, weil es ihm so gut schmeckte, sondern ausschließlich aus einem erhöhten Bedarf an Aufputschmitteln jeglicher Art heraus. Und das lag daran, dass sie die Devina eine gute Stunde vor Anbruch des neuen Tages erreicht hatten und letzterer sich langsam, aber sicher seinem Ende zuneigte.

Die Wachen, die mit Kalaschnikows bewaffnet und Dobermänner an Leinen führend vor dem blütenweißen Gebäudekomplex auf und ab gingen, waren mittlerweile zum dritten oder vierten Mal ausgewechselt worden. Das Licht der untergehenden Sonne tauchte einen Teil der dicken Mauern der Devina in ein zartes Rosa, das ihr möglicherweise einen kitschig-romantischen Touch verliehen hätte, hätten seine Gedanken an Lucrezia, die sich in einem der unzähligen Räume dort aufhalten musste, nicht alle anderen Eindrücke überschattet.

Lucrezia. Die Herrin der Prieuré de Sion. Seine Sünde, sein Vergehen ... Sie hatte seinen Sohn. Sie war schuld, dass er ihn töten musste.

Nein, verbesserte sich von Metz in Gedanken. Es war seine eigene Schuld, ausschließlich seine. Er hatte sich von ihrer Schönheit blenden lassen, sie hatte ihn nicht einmal bedrängen müssen. Er hatte seinem Verlangen nachgegeben wie ein lüsterner Köter und war regelrecht über sie hergefallen, ohne sich die Zeit zu nehmen, sie kennen zu lernen und das beständige Lächeln auf ihrem Gesicht, das er nie recht zu deuten vermocht hatte, zu hinterfragen.

Ihr Lächeln hatte eine Intrige verborgen, ein Komplott, das so schrecklich simpel war, dass Robert bis zum heutigen Tage nicht verstand, wie er auf Lucrezia hatte hereinfallen können. Sie hatte ihn kaltblütig benutzt, um an seinen Nachfolger zu gelangen, und mit ihm die Gewalt über die Templer, die Reliquien und den Heiligen Gral zu bekommen, der ewiges Leben und grenzenlose Macht versprach. Sie war eine Wahnsinnige. Das Wissen um die größten Geheimnisse der Menschheit hatte ihr den Verstand geraubt. Und er war dumm und verblendet genug gewesen, es nicht zu bemerken.

»Ich würde es tun«, sagte Cedric unvermittelt, ohne ihn dabei anzusehen. Von Metz maß ihn verständnislos von der Seite. »Ich meine, ich hätte Verständnis dafür, wenn du es nicht kannst«, erklärte Cedric und suchte nun doch seinen Blick. »Ich würde es für dich tun.«

Robert nickte dankbar, doch er antwortete: »Es ist okay, Cedric. Ich habe einen Fehler begangen und ich werde ihn bereinigen.«

Indem ich meinen Jungen töte, fügte er in Gedanken bitter hinzu, und ein Kloß bildete sich in seinem trockenen Hals. David, sein eigen Fleisch und Blut! Aber in ihm floss auch das Blut der Prieuré, und so würde er immer eine Gefahr für die Templer und ihr Geheimnis darstellen, denn letztlich, das wusste von Metz, entschieden sich Kinder im Zweifelsfall immer für ihre Mutter. Vor allem dann, wenn diese in Sachen Manipulation eine solche Meisterin war wie Lucrezia.

Cedric und er blickten wieder schweigend zur Devina hinüber.

»Sie werden ihn nicht eine Sekunde aus den Augen lassen«, sprach sein Freund nach einer kleinen Weile aus, was Robert längst befürchtete, eigentlich sogar wusste, denn er an Lucrezias Stelle würde nichts anderes tun.

»Wir bekommen unsere Chance«, behauptete der Templermeister trotzdem mit fester Stimme. »Irgendwann.«

Die folgenden Tage verbrachte David zum größten Teil damit, Ares zusammen mit Tyros, Shareef und einigen anderen Prieuré-Rittern in drei Reihen aufgeteilt im Fechtsaal gegenüberzustehen und sich synchron mit den anderen darum zu bemühen, die Bewegungen, die der Schwertmeister mit dem Schwert vorführte, mit der eigenen Waffe zu wiederholen. Eine ganze Reihe peinlicher Anfängerfehler waren ihm dabei unterlaufen, welche die spöttischen Blicke der anderen auf ihn gelenkt hatten, aber er dachte überhaupt nicht daran, sich entmutigen zu lassen. Seine Erlebnisse im Kampf gegen Ares am Nachmittag des zweiten Tages hatten ihm bewiesen, dass er durchaus Talent im Umgang mit der stählernen Waffe hatte – obwohl die Rückkehr aus der Euphorie, der er kurzfristig verfallen war, eine recht ernüchternde und schmerzhafte gewesen war.

Zugegeben: Er war wütend gewesen, als er begriffen hatte, dass sein Onkel zunächst nur mit ihm gespielt hatte, um sich dann wirklich gegen die Attacken seines Neffen zu wehren und sich an dessen Erniedrigung zu ergötzen, als er blutend und wimmernd vor Qual am Boden gelegen hatte. Außerdem hatte Lucrezias Bruder ihm einen gewaltigen Schrecken verpasst, weil David erneut um sein Leben gefürchtet hatte. Aber er hatte ihm auf seine, zugegebenermaßen spezielle Weise etwas beigebracht: Man sollte seinen Gegner nie unterschätzen. Und die Klinge in seiner Hand führte sich keineswegs auf magische Weise von selbst oder aus seiner Intuition heraus, sondern bedurfte blitzschneller und dennoch wohlüberlegter Reaktionen und einer Menge Übung, die aber, und auch das hatte er mittlerweile verstanden, niemals zur Routine werden durfte. Nachdem sich sein erhitztes Gemüt wieder abgekühlt hatte, hatte er den unwiderstehlichen Drang verspürt, mehr zu lernen und sich deshalb den Prieuré-Rittern, die mehrmals am Tag ihren Übungen im Fechtsaal nachkamen, anzuschließen.

Er hatte innerhalb kürzester Zeit Fortschritte gemacht, die nicht nur ihn selbst, sondern auch Ares erstaunten, obwohl der Schwertmeister dies niemals laut zugegeben hätte. An diesem Nachmittag hatte der Irre David im Fechtsaal gleich vier der anderen Ritter auf den Hals gehetzt, und es war etwas geschehen, womit niemand – David selbst am allerwenigsten – gerechnet hätte: Der Kampf hatte weniger als fünf Minuten gedauert und er hatte ihn gewonnen! Das, was David noch immer als eigenen Willen seiner Waffe empfand, und all die Tricks und Kniffe, die Ares ihn in den vergangenen Tagen gelehrt hatte, hatten ihn wie einen Wirbelwind durch den Fechtsaal fliegen und einen Kämpfer nach dem anderen entwaffnen lassen, ohne dass er selbst auch nur einen Kratzer abbekommen hätte. Er war selbst verblüfft über sein Geschick, seine Ausdauer und seine Kraft.

Lucrezia hatte den Kampf mit zufriedenem Lächeln verfolgt. Er hatte gehört, wie sie mit ihrem Bruder über ihn gesprochen hatte. Dass er bald der Beste sein würde, hatte sie gesagt, und dass es ihnen mit seiner Hilfe gelingen würde, von Metz zu töten.

David hatte nicht vor, dort zu bleiben, bis er wirklich der Beste war. Er glaubte nach wie vor nicht daran, dass er sich in der Devina jemals zu Hause fühlen würde. Er plante auch nicht, Robert von Metz zu töten, um irgendwelche Heiligtümer oder sonstige fanatische Ziele zu erreichen. Sollte er Robert von Metz tatsächlich umbringen, dann nur aus einem Grund – als Vergeltung für all die schrecklichen Dinge, für die dieser Mann verantwortlich war: seine Entführung kurz nach seiner Geburt, die grausamen Geschehnisse am Flughafen, der Mord an Quentin …

Er hatte mittlerweile akzeptiert, was seine Mutter im Büro nur angedeutet hatte. Ares hatte ihm bestätigt, dass dieser verrückte Templermeister, der sich für einen besseren Menschen und den Retter der Welt hielt, Quentins Haus zusammen mit dem Mönch kurzerhand in die Luft gejagt hatte, um auch die letzten Beweise für Davids bloße Existenz zu vernichten. Obwohl er nach wie vor wütend auf Quentin und die gewaltige Lebenslüge, mit der dieser ihn aufgezogen hatte, war, tat sein Verlust unglaublich weh. Er riss ein Loch in sein Herz, das niemand anderes jemals würde stopfen können.

Aber er hatte sich über all diese Dinge ausgeschwiegen. Seine Mutter und ihr Bruder sollten ruhig glauben, was sie wollten. Er würde die Devina spätestens dann verlassen, wenn alle offenen Rechnungen beglichen waren, denn er war ebenso wenig ein Prieuré-Ritter, wie er jemals ein Templer werden würde. Danach würde er verschwinden und sich für den Rest seines Lebens in einem buddhistischen Kloster vor dieser Welt verstecken oder zusammen mit Stella irgendwo im Nirgendwo eine eigene, ganz normale Familie gründen, in der ausschließlich um die Fernbedienung oder das Recht, das Badezimmer als Erster zu benutzen, gekämpft wurde – und das ohne Waffen und frei von physischer Gewalt jeglicher Art.

Stella ...

David vermisste sie so sehr. Es war erst wenige Tage her, dass er sie zuletzt gesehen hatte. Trotzdem fehlte sie ihm, als hätte er seit Jahren nichts mehr von ihr gehört. Ob es ihr wohl ähnlich erging? War es eigentlich auch ihr erster Kuss oder waren da schon andere vor ihm gewesen? Spielte das eine Rolle für ihn? Hatte sie diesen Kuss auch so unglaublich schön gefunden? Ob sie ihn wohl so sehr liebte wie er sie? Es kribbelte wieder in seinen Lenden, doch gleichzeitig griff er in einer unbewussten Geste nach dem Rosenkranz auf seiner nackten Brust unter der Bettdecke. Er könnte sie anrufen und sie all das und noch viel mehr fragen, denn mittlerweile hatte Lucrezia ihm ein Telefon im Gästezimmer bereitstellen lassen. Niemand verbot es ihm.

Aber wollte er das?

Vielleicht war Stella wütend, weil er einfach verschwunden war, ohne sich zu verabschieden, und legte deshalb gleich wieder auf. Von seiner Entführung konnte sie schließlich nichts wissen. Oder sie machte sich Sorgen um ihn, was letztendlich bedeutete, dass sie ihn sehen wollte, um sich von seinem Wohlbefinden zu überzeugen. Wenn stimmte, was Lucrezia und Ares behaupteten, und von Metz ihm tatsächlich nach dem Leben trachtete, dann würde sie sich in Gefahr begeben, sobald sie in seiner Nähe war. Und was sollte er ihr überhaupt erzählen? Dass er gerade eine Ausbildung zum Schwertkämpfer begonnen hatte? Im Haus seiner Mutter, die er bis vor wenigen Tagen nicht einmal gekannt hatte? Dass er noch eine kleine Weile dort bleiben wollte, um seine Technik zu perfektionieren, um anschließend Rache an dem Templermeister zu nehmen, der nicht nur seinen Vater, sondern auch den alten Quentin auf dem Gewissen hatte?

Das klang alles völlig absurd, nichts davon konnte er ihr sagen. Aber er würde sie dennoch anrufen.

David stand auf und griff nach dem Hörer des Telefons, um ihre Nummer zu wählen – und sei es nur, um kurz ihre Stimme zu hören, wenn sie sich meldete.

Es war fast Mitternacht, merkte er, als das Freizeichen erklang. Er würde sie wecken und sie wäre stinksauer, weil –

»Hallo?«, erklang ihre verschlafene Stimme aus dem Hörer des Telefons.

»Stella?«, presste David hervor. Sein Hals war wie zugeschnürt. Die Anspannung, in die ihn die Ungewissheit über ihre Reaktion versetzte, war beinahe schwerer zu ertragen, als die, die er immer dann spürte, wenn Ares ihn zu Übungszwecken zum Kampf aufforderte. »Ich bin's ... David.«

Dem lauten Rascheln, das aus dem Hörer erklang, entnahm er, dass sie sich augenblicklich im Bett aufsetzte.

»David!?«, entfuhr es ihr. »Wo bist du?«

»Mir geht es gut, mach dir keine Sorgen«, antwortete David ausweichend und atmete erleichtert auf. Stella klang verständlicherweise überrascht, aber keineswegs verärgert. »Ich bin bei meiner Familie.«

»Was?!« Stella schrie fast. Am liebsten hätte er ihr in diesem Moment erschrocken die Hand vor den Mund gehalten. »Du hast keine Familie!«, behauptete Stella. »Die Polizei war hier – «

»Es ist wirklich alles in Ordnung«, fiel David ihr beschwichtigend ins Wort. »Ich weiß nicht, wie ich dir das alles erklären soll, aber – «

»Und wieso meldest du dich erst jetzt? Ich habe mir Sorgen gemacht!« Dieses Mal war sie es, die ihn nicht aussprechen ließ, und nun klang sie doch ein wenig vorwurfsvoll.

»Das tut mir Leid«, antwortete er ehrlich. »Aber es ist alles bestens.«

»Alles bestens?«, schnappte Stella am anderen Ende, sodass er den Hörer erschrocken ein paar Zentimeter weiter vom Ohr weg hielt. »Du warst auf einmal verschwunden, das klingt für mich nicht gerade, als ob alles bestens wäre!«

David schwieg betreten und suchte nach einer passenden Entschuldigung, mit der er sich nicht um Kopf und Kragen redete.

Doch bevor er etwas sagen konnte, beschloss Stella in dem Tonfall, der keinen Widerspruch duldete, und mit dem sie ihn am vergangenen Freitag schon ins Krankenhaus kommandiert hatte: »Ich will dich sehen.«

Er hatte damit gerechnet, dass sie sich um ihn sorgen würde, doch die Vehemenz, mit der sie dies äußerte, überraschte ihn doch. Und sie berührte ihn. »Wirklich?«, fragte er.

»Ja! Wirklich!«, antwortete Stella nachdrücklich. »Wo bist du?«

»Warum willst du mich sehen?«, fragte er, statt ihr zu antworten.

Weil ich dich liebe. Weil ich dich vermisse. Weil ich

dich brauche. Weil ich nicht ohne dich leben kann. Er wünschte sich, dass sie irgendeine dieser Antworten wählte.

Stattdessen sagte sie: »Weil ich mir Sorgen mache. Weil ich dich gern habe.« Das war doch immerhin schon mal ein Anfang.

David lächelte. »Ich würde mich freuen, dich zu sehen.«

»Dann sag mir, wo du bist und wann wir uns treffen können«, forderte Stella ihn auf.

Er zögerte noch. Sie brachte sich in Gefahr, mahnte die Stimme der Vernunft in seinem Kopf. Er war eine Gefahr für sie, solange dieser von Metz noch lebte. Aber sein Wunsch, sie zu treffen, war stärker.

»Morgen?«, antwortete er. »Könntest du mich vielleicht abholen?«

Seit nunmehr fünf Tagen wachten sie vor der Devina. Robert hielt sich für einen geduldigen Menschen, doch fast eine ganze Woche in einem engen, stickigen PKW zuzubringen, zehrte auch an seinen Nerven. Cedric war generell nicht besonders gesprächig und hatte, wenn sich von Metz richtig erinnerte, seit fast dreizehn Stunden nichts mehr gesagt. Im Radio wurden immer wieder dieselben Lieder gespielt, und auch die stündlichen Nachrichten brachten nichts wirklich Neues, womit er seine Gedanken hätte ablenken können. Der Boden des Touareg zu seinen vor bloßer Reglosigkeit kalten Füßen war übersät von leeren Kaffeebechern und sonstigem Müll. Sein Hintern begann trotz der weichen Polster langsam, aber sicher zu schmerzen. Und er stank, denn noch so gründliches Waschen mit Mineralwasser aus Plastikflaschen konnte ein Bad oder eine Dusche nicht ersetzen.

Kurz gesagt: Seine Geduld hatte ihm längst den Laufpass gegeben, aber nachdem sie vor zwei oder drei Tagen aufgegeben hatte, war ihm immer noch seine extreme Beharrlichkeit geblieben, die ihm dazu verhalf, weiterhin in dem Beifahrersitz, mit dem er sich längst auf unangenehme Weise verwachsen fühlte, zu verharren und weiter auf die Devina hinauszustarren.

Anfangs hatten Cedric und er sich darauf verständigt, dass jeweils einer von ihnen fünf Stunden schlief, während der andere den Gebäudekomplex weiter im Auge behielt. Mittlerweile fand ein stündlicher Schichtwechsel statt, denn ebenso wenig wie einer von ihnen noch in der Lage war, fünf Stunden am Stück die Augen offen zu halten, konnten sie in dem engen, stickigen Wagen so lange schlafen, ohne vor Rückenschmerzen, innerer Unruhe oder sonstigem Unwohlsein aufzuwachen. Sie vertraten sich in regelmäßigen Abständen neben dem Touareg die Füße und holten abwechselnd Kaffee. Das größte Event des Tages war eine Taube gewesen, die im Tiefflug auf die Frontscheibe des VW geschissen hatte.

Was Lucrezia in dieser ganzen Zeit wohl mit seinem Sohn anstellte? Robert mochte es sich nicht zu lebhaft ausmalen. Wenige Stunden hatten ausgereicht, damit er selbst ihrem teuflischen Charme erlegen und mit ihr in einem Hotelzimmer verschwunden war. Er, der Templermeister, für den Selbstbeherrschung, Disziplin und eine gewisse Unnahbarkeit nicht nur zu den Pflichten gehörte, sondern von Kindesbeinen an ein unerschütterlicher Teil seines Charakters waren!

Robert wusste nicht, wann David die Devina wieder verlassen würde, aber er würde ganz sicher nicht mehr der sein, als der er sie betreten hatte. Lucrezia würde ihn zu ihren Zwecken ausgebildet und manipuliert haben, sie würde ihn gegen seinen Vater aufgehetzt haben, und zwar so gründlich, dass es ihm niemals gelingen würde, seinen Sohn für sich zu gewinnen. Er hatte die Devina als verletzte, naive Seele betreten. Er würde sie als überzeugter Prieuré-Ritter wieder verlassen.

Sein eigener Sohn war vielleicht schon jetzt sein größter Feind …

Irgendetwas tat sich vor dem schneeweißen Gebäudekomplex. Robert hätte es wahrscheinlich überhaupt nicht bemerkt, hätte er nicht bereits so viele Tage auf seinem Wachtposten zugebracht und hätten die Laufmuster, in denen die Prieuré-Söldner vor der Devina patrouillierten, sich nicht längst regelrecht in seinen Schädel gebrannt, sodass er die schwarz gekleideten Männer selbst dann noch vor seinem inneren Auge nach dem immer gleich bleibenden Schema auf und ab gehen sah, wenn er einschlief. Zwei von ihnen schenkten plötzlich einem Nebenausgang besonders viel Aufmerksamkeit, durch den im nächsten Moment eine Gestalt ins Freie trat. David!

Robert griff nach Cedrics Schulter, rüttelte den Templer unsanft aus dem Schlaf und deutete stumm auf das Hauptgebäude, aus welchem in der nächsten Sekunde auch Ares trat, um zusammen mit David in der Garage zu verschwinden. Wenige Sekunden später öffnete sich das elektronisch gesteuerte Garagentor, und ein tiefschwarzer Porsche raste ins Freie.

»Hinterher«, kommandierte der Templermeister,

doch Cedric hatte den Motor bereits angelassen, kaum dass er die Augen ganz geöffnet hatte. Eine bessere Gelegenheit, David wiederzubekommen, würde sich ihnen kaum bieten.

Zumindest dachte Robert das, ehe Lucrezias Schwertmeister ihnen eine Straßenecke weiter demonstrierte, was ein Porsche-Motor leisten konnte, sofern der Fahrer des Wagens sich für unsterblich hielt.

Verliebtheit war eine durch und durch komplizierte Angelegenheit. All die Dichter und Denker, die Philosophen und die Romantiker, die behaupteten, dass der Verstand aussetzte, wenn man sein Herz an einen anderen Menschen verlor, hatten Unrecht. Man büßte seinen Verstand keineswegs ein, sondern vermochte lediglich seiner Stimme nicht mehr Folge zu leisten, was David als deutlich tragischer empfand, denn auf diese Weise durchschaute man auch noch, wie bescheuert man sich verhielt.

Es hatte damit begonnen, dass er Stellas Drängen aller Vernunft zum Trotz nachgegeben hatte und er sie am Telefon gebeten hatte, ihn abzuholen, obwohl er nicht die geringste Ahnung hatte, wo er sich eigentlich befand. Deshalb hatte er schließlich Ares mitten in der Nacht darum bitten müssen, einen Treffpunkt mit ihr auszuhandeln. Am Morgen hatte er sich vor lauter zappeliger Vorfreude einen Becher voll frisch aufgebrühtem Erdbeer-Vanille-Tee über die Hose geschüttet. Und nun schwebte er mehrere Zentimeter über einem der grasbewachsenen Hügel, zwischen denen sie sich verabredet hatten, auf Stella zu, die er aus einer Entfernung von gut hundert Metern auf sich zukommen sah, und bemühte sich intensiv darum, das alberne Grinsen aus seinem Gesicht zu verbannen, das sich in seine Züge geschlichen hatte, kaum dass der Schwertmeister ihn auf einem Parkplatz in der Nähe aus dem Hexenkessel, den er Auto nannte, entlassen hatte. Obwohl es ihm mit einiger Mühe immerhin gelang, seinen Beinen seinen Willen aufzuzwingen, sodass er nicht hopsend und springend wie ein Erstklässler auf sie zueilte, war er überzeugt davon, ziemlich dämlich auszusehen. Das selige Grinsen war nicht nur ein sehr beharrliches, sondern schien mit jedem Schritt, den er ihr näher kam, noch einen kleinen Deut breiter zu werden, sodass er fürchten musste, seine Lippen könnten sich an seinem Hinterkopf miteinander verheddern, falls er zu schnell lief.

Endlich hatte Stella auch ihn erspäht. Obwohl noch immer mehr als achtzig Meter saftig grünen freien Feldes zwischen ihnen lagen, konnte David schon ihr fröhliches Lächeln und das Strahlen ihrer wunderschönen blauen Augen deutlich erkennen. Der Wind spielte mit ihrem offenen Haar. Sie war noch schöner, als er sie in Erinnerung gehabt hatte. Während sie einen Schritt zulegte, um die verbliebene Strecke zügiger zurückzulegen, beschleunigte sich auch Davids Herzschlag.

Stella kam nicht allein. Sie brachte ein kleines Stück Zuhause mit, einen Teil seines alten, behüteten Lebens. Er hätte nie geglaubt, dass er die staubige Bibliothek, den muffigen Klassenraum und zu lang gekochte Eier jemals vermissen würde. Doch trotz des neu gewonnenen Wissens darum, dass er achtzehn Jahre lang Quentins Gefangener gewesen war, fühlte er Heimweh in sich aufkeimen. Aber er wollte und konnte nicht in das Internat zurückkehren; höchstens, um sich von seinen Lehrern und Kameraden zu verabschieden, ehe er ein neues Leben begann. Nicht in Lucrezias Devina – sie war nur ein Zwischenstopp auf seinem langen Weg. Er hoffte, dass Stella ihn dabei begleiten würde, doch bis dahin war noch viel Zeit. Er wollte jetzt nicht über Dinge nachdenken, über die er im Augenblick täglich nachgrübelte, sofern er beim Zubettgehen nicht so erschöpft war, dass ihm die höchst komplizierte Masse unter seiner Schädeldecke jeglichen Dienst verweigerte. Er wollte nur noch Stella in die Arme schließen und hemmungslos weitergrinsen, sobald er sein Gesicht in ihrem seidenweichen Haar vergraben hatte und sie es nicht mehr sah.

Eine Bewegung lenkte seinen Blick von Stella ab. David hielt irritiert inne und beschattete seine Augen mit der linken Hand, um die beiden Gestalten, die sich als dunkle Schemen gegen das grelle Sonnenlicht abzeichneten, besser erkennen zu können. Es waren zwei Männer, die soeben die Spitze des kleinen Hügels erreicht hatten, auf den Stella unbefangen zuging. Beide trugen etwas in den Händen, das metallisch aufblitzte und Davids Augen zusätzlich blendete. Dennoch erkannte er eine der Personen im selben Moment, in dem er begriff, was es war, das das Sonnenlicht reflektiert hatte: Einer der beiden Männer war Robert von Metz. Und beide trugen Schwerter!

Sein Warnschrei erreichte das Mädchen in derselben Sekunde, in der sich ein stählerner Bolzen, der mit einem selbst in dieser Entfernung noch deutlich hörbaren Zischen durch die Luft schnitt, mit solcher Wucht in ihre rechte Schulter bohrte, dass er sie einen Schritt weit zurückschleuderte. Mit einem Schrei schlug Stella hart auf dem schmalen Kiespfad auf. Auch David schrie, während sein Herz vor Entsetzen für die Dauer einiger Schläge aussetzte und Panik seine Glieder lähmte.

Stella!, schoss es ihm durch den Kopf. Dieser seelenlose Bastard hatte auf seine Freundin schießen lassen! Er hatte ihm den Vater genommen, ihn seiner Mutter geraubt, Quentin getötet. Allein der Teufel mochte wissen, wie viele grauenhafte Verbrechen noch auf das Konto dieses irrsinnigen Pseudo-Weltverbesserers gingen. Und nun wollte er ihm auch noch Stella nehmen!

Aber das würde ihm nicht gelingen, entschied David mit selbstmörderischer Entschlossenheit, während er auf Stella zurannte, die wimmernd vor Furcht und Schmerz am Boden lag und verängstigte, Hilfe suchende Blicke zwischen ihm und den beiden Fremden hin und her eilen ließ. Ihre linke Hand verkrampfte sich verzweifelt um den stählernen Bolzen, der tief in ihrer blutverschmierten Schulter steckte. Er würde nicht zulassen, dass dieser Mistkerl seiner Freundin noch mehr antat, und wenn er sein Leben dafür gab, dass sie flüchten konnte! Von Metz wollte ihn doch ohnehin töten. Wenn er Stella damit retten konnte, hatte sein Tod wenigstens einen Sinn.

Von Metz und der zweite Mann beschleunigten ihre Schritte und rannten auf das am Boden liegende Mädchen zu. Als David ihr zurufen wollte, dass sie sich endlich erheben und wegrennen sollte, merkte er erst, dass der Entsetzensschrei, den er von sich gegeben hatte, als der Armbrustbolzen sich in Stellas Körper gefressen hatte, noch immer andauerte.

Ein Arm schloss sich von hinten mit solcher Macht um seinen Brustkorb, dass er ihm die Luft aus den Lungen trieb. Sein Schrei ging in einem erstickten Keuchen unter, während er grob zurückgerissen und auf die Anhöhe gezerrt wurde.

»Weg hier!«, hörte er den Schwertmeister dicht neben seinem linken Ohr rufen. »Wir müssen von hier verschwinden!«

David wehrte sich gegen den Klammergriff des Hünen. »Ihr Schweine!«, entfuhr es ihm hysterisch. »Nein!« Niemals würde er Stella im Stich lassen, niemals würde er sie diesen gottlosen, blutrünstigen Bestien ausliefern. Und wenn er – eine andere Wahl hatte er wohl nicht – mit bloßen Händen auf sie losging und sie ihn mit ihren Klingen in Scheiben schnitten und der unsichtbare Schütze seinen Schädel mit todbringenden Bolzen spickte!

Aber Ares war einfach zu stark. Mit der Kraft eines einzigen Armes zerrte er seinen mit allen verfügbaren Gliedmaßen um sich schlagenden Neffen über die Kuppe des Hügels, während er in der Linken kampfbereit sein Schwert hielt.

Tränen der Verzweiflung rannen über Davids glühende Wangen. Er schrie und schlug noch um sich, als sie den Parkplatz längst erreicht hatten. Er schrie noch immer, als Ares ihn mit entschlossener Gewalt in seinen Sportwagen verfrachtete und mit quietschenden Reifen und heulendem Motor davonraste.

Hinterher!« Von Metz griff nach seinem Schwert, das er neben dem jungen Mädchen ins Gras hatte fallen lassen und sprang auf, als er die verzweifelten Schreie seines Sohnes hörte und sah, wie Lucrezias Bruder David über den Hügelkamm zerrte. In dieser Sekunde surrte ein zweiter Bolzen durch die sommerlich warme Luft, verfehlte seinen Hals nur knapp und traf sein rechtes Schulterblatt mit einer Gewalt, die den Knochen zersplittern ließ, als sei er aus Glas gefertigt. Robert bäumte sich auf und schrie vor Schmerzen, die sich von der Einschussstelle über seinen ganzen Rücken ausbreiteten. Das Schwert des Templermeisters entglitt seiner Hand, während er in die Knie brach und der Scherge, den der Teufel Lucrezia an die Seite gestellt hatte, mit dem Jungen aus seinem Blickfeld verschwand.

Ein drittes Geschoss zischte weniger als eine Handbreit an der Stirn seines Gefährten vorbei und grub sich einige Meter hinter ihm so tief in den grasbewachsenen Erdhügel, dass es fast darin verschwand.

»Weg hier«, brüllte Cedric entsetzt und deutete hektisch auf eine kleine Mulde, die ihnen, wenn sich das Glück zur Abwechslung einmal auf ihre Seite schlug, vielleicht vorübergehend Schutz vor dem Schützen bot, der feige aus dem Hinterhalt auf sie schoss. »Der verdammte Araber muss in der Nähe sein«, überlegte der Weißhaarige laut, während sie das Mädchen mit sich in Deckung zerrten.

Robert nickte mit schmerzverzerrter Miene, während er das Mädchen vorsichtig auf die Wiese bettete. Cedric rutschte geduckt ein Stück an den Templermeister heran und umschloss mit der rechten Hand den Armbrustbolzen, der tief in dessen Schulter steckte. »Auf drei?«, fragte er. Robert nickte tapfer und biss die Zähne zusammen. Cedric zählte »Eins« und zog das Geschoss mit einem kraftvollen Ruck aus Roberts Knochen.

Der Templermeister hörte ein paar Sehnen in seinem

Körper reißen, ehe ein Schmerzensschrei seiner Kehle entwich. Er warf seinem Freund einen tränenverschleierten, nichtsdestotrotz aber auch verärgerten Blick zu, als das Schlimmste vorbei war. Cedric ließ den blutverschmierten Pfeil gleichgültig ins Gras fallen, presste eine Hand auf die Wunde des Templermeisters, um die Blutung ein wenig einzudämmen, bis sich die Wunde von selbst schloss, damit sie ihn nicht unnötig Kraft kostete, und zuckte mit den Achseln. Er ließ einige Augenblicke verstreichen und spähte dann vorsichtig über den Rand der Mulde, während irgendwo in nicht allzu weiter Ferne ein Motor aufheulte. »Verdammt! Der kann überall stecken!«, fluchte er kopfschüttelnd.

Von Metz erwiderte nichts. Sein Blick fiel besorgt auf das Mädchen, das reglos auf der Wiese lag. Sie hatte die Augen geschlossen, ihr Atem ging unregelmäßig und flach. Es war nicht seine Absicht gewesen, ganz gewiss nicht, aber dennoch war es seine Schuld. Cedric hatte ihn darauf aufmerksam gemacht, dass David nicht der Einzige war, der mit suchendem Blick durch die Hügel wanderte. Er, Robert, hatte entschieden, dass sie keine Rücksicht darauf nehmen konnten, ob sie jemand beobachtete. Aber das hieß nicht, dass es ihm egal war, wenn Unbeteiligte verletzt wurden. Verdammt, er war ein erbärmlicher Verlierer, der schlechteste Templermeister, den es in der Geschichte der Templer jemals gegeben hatte! Doch verwünschen konnte er sich zu einem späteren, geeigneteren Zeitpunkt nach Herzenslust. Jetzt musste er erst einmal diesem Mädchen helfen, denn es würde zweifellos verbluten, wenn er nicht schnell etwas unternahm.

Danach würde er sich wahrscheinlich weitere fünf

Tage im Touareg den Hintern wund sitzen, Spülwasserkaffee und fade Hamburger sowie klebrige Schokoladenriegel verzehren und dem Stuhlgang der Tauben schutzlos ausgeliefert sein, während er auf die Devina hinausstarrte.

Hass. Das war alles, was blieb, als die Hysterie endlich von ihm abließ, Stunden, nachdem Ares ihn in Lucrezias Gästezimmer geschoben und wortlos die Tür hinter ihm ins Schloss gedrückt hatte. Grenzenloser, blutrünstiger Hass. Dieser hirnlose Religionskranke hatte seine Stella auf dem Gewissen! Das zähnefletschende Ungeheuer in Davids Seele war erneut erwacht und zerrte mit bestialischer Kraft an den Ketten, um deren anderes Ende sich verzweifelt die Finger seines Verstandes klammerten.

Er kauerte in einer Ecke des Bettes, hatte die Knie dicht an seine Brust herangezogen und die Arme fest um seine Beine geklammert, um das Zittern, das seinen gesamten Körper erfasst hatte, zu unterbinden. Stattdessen schaukelte er rhythmisch im Takt seines Atems vor und zurück, vor und wieder zurück ... Er würde ihn töten ... vor ... Rache... zurück ... Blutige Rache ...

Noch auf der Fahrt zur Devina hatte er mit dem Schmerz um den Verlust Stellas abgeschlossen. Er hatte ihn umgewandelt in blanke Mordgelüste, denn seine geschundene Seele hatte sich schlichtweg geweigert, sich dieser Qual auszuliefern, die nur ein Gefühl grauenhafter Hilflosigkeit mit sich brachte, wohingegen der tobende Drang nach Rache ein Ziel hatte, auf das er hinarbeiten konnte. Während das Leid, die Gewissheit, Stella verloren zu haben, sich für immer in sein Innerstes brennen und ihn jeden Tag, jede Stunde aufs Neue quälen würde, würde der Hass ein Ventil finden, durch das er mit brachialer Gewalt entfliehen konnte. Und so würde seine Seele eines Tages wieder Ruhe finden.

Jemand klopfte leise an die Tür. David bat denjenigen nicht herein. Er wollte allein sein mit sich und seinem Hass, er wollte nichts hören und erst recht niemanden sehen. Nicht zuletzt, weil er nicht sicher war, dass er sich zügeln konnte und nicht etwa dem Nächstbesten, der ihn versehentlich schief anblickte, ebenso versehentlich den Hals umdrehte. Aber Lucrezia machte sich nicht von seiner Erlaubnis abhängig, sondern betrat das Gästezimmer unaufgefordert und ließ sich nach kurzem Zögern ebenso ungebeten auf der Bettkante neben David nieder.

»Du hättest vorher mit mir reden sollen«, sagte sie, nachdem sie ihn eine geraume Weile schweigend betrachtet hatte und David sich redliche Mühe gegeben hatte, sie zu ignorieren. »Wenn Ares dich nicht rechtzeitig gefunden hätte …«

Nun blickte er doch zu seiner Mutter auf. Die Tränen des Schmerzes, den zu empfinden er sich so beharrlich geweigert hatte, begannen in seinen Augen zu brennen. Was dann?, dachte er bitter. Dann hätte er sich mit bloßen Händen auf die beiden bewaffneten Templer gestürzt. Es hätte ihn das Leben gekostet. Kurz und schmerzlos hätte die Klinge des Templermeisters ihm den Kopf von den Schultern getrennt und alles wäre vorbei gewesen. Stella wäre nach ihm gestorben, er wäre von dem Wissen um ihren Tod verschont geblieben. Seine Seele hätte ihren Frieden gefunden, sechs Fuß unter der Erde. Er hätte Ruhe gehabt vor dieser wahnsinnigen Welt, in der religiöse Fanatiker sich nicht nur gegenseitig wie Vieh abschlachteten, sondern auch gänzlich Unbeteiligte mit stählernen Bolzen niederschossen.

»Es tut mir so schrecklich Leid, David«, sagte Lucrezia leise und rutschte dichter an ihn heran, um ihre Hand nach seiner Wange auszustrecken und sie zu streicheln. »Aber vielleicht verstehst du jetzt, dass das Morden erst ein Ende haben wird, wenn wir das Grab gefunden haben.«

David sagte noch immer nichts. Er blickte an seiner Mutter vorbei und versuchte, seine Tränen zurückzuhalten. Seine Kehle war wie mit Drahtseilen zugeschnürt. Lucrezia strich sanft durch sein Haar, doch ihr Mitgefühl machte alles nur noch schlimmer für ihn. Er stellte fest, dass er sich etwas vorgemacht hatte: Er hatte den Schmerz keineswegs in Hass umgewandelt, seine Mordlust hatte ihn lediglich überschattet. Nun verspürte er eine hochgradig explosive Mischung aus beidem. Keine Folter der Welt konnte ein Wesen gnadenloser demütigen und zerstören. Von einem sanftmütigen, rücksichtsvollen Menschen war er binnen kürzester Zeit zu einem Vulkan mutiert, der jederzeit ausbrechen konnte. Doch ein Rest seines Verstandes hoffte darauf, dass die glühende Lava den Richtigen unter sich begraben würde. *Die* Richtigen. Robert von Metz und seine Anhänger. Er würde sie alle töten. Für Stella, für Quentin, für den Vater, den man ihm genommen hatte, bevor er ihn auch nur ein einziges Mal zu Gesicht bekommen hatte, für seine Mutter, die in ewiger Angst vor diesen Wahnsinnigen zu leben verdammt war, und nicht zuletzt auch für sich selbst. Und für eine bessere Welt.

Heiße, salzige Tränen brannten auf seinen Wangen. Lucrezia schloss ihn mit einer mütterlichen Geste in ihre Arme und drückte ihn tröstend an ihre Brust. Lange, unendlich lange, wie ihm schien, weinte er in ihr samtenes Gewand. Die Tränen schwemmten die Seile davon, die seine Kehle zugeschnürt hatten, nicht aber den Hass. Doch er wusste, dass er seinen Hass beherrschte, als er sich schließlich aus der Umarmung seiner Mutter löste.

»Ich will, dass es zu Ende ist«, flüsterte er mit ersticker Stimme, doch voller unerschütterlicher Entschlossenheit. »Ich will diesen von Metz finden. Und ihn für das bestrafen, was er uns angetan hat.«

Lucrezia streckte erneut eine Hand nach seinem Gesicht aus und wischte ihm liebevoll die Tränen von den Wangen.

»Mein tapferer Sohn«, flüsterte sie, und aus ihrer Stimme klang aufrechter Stolz.

Rot-orangefarbenes Licht tauchte den See in lebhafte Farben. Sanfte Wellen kräuselten das Gewässer, auf dem die letzten Strahlen der untergehenden Sonne wie friedfertige Flammenzungen tanzten. Auch die grob behauenen, dunklen Steinquader, aus denen die kleine Burg in der Mitte des Sees vor Hunderten von Jahren errichtet worden war, profitierten von dem überwältigenden Naturschauspiel, das sie in warme Gelb- und Rottöne kleidete. Es schien, als wollte Gott der Burg ein kleines Dankeschön dafür erweisen, dass sie sein Geheimnis seit unzähligen Jahren zuverlässig vor den Augen und vor allen Dingen Händen all jener verbarg, die nicht zu seinem Schutz bestimmt worden waren.

In einer nur schwer zu ertragenden Mischung aus Melancholie, Trauer, Selbstzweifel, Scham und Hilflosigkeit beobachtete Robert von der Wehrmauer aus den Sonnenuntergang, der die ohnehin schon atemberaubende Landschaft um den Wohnsitz der Templer herum in sein weiches, friedliches und dennoch ungemein lebendiges Licht tauchte. Er hatte schon wieder versagt. Einmal mehr war es ihm nicht gelungen, David zu töten. Er fragte sich, ob es richtig gewesen war, das Leben des Mädchens über die Erfüllung der Aufgabe zu stellen, die Teil der Bestimmung war, die Gott ihm zugedacht hatte. Er fragte sich auch, ob es möglich war, dass Gott ihm zu viel zumutete, denn er musste offen zugeben, dass sich der väterliche Teil seines Herzens David nicht herbeiwünschte, damit er ihm, dem nächsten Templermeister, der zugleich ein Prieuré-Ritter war, das Leben nehmen konnte, sondern damit er an seinem Leben teilhaben konnte. Einem möglichst langen, glücklichen Leben; vielleicht zusammen mit dem Mädchen, das er verbotenerweise mit auf die Burg gebracht hatte …

Von Metz hatte Davids Augen strahlen sehen, kurz bevor das blanke Entsetzen Besitz von ihm ergriffen hatte, als er ihn, Robert, erkannte. Er konnte sich denken, was Lucrezia ihrem Sohn über ihn und die Tempelritter erzählt hatte. Haarsträubende Lügenmärchen möglicherweise; vielleicht aber auch nur die Wahrheit. Wie sollte ein Kind, das wusste, dass sein Vater es umbringen wollte – und sei es auch, um großes Unglück zu verhindern – etwas anderes gegenüber diesem empfinden als Angst, Abscheu und Hass? Der Junge war im

Recht. Aber Robert ebenso ... Es war alles so schrecklich kompliziert! Wenn er bloß Lucrezia nie über den Weg gelaufen wäre. Seinem Vergehen ...

»Das Mädchen ist aufgewacht.«

Als Cedrics Stimme nur wenige Schritte neben ihm erklang, schrak Robert so heftig zusammen, dass er um ein Haar von der Zinne gestürzt wäre, die er erklommen hatte, um die Aussicht zu genießen. Er hatte seinen Freund nicht kommen hören.

»Sie hat verdammtes Glück gehabt. Ein Stück weiter links, und der Bolzen hätte ihr Herz durchbohrt«, fügte der weißhaarige, hagere Ritter hinzu, der entweder nicht gemerkt hatte, wie sehr er den Templermeister erschreckt hatte, oder (und davon ging Robert insgeheim aus) den Standpunkt vertrat, dass ihm ein paar Knochenbrüche nach einem Sturz von einer Wehrmauer ganz recht geschahen und er deshalb keinen Anlass sah, sich bei ihm zu entschuldigen.

Von Metz hatte sein Gleichgewicht wiedererlangt, kletterte auf den Wehrgang zurück und vermied es, Cedric anzusehen, während er stumm nickte und weiter auf die funkelnde Oberfläche des Sees hinausblickte. Er konnte den berechtigten Vorwurf nur zu deutlich aus der Stimme seines Freundes heraushören und musste ihn nicht noch zusätzlich in seinen Augen lesen. Er fühlte sich auch so schon miserabel genug.

»Wir müssen sie zurückschicken«, sagte Cedric nach einer Weile unbehaglichen Schweigens. Nun blickte Robert ihn doch kurz, aber entschlossen über die Schulter hinweg an.

»Nein«, entschied er. »Die Prieuré wird wieder versuchen, sie zu töten.« Um uns die Schuld dafür zu geben, fügte er in Gedanken bitter hinzu. Als ob das nötig wäre! David hasste ihn ohnehin schon, es gab keinen Grund dafür, dem Mädchen etwas anzutun.

»Kein Fremder hat je einen Fuß in diese Burg gesetzt«, begehrte Cedric auf. »Wir hätten sie gar nicht herbringen dürfen, wir können nicht ständig die Regeln brechen!«

»Sie bleibt hier«, beharrte von Metz. Er konnte seinem Sohn nicht mehr helfen. Wenn er je eine Chance gehabt hatte, dessen Herz für sich zu gewinnen, dann hatte Lucrezia ihn dieser längst beraubt. Er würde wenigstens auf das Mädchen Acht geben. David liebte sie.

Robert hörte, wie Cedric hinter ihm einen weiteren Einwand verschluckte, der ihm auf der Zunge gebrannt hatte.

»Du bist der Templermeister«, sagte der Weißhaarige schließlich mit deutlichem Unwillen, »und ich werde dir folgen bis in den Tod. Weil es meine Pflicht ist. Nicht, weil ich für richtig halte, was du tust.« Damit wandte er sich von Robert ab und schritt davon.

Der Templermeister seufzte tief und blickte Cedric mit trauriger Miene nach. *Weil du mein Freund bist*, das war die Begründung gewesen, die er sich erhofft hatte, die er gebraucht hätte. *Weil ich dich verstehe*. Doch das war wohl zu viel verlangt. Robert verstand sich ja selbst kaum noch. Er war nicht einmal sicher, warum er sich auf den Weg in das kleine Turmzimmer machte, in dem er Davids Freundin hatte unterbringen lassen. Glaubte er, David kennen zu lernen, indem er das Mädchen aushorchte?

Wie auch immer: An diesem Tag gab es ohnehin nichts Sinnvolles mehr für ihn zu tun. Cedric und er hatten sich darauf verständigt, nach den Strapazen und Entbehrungen der vergangenen Woche erst im Morgengrauen des kommenden Mittwochs wieder zur Devina aufzubrechen, zumal sie beide davon überzeugt waren, dass David Lucrezias Haus in nächster Zeit erst einmal nicht mehr freiwillig verlassen würde.

Papal Menache war bei dem Mädchen und verknotete gerade ein Leinentuch in dessen Nacken, das er zu einem Dreieck gefaltet hatte, damit es, als Schlinge dienend, die verletzte Schulter stützen konnte. Als von Metz die kleine Turmkammer betrat, erhob er sich von der Lehne des Sessels, in dem das Mädchen Platz genommen hatte, und verließ wortlos den Raum. Wahrscheinlich war er genauso wütend auf Robert wie alle anderen Templer, von Metz selbst eingeschlossen. Aber was hätte er denn tun sollen?

Der Tempelritter wischte den Gedanken energisch beiseite. Er kannte die einzige Antwort auf alle seine Fragen. Er konnte sie nur nicht akzeptieren. Natürlich standen die Pflichten eines Templers über seinen individuellen Interessen, aber er hatte ein verdammtes Gewissen, das sich nicht einfach durch ein paar Regeln aufheben ließ, nicht einmal von solchen, auf die er einen Eid geschworen hatte!

»Wie geht es dir?« Robert nickte dem Mädchen freundlich zu und versuchte, sich den Kummer, der ihn plagte, nicht anmerken zu lassen.

Das Mädchen erwiderte sein Lächeln nicht. Es antwortete auch nicht, sondern blickte ihn in einer Mischung aus Unsicherheit und Herausforderung an, die sein Gesicht noch hübscher und interessanter machte, als es ohnehin schon war. Schließlich fragte sie: »Wer sind Sie? Und was soll das alles?«

»Ich bin Robert von Metz. Sagst du mir auch deinen Namen?«, gab der Templermeister ruhig zurück.

»Ich … Stella … Ach verdammt, warum bin ich hier? Und wer hat auf mich geschossen? Und warum vor allen Dingen?!« Sie hatte eine angenehme Stimme, selbst dann noch, wenn sie sich aufregte, stellte Robert anerkennend fest. Ein intelligentes, natürliches Mädchen.

»Stella«, wiederholte von Metz freundlich. »Ein schöner Name. Wie fühlst du dich, Stella?«

Stella erhob sich mit einem Ruck aus dem ledernen Sessel. Sie warf Robert einen verärgerten Blick zu, besann sich aber darauf, Ruhe zu bewahren, als ebendieser Blick auf das prachtvolle Schwert fiel, das er am Gürtel trug, und bemühte sich um ein höfliches Lächeln. »Wissen Sie, ich bin Ihnen wirklich dankbar, dass Sie mir geholfen haben und alles, aber … aber was ist hier eigentlich los? Sie müssen mir erklären, was mit David ist. Bitte«, sagte sie beherrscht und gefiel Robert mit jeder Silbe besser.

»Das kann ich nicht«, antwortete er trotzdem. Selbst wenn er sie in die Geheimnisse der Tempelritter hätte einweihen dürfen, was ganz und gar unmöglich war, wollte er sie nicht für den Rest ihres Lebens in dieser Burg gefangen halten, wozu er aber gezwungen wäre, hätte er nicht die richtigen Worte gefunden.

Die Freundlichkeit wich aus ihren Zügen. Was blieb, war Angst. »Dann will ich nach Hause«, beschloss sie, während ihr Blick unsicher an seiner Klinge hinabwanderte.

»Es tut mir Leid.« Von Metz schüttelte sanft den Kopf und sah sie mitfühlend an. »Aber ich kann dich nicht gehen lassen.«

»Soll das heißen, ich bin eine Geisel, oder was?« Stellas Augen weiteten sich erschrocken. Robert konnte regelrecht hören, wie das Getriebe hinter ihrer Stirn sich zu hektischer Betriebsamkeit steigerte.

»Es ist nur zu deinem Besten«, seufzte er. Dann blickte er sie forschend an. »Du musst David sehr mögen«, stellte er schließlich fest. »Es freut mich, dass mein Sohn jemanden wie dich gefunden hat.«

David verbrachte den nächsten Tag, die halbe Nacht und auch den darauf folgenden Vormittag damit, die Kampfkünste, die sein Onkel ihn gelehrt hatte, bis zur vollständigen Erschöpfung zu trainieren. So lange, bis ihm jede noch so unbedeutende Bewegung geschmeidig von der Hand ging. Nichts war unbedeutend, wenn es um Leben und Tod ging. Nichts würde unbedeutend sein, wenn er Robert von Metz Auge in Auge gegenüberstand und sein Schwert gegen den Templermeister erhob, um blutige Rache zu nehmen für all die grausamen Verbrechen, die dieser begangen hatte.

Lucrezia weilte die meiste Zeit über an seiner Seite und beobachtete die erstaunlichen Fortschritte ihres Sohnes mit sichtbarem Stolz und Zufriedenheit. Während der Mahlzeiten, die sie ihm in diesen schweren Tagen selbst zu bringen pflegte, erzählte sie, zunächst eher zögerlich, von ihrer Vergangenheit und dem Leid, das ihr angetan worden war. Dann, als David Fragen stellte und immer begieriger auf neue, schreckliche Details über den Mann, den er längst zu töten bereit war, wurde, sprach sie immer bereitwilliger von sich, vor allem aber auch von den tapferen Mitgliedern der Prieuré de Sion, denen nur daran gelegen war, die Reliquien, die den Weg zum Heiligen Gral verhießen, aus den Händen dieser seelenlosen Barbaren zu bergen, die im Namen des Herrn zu handeln behaupteten, so wie vor ein paar Hundert Jahren unschuldige Frauen im Namen Gottes gefoltert und auf dem Scheiterhaufen verbrannt worden waren. Robert von Metz, so begriff David, war der Osama Bin Laden der Christenheit: Er hielt sich im Verborgenen und attackierte seine schuld- und wehrlosen Opfer ohne Vorwarnung feige aus dem Hinterhalt. Er war ein religiöser Extremist, der für seinen verdrehten Glauben über Leichen ging. Er verfügte über gefährlich viel Einfluss. Und er hatte den Gral.

Als Robert von Metz ihm Stella genommen hatte, da war es nur der Gedanke an Rache gewesen, der David dazu gebracht hatte, zu schwören, dass er dem Templermeister das kranke Hirn aus dem Schädel säbeln würde. Mittlerweile war es mehr als das. Er wusste, dass er der Welt einen Gefallen tat, sie vielleicht sogar rettete, wenn er seine Sache durchzog. Er war ein naiver Junge gewesen, als er in die Devina gekommen war. Er war eine rachelüsterne, unberechenbare Kampfmaschine gewesen, als er seine Freundin verloren hatte. Nun, nur wenige Tage später, war er ein Prieuré-Ritter. Und er war stolz darauf.

»Was ist, Ares?« Er warf seinem Onkel, der in diesem Moment den Fechtsaal betrat, welchen er in der Mittagspause für weitere intensive Übungen genutzt hatte, einen herausfordernden Blick und eines der beiden Schwerter, die er für sein Training benutzt hatte, zu. »Fangen wir endlich an?« David fuchtelte provokativ mit der stählernen Klinge herum und stellte zufrieden fest, dass er dabei durchaus professionell wirkte.

Der Schwertmeister fing die Waffe geschickt auf und lächelte herablassend, was Davids Ehrgeiz und Kampflust zusätzlich schürte. Das Lachen würde ihm gleich vergehen, wusste David. Er hatte eine Menge von seinem Onkel gelernt, aber er hatte auch Dinge beobachtet, von denen Ares annahm, dass niemand sie bemerkte. Selbst der beste Kämpfer hatte einen Schwachpunkt. Die Parade von links, rief sich David ins Gedächtnis zurück. Das war seine schwache Stelle!

»Hör ihn dir an.« Ares hob eine seiner makellosen Brauen und blickte über die Schulter hinweg zu seiner Schwester, die den Saal dicht hinter ihm betreten hatte. »Kann gar nicht genug kriegen, der Kleine.«

Denk immer daran: Es kommt sehr wohl auf die Größe an, zitierte David gedanklich, was Ares mit einem anzüglichen Grinsen angemerkt hatte, als er ihn auf dem Parkplatz aus dem Porsche gelassen hatte, kurz bevor er sich mit Stella treffen wollte. Natürlich war es anders gemeint gewesen, aber man konnte es auch so interpretieren, dass David nicht die Größe besessen hatte, mit seinem Onkel und den beiden verfluchten Templern fertig zu werden. Nun aber fühlte er sich bereit, es mit allen Templern und sämtlichen Prieuré-Rittern und -Söldnern gleichzeitig aufzunehmen. Mit Ares allein sowieso. Der Schwertmeister mochte Goliath gleichen, doch er, David, hatte einen verheißungsvollen Namenspatron. Er würde Ares beweisen, dass er dem Namen, den seine Mutter ihm gegeben hatte, voll und ganz gerecht werden konnte. Die Parade von links oben …

Lucrezia ließ sich auf einem Hocker neben der Tür

nieder und lächelte ihm ermutigend zu. Doch er hätte des aufmunternden Blickes seiner Mutter nicht bedurft, um sich mit einem Kampfschrei und erhobener Waffe auf seinen Onkel zu stürzen wie ein vor Wut rasender Stier auf ein rotes Tuch. Als Ares ihn die ersten beiden Male zum Kampf genötigt hatte, war er, David, das ahnungslose Kaninchen vor der lauernden Schlange gewesen. Nun würden sie die Rollen tauschen. Ares wusste es nur noch nicht.

Der Schwertmeister parierte Davids ersten und zweiten Schlag mit spielerischer Leichtigkeit und einem unbeirrbaren Grinsen. Auch bei den nächsten Hieben ließ David seinen Onkel im Glauben, es mit einem naiven Anfänger zu tun zu haben, der unter einem vorübergehenden Anfall von Größenwahn litt. Doch David verfolgte in seiner scheinbaren Rage jede noch so winzige Regung seines Gegenübers mit größter Aufmerksamkeit. Er verlor die Augen des Schwertmeisters nicht den Bruchteil einer Sekunde aus dem Blick. Mochten seine Miene und seine Finten ihn auch täuschen – seine Augen konnten es nicht.

David gab sich überrascht, als Ares der ewigen Paraden müde wurde und ihn mit einer ganzen Salve brutaler Schläge über den Fechtboden jagte, die seinen Schwertarm schmerzen ließen. Doch er ignorierte den Schmerz, denn der war vergänglich, ganz im Gegensatz zu seiner Entschlossenheit und dem Ehrgeiz, die ihn in den vergangenen Tagen vereinnahmt hatten, sofern neben dem Hass auf Robert von Metz noch Platz dafür war. Schließlich provozierte er eine Parade von links oben. Als der ersehnte Hieb kam, deutete er einen Schlag von rechts an. Er hatte gehofft, dass Ares damit rechnete. Als der Schwertmeister blitzschnell reagierte und seine Waffe in die andere Hand wechselte, in der festen Erwartung, dass David nun seine rechte, scheinbar schutzlose Seite angreifen würde, zielte Davids Klinge ganz unvermutet auf den muskulösen Unterarm des Hünen.

Doch in diesem Moment schlug die Tür zum Fechtsaal auf und Shareef eilte hinein. David bremste seinen Hieb in letzter Sekunde. Auch Ares hielt mitten in der Bewegung inne und schenkte David einen Blick, der zwischen Überraschung und zutiefst gekränktem Stolz schwankte und ihn in der Gewissheit bestätigte, dass er diesen Kampf gewonnen hätte, wäre dieser dreimal verfluchte Metzger nicht im ungünstigsten Augenblick in einer Weise hereingeplatzt, die sie sofort hatte spüren lassen, dass etwas passiert sein musste, noch bevor sie einen Blick in sein Gesicht hatten erhaschen können.

Er wird bald der Beste sein, hallten die geflüsterten Worte seiner Mutter in Davids Kopf wider. Stolz keimte in ihm auf. Nur eine einzige Sekunde länger und er hätte den Schwertmeister geschlagen, davon war er überzeugt. Er *war* der Beste.

Ares' Miene ließ sich unschwer entnehmen, wie sehr er David diesen Beinahe-Sieg verübelte. Seine Augen forderten Revanche, was David zusätzliche Genugtuung verschaffte. Doch dies war nicht der richtige Zeitpunkt für innerfamiliäre Rangkämpfe, denn Shareef überbrachte ihnen eine Nachricht, die so bedeutsam war, dass sich tatsächlich so etwas wie eine emotionale Regung in seinen Zügen widerspiegelte.

»Wir haben die Spur der Briefkastenfirma zu einer Anwaltskanzlei zurückverfolgen können. Unsere Leute waren da«, berichtete der Araber aufgeregt, kaum dass er den Fechtboden betreten hatte. »Wir haben die Burg der Templer gefunden.«

Nach Shareefs Mitteilung bekam David ein lebhaftes Bild von dem, was man unter einem geordneten Chaos verstand. In der Devina war die Hölle los. Prieuré-Ritter und -Söldner eilten vereinzelt oder in kleinen Gruppen durch die Gänge und Räume des Gebäudekomplexes, Türen wurden aufgestoßen und lautstark wieder zugeworfen, auf dem Vorhof heulten Motoren auf und quietschten Reifen. Schließlich hörte David sogar die Rotoren erst eines und dann gleich noch eines zweiten Hubschraubers, während er mit dem schwarzen Kampfanzug rang, den seine Mutter ihm von einem der Söldner hatte bringen lassen. In diesem Moment verstand er den Sinn der Anweisung, nach dem Umziehen unverzüglich auf das Dach von Lucrezias Büro zu kommen. Offenbar verfügte die Devina über einen eigenen Hubschrauberlandeplatz – oder man hatte kurzerhand eine geeignet scheinende Fläche zu einem solchen bestimmt.

David hatte den richtigen Weg in den Overall gefunden, zog den letzten Reißverschluss zu und verhedderte sich in seiner Hektik im Klettergurt. Er fluchte ausgiebig, bis endlich jede Schnalle und jeder Karabiner an der richtigen Stelle saß – zumindest hoffte er das. Binnen kürzester Zeit steigerte sich seine Anspannung auf ein Maß, das fast schon schmerzte. Als er schließlich seine Stiefel geschnürt hatte, brachte er noch das Wurfmesser und die vollautomatische Pistole, die seiner Ausrüstung ebenfalls beigelegt gewesen waren, unter, ergriff das Schwert, das er auf seinem Bett abgelegt hatte, und sprintete regelrecht aus dem Zimmer. Er wollte so schnell wie möglich zu dem Mann aufbrechen, der ihm alles genommen hatte, was ihm lieb und teuer gewesen war.

Trotz seiner Eile war er der Letzte. Die anderen Männer hatten einfach mehr Übung im Zuzurren von Klettergurten und zu langen Schuhbändern an hohen, mit Stahlkappen versehenen Kampfstiefeln. Als er sich an den Sprossen zur Luke hinaufzog, hörte er seinen Onkel bereits spotten: »Wir sind so weit. Wo bleibt denn dein Sonnenschein?« David hatte keinen Zweifel daran, wen Ares mit ›Sonnenschein‹ gemeint hatte.

Sonnenschein, dachte er verächtlich, während er sich in voller Kampfmontur durch die weit offen stehende Dachklappe zwängte. Wenn er überhaupt mit irgendeinem Naturschauspiel vergleichbar war, dann wohl eher mit einer Mondfinsternis oder mit einem Meteoriteneinschlag, und das wusste Ares. Sein überhebliches Verhalten war nur seine Art, die beschämende Niederlage, die David ihm bereitet hatte, zu überspielen.

Es waren tatsächlich zwei Hubschrauber auf den Flachdächern der Devina gelandet und mit laufenden Rotoren dort stehen geblieben: moderne Armeemaschinen, wie David sie bislang nur aus den Nachrichten oder aus Actionfilmen kannte.

Fast zwei Dutzend in Schwarz gekleidete und bis an die Zähne bewaffnete Männer hatten sich in zwei Gruppen aufgeteilt und warteten voller Ungeduld auf den Start. Die eine bestand ausschließlich aus Söldnern, die damit beschäftigt waren, ihre lasergesteuerten Maschinenpistolen zu überprüfen, kleinere Handfeuerwaffen in Holster zu rammen oder Munition in Taschen und Gürteln zu verstauen. Die andere Gruppe um Ares setzte sich aus den Rittern Tyros, Pagan, Kamal und dem unscheinbaren, aber nichtsdestotrotz ungemein geschickten Simon zusammen. Mit Ausnahme des Linkshänders Pagan, der seine Waffe rechts trug, steckten ihre Schwerter griffbereit auf dem Rücken, so wie Davids eigenes, der sich innerlich dafür lobte, dass ihm die entsprechende Halterung inmitten des Wirrwarrs aus Gurten und Riemen überhaupt aufgefallen war.

Beeindruckt vom Anblick der kleinen, aber beeindruckenden Armee, die sich binnen kürzester Zeit auf dem Landeplatz versammelt hatte, erspähte David seine Mutter erst auf den zweiten Blick. Sie sprach abseits des hektischen Treibens und des ohrenbetäubenden Lärmes der laufenden Rotoren mit dem Araber. Lucrezia lächelte stolz, als David auf sie zutrat. Ihr Blick sagte: Du bist ein Mann. Du bist ein Krieger. Du bist der Sohn, den ich mir immer gewünscht habe.

David war stolz auf sich. Er fühlte sich so großartig, dass er für die Dauer eines Atemzuges fast seinen Kummer und seinen Hass auf die Templer vergaß. Aber als er sie erreicht hatte und vor ihr stehen geblieben war, versprach er mit fester Stimme und aus stahlharter Überzeugung: »Ich bringe dir seinen Kopf, Mutter.«

Es war das erste Mal, dass er Lucrezia so ansprach. Allein dafür erwartete er vor Rührung bebende Lippen und feuchte Augen, aber Lucrezia enttäuschte ihn, als sie nur sanft den Kopf schüttelte.

»Bring mir sein Schwert, David«, bat sie mit einem Blick, der so eindringlich war, dass er sich durch seine Augen geradewegs in seine Seele zu brennen schien.

»Ich will nicht, dass all die Menschen umsonst gestorben sind. Wenn wir das Grab des Herrn finden, hat ihr Tod wenigstens eine Bedeutung gehabt.«

David presste die Lippen aufeinander, um nicht Gefahr zu laufen, sich selbst in den Allerwertesten zu beißen. Lucrezia hatte Recht mit ihren Worten, die wie von Engelszungen geformt in seinen Ohren widerhallten. Er hatte etwas besonders Heldenhaftes sagen wollen, doch hier es ging nicht um Ehre, um Rachegelüste oder Vergeltung, sondern um viel mehr. Es ging um den Gral, dessen Zukunft das Schicksal der Menschheit bestimmte.

Er nickte ergriffen und umarmte Lucrezia. Er würde sie nicht enttäuschen. Von Metz' Schwert lag schon so gut wie in seiner Hand, während der Kopf des Templermeisters als kleine, ganz persönliche Trophäe an seinem Waffengürtel baumelte.

»Ich bin froh, dass du mich gefunden hast«, sagte er aufrichtig.

Lucrezia schenkte ihm ein letztes, hoffnungsvolles und zugleich stolzes Lächeln. Dann wandte David sich von ihr ab und kletterte zu seinem ungeduldig wartenden Onkel und den anderen Rittern in den Hubschrauber.

Sie erreichten den Zielort mit Einbruch der Dämmerung. Der einzige Grund, aus dem David nicht innerhalb kürzester Zeit die Orientierung verloren hatte, war, dass er von vornherein nicht die geringste Ahnung gehabt hatte, wo er sich befand. Er hatte sich bislang nicht darum bemüht herauszufinden, zu welcher Stadt das abgelegene Grundstück der Devina gehörte, die letztlich doch – wer hätte es für möglich gehalten – sein Zuhause geworden war. Sein Kopf war bis zum Zerplatzen voll gewesen mit wichtigeren Fragen. Zum Beispiel der, wie es wohl sein würde, einen Menschen zu töten.

Niemals hätte er geglaubt, dass er, David, der zurückhaltende, manierliche Schüler, der unter den Fittichen eines Mönchs zu Strebsamkeit und an Selbstlosigkeit grenzender Bescheidenheit erzogen worden war, und in dessen Leben sich bis vor weniger als zwei Wochen noch alles um Deklinationen, Parabeln und Zellkernbestandteile gedreht hatte, sich jemals eine solche Frage stellen würde. Ganz zu schweigen davon, dass er sicher war, die Antwort darauf bald zu kennen. Er glaubte nicht, dass es schwer sein würde. Im Gegenteil: Er verspürte sogar eine Art beschämende Vorfreude auf die Erfüllung seiner Mission. Und was den alten David, der ihm ab und an aus seinem früheren Leben hinter Klostermauern vorsichtig zuwinkte, so sehr erschreckte, dass er seine grüßende Hand zurückzog, als hätte er sich die Finger verbrannt, war, dass sein Gewissen ihm versprach, ihn nachts ruhig schlafen zu lassen, selbst wenn er an diesem Tag einen Menschen töten würde.

David bedauerte nicht, dass sein altes Ich sich so drastisch von ihm abgewandt hatte und sich zunehmend auf ein endgültiges Lebewohl vorzubereiten schien. Er war ein naiver Trottel gewesen, ein weltfremder Warmduscher, dessen Horizont sich auf dem Höhepunkt seines Seins zwischen grammatikalischen Regeln und dem Klassenbuch bewegt hatte. Seine Welt war klein, einfach und überschaubar gewesen, aber das war endgültig vorbei. Er war ein Mann, und die Welt brauchte seine Hilfe.

Darüber hinaus lechzten mindestens drei Seelen nach blutiger Vergeltung, und Robert von Metz trachtete ihm seinerseits nach dem Leben. Er würde keine Ruhe geben, ehe er ihm nicht das Herz aus der Brust gerissen hatte, aber mittlerweile war es David nicht mehr gleich, ob er lebte oder nicht. Er hatte mehrfach erfahren, wie es war, einen geliebten Menschen zu verlieren. Es würde schwer sein, ohne Stella zu leben, doch er würde es schaffen – Lucrezia zuliebe. Er würde seine Aufgabe erfüllen und zu seiner Mutter zurückkehren. Nach all den Jahren der Trauer, der Angst und der verzweifelten Hoffnung hatte sie es verdient. Sie hatte *ihn* verdient und ein Leben ohne Furcht vor diesem bestialischen Templermeister.

Unwillkürlich tastete er nach dem hölzernen Kreuz des Rosenkranzes unter seinem Overall, während er an Shareef vorbei in die anbrechende Nacht hinausblickte. Ares hatte die hintere Tür des Helikopters aufgeschoben, woraus David geschlossen hatte, dass sie bald da sein mussten. Der Wind zerzauste sein Haar und trieb ihm Tränen in die Augen, aber auch bei besseren Sichtverhältnissen und von einem windgeschützten Platz aus hätte es wohl nichts gegeben, worauf es sich zu konzentrieren lohnte. Knapp hundert Meter unter ihnen erstreckte sich nichts als Wald und noch mehr Wald. In einiger Entfernung glitzerte einsam ein größerer See im Licht der untergehenden Sonne.

Ares, der sich zu Davids Linken auf die hart gepolsterte Bank gequetscht hatte, die der, auf der Simon, Kamal und Pagan dicht an dicht kauerten, gegenüber angebracht war, sog die frische Luft, die zu ihnen hereinströmte, tief in seine Lungen.

»Ahhh ...«, machte der Schwertmeister leidenschaftlich, als hätte er an einem besonders edlen Parfüm geschnuppert. »Eine wunderbare Nacht zum Sterben.« Er ließ einen Moment verstreichen, in dem er sich vergewisserte, von jedem außer Shareef einen verständnislosen Blick für seine Aussage geerntet zu haben, ehe er grinsend hinzusetzte: »Für die Templer.« Kamal und Pagan lächelten amüsiert, während Simon lediglich höflich einen Mundwinkel verzog.

Davids Miene aber blieb versteinert wie die des Arabers. Das Hochgefühl, das er empfunden hatte, als er in die Maschine geklettert war, hatte sich längst restlos verflüchtigt. Was blieb, waren Zielgerichtetheit, Hass und Härte. Diese Nacht bot keinen Platz für alberne Späßchen.

Sein Blick wanderte an Shareef vorbei in die Abenddämmerung hinaus. Nun gab es doch etwas, was seine vom kühlen Wind tränenden Augen auf sich zog: Düster wie eine Gewitterwolke ragte ein gewaltiger Felsen, auf dem die letzten Strahlen der untergehenden Sonne klebten, aus der Mitte des Sees hervor. Und auf diesem thronte, in ihrer primitiv klobigen Bauweise dennoch erhaben und majestätisch wirkend, die Burg der Templer.

David hätte schwören können, dass seine Ohrläppchen über keinerlei Muskelgewebe verfügten. Dennoch verspürte er selbst in diesen beim Anblick des altertümlichen Bauwerkes – ihres Zieles! – eine bisher ungekannte Anspannung.

»Wir sind da«, stellte Ares überflüssigerweise fest und beugte sich vornüber, um nach etwas zu greifen, das er unter der Bank verstaut hatte. »Alle bereit?«

Kamal, Pagan und Simon nickten. Shareef reagierte wahrscheinlich deshalb nicht, weil es sich von selbst verstand, dass er immer bereit war. David erlitt vor lauter Anspannung einen vorübergehenden Anfall von Nackenstarre, schaffte es aber mit wenigen Sekunden Verspätung und erheblicher Selbstdisziplin doch noch, zu bejahen. Verdammt, schalt er sich, wo sollte das hinführen? Sie waren noch nicht einmal in der Burg, und trotzdem schien der Druck, dem er sich selbst ausgesetzt hatte, schon zu groß.

Du hast den Schwertmeister geschlagen, redete er im Stillen beruhigend auf sich ein. Du hast nichts zu befürchten. Du bist der Beste ... Es funktionierte. Seine Muskeln entspannten sich, und auch sein Pulsschlag ging wieder etwas ruhiger.

Ares hatte die schwere Waffe, die er unter der Bank gesucht hatte, ertastet, zog sie aber noch nicht ganz hervor, sondern setzte sich noch einmal auf, um eine Klappe an dem protzigen Siegelring, den er am Mittelfinger trug, zu öffnen, die Hand über seine Lippen zu heben und etwas, das sich in dem Schmuckstück befand, in seine schmale Nase zu schnupfen. David beschloss, sich nicht dafür zu interessieren, um welche Substanz es sich bei dem Pulver handelte, den Schwertmeister aber bei Gelegenheit darauf hinzuweisen, dass man das Gehirn durchaus zu den lebenswichtigen Organen zählte. Irgendwann, wenn das alles vorbei war. Wenn er seiner Mutter Schwert und Kopf des Templers auf einem samtenen Kissen zu Füßen gelegt hatte ...

David zurrte seine Gurte noch einmal fest und bemerkte mit einem Anflug von Zufriedenheit, wie Ares ihn aus den Augenwinkeln mit einer Mischung aus Stolz und Häme maß, während er den wuchtigen Granatwerfer unter dem Sitz hervorzog und ihn an einem Karabiner befestigte. Schließlich zauberte er ein zweites, identisches Gerät zwischen Davids Füßen hervor und kletterte im engen Innenraum des Helikopters über die Beine der anderen Ritter, um durch die offene Schiebetür hindurch auf einen bestimmten Punkt auf der Wehrmauer zu zielen. Dazu legte er sich mit dem Oberkörper auf Shareefs Schoß, was dieser mit einem unwilligen Schnaufen quittierte. Erstaunt stellte David fest, dass der Araber dazu nicht einmal die Nasenflügel bewegen musste, ehe er seine Aufmerksamkeit wieder dem Schwertmeister zuwandte. Das hämische Grinsen würde ihm bald vergehen, so viel stand fest. Heute würde David beweisen, dass er ein vollwertiger Prieuré-Ritter war. Und ab morgen würde es keine Templer mehr geben, die die Welt terrorisierten.

Simon kontrollierte ein letztes Mal die Kletterseile. Dann ging alles irrsinnig schnell. Der Schwertmeister feuerte den einzigen Schuss, den der Hersteller dem schweren Granatwerfer in seiner Hand zugestand, auf einen hinter den Zinnen der Burg patrouillierenden Wachtposten ab, traf und beförderte den Mann – oder was von ihm übrig blieb – rückwärts von der Mauer. David hörte nicht einmal einen Schrei. Dafür heulten im selben Moment Sirenen durch die hereinbrechende Nacht.

Der Helikopter jagte so dicht über die meterdicke Wehrmauer hinweg, dass kaum mehr als eine Handbreit Luft zwischen den Kufen und dem robusten Stein blieb. Sobald er in der Luft stehen geblieben war, seilten sich Shareef, Pagan und Kamal mit beneidenswertem Geschick ab, das David, der nie zuvor in einer Kletterausrüstung gesteckt hatte, ein wenig verunsicherte. Ares befand sich auf einmal nicht mehr vor, sondern hinter ihm, und ehe David auch nur zögern konnte, hatte sein Onkel ihn bereits durch die offene Tür ins Freie gestoßen.

Schüsse hallten durch den blutrot untermalten Abendhimmel. Während David sich an behandschuhten Fingern an dem dicken Nylonseil, mit dem Simon ihn gesichert hatte, in die Tiefe gleiten ließ, stellte er erschrocken fest, dass es nicht nur das Gewehrfeuer der Prieuré-Söldner war, das diese mit ihren Kalaschnikows aus der Maschine knapp hinter ihnen auf die Templer eröffnet hatten. Obwohl ihr Angriff überraschend kam, reagierten die Männer der feindlichen Partei schnell. Sie mussten sich beeilen.

Ares holte David ein, während Shareef und die beiden anderen unter ihnen sich bereits aus den Sicherungen lösten und in den Burghof hinabfallen ließen. Gleich zwei Schüsse der Templerwachen, die plötzlich überall gleichzeitig zu sein schienen wie lästige Schmeißfliegen, durchbohrten den Körper des Hünen, doch dieser stellte nicht einmal das Grinsen ein. Er zuckte nur kurz zusammen und löste den zweiten Granatwerfer mit geschickten Fingern vom Haken, um ihn auf den Wehrgang zu richten, wo ein feindlicher Krieger gerade sein Schwert zog, während er auf die schmale Treppe zustürmte, die in den Burghof hinabführte. Die Granate riss den Templer nicht in Stücke, sondern explodierte unter ohrenbetäubendem Lärm als höllisches Feuerwerk an einer Zinne neben ihm. Mit einem gellenden Schrei stürzte der Krieger, der sich augenblicklich in eine menschliche Fackel verwandelte, in den Innenhof hinab.

In derselben Sekunde verspürte David endlich festen Boden unter den Füßen und löste sich aus seinen Sicherungen, während Ares und Simon neben ihm auf den Wehrgang hinabsprangen.

»Ja, Baby, leuchte mir!«, griente der Schwertmeister mit einem zufriedenen Blick Richtung Innenhof und bedeutete David, ihm zu folgen.

Die Söldner schossen noch immer unablässig aus ihren vollautomatischen Maschinengewehren auf die Wachen, die von den Wehrgängen und aus den Schießscharten der Türme aus eher verzweifelt als zielsicher mit allen erdenklichen Arten von Kugeln und Bolzen auf die Eindringlinge feuerten. Doch von den Templern auf den Wehrmauern war niemand mehr am Leben, noch bevor David den ersten Fuß in den Burghof setzte.

Auf einem steinernen Balkon über ihnen wurde eine schmale Tür so heftig aufgestoßen, dass das alte Holz krachend an der Außenwand des Haupthauses zersplitterte. David legte den Kopf in den Nacken und sah einen breitschultrigen, eher zornig als überrascht dreinblickenden Mann mittleren Alters, der sich mit gezogenem Schwert über die steinerne Brüstung schwang. Er war tot, noch bevor er auf dem Pflaster zu ihren Füßen aufschlug, nachdem Shareef in einer Bewegung, die zu schnell war, als dass das menschliche Auge sie nachvollziehen konnte, einen Wurfdolch geschleudert hatte, der den Hals des Templers zu mehr als der Hälfte durchtrennte. Der Araber trat an den am Boden Liegenden heran und zog seinen Dolch mit einem angedeuteten Kopfschütteln aus dem Hals des Toten.

All das beobachtete David ohne jegliche emotionale Teilnahme, sondern eher mit einer Art technischem Interesse. Wenn er, ohne es sich eingestehen zu wollen, so etwas wie Furcht vor der bevorstehenden Schlacht empfunden hatte, dann hatte diese die Sinnlosigkeit ihres Daseins spätestens in der Sekunde begriffen, in der der erste feindliche Krieger gefallen war und David seine letzte Verbindung zu dem Helikopter in Form eines Karabiners gelöst und sich selbst der Chance auf eine Umkehr beraubt hatte. Er war hier und musste kämpfen.

Und das wollte er auch.

Die Prieuré-Kämpfer verteilten sich mit gezückten Schwertern zwischen den Türmen und Häusern der Burg. Auf einmal brannte ein Feuer in David, das ihn beinahe gekränkt registrieren ließ, dass er selbst bislang noch gar nicht zum Zug gekommen war, sondern sich vorläufig darauf beschränkt hatte, wie ein dummer Auszubildender hinter dem Schwertmeister herzudackeln. Doch das würde sich gleich ändern. Dieser von Metz musste hier irgendwo sein.

Robert stolperte mehr in den Großen Saal, als dass er lief, während er in der Rechten kampfbereit sein Schwert hielt und mit der Linken die letzte Schnalle seines ledernen Wamses zuzog. Er wusste nicht, was vor sich ging, doch zum ersten Mal, seit Montgomery sich vor fünf Jahren um die Modernisierung der Burg gekümmert hatte, heulten die Alarmsirenen. Er hörte das Geräusch von Hubschraubern durch die meterdicken Wände zu sich hindurchdringen,

Schreie, Schüsse und das ihm nur zu bekannte metallische Scheppern aufeinander treffender Klingen.

Fast alle Tempelritter hatten sich im Großen Saal versammelt, wo sie einander dabei behilflich waren, in aller Eile ihre Rüstungen anzulegen. Stella stürzte dicht gefolgt von Jacob in die Halle und blickte sich erschrocken zwischen den Männern um. Ihr Blick suchte hilflos den Roberts, doch der Templermeister gab die unausgesprochene Frage nur an Cedric weiter, der bereits fertig war und Anweisungen und Kommandos gab.

»Die Prieuré. David ist bei ihnen«, sagte der Weißhaarige knapp. Sein Blick blieb nicht der einzig vorwurfsvolle im Raum, der auf von Metz gerichtet war.

Robert nickte knapp. Er wusste nicht, was er sich in der Verzweiflung seines Herzens erhofft hatte, als die Sirenen erklungen waren: einen Fehlalarm vielleicht, oder ein Versehen beim Militär, das seine Soldaten durch einen peinlichen Kommunikationsfehler in die kleine Burg statt in feindliches Gebiet gelotst hatte. Doch sein Verstand hatte nichts anderes erwartet. Nur hatte er, wie alle anderen auch, nicht damit gerechnet, dass es so schnell geschehen würde. Und er hatte gehofft, seinen Sohn nicht auf diese Weise, nicht in einer erbitterten Schlacht zwischen den Rittern des Templerordens und denen der Prieuré zu verlieren.

Er bemühte sich, sich seinen Schock nicht anmerken zu lassen und steuerte auf den Hauptausgang zu, doch das Mädchen war mit zwei, drei entschlossenen Schritten bei ihm und vertrat ihm mit einem Gesichtsausdruck, der Antworten forderte und von dem von Metz aufrichtig hoffte, dass er sie nicht eines Tages ihr ansonsten kluges Köpfchen kosten würde, den Weg.

»David?!«, entfuhr es ihr ungläubig. »Bei wem ist David?!«

»Bring sie in Sicherheit, Jacob«, wandte Robert sich mit einer auffordernden Geste an de Loyolla. Das Mädchen hatte Recht, wenn es fand, dass er ihr Antworten schuldete, und er würde diese Schuld begleichen, sobald alles vorüber war. Aber dies war der falsche Zeitpunkt für langwierige Erklärungsversuche.

De Loyolla nickte und setzte sich gehorsam in Bewegung, aber noch bevor er bei Stella war, hatte sie den Templermeister schon erneut und deutlich schärfer angefahren.

»Was ist hier los?!«, schnappte sie aufgebracht.

»Wir werden angegriffen«, antwortete Robert, während Jacob von hinten an das Mädchen herantrat und Stella an den Oberarmen packte.

»Von David?!« Sie riss ungläubig die Augen auf und stemmte sich gegen Jacobs Griff. De Loyolla bemühte sich, sie festzuhalten, ohne das Maß dessen, was noch als sanfte Gewalt durchging, zu überschreiten, doch für eine sportliche junge Frau wie Stella, die noch dazu so aufgebracht war, dass sie jedes Fragezeichen mit einem zusätzlichen Ausrufezeichen versah, genügte das nicht. »Ich will jetzt verdammt noch mal wissen, was hier los ist!«, kreischte Stella und riss sich mit einem Ruck los.

»Ich muss tun, was ich schon vor achtzehn Jahren hätte tun sollen.« Roberts Hand schloss sich ein wenig fester um den Griff seines Schwertes. Stellas Blick wanderte einen Augenblick lang irritiert zwischen der Klinge und den entschlossenen Zügen des Templermeisters hin und her, ehe erst ein Ausdruck zweifelnden Verstehens, dann entsetzten Begreifens in ihren blauen Augen aufflammte.

»Das ... das können Sie doch nicht tun ...«, stammelte sie, fassungslos um Worte und Atem ringend.

Von Metz wich ihrem Blick aus. Verflucht, natürlich konnte er das nicht! Schließlich war er Davids Vater! Aber er musste es trotzdem tun, denn in erster Linie war er Templermeister und verantwortlich für die Reliquien und den Heiligen Gral, zu dem sie allein den Weg weisen konnten. Wenn er in die Hände der Prieuré de Sion fiel, würden unzählige Menschen ihr Leben lassen. David durfte nicht sein Nachfolger werden – Robert musste ihn opfern. Zum Wohle der Menschheit.

»Verdammt, Jacob«, fuhr er de Loyolla ungehalten an. Er konnte es nicht ertragen, mit so viel selbstverständlicher Menschlichkeit konfrontiert zu werden. Er zog nicht als Vater in den Kampf, sondern als gottgewollter Beschützer des Heiligen Grals. »Bring sie endlich raus!«

Der Ritter packte Stella erneut, aber dieses Mal deutlich härter, und zerrte sie mit sich in einen angrenzenden Raum. Stella wehrte sich wie eine Löwin, doch sie hatte keine Chance gegen den breitschultrigen Templer. Ihre Schreie übertönten den Lärm der Sirenen und hallten von den Wänden des Saales wieder.

»Das dürfen Sie nicht!«, appellierten ihre fassungslosen Rufe an sein ohnehin schon blutendes Herz. »Nein! Nein!!«

Robert blickte nicht noch einmal zu ihr zurück, sondern stürmte der Schlacht entgegen auf den Ausgang zu.

Plötzlich schienen alle Türen, die von den Haupt- und Nebengebäuden auf die Wehrgänge und den Innenhof hinausführten, gleichzeitig aufgestoßen zu werden. Tempelritter und Wachen schwirrten heraus wie wütende Insekten aus einem Bienenstock. Die meisten der Wachleute wurden augenblicklich von den Söldnern aus der zweiten Maschine, die noch immer über der Burg kreiste, niedergeschossen, kaum dass sie die ersten Schritte ins Freie getan hatten.

Robert von Metz führte die größte der herausstürmenden Gruppen an, die ausschließlich aus Tempelrittern bestand, was sich unschwer an ihren prachtvollen Waffen und dem Umstand erkennen ließ, dass sie trotz des auf sie hinabregnenden Kugelhagels, der sie mit blutigen und zweifellos schmerzhaften Einschüssen nur so übersäte, zwar langsam, aber doch verbissen und stolz erhobenen Hauptes zu den Prieuré-Rittern vordrangen und ihre Waffen gegen sie erhoben.

David erhaschte vorerst nur einen kurzen Blick auf den bärtigen Templermeister. Doch wenn er überhaupt noch eines letzten Ansporns bedurft hätte, um sich den Templern voller mörderischer Entschlossenheit mit einem wutschnaubenden Kampfschrei und erhobenem Schwert entgegenzuwerfen, so genügte dieser winzige Moment, in dem er das Antlitz des Teufels gesehen hatte. Er parierte den Angriff eines Templers, der seinerseits nicht minder entschlossen auf ihn zustürzte. Noch während er seinen ersten Gegner fast beiläufig entwaffnete und mit einem Hieb, der eines seiner Knie zertrümmerte, zu Boden gehen ließ, suchte sein Blick nur nach diesem einen Mann, nach dem gottlosen Bastard, der Stella auf dem Gewissen hatte.

Neben ihm spaltete Ares' Klinge die Oberschenkelmuskeln samt des darunter liegenden Knochens eines Templers mit einem gekonnten Schlag. Der Mann sank mit schmerzverzerrter Miene, jedoch ohne einen Schrei, auf die Knie, während seine Waffe seinen Händen entglitt. Er bemühte sich gar nicht erst darum, die Hand vergeblich nach dem am Boden liegenden Schwert auszustrecken, sondern blickte dem Tod tapfer und voller Stolz ins Auge, während der Schwertmeister in Vertretung des Sensenmannes mit seiner stählernen Klinge und einem spöttischen Aufblitzen seiner Augen ausholte, um den Mann zu enthaupten. Das Blut schoss in einer Fontäne aus dem kopflosen Körper und besudelte nicht nur Ares' unbeirrt lächelndes Gesicht, sondern auch David, der in diesem Moment einen weiteren Angreifer mit einem Tritt aus dem Weg beförderte. Doch weder das noch der schier unerträgliche Lärm der Wut-, Schmerzens- und Todesschreie, der Rotoren, Sirenen, Schüsse und Schwerter irritierte David auf der unablässigen Suche nach dem Mörder seines Vaters, Quentins und seiner Freundin, auf der Jagd nach dem Peiniger seiner Mutter.

Shareef schleuderte einen seiner Krummdolche und streckte damit einen weiteren Templer nieder, als sich das todbringende Metall zielsicher in das Herz des Mannes fraß. Während dieser begriff, dass er seine letzte Schlacht gekämpft hatte und seitlich wegkippte, sah David den Templermeister wieder.

Ihre Blicke trafen sich inmitten des blutigen Schlachtfeldes. Blinder, in tiefen Wunden wurzelnder Hass war alles, was David dem Mörder seiner Liebe, dem Folterknecht seiner Seele vermitteln konnte, während von

Metz' Blick vollkommen ausdruckslos blieb. Hätte er doch wenigstens Häme in den Augen des Templers finden können, Zorn oder sadistische Freude – aber da war nichts, was auch nur im Entferntesten als menschliche Regung hätte gelten können, sondern nur unergründliche, nichts sagende Leere. Dieser Mann war ein Ungeheuer, vielleicht noch wahnsinniger, als David angenommen hatte, grausamer und unberechenbarer, als er es sich unter Aufbringung all seiner Fantasie vorstellen konnte. Sein Tod wäre ein Glück für die gesamte Menschheit.

Ein weiterer Angreifer stellte sich David in den Weg, als dieser einen entschlossenen Schritt in von Metz' Richtung machte und mit einem zornigen Aufschrei seine Klinge gegen den Templermeister erhob. David versetzte dem Fremden einen Hieb mit der Breitseite seines Schwertes, der ihn keuchend beiseite taumeln ließ, aber nicht von den Füßen riss. Aus seinen Augen zuckten Blitze der Wut. Der Fremde war ein verfluchter Templer und hatte den Tod verdient, doch David ließ ihn am Leben. Sein Herz lechzte nur nach dem Blut dieses einen Mannes, der in diesen Sekunden Schritt für Schritt vor Kamal, der wie von Sinnen mit seinem Schwert auf ihn eindrosch, zurückwich und in einem Nebengebäude der Burg und damit aus Davids Blickfeld verschwand.

David setzte ihm nach, während Tyros, Pagan und Simon sich auf seinen vorherigen Gegner, einen eher durchschnittlich gebauten Mann, warfen, der sich von Davids halbherzigem Seitenhieb schnell erholt und zu einer neuerlichen Attacke ausgeholt hatte. Sie schleuderten ihn mit unnötig großer Übermacht zu Boden und begannen damit, ausgelassen mit ihren Schwertern auf ihn einzuhacken.

Aus den Augenwinkeln sah er, wie einer der letzten Templer, die noch am Leben und in der Lage waren, sich gegen den Überraschungsangriff der Prieuré zur Wehr zu setzen, zu seiner Verfolgung ansetzte. Doch dann trat plötzlich die Spitze von Ares' Schwert blutig aus dessen Brust hervor, während der Hüne ihn spöttisch dazu aufforderte, doch noch ein wenig bei ihm zu bleiben, wo es doch gerade so schön sei.

Sein Onkel schien das Kampfgeschehen aus vollen Zügen zu genießen, während David sich darum bemühte, die Details des Grauens nicht an sich herankommen zu lassen. Es war seine erste Schlacht, und ein fast schon verschollen geglaubter Teil seiner Persönlichkeit wand sich angesichts der Schrecken des blutigen Kampfes, aber dies war nur der Teil, der vom wirklichen Leben keine Ahnung gehabt hatte und auch nichts davon wissen wollte. Ein anderer, übermächtiger Teil von ihm akzeptierte die Gewalt als Mittel zum Zweck: Sie diente der Vergeltung und der Gerechtigkeit.

Er folgte Robert von Metz und Kamal in die burgeigene Kapelle, die ihn hinter einem schmalen Korridor, in den ein Seiteneingang geführt hatte, erwartete. Er wollte mehr Blut fließen sehen. Das Blut des Templermeisters.

Seine Augen benötigten einige Sekunden, um sich an das schummerige, gelbliche Kerzenlicht in der Burgkapelle zu gewöhnen; Sekunden, in denen ein anderer ihn aus dem Hinterhalt hätte enthaupten können, denn der bis auf einen Altar und einige gusseiserne Kerzenständer vollkommen leere Raum verfügte rechts und links über mit wuchtigen Säulen abgetrennte Seitenschiffe, in deren nachtschwarzen Schatten sich alles und jeder hätte verbergen können. Aber das Glück – in diesem Fall wohl schlicht der Umstand, dass die Templer dumm genug gewesen waren, kollektiv in ihr Verderben auf dem Burghof zu rennen – war auf seiner Seite: Nichts geschah, während er verloren inmitten der Kapelle verharrte und verzweifelt versuchte, in der Finsternis der Seitenschiffe die Quelle der von den Mauern der Kapelle widerhallenden Schreie und Schritte zu entdecken.

Ein hässlicher, röchelnder Laut erklang. Das Klirren und Scheppern der Waffen verstummte. Leise Schritte verliehen der plötzlichen, beängstigenden Stille einen bedrohlichen Rhythmus. David drehte sich mit rasendem Herzen auf dem Absatz im Kreis, fest damit rechnend, dass von Metz in seiner verdammten Feigheit von hinten über ihn herfallen würde. Und dann erblickte er ihn.

Ruhigen Schrittes und mit geheuchelt traurigem Blick trat der Templer aus den Schatten hinter dem steinernen Altar und musterte ihn mit einem Lächeln in den Mundwinkeln, das auf demütigende Weise vertraut wirkte. In der Rechten hielt er die Waffe, an der Kamals Blut klebte; das Schwert, das direkt oder indirekt seinen Vater, den Mönch und Stella aus dem Leben gerissen hatte, die stählerne Klinge, mit der er auch Davids Dasein zu beenden gedachte.

Doch das würde er nicht zulassen. Er würde seiner Mutter das Schwert des Templermeisters bringen. Und wenn von Metz' Hand sich noch im Tod um seine Waffe schloss, würde er sie von seinem starren Körper schneiden, während die Seele dieses Bastards bereits in der Hölle schmorte!

»Hallo, David.«

Dieser Widerling besaß sogar noch die Dreistigkeit, ihn beim Namen zu nennen, ihn zu grüßen, als sei es eine Selbstverständlichkeit, dass sie einander mit gezückten Schwertern gegenüberstanden, während sie doch beide wussten, dass nur einer von ihnen diese Kapelle lebend verlassen würde. Verdammt, er schaffte es sogar, glaubwürdige Wiedersehensfreude zu heucheln! Dieser Mann war kein Mensch, sondern eine Bestie!

David wusste noch immer nicht, wie es sich anfühlte, einen Menschen umzubringen, aber er wusste, dass er gleich erfahren würde, wie es war, ein Ungeheuer zu töten.

Er schrie und stürzte sich auf den Mörder seiner Freundin. Krachend schlugen ihre Schwerter aufeinander. Der Schall trug den Klang des beginnenden Kampfes, der alles entscheiden sollte, durch die Irrgänge, Hallen und Kammern der Burg und ließ einen jeden, der noch lebte, teilhaben an der brutalen Entschlossenheit, an dem grenzenlosen Hass, mit dem David sich auf den Templermeister warf. Wie ein Berserker ließ er seine Waffe immer und immer wieder auf von Metz niederhageln und immer wieder bremste die prachtvolle Klinge seines Gegners die seine Zentimeter oder auch nur Millimeter, ehe sie ihn in zwei Hälften spalten konnte.

Vielleicht gelang es von Metz wirklich nicht, während der ersten Angriffswelle einen günstigen Augenblick zu erhaschen, in dem er in die Offensive wechseln konnte. Möglicherweise aber versuchte er es nur mit derselben Taktik, mit der Ares David schon einmal überwältigt hatte, indem er ihm das trügerische Gefühl gegeben hatte, am längeren Hebel zu sitzen, um dann völlig unerwartet aus der Defensive zu treten, als der unerfahrene junge Mann sich seines Sieges schon sicher war. David würde nicht darauf hereinfallen. Er spürte, dass er die Wucht und das Tempo seiner Attacke nicht mehr allzu lange durchhalten konnte. Deshalb tat er gut daran, Erschöpfung vorzutäuschen, ehe sie ihn tatsächlich übermannte.

Der Templermeister nutzte den Moment vermeintlicher Schwäche und griff an. David war darauf vorbereitet – er hatte es sogar geplant –, dennoch traf der Hieb mit unerwarteter Wucht auf seine Klinge, und ein vibrierender Schmerz zog sich von seinen fest um den Griff seines Schwertes geschlossenen Händen bis in seine Schultern hinauf. Er hatte geglaubt, es gäbe keinen stärkeren, besseren Kämpfer als seinen Onkel, doch er musste diese Ansicht revidieren. Von Metz mochte ganz und gar nicht danach aussehen, aber er war besser als Ares.

David parierte auch den zweiten Schlag mit Mühe, doch der dritte, den sein Gegenüber geradewegs von oben führte, um ihm den Schädel in zwei Teile zu spalten, war einfach zu viel. Es gelang ihm, das Schwert des Templermeisters einige Handbreit über seinem Kopf zu bremsen, doch er schaffte es nicht mehr, die Waffe wegzustoßen. Hinzu kam, dass von Metz ihn geschickt und ohne dass David es bemerkt hatte, in eine Sackgasse manövriert hatte, indem er ihn mit dem Rücken so dicht an den Altar herangedrängt hatte, dass er die kalte, harte Steinplatte des Tisches bereits auf Höhe der Lendenwirbelsäule spürte.

Er hatte verloren, schoss es ihm verzweifelt durch den Kopf, während von Metz den Druck auf seine Klinge erbarmungslos erhöhte und ihn auf diese Weise Zentimeter um Zentimeter mit hintenüber gebeugtem Oberkörper auf den Altar hinabdrückte. Er hatte alles gegeben, aber er hatte verloren. Wo zur Hölle waren Ares, Shareef, Simon und all die anderen? Der Kampflärm von draußen war längst verstummt. Wenn es abgesehen von diesem Ungeheuer überhaupt noch überlebende Templer gab, so irrten sie vereinzelt durch die Gänge und Hallen der Burg. Verdammt, warum half ihm dann niemand?!?

David spürte, wie kalter Stein seine Schulterblätter berührte. Rechts und links neben ihm flackerten weiße Kerzen in silbernen Haltern. Ihr Flammenschein tanzte nervös auf der blutigen Klinge und dem Tatzenkreuz in dem goldfarbenen Griff. Für die Dauer eines Atemzuges war er wieder der Säugling im weißen Taufkleid, den man seiner Mutter entrissen hatte, um ihn auf dem Altar niederzulegen, von wo aus er mit großen Augen dem Mann ins Antlitz blickte, der gekommen war, um ihn zu töten. Aber es fehlten Details. Irgendetwas stimmte nicht mit seiner Erinnerung an diesen Traum, von dem Lucrezia sagte, dass er eine Reise in die Vergangenheit sei. Etwas war nicht richtig …

Der zähnefletschende Kampfhund, der Franks Kiefer zertrümmert hatte, heulte auf und riss sich von seinen Ketten los. David hatte keine Zeit für Details und langes Nachdenken. Seine Wut entfachte das Feuer des Hasses auf den Mörder seiner großen Liebe erneut und verlieh ihm die Kraft, den Templermeister mit einem einzigen, gezielten Tritt von sich wegzustoßen, sodass er keuchend einige Schritte weit rückwärts durch die Kapelle taumelte, ehe er sein Gleichgewicht und seinen Atem zurückerlangte. Das genügte David, um sich wieder aufzurichten und auf ihn zu stürzen. Tatsächlich gelang es ihm, seinem Gegner einen blutigen Schnitt im Gesicht zu versetzen, doch dieses Mal verweilte der Templermeister keine Sekunde länger als nötig in der Defensive, sondern attackierte David mit einer Salve von Hieben, deren Abwehr nicht nur in den Armen, sondern auch im Rücken und sogar in den Zähnen schmerzte, doch die Pein stachelte David nur zu noch erbitterterer Gegenwehr und zu noch heftigeren Schlägen seinerseits an.

Er hörte Schritte. Jemand näherte sich der Kapelle, doch er hatte den Punkt, an dem er innerlich um Hilfe geschrien hatte, überwunden. Er brauchte niemanden mehr. Er würde, wollte, musste es allein schaffen, er schuldete es seinen Eltern, Quentin und Stella!

Stella ... Verdammt, sie hatte überhaupt nichts mit alldem zu tun und dieser Wahnsinnige hatte sie einfach getötet! Die Wut und die Verzweiflung betäubten den Schmerz. Immer wieder sauste sein Schwert auf den Templermeister hinab. Er hatte sie umgebracht, nur um ihn zu verletzen, nur um ihm zu demonstrieren, wer der Stärkere war ...

Und dann trat sie auf einmal aus den Schatten des Seitenschiffes. David sah sie. Aber er begriff nicht, was ihr Erscheinen bedeutete. Vielleicht hielt er sie für eine Vision, vielleicht war die Rage, in die er sich gekämpft hatte, die wilde Raserei, mit der er auf den Templermeister eindrosch, auch so umfassend, dass er überhaupt nicht mehr klar denken konnte. Von Metz hingegen war für einen winzigen Moment, in dem er in ihre Richtung blickte, abgelenkt. David nutzte seine Chance und versetzte ihm einen Hieb, der das lederne Wams vor der

Brust des Templers zerschnitt und sich zentimetertief in sein Fleisch grub. Er konnte hören, wie die rasiermesserscharfe Klinge über von Metz' Rippen schabte.

Der Templer geriet ins Stolpern und fiel über eine hervorstehende Kante des grob gepflasterten Bodens. Sein Schwert entglitt seinen Fingern und schlitterte ein Stück weit davon, noch bevor er hart auf dem dunklen Stein aufschlug. David setzte ihm nach und hob sein Schwert mit beiden Händen zu dem tödlichen Stoß, den von Metz vor nunmehr achtzehn Jahren ihm, David, hatte versetzen wollen. Details ... Sie waren irrelevant!

»Du verdammter Bastard!«, hörte er sich selbst kreischen, doch er spürte seine Lippen ebenso wenig, wie er den Rest seines Körpers in diesem Moment spürte. Er schien überhaupt keinen Anteil am Geschehen oder Einfluss auf sein Handeln und Denken zu haben. Es war, als hätte dieser andere, durch und durch bestialische Teil seiner Seele, von dem er bis vor wenigen Tagen nicht einmal etwas geahnt hatte, die Kontrolle über seinen Körper übernommen, und als könnte nur das Blut, mit dem das Leben aus dem Körper dieses Ungeheuers zu seinen Füßen wich, diese Macht, die ihn in der Gewalt hatte, befriedigen.

»David! Nicht!«, schallte Stellas panikerfüllte Stimme durch die Kapelle.

Endlich begann David wieder zu fühlen, zu denken, zu riechen und zu schmecken. Es war, als kehrten seine Sinne nach langer Ohnmacht wieder in seinen Körper zurück. Er sah Stella, er hörte ihre Stimme, und er fühlte, dass sie Wirklichkeit war. Aber Stella war doch tot, verdammt noch mal! Sie konnte nicht hier in der Burg sein! Es sei denn ...

Sein Blick wanderte erneut zu von Metz hinab und seine Hände schlossen sich wieder fester um den Griff seines Schwertes. Dieser Widerling hatte seine Freundin gekidnappt! Er hatte sie in diese verfluchte Burg fernab jeder menschlichen Siedlung geschleppt und allein der Teufel wusste, was er noch alles mit ihr angestellt hatte!

David ließ das Schwert auf Robert von Metz hinabsausen.

»Er ist dein Vater!«, schrie Stella verzweifelt.

Der tödliche Stahl raste Millimeter am Kopf des Templermeisters vorbei und grub sich Funken sprühend in eine Fuge zwischen den dicht an dicht gepflasterten Steinen, wo sie so fest stecken blieb, dass ein Mann allein vermutlich nicht ausreichte, um sie wieder daraus hervorzuziehen.

David rüttelte einen Augenblick vergeblich am Griff des Schwertes, doch er tat es nicht, um seine Waffe wieder an sich zu nehmen, sondern nur, um irgendetwas zu tun. In seinem Kopf überschlugen sich die Gedanken nicht einfach nur, sondern lieferten sich erbitterte Gefechte, ohne dass einer die Überhand gewann, sodass er einen Ansatz hätte finden können, den er hätte weiterverfolgen, auf dem er hätte aufbauen können. Es ging um Quentin und um Stella, um Details aus Träumen, die eigentlich Erinnerungen waren, um das Grauen der Schlacht im Hof, den Heiligen Gral und den Mann, der seinen Vater getötet hatte, nein, der sein Vater *war* …

David stand an der Schwelle zum Wahnsinn, wenn er sie nicht sogar schon überschritten hatte. Kraftlos glitten seine Hände vom Griff des Schwertes, während Stella zu ihm eilte und eine Hand auf seine Schulter sinken ließ.

»Stella …?« Sein Blick wanderte vollkommen verwirrt zwischen dem Mädchen und dem am Boden liegenden Templermeister hin und her. Zweierlei Gedanken kristallisierten sich nun doch etwas deutlicher aus dem unüberschaubaren Chaos hinter seiner Stirn heraus: Stella lebte und Robert von Metz sollte sein Vater sein. Aber das war unmöglich! Beides!

Wieder näherten sich Schritte, doch dieses Mal klangen sie lauter, hektischer, schwerer. Bevor David ihnen eine Richtung zuordnen kennte, erschien ein fremder Kämpfer im Haupteingang der Kapelle. Ähnlich wie David bei seinem Eintreffen, hatten wohl auch die Augen des Fremden Mühe, sich unter den veränderten Lichtverhältnissen zurechtzufinden. Er eilte einige Schritte weit in Davids Richtung, sprach ihn aufgeregt und völlig außer Atem mit dem Namen des Templermeisters an, merkte erst dann, wem er tatsächlich gegenüberstand, und ließ den Blick zwei, drei Sekunden lang verwirrt und erschrocken zwischen David und seinem noch immer aus zwei Wunden blutenden, am Boden liegenden Gefährten hin und her eilen. Aber der Mann fasste sich schnell und reagierte vor allen Dingen beinahe noch schneller, indem er sich, seinen eigenen, zahlreichen Prellungen, Schürf- und Schnittwunden zum Trotz, mit drohend erhobenem Schwert schützend zwischen von Metz und David stellte.

David reagierte überhaupt nicht. Er wich nicht einmal vor dem weißhaarigen Ritter zurück. Seine Waffe steckte fest zwischen den Steinquadern des Bodens. Wahrscheinlich hätte er sie nicht einmal dann gegen den Fremden erhoben, wenn es anders gewesen wäre und der Mann sie ihm selbst in die Hand gedrückt hätte, um ihn sodann höflich zu einem kleinen freundschaftlichen Wettkampf einzuladen. David wusste nicht mehr, was richtig war und was falsch, wer sein Verbündeter war und wer sein Feind. Er wusste ja nicht einmal mehr, wer lebte und wer nicht, und wer er selbst eigentlich war …

Hinter dem Neuankömmling rappelte sich von Metz mit sichtbarer Mühe wieder auf. Stella ergriff David am Unterarm und zog ihn mit sich ein paar Schritte von den beiden Männern weg, während sich der Templermeister nach seinem Schwert bückte und damit bewaffnet an seinem Freund vorbeischob, um Stella und David zu folgen.

»Nein!« Stella trat schützend vor David und baute sich, vor Angst zitternd, nichtsdestotrotz aber mit entschlossenem Blick, zwischen von Metz und ihm auf.

Einige Atemzüge lang, die jeden außer David, über den eine Welle befreiender Passivität hinwegschwappte, sichtbar quälten, geschah überhaupt nichts. Von Metz starrte David an, Stella blickte von Metz trotzig entgegen, der fremde Ritter beobachtete sie alle, und David blickte durch alles und jeden hindurch in eine wohltuende Leere.

Schließlich trat der Weißhaarige an den Templermeister heran und zog ihn am Schwertarm zu sich zurück – ungeachtet der Tatsache, dass er selbst sich eben noch vor David aufgebaut hatte, deutlich entschlossen, seinem unbewaffneten Gegenüber im Zweifelsfall unverzüglich den Kopf von den Schultern zu schlagen.

»Der Kampf ist verloren, Robert«, sagte er leise. »Du musst überleben.«

In von Metz' Blick flackerte es kurz unentschlossen auf. Dann entspannten sich seine Züge und er ließ das

Schwert langsam sinken, während er sich in einer hilflos wirkenden Bewegung zu seinem Gefährten umwandte.

»Sangral, alter Freund.« Der Weißhaarige zwang sich zu einem leidvollen Lächeln und schloss den Templermeister kurz in die Arme. Dann verschwand er eiligen Schrittes und ohne noch einmal zu ihnen zurückzublicken in der Dunkelheit, aus der er gekommen war.

Ein wütender Kampfschrei drang zu ihnen hindurch. Wieder hallte das ohrenbetäubende Scheppern aufeinander prallender Schwerter durch die Burg.

Von Metz wandte sich David und Stella zu, vermied es aber, seinem angeblichen Sohn direkt ins Gesicht zu blicken.

»Folgt mir!«, forderte er sie auf, ging eilig an ihnen und an dem steinernen Altar vorbei und streckte eine Hand nach dem dahinter liegenden Mauerwerk aus. Ein hässlich knirschendes Geräusch erklang, während die Schatten hinter den flackernden Kerzen in Bewegung gerieten. »Wenn ihr leben wollt, dann kommt«, sagte der Templermeister, ohne sich ihnen zuzuwenden, und wurde von der Mauerspalte, die überraschend in der Wand hinter dem Altar erschienen war, verschluckt.

David war noch immer unfähig zu reagieren, doch Stella löste sich rasch aus der unentschlossenen Reglosigkeit, mit der sie von Metz zweifelnd beobachtet hatte, und zerrte David auf den jetzt sichtbar gewordenen Geheimgang zu. Er ließ es mit sich geschehen. Gut, wenn andere wussten, was zu tun war. Er selbst wusste es jedenfalls nicht mehr.

Ein Schmerzensschrei ertönte aus der Richtung, in der der Weißhaarige verschwunden war, kurz darauf ein ersticktes Röcheln, das mit einem Krächzen versiegte.

David registrierte ohne jegliche Teilnahme, wie von Metz vor ihm erschrocken zusammenzuckte, während sich die Tür zu dem geheimen Durchgang langsam und mit einem beschwerlichen Ächzen wieder schloss und Shareef hinter ihnen in die Kapelle stürmte.

Der Araber sah anscheinend besser als die meisten anderen Menschen, denn er stürmte sofort auf den sich schließenden Geheimgang zu, der nicht mehr als ein Schatten zwischen anderen sein konnte, und erhaschte gerade noch einen Blick auf die drei Flüchtenden. Er versuchte aber nicht, sich durch den ohnehin bereits zu schmalen Spalt zu zwängen, sondern verfolgte David nur solange es ging mit Blicken, die dieser fast körperlich im Rücken spürte, ohne dass sie ihn mehr interessierten als alles andere, was um ihn herum oder auch mit ihm geschah.

Von Metz hantierte kurz in der Dunkelheit vor ihnen herum. Schließlich tauchte das flackernde Licht einer Fackel den schmalen Korridor, in den der Durchgang geführt hatte, in Helligkeit.

»Folgt mir«, wiederholte der Templer und eilte vor ihnen her durch den Gang, der ein halbes Dutzend Meter weiter am oberen Absatz einer schmalen, ausgetretenen Treppe endete, die sie im Eilschritt hinuntereilten.

Orange-gelbes, unruhiges Licht schälte Konturen aus der Finsternis im Fels tief unter der Burg, als von Metz mit seiner Fackel weiterging. Es war die Erkenntnis, dass der Templermeister sie durch eine gewaltige Gruft führte, die einen kleinen Teil der Resignation in David durch unbehagliche, ehrfürchtige Aufmerksamkeit ersetzte. Tote, begriff er langsam. Von Metz hatte sie von den Sterbenden und den Leichen im über der Erde gelegenen Teil der Burg zu den Toten geführt, die ihre letzte Ruhestätte in steinernen Sarkophagen, die in die Seitenwände der Gruft eingelassen waren, gefunden hatten. Was hatte dieser Mann mit ihnen vor?

Er hätte sich ängstigen sollen wie Stella, deren zitternde Finger sich fest um seine Linke klammerten. Oder sich endlich verteidigen … Doch so weit war sein Ich, das sich verzweifelt von ihm abgewandt und ihn allein in einer automatisch neben Stella hereilenden, menschlichen Hülle zurückgelassen hatte, noch nicht wieder zu ihm vorgedrungen.

Der Templermeister verharrte kurz vor einer Erhöhung in der Mitte des dunklen, unheimlichen Raumes, auf der ein weiterer steinerner Sarg thronte. Stella und David verlangsamten ihre Schritte, doch von Metz verweilte nicht lange dort. Er riss sich mit sichtbarer Mühe vom Anblick dieser Ruhestätte los und bedeutete ihnen mit einer energischen Geste, ihm weiter durch die finstere Gruft zu folgen.

»Los! Weiter!«, zischte er.

Die Vernunft, die langsam, aber nun doch mit zunehmender Schnelligkeit zu David zurückfand, flüsterte ihm zu, dass sie keine andere Wahl mehr hatten, als dem Templermeister zu gehorchen und zu hoffen, dass der Weg, den er ihnen bedeutete, nicht ihr letzter sein würde.

Als Ares Shareef in die Burgkapelle folgte, erwartete er, seinen Neffen zusammen mit dem Schwert des Templermeisters einsammeln zu können. Es war eine beschämende Erfahrung gewesen, doch im Nachhinein verspürte er doch Stolz darüber,

David so gut ausgebildet zu haben, dass er um ein Haar sogar mit ihm selbst, dem Schwertmeister der Prieuré, fertig geworden war. Aber der Araber stand allein vor der Wand hinter dem Altar am Ende des Raumes und war damit beschäftigt, sich zum Affen zu machen, indem er hektisch an verschiedenen Steinen des robusten, jahrhundertealten Mauerwerks rüttelte.

Von David und diesem Schweinehund von Metz war weit und breit nichts zu sehen, doch Ares erkannte mit einem Anflug von Ärger, dass das Schwert seines Neffen nutzlos zwischen den Fugen des Bodens steckte. Ob Lucrezias Goldstück wohl den Schwanz eingezogen und das Weite gesucht hatte? Vermutlich nicht. Möglicherweise hatte David nur allzu schnell erkennen müssen, dass zwischen den Übungen im Fechtsaal und einer wirklichen Schlacht Welten lagen, doch ein Grund zur Flucht hatte trotzdem nicht bestanden, denn der Kampf war so gut verlaufen, wie er nur hatte verlaufen können. Sie hatten die Festung längst eingenommen, noch bevor die Templer begriffen hatten, mit welcher Übermacht und welch genialer Strategie sie eingefallen waren. Schon nach wenigen Minuten hatte sich der Widerstand auf vereinzelte Templer und Wachen beschränkt, die ziellos durch die Korridore der Burg schlichen und ebenso verzweifelt wie vergeblich versuchten, sich gegen die Übermacht der Prieuré, die in kleinen Gruppen durch die Festung streiften, zur Wehr zu setzen.

Wahrscheinlich hatte David seine Waffe nur gegen das Schwert des Templermeisters ausgetauscht, das nun ebenso zu ihrem Besitz zählte wie der Rest dieser niedlichen Festung inmitten der idyllischen Seenlandschaft. Aber wo war er jetzt?

»Von Metz ist mit David hinter der Wand verschwunden«, erklärte Shareef, der ihn in diesem Moment bemerkte, als hätte er in seinen Gedanken gelesen. »Und mit dem Mädchen.« Er blickte über die Schulter zu Ares zurück und hätte vermutlich irritiert oder verärgert ausgesehen, wenn er außerhalb besonders heftiger Extremsituationen Zugriff auf seine Mimik gehabt hätte. »Sie lebt«, fügte der Araber hinzu, als hielte er Ares' Fantasie für abartig genug, dass er seine Aussage ohne diesen Zusatz als Hinweis darauf hätte verstehen können, dass von Metz und der Junge mit einer seit Tagen vor sich hin stinkenden Leiche aus der Kapelle verschwunden waren.

»Dann sind deine Schießkünste wohl auch nicht mehr das, was sie mal waren, hmh?«, spöttelte Ares scheinbar gelassen, während in seinem Inneren eine Wut aufkochte, die den Araber nichts anging. Verflucht, David war wirklich ein beschissener, kleiner Saintclair! Man musste mit allem rechnen, wenn man sich mit ihm abgab.

Seine Schwester war eine verdammte Närrin gewesen, zu glauben, aus ihm in so kurzer Zeit einen ihr hörigen, treudoofen Musterritter machen zu können. In David floss schließlich auch ihr Blut. Darüber hinaus musste Überzeugung, wenn sie eine langlebige werden sollte, langsam im Herzen gedeihen und nicht aus Hass und Verzweiflung aufschießen. Es war ein Fehler gewesen, den Jungen mit hierher zu nehmen, egal, wie gut er kämpfte und mit welchem Enthusiasmus er darauf gebrannt hatte. Aber auf ihn, Ares, hörte ja schon deshalb niemand, weil seine Schwester ihm schon im Kindesalter abgewöhnt hatte, überhaupt erst den Mund aufzumachen.

Ares beschloss, dies zu ändern, sobald sie zurück in der Devina waren, schließlich waren sie längst keine Kinder mehr. Bei aller hinterhältigen Verschlagenheit zeigte Lucrezia in manchen Dingen gefährlich viel Naivität, wie sich heute für jeden offensichtlich bewiesen hatte. Vielleicht war es gar nicht mal schlecht so. Es machte seine lange für sich behaltene Befürchtung zur Gewissheit – und möglicherweise würde Lucrezia es jetzt selbst einsehen –, dass sie besser daran tat, ihm, was den kleinen David anbelangte, die volle Verantwortung und freie Hand zu gewähren. Er würde auf ihn Acht geben und ihn zu einem echten Prieuré-Ritter aufziehen, sobald er ihn wiederhatte. Er konnte ja nicht weit gekommen sein. Wenigstens ein paar kleine Präventivmaßnahmen, das musste er seiner Schwester lassen, hatte sie doch getroffen.

Deutlich ärgerlicher war, dass auch von Metz und mit ihm dieses verdammte Schwert entkommen war, doch Ares bemühte sich um Zuversicht. Sicher konnte er ihn zusammen mit seinem Neffen einsammeln. Papi und Sohn würden jetzt, da sie einander offenbar doch noch gefunden und sich miteinander verbündet hatten, sicher nicht allzu schnell wieder aus den Augen verlieren, dachte er herablassend, doch der Spott konnte seine Enttäuschung nicht gänzlich kaschieren.

Shareef und er wirbelten herum, als Schritte erklangen. Cedric torkelte, aus mehreren tiefen Fleischwunden heftig blutend, in die Burgkapelle – dicht gefolgt von Tyros, Pagan und Simon, die ihn ohne große Eile mit gezückten Waffen vor sich hertrieben.

Der Schwertmeister stöhnte innerlich gereizt auf, als er den Weißhaarigen erblickte. Was man nicht selbst erledigte, schlussfolgerte er, wurde entweder gar nicht oder, wie in diesem Fall, nur halbherzig getan. Cedric bot einen jämmerlichen Anblick, aber er hatte Shareefs Attacke überlebt, was das Ansehen, das der Dunkelhäutige bei Ares genoss, auf ein kümmerliches, kaum noch nennenswertes Maß reduzierte. Menschen *nicht* zu töten schien die neue Königsdisziplin des Arabers zu sein, nachdem er bereits das Schießen verlernt hatte.

Cedrics Blick huschte zwischen den Prieuré-Rittern hin und her wie der eines gehetzten Tieres, das, umzingelt von einem Rudel hungriger Hyänen, verzweifelt nach einem Fluchtweg suchte. Der Templer saß in der Falle, und Ares genoss es. So hatte er wenigstens ein Opfer, das für seine Enttäuschung über David herhalten konnte.

»Du siehst ... angeschlagen aus, Charney«, bemerkte er lächelnd und mit allem Mitgefühl, das er heucheln konnte, an Cedric gewandt. Geschmeidig wechselte sein Schwert von der Linken in die Rechte.

»Und du siehst aus, als wären dir von Metz und David entkommen«, entgegnete der Templer, dem Umstand, dass er sich kaum noch auf den Beinen halten konnte, mit einem stolzen Naserümpfen trotzend. »Das wird sicher eine Rüge von deiner Schwester geben, oder?«

Charney war längst tot, und das wusste er selbst am besten. Nur deshalb konnte er es sich erlauben, so mit Ares zu reden, doch der Schwertmeister empfand seine beleidigende Bemerkung trotzdem als Schlag ins Gesicht, sodass er ein verärgertes Zucken des Mundwinkels nicht unterdrücken konnte. Der Templer registrierte dies mit einem zufriedenen Lächeln, ehe ihn seine Kräfte verließen, die bereits seit geraumer Weile mit seinem Blut aus den hässlichen Stich- und Schnittwunden, von denen er übersät war, aus seinem Körper strömten. Er sank in die Knie und stützte sich schwer auf sein Schwert, hielt Ares' Blick aber dennoch stand.

Der Schwertmeister ging langsam auf ihn zu und trat ihm ohne Mühe die Waffe aus der Hand. Simon und Pagan griffen nach Cedrics Schultern, damit er nicht vornüberkippen und Ares die kleine Genugtuung einer Revanche nehmen konnte, indem er vorzeitig zu Boden ging und ohne dessen Zutun starb. Doch der Templer war zäh, stellte Ares mit unwilliger Bewunderung fest. Es war unmöglich, dass das Herz in diesem nahezu ausgebluteten Körper noch schlug; seine Haut hatte bereits einen gräulichen Farbton angenommen. Trotzdem hielt er den Kopf aufrecht. Noch während Ares seine Klinge mit einem trockenen »Sangreal« auf den verächtlich verzogenen Lippen auf Cedrics bleichen, blutverschmierten Hals zurasen ließ, sah dieser seinem Henker fest und ohne jegliche Spur von Angst in die Augen.

Mit Cedric starb der letzte Templer. Was blieb, war ihr verfluchter Meister, der mit seinem kleinen Neffen und dessen Freundin auf einer Flucht war, die nur in sein Verderben führen konnte.

Neben allen anderen vorübergehend eingebüßten Empfindungen hatte David auch sein Zeitgefühl verloren. Als er an Stellas Seite durch einen weiteren geheimen Durchgang am Fuße des Felsens, auf dem die Templerburg thronte, ins Freie trat, stellte er fest, dass die Abenddämmerung zwischenzeitlich der Nacht gewichen war. Von Metz ließ die Fackel im Inneren des Felsens zurück, um die Piloten der noch immer über der Festung kreisenden Helikopter nicht auf sie aufmerksam zu machen. Er wies mit der linken Hand in Richtung des Seeufers, an dem sich im fahlen Mondschein ein schmaler Bootssteg abzeichnete.

Der hölzerne Steg war nicht nur äußerst eng bemessen, wie David mit einem flauen Gefühl in der Magengegend feststellte, während er dem Templermeister zu dem kleinen Motorboot folgte, das am Ende des Stegs vertäut war, sondern auch hörbar morsch. Doch sie erreichten ihr Ziel unversehrt und – bis auf den Schweiß, der seinen Overall unangenehm auf seiner Haut kleben ließ – trocken.

»Auf der anderen Seite des Sees steht ein Auto.« Obwohl die Rotoren der Hubschrauber noch immer über der Burg dröhnten und ihre Stimmen wahrscheinlich selbst dann restlos verschluckt hätten, wenn sie einander aus vollem Hals angebrüllt hätten, sprach von Metz in einer Lautstärke, die ein Flüstern kaum übertraf. »Der Schlüssel steckt. Im Navigationssystem ist der Zielort eingespeichert. Ihr braucht nur der Streckenbeschreibung zu folgen. Ich werde euch dort später treffen.«

Während der letzten Worte hatte der Templermeister noch leiser gesprochen, sodass David Mühe hatte, ihn überhaupt zu verstehen. Dann geschah, was er während ihrer Flucht die ganze Zeit über nach Kräften vermieden hatte: Robert von Metz blickte David direkt an.

Und David glaubte ihm. Er erkannte in von Metz' Augen etwas, das in den vergangenen Wochen in seinem Umfeld zu einer begehrten Rarität geworden war: Ehrlichkeit. Unverblümte, fast schon befremdlich wirkende Ehrlichkeit. Das war der Ausdruck, den David nicht hatte deuten können, als sich ihre Blicke auf dem Schlachtfeld getroffen hatten. Es sollte der natürlichste der Welt sein – und er hatte ihn für etwas Bedrohliches, Verachtenswertes gehalten! Um Gottes willen – was war nur mit ihm geschehen?

»Du bist mein Vater«, stellte er tonlos fest.

»Ja.« Robert von Metz nickte.

»Lucrezia ist meine Mutter?« Es war unvorstellbar, doch der Templermeister bestätigte auch das. »Und ... du wolltest mich töten«, schloss David verständnislos.

»Ja«, erwiderte der Templer und ließ den vorwurfsvollen Blick, den seine gnadenlos ehrliche Antwort zur Folge hatte, schweigend und geduldig über sich ergehen. »Warum bist du auf die Burg gekommen, David?«, fragte er schließlich mit sanfter Stimme, die die berechtigte Scham, die David empfand, noch vertiefte.

Weil ich dich umbringen wollte, antwortete er im Stillen und wand sich angesichts der Abgründe seines eigenen Charakters, in die er sich sehenden Auges gestürzt hatte. Ich wusste nicht, wer du bist, aber ich war bereit, dich zu töten ...

Er war nicht sicher, ob er sich das jemals verzeihen konnte.

»Geht jetzt«, forderte von Metz sie mit einem drängenden Blick auf das Boot auf. Dann machte er kehrt und verschwand über den Steg Richtung Burg in der Dunkelheit.

David blickte ihm hilflos nach, während Stella das Tau löste, in das Wasserfahrzeug sprang und den Motor anließ, als hätte sie sich zeit ihres Lebens ausschließlich auf Wasserstraßen fortbewegt.

»Komm schon, David«, zischte sie ungeduldig, als dieser keinerlei Anstalten machte, sich aus eigenem Antrieb von der Stelle zu bewegen und zu ihr in das kleine Boot zu steigen.

Er zögerte. Von Metz war sein Vater und Lucrezia war seine Mutter. Aber wer zum Teufel war er, David?

Vielleicht sollte er besser erst dann darüber nachgrübeln, wenn sie in Sicherheit waren, beschloss er mit aller Selbstdisziplin, die er aufbringen konnte, und kletterte auf die Bank hinter Stella.

Er saß noch nicht einmal auf seinem Hintern, als Stella Gas gab und das kleine Gefährt in halsbrecherischem Tempo quer über den See jagte. Gib ihr einen Motor, dachte David in einer Mischung aus Staunen, Respekt und buchstäblich rasender Angst, und sie glaubt, sie muss ein verdammtes Wettrennen gewinnen – wahrscheinlich selbst dann, wenn dieser Motor nur einen handelsüblichen Rollstuhl antrieb.

Wie durch ein Wunder wurde man weder in den Helikoptern noch auf den Wehrmauern auf sie aufmerksam. Jedenfalls erreichten sie das gegenüberliegende Ufer unbehelligt, ohne dass sie jemand verfolgte oder auf sie schoss. Trotzdem wurde David speiübel, als Stella das Tempo erst wenige Meter vor ihrem Ziel so hart drosselte, dass sich ein Schauer winziger, kalter Wassertröpfchen über sie ergoss und der Motor mit einem gequälten Röcheln absoff.

David sprang mit einem Satz, von dem er nicht hätte sagen können, ob er Teil ihrer gemeinsamen Flucht war oder Ausdruck der Angst, die er bei Stellas Fahrweise empfand, an Land.

Das Mädchen tat es ihm gleich und gemeinsam stolperten sie in der Dunkelheit des bewaldeten Ufers einen steilen Hang hinauf, der auf eine schmale Straße führte, die streng genommen kaum mehr als ein Waldweg war. Sie folgten ihrem Instinkt und wandten sich nach links. Wenigstens dieses eine Mal geleitete sein Gefühl David in die richtige Richtung, denn schon nach wenigen Minuten mündete die Straße in eine sandige Lichtung, auf der ein VW abgestellt worden war. Es war tatsächlich Robert von Metz' Wagen, stellte David mit einem widersprüchlichen, erleichterten Schaudern fest. Er kannte ihn. Besonders der Kofferraum war ihm vertraut …

Stella, in der der Touareg keinerlei schlechte Erinnerungen wachrief, eilte auf die Fahrertür zu. Bei dem Gedanken daran, sein Leben erneut dieser Möchtegern-Rennfahrerin, als die sich seine Freundin leider entpuppt hatte, anzuvertrauen, ergriff ihn Panik. Er überholte sie rasch, öffnete die Tür und schwang sich hinter das Steuer, ehe sie etwas dagegen einwenden konnte. Stella protestierte nicht, sondern lief um den Wagen herum und rutschte auf den Beifahrersitz.

David griff nicht sofort nach dem Zündschlüssel, der tatsächlich steckte, sondern betrachtete das Navigationsgerät am Armaturenbrett des VW mit vorgetäuschtem technischem Interesse, während er den Augenblick dazu nutzte, einige Male befreit durchzuatmen.

Erst danach bemerkte er den schwer zu deutenden Blick, mit dem Stella ihn beobachtete.

»Wer sind diese Verrückten mit den Schwertern, David?«, fragte sie schließlich leise, als er sich ihr zuwandte.

David schwieg unbehaglich. Er suchte verzweifelt nach den richtigen Worten für all die Dinge, von denen er spätestens jetzt begriff, dass er sie selbst noch längst nicht verstanden hatte.

»Wenn es stimmt, dass von Metz mein Vater ist, dann sind diese Verrückten meine Eltern«, antwortete er schließlich zögernd.

Stella schwieg und blickte durch die Windschutzscheibe in die Finsternis des Waldes hinaus. David konnte ihr Gesicht in der Dunkelheit kaum erkennen, doch er bemerkte ein sachtes Beben, das ihre Schultern bewegte. Sie schaute ihn nicht an, weil sie nicht wollte, dass er sie weinen sah.

»Ich will zurück ins Internat«, flüsterte sie irgendwann. Sie warf ihm einen flehenden, eindringlichen Blick aus verheulten Augen zu. »Da fahren wir doch jetzt hin, ja?«

Selbstverständlich. Die Worte schlichen sich aus seinem Herzen direkt auf seine Zunge, doch seine fest aufeinander gepressten Lippen bremsten ihren Weg in letzter Sekunde. Ich bringe dich nach Hause und bleibe für immer bei dir. Wir vergessen alles, was passiert ist, und leben einfach weiter, wie wir immer gelebt haben, weil es nichts gibt, was ich mir mehr wünsche als das. Weil ich endlich begriffen habe, dass es nichts Schöneres gibt, als ein stinknormales, rundum unspektakuläres Leben in Frieden und den Alltagstrott, den ich zuletzt von Herzen verwünscht habe ...

»Das ist zu gefährlich«, sprach die Stimme der Vernunft aus seinem Mund. »Wir können nicht zurück.«

Stella wandte sich wieder von ihm ab. David hörte sie schluchzen. Sie unglücklich zu wissen, tat mehr weh als der eigene Schmerz.

»Lass uns erst mal hier wegfahren, okay?«, presste er,

gegen die eigenen Tränen ankämpfend, hervor und ließ den Motor an.

Stella nickte schwach. In ihren tränennassen Augen flackerte erneut Hoffnung auf.

Er würde sie nach Hause bringen, schwor David ihr und sich selbst in Gedanken. Er wusste nur noch nicht, wo das sein würde.

Es gab keinen vernünftigen Grund, noch einmal in die Burg zurückzukehren. Robert tat es trotzdem, ohne sich selbst darüber im Klaren zu sein, warum er es machte. Der Kampf war verloren. Er musste nicht jeden einzelnen gefallenen Templer mit eigenen Augen sehen, um zu wissen, dass sie alle tot waren, wie Cedric gesagt hatte.

Er glaubte die Seelen seiner Freunde und Gefährten auf gespenstische Weise durch die Katakomben unter der Burg streifen zu fühlen, während er durch die finsteren Gänge zur Kapelle zurückeilte. Sie klagten ihn an. Sie zeigten mit körperlosen Fingern auf ihn. Ihre allgegenwärtigen Augen hafteten voller Vorwurf, Enttäuschung und abgrundtiefer Verzweiflung auf ihm. Sie alle hatten ihr Leben einer Aufgabe verschrieben, von der das Schicksal der Menschheit abhing, und sie hatten versagt. Nein, *er* hatte versagt, *er* hatte sie in den Tod geschickt! Sein Vergehen war ihrer aller Verhängnis geworden, sein Versagen ihr Untergang. Robert hatte nicht nur seine Verbündeten und sich selbst enttäuscht – er hatte auch in den Augen Gottes versagt.

Charney, schrie die Stimme der Verzweiflung in seinem Herzen. Wenigstens Cedric musste es geschafft haben! Er hatte Jacob de Loyolla, Armand De Bures und auch Philippe Moray in ihrem letzten Kampf im Burghof zu Boden gehen sehen. Er hatte vor Zorn und Verzweiflung aufgeschrien, als er Zeuge wurde, wie Lucrezias gottloser Bruder und Schwertmeister den wehrlos zu seinen Füßen knienden Montgomery enthauptet hatte. Als er im Kampf mit der Prieuré ins Innere der Burg zurückgewichen war, hatte er aus einiger Entfernung beobachtet, wie Ares und einige seiner Schergen Papal Menaches leblosen Leib in bestialischem Vergnügen mit ihren Schwertern zerhackt hatten.

Wenigstens Cedric, flehte von Metz im Stillen. Sein bester, sein letzter Freund musste überlebt haben! Robert ignorierte die Erinnerung an die Schreie Cedrics, die er gehört hatte, als er David und das Mädchen in Sicherheit brachte.

Er erreichte den fest verschlossenen Durchgang zur Kapelle, presste ein Ohr gegen den kalten Stein und lauschte. Er vernahm Schritte und Stimmen; Stimmen, die er kannte und die aus den gesegneten Hallen der Burgkapelle zu hören er als zusätzlichen, demütigenden Beweis für ihre Niederlage begriff.

»Wo ist David?«

Lucrezia musste im Haupteingang auf der gegenüberliegenden Seite innegehalten haben, denn er verstand ihre Worte kaum.

»Dein Sohn hat die Seiten gewechselt. Er ist mit von Metz abgehauen.«

Ares! Ein Schaudern durchlief Robert, als er die spöttische Stimme des schwarzhaarigen Hünen hörte. Einige der grauenhaftesten Bilder der vergangenen Kämpfe blitzten vor seinem inneren Auge auf. Lucrezia mochte die Befehlshaberin der Prieuré sein, doch Ares war das Werkzeug, mit dem sie ihre Opfer zu Grunde richtete. Von Metz wusste, wie es war, einen Menschen zu töten, und er hasste es – ganz gleich, wie sehr sein Gegner den Tod verdient haben mochte oder wie sehr er davon überzeugt war, das Richtige und einzig Mögliche zu tun. Lucrezias Bruder hingegen empfand eine perverse Freude am Morden.

»Was?!«, drang die mühsam beherrschte Stimme seines Vergehens in die Dunkelheit zu ihm hindurch. Ihre katzenhaft schleichenden Schritte näherten sich dem Altar.

»Und das Mädchen ist am Leben«, antwortete der Araber an Ares' Stelle. Er konnte kaum mehr als eine Armlänge von Robert entfernt sein. »Sie war auch bei ihnen. Sie sind durch einen Geheimgang verschwunden.«

Das Geräusch ihrer Schritte verstummte.

»Du hast schon wieder versagt«, zischte sie.

Von Metz war nicht sicher, wem dieser Vorwurf galt, aber es war ihr verfluchter Bruder, der antwortete.

»Ich? Wieso ich?!«, schnappte der Hüne. »*Er* hat auf das Mädchen geschossen.«

»In Zukunft wird Shareef die Männer befehligen«, beschloss Lucrezia ungerührt. »Und du folgst seinen Befehlen.«

»Was?!« Ares schrie fast. »Er ist ein Sklave!«

»Und du bist ein Versager. Geht mir aus den Augen.«

Angespannte Stille erfüllte die Kapelle. Schließlich hörte von Metz, wie die beiden Männer den Raum verließen. Einer der beiden, dessen Identität sich unschwer erraten ließ, hatte es dabei ziemlich eilig. Lucrezia selbst blieb offenbar allein zurück. Robert hörte sie leise auf den Altar zutreten.

Was sie wohl tat, fragte er sich, als er längere Zeit nichts mehr hörte. Ob sie versuchte, mit ihrer Wut über das Scheitern der Mission fertig zu werden? Oder war da vielleicht noch etwas anderes, Menschlicheres? Sie hatte ihren Sohn an ihn, seinen Vater, verloren. Zumindest musste sie das glauben, obwohl Robert längst nicht sicher war, ob tatsächlich geschehen war, was er für unmöglich gehalten hatte, und David sich wirklich von ihr ab- und ihm zugewandt hatte. Er wusste überhaupt nicht, wie es weitergehen sollte, was er jetzt tun sollte. Er wusste nur, dass er Cedric finden musste. Sie mussten sich beraten.

Weinte Lucrezia? Der Templermeister war nicht sicher. Aber er spürte seine eigenen Tränen der Hilflosigkeit heiß über seine Wangen rinnen. Mit dem Rücken zur Wand sank er in die Hocke und gewährte ihnen freien Lauf.

Minuten verstrichen, in denen er regungslos in der Dunkelheit kauerte. Schließlich raffte er sich auf und betätigte den Öffnungsmechanismus. Doch er öffnete den gemauerten Durchgang nur einen winzigen Spaltbreit, durch den er in die Kapelle hinausspähte.

Lucrezia war noch dort. Sie hatte sich vor dem Altar auf die Knie sinken lassen und die Hände zum Gebet gefaltet. Ihre Augen waren geschlossen. Selbst das kurze, verräterische Knirschen, mit dem sich das scheinbar robuste Mauerwerk ein paar Zentimeter weit verschoben hatte, vermochte sie nicht aus ihrem stummen Gebet zu reißen. Manchmal wunderte sich Robert, wie es möglich war, dass zwei so grundverschiedene Wesen wie sie und er zu ein und demselben Gott beten konnten. Wie schaffte sie es, ihren Glauben mit ihren abartigen Überzeugungen, mit ihren egozentrischen, größenwahnsinnigen Zielen zu vereinbaren?

In dieser Sekunde schweifte sein Blick von ihrem nach wie vor unendlich schönen Gesicht ab und verharrte auf etwas, das inmitten der Kapelle am Boden lag – unweit der Stelle, an der Davids Schwert noch immer fest zwischen den Steinen klemmte und im schwachen Licht der Kerzen von Zeit zu Zeit aufblitzte wie ein bitteres Mahnmal.

Robert hatte sich geirrt: Lucrezia war nicht allein in der Kapelle zurückgeblieben. Cedric war bei ihr. Der Templermeister hatte seinen Freund allerdings nicht sofort erkannt, denn dessen Kopf war einige Fuß weit von seinem leblosen Körper davongerollt. Als er ihn jedoch schließlich identifiziert hatte, setzte sein Herz vor Entsetzen aus, und seine Lungen verweigerten ihren Dienst.

Cedric war tot! Er hatte sie alle auf dem Gewissen. Selbst seinen besten Freund hatte Roberts Schwäche letzten Endes das Leben gekostet. Er war allein zurückgeblieben, ein Templermeister ohne Gefolgschaft. Er hatte sie alle, deren Aufgabe seit nahezu tausend Jahren darin bestanden hatte, die Insignien des Herrn, die zum Heiligen Gral führten, zu bewahren, in den Tod geschickt. Es war vorbei.

Fast …

Seine Finger klammerten sich fest um den Griff seines Schwertes, während er den Durchgang gerade weit genug öffnete, um sich schnell hindurchzuzwängen und ihn noch schneller wieder zu verschließen, kaum dass er ihn passiert hatte.

Das intensivste Gebet hätte von dem in den Zähnen schmerzenden knirschenden Laut, mit dem sich die versteckte Tür öffnete und schloss, nicht ablenken können. Lucrezia schrak auf und blickte sich um, um festzustellen, woher der Lärm stammte. Als sie von Metz erblickte, der aus den Schatten hinter dem Altar trat, weiteten sich ihre Augen überrascht, doch der Ausdruck verschwand schnell wieder aus ihren Zügen und machte einem entspannt und selbstsicher wirkenden Lächeln Platz.

»Bist du nun zufrieden, Lucrezia?« Der Templermeister schritt langsam um den steinernen Altar herum und blieb erst stehen, als er ihr so nahe war, dass er ihr ohne große Mühe die Schneide seiner Waffe zwischen die Rippen, die sich unter ihrem Kleid abzeichneten, treiben konnte. Vielleicht würde er es tun. Bestimmt sogar.

»Zufrieden? Ich bin eine anspruchsvolle Frau, Robert«, antwortete sie, wandte ihren Blick von ihm ab und richtete ihn auf das schlichte, hölzerne Kreuz, das an einer Kette über dem Altar angebracht war. »Ich bin erst zufrieden, wenn ich habe, was mir zusteht.«

»Nichts steht dir zu«, flüsterte von Metz bitter und trat einen kleinen Schritt dichter an sie heran. »Gar nichts.«

Die Hand, in der er das Schwert hielt, zuckte nervös. Es fiel ihm schwer, sich nicht gleich auf sie zu stürzen und ihrem Leben, das so viel Leid und Unglück über ihn und andere gebracht hatte, unverzüglich ein Ende bereiten.

»Wer entscheidet das?« Sie versah ihn mit einem herablassenden Seitenblick. Einmal mehr stellte er widerwillig fest, dass selbst Verachtung noch etwas Attraktives an sich haben konnte, sofern sie in einem solch makellosen Gesicht geschrieben stand. »Dein edler Orden?«, spottete sie. »Sie sind alle tot. Es ist vorbei.«

»Sie sind tot, weil sie daran geglaubt haben, dass das Geheimnis nicht in Menschenhand gehört«, entgegnete Robert, wobei seine Stimme nicht so überzeugt klang, wie er es sich gewünscht hätte. »Genauso wie ich.«

Lucrezia lächelte müde und wandte sich zu ihm, um ihn direkt anzusehen. Sie war schön – atemberaubend schön. Robert roch den Duft ihres weichen goldblonden Haares. Obwohl er sie nicht berührte, konnte er die Wärme, die von ihrer zarten Haut ausging, spüren. Wie damals. Er wollte nicht daran zurückdenken. Er hatte ihr sein Herz geschenkt in einem Moment, in dem körpereigene Chemie sein Gehirn betäubt hatte.

»Das Meer«, flüsterte Lucrezia, deren Blick durch seine Augen hindurch direkt in die Verstrickungen seiner Gedanken zu reichen schien. »Die sanfte Abendluft. In den Hügeln der Duft von Jasmin. Kannst du dich an unseren ersten Kuss erinnern?«

Oh ja, dachte Robert bitter. Und ob er das konnte. Ein einziges Mal im Leben hatte er sich auf die Stimme seines Herzens verlassen, und dieser Teufel in Menschengestalt hatte ihn in seiner Schwäche missbraucht und glühende Nadeln durch seine Seele getrieben.

»Du wusstest, wer ich bin«, antwortete er, während er versuchte, mit möglichst wenig Atemluft auszukommen, weil ihr betörender Duft sich wie Gift zwischen die Sauerstoffmoleküle mischte. »Aber ich wusste nicht, wer du bist.«

»Hätte das etwas geändert? Unser Sohn ist ein Kind der Liebe«, behauptete Lucrezia ruhig. »Wir sind eine Familie.«

Diese Liebe war eine recht einseitige gewesen, korrigierte Robert sie in Gedanken. Er hasste sie für das, was sie ihm angetan hatte, und er hätte den Drang verspürt, sie für diese dreiste Lüge zu schlagen, wäre da nicht der verfluchte Duft ihres Haares und ihrer Haut, die Wärme ihrer körperlichen Nähe, die Schönheit ihrer falschen Augen gewesen. So aber presste er nur hervor: »Wenn das so ist, dann lass uns Frieden schließen.«

Er hatte nicht bemerkt, dass sie sich ihm noch weiter genähert hatte, doch als sie ihre Stimme bei ihren nächsten Worten zu einem betörenden Flüstern senkte, spürte er ihren heißen Atem auf seinen Lippen.

»Führ mich zum Gral, Robert«, beschwor sie ihn. »Mach diese Familie unsterblich.«

»Kein Mensch kann ewig leben.«

Lucrezia hielt unbeirrt an ihrem Lächeln fest.

Sie hoffte noch immer, stellte Robert mit einem Anflug von Mitgefühl fest. Sie hoffte nach wie vor, alles zu bekommen – seine Liebe, David und allem voran den Heiligen Gral.

»Du tust mir Leid, Lucrezia«, fügte er leise hinzu, und das meinte er ehrlich.

Vielleicht war es gerade das, was schlagartig die Wärme aus ihren Augen vertrieb und ihre Stimme jeglicher Sanftmut beraubte.

»David wird sich für seine Mutter entscheiden«, behauptete sie, während sie einen Schritt vor Robert zurückwich. Der Ton ihrer Stimme und ihre Bewegungen schienen zwischen Trotz und Überzeugung zu schwanken.

Sie sorgte sich auch um ihren Sohn, entnahm von Metz ihrer Haltung mitfühlend, nicht nur um seinen

Nachfolger. Doch sie durfte ihn nie wieder in die Hände bekommen. David hatte er nicht töten können. Aber er konnte *sie* umbringen.

In einer Bewegung, die schnell genug war, ihm selbst keine Zeit für neuerliche Zweifel zu lassen, hob er sein Schwert und drückte ihr entschlossen die Klinge an den schlanken, bleichen Hals. Wenn es auch keine Templer mehr gab, die einem Templermeister David, der unter ihrem Einfluss stand, folgen konnten und so unzählige Menschen, vielleicht die ganze Welt, in ihr Verderben schickten, würde er trotzdem nicht zulassen, dass sie ihre verdorbenen Finger noch einmal nach seinem Sohn ausstreckte. David würde an seiner Seite bleiben. Solange er lebte, würde er ihn beschützen – ihn und den Gral. Das schuldete er seinem Sohn, seinen Gefährten, seinem Gewissen und Gott. Er schämte sich für sein Selbstmitleid und die Mutlosigkeit, die ihn fast dazu gebracht hätten, seinen Auftrag als gescheitert anzusehen und aufzugeben.

»Nicht, wenn er keine Mutter mehr hat«, antwortete er.

Lucrezia zuckte nicht einmal zusammen, als der kalte Stahl ihre Haut berührte. Sie lächelte nur und ihr Blick hielt den seinen fest. Sie war ihrer Sache so sicher, dass Robert sie vor hilfloser Wut beinahe wirklich verletzt hätte. Doch sie hatte Recht. Natürlich konnte er ihr nichts antun. Allein schon auf Grund der Tatsache, dass sie eine Frau war. Aber vor allen Dingen verfügte er über ein Gewissen und ein Unrechtsbewusstsein. Im Gegensatz zu ihr, deren Leben von der Gier nach Macht und Besitz bestimmt war.

»Das ist der Unterschied zwischen uns beiden«, behauptete sie ruhig und schob das Schwert des Templermeisters mit zwei Fingern von ihrem Hals. »Die Liebe. Sie macht dich schwach, *mon cher.*«

Von Metz antwortete nicht. Nicht der Liebe hast du dein Leben zu verdanken, verbesserte er sie im Stillen, sondern lediglich einigen Grundsätzen der Menschlichkeit. Doch es machte keinen Sinn, Lucrezia mit solchen oder ähnlichen Fremdwörtern zu konfrontieren.

Die Herrin der Prieuré trat ohne Eile auf den Eingang der Kapelle zu und rief nach ihrem Bruder und dem Araber. Aber als sie sich von Metz wieder zuwandte und die beiden Männer mit gezückten Schwertern aus der Dunkelheit in das sanftgelbe Licht der Kapelle einbrachen, hatte der Templermeister den Altar längst wieder umrundet und warf ihr durch den sich schnell schließenden Spalt des geheimen Durchganges einen letzten, traurigen Blick zu. Während er durch den Korridor Richtung Gruft zurückeilte, hörte er den Hünen wild fluchen. Er musste Lucrezias Worte nicht verstehen, um zu wissen, dass sie ihre Männer anwies, die Mauer niederzureißen.

Doch bis ihnen dies gelungen war, würde von Metz längst mit einem der kleinen Paddelboote, die an einem Steg der Insel auf ihn warteten, das andere Ufer erreicht haben. Vielleicht, so hoffte er, war er dann sogar schon bei David und dem Mädchen.

Robert von Metz hatte anscheinend ein Faible für außergewöhnliche Bauten an abgelegenen Orten, wenn diese beiden Eigenschaften auch das Einzige waren, was die Templerburg mit dem ausgedienten Parkhaus auf dem öden Industriegelände verband, in das das Navigationssystem des silbergrauen Touareg sie im Morgengrauen mit einer höflich-monotonen Frauenstimme lotste.

»Sie haben Ihr Ziel erreicht«, lobte die Stimme, die übrigens die einzige war, die während der gesamten Fahrt gesprochen hatte.

David schaltete das Gerät ab und lenkte den Wagen vor eine der beiden spiralförmigen Rampen, die sich im unbeleuchteten Inneren des zylinderartigen Gebäudes über sieben, acht Etagen in die Höhe wanden, fuhr aber nicht auf das erste Parkdeck hinauf.

Im Laufe der Jahre, in denen dieses verfallene Industriegebiet offenbar schon nicht mehr benutzt wurde, hatte sich dort unten eine so erhebliche Menge an ausgedienten PKW, alten Autobatterien und anderen, kaum noch identifizierbaren Dingen aus Blech, Gummi und Plastik unter einer teilweise zentimeterdicken Staubdecke angesammelt, dass der neuwertige Touareg wie ein Trauergast auf einem Autofriedhof wirkte.

David bezweifelte, dass sich ihnen auf einem der höher gelegenen Parkdecks ein anderes Bild bieten würde. Außerdem dachte er nicht daran, auch nur eine Sekunde länger als nötig hinter dem Steuer des Wagens zu verweilen, der ihn zuletzt als bewusstloses Entführungsopfer vom Internat zum Flughafen transportiert hatte. Er stieg aus und hätte möglicherweise kurz und erleichtert aufgeatmet, hätte er nicht in diesem Moment erst gespürt, wie sehr die lange Fahrt, der Stress, der Kampf und sein Kummer an seinen Kräften gezehrt hatten, die er in seiner destruktiven Euphorie fälschlicherweise für schier unerschöpflich gehalten hatte. Seine Schultern und sein Rücken schmerzten, und in seinem linken Ohr hatte der Lärm der Rotoren und der Schlacht einen lästigen Tinnitus hinterlassen, den er erst jetzt, da ihn die vollkommene Stille in dem leer stehenden Parkhaus umgab, bemerkte. Er hatte in den vergangenen Tagen gelernt, dass er anders als andere Menschen war. Aus der Geschwindigkeit, in der bisher alle noch so schweren Verletzungen verheilt waren, schloss er, dass der Schmerz, der seine Knochen und Muskeln plagte, nur psychosomatischer Natur sein konnte. Aber das änderte dummerweise nichts daran, dass er diesen Schmerz tatsächlich empfand.

Auch Stella kletterte aus dem Wagen und suchte seine Nähe. Unbehaglich ließen sie ihre Blicke durch die Finsternis des verlassenen Parkhauses schweifen.

»Also ... wohler fühle ich mich hier auch nicht«, stellte sie nach einer kleinen Weile fest und rückte nervös ein Stück dichter zu ihm heran.

David suchte ihren Blick. Zum ersten Mal, seit er erfahren hatte, dass sie noch lebte, waren sie nun wirklich allein – ohne das Geräusch irgendwelcher Motoren oder die Frau aus dem Navigationsgerät.

»Ich dachte, von Metz hätte dich getötet«, flüsterte er nach einigen Sekunden.

Stella schüttelte heftig den Kopf, wie zum Beweis, dass sie ihn noch auf den Schultern trug.

David beobachtete jede ihrer Bewegungen wie ein wunderbares Geschenk.

»Was ist mit dir?«, fragte Stella besorgt nach einigen weiteren Sekunden, in denen er sie einfach nur stumm angestarrt hatte, und streichelte mit einer Hand seinen Oberarm. »Alles okay?«

»Ja«, antwortete David zu schnell, als dass es hätte

glaubwürdig klingen können. »Ich denke schon«, fügte er deshalb etwas ruhiger hinzu.

Seine Mutter hatte ihn in eine Schlacht geschickt, damit er seinen eigenen Vater tötete. Dutzende von Männern waren auf grausame Weise aus dem Leben gerissen worden. Und er hatte zum zweiten Mal binnen kürzester Zeit ein Zuhause verloren, das eigentlich keines gewesen war, sondern nur ein Ort, an dem sein Onkel und seine eigene Mutter ihn als Mittel zum Zweck aufbewahrt hatten. Aber Stella lebte.

David lächelte. Es war alles okay. Zumindest für den Augenblick.

Stella erwiderte sein Lächeln und er schloss sie in die Arme, um sie fest an sich zu drücken. Nie wieder würde er sie allein lassen, nie wieder würde er zulassen, dass sie sich in Gefahr begab – und wenn er dazu alle Ölpumpen dieses Planeten lahm legen musste, damit kein Motor der Welt mehr reagierte, wenn sie einen Zündschlüssel drehte. Er würde auf sie aufpassen. Ganz sicher.

Eine kleine Weile brachten sie damit zu, fest aneinander geklammert dazustehen. Schließlich war es Stella, die sich sanft aus seiner Umarmung löste und es sich auf der Ladefläche des VW bequem machte. Die ersten Minuten, nachdem er sich an ihrer Seite niedergelassen hatte, konzentrierte David sich ausschließlich darauf, sich seinen Widerwillen nicht anmerken zu lassen. Doch schließlich lenkte Stella seine Gedanken in andere Bahnen, die ihn allerdings auch nicht wesentlich entspannter stimmten.

»Nur weil diese Leute sagen, dass sie deine Eltern sind, heißt das noch lange nicht, dass es stimmt, David«, murmelte sie nachdenklich.

David nickte. »Ich weiß. Aber ich spüre, dass es so ist.«

»Und was für ein Problem haben deine Eltern, das man mit Schwertern löst?«, fragte Stella verständnislos.

David wandte den Blick ab, während er mühsam nach den richtigen Worten für all die absurden oder erschreckenden Geschehnisse suchte, die der neue, coole David, der sich in der Devina von Ares in der Kunst des Schwertkampfes hatte unterweisen lassen, sicher spontan und überzeugend hätte erklären können, die dem unbedeutenden, von der Welt enttäuschten Schüler, der er in diesem Augenblick wieder war, aber wie eine ansteckende Geisteskrankheit mit akutem Unverwundbarkeitssyndrom vorkamen.

»Wenn ich es dir sage, hältst du mich bestimmt für verrückt«, antwortete er schließlich ausweichend.

»Versuch's einfach«, beharrte Stella.

»Meine Mutter ist auf der Suche nach dem Heiligen Gral, weil der ihr unendlich viel Macht verleihen würde. Und mein Vater, der der Großmeister des Tempelritterordens ist, will verhindern, dass sie ihn bekommt«, sagte er schließlich in bemüht teilnahmslosem Tonfall, um sich deutlich von dem ganzen religiösen Irrsinn, mit dem er nie wieder etwas zu schaffen haben wollte, zu distanzieren. Er sah ja ein, dass er um eine Antwort kaum herumkommen würde. Außerdem konnte er an ihrer Reaktion auf diese offene und ehrliche Aussage erkennen, ob sie ihn wirklich bedingungslos liebte.

Zunächst reagierte Stella überhaupt nicht, sondern blickte ihn nur prüfend an, wohl um festzustellen, ob die Ereignisse der vergangenen Tage bei ihm vielleicht irgendwelche Schäden am Großhirn hinterlassen hatten, ob er sich ungeachtet der ernsten Lage einen üblen

Scherz mit ihr erlaubte oder ob er (und das musste die letzte Möglichkeit sein, die sie in Betracht zog) einfach nur die Wahrheit sagte. Dann sprang sie mit einer einzigen abrupten Bewegung von der Ladefläche und straffte sich wie ein Soldat.

»Okay. Wir gehen«, beschloss sie und ließ damit vorerst offen, zu welchem Entschluss sie in Hinsicht auf seine Zurechnungsfähigkeit gelangt war.

David rührte sich nicht. Damit hatte sie ihm zwar aus dem Herzen gesprochen – aber wohin hätten sie schon gehen sollen?

»David, bitte!« Sie sah ihn aus flehenden Augen an. »Das ist doch bescheuert! Lass uns gehen! Sofort!«

Sie sagte nicht: Du bist verrückt, David. Lass uns ins Internat zurückkehren und einen Spezialisten für solche Fälle aufsuchen, weil ich mir Sorgen um dich mache. Aber er spürte, dass sie es genauso meinte, wobei sie wohl zum Schutz ihrer eigenen Gesundheit eine Mauer zwischen sich und all den schrecklichen Dingen, die sie mit eigenen Augen gesehen hatte, errichtet hatte.

David stand langsam auf und sah ihr entschlossen in die Augen, die sie vor der Realität zu verschließen versuchte. Es gab vieles, was er selbst nicht verstand, und eine ganze Reihe von Ereignissen und Erkenntnissen, die auch er am liebsten aus seinem Bewusstsein verdrängt hätte, in der Hoffnung, dass pure Ignoranz genügte, um sie ungeschehen zu machen. Aber Ignoranz konnte tödlich sein. Er hatte Stellas Leben schon einmal blauäugig aufs Spiel gesetzt.

»Die Schlägerei mit Frank …«, begann er behutsam, »als wir danach beim Arzt waren … Du hast doch gesehen, wie schnell meine Wunde verheilt ist …«

»Ja.« Stella wirkte auf eigenartige Weise trotzig und verwirrt zugleich. »Was hat das jetzt miteinander zu tun?«

Sie wollte es einfach nicht verstehen, begriff David. Sie versuchte verzweifelt, zurück in die Normalität zu fliehen, alles, was nüchtern betrachtet nicht sein konnte oder durfte, als nicht existent oder irrelevant abzutun, in der abwegigen Hoffnung, dass der Alltag den Wahnsinn, der aus der Welt außerhalb des Klosters über sie hergefallen war, vertrieb. Aber dieser Wahnsinn war hartnäckig und außerdem schwer bewaffnet.

David brauchte einen Beweis, der Stella auf den brutalen Boden der Tatsachen zurückholte, wenn er wollte, dass sie beide das alles überlebten. Er ging in die Hocke und zog das Stiefelmesser aus der Halterung. Stella zuckte erschrocken zusammen und erstarrte fassungslos zur Salzsäule, während sie aus weit aufgerissenen Augen und mit offen stehendem Mund beobachtete, wie David die kleine Klinge mehrfach tief durch die Haut seiner linken Handinnenfläche gleiten ließ. Dunkles Blut quoll aus den hässlichen Schnitten hervor.

»Bist du verrückt geworden?!«, stieß Stella entsetzt hervor, als ihr endlich klar wurde, dass sie ihn tatenlos dabei beobachtete, wie er sich selbst verstümmelte. Sie lief auf ihn zu und griff nach seinem linken Handgelenk. »Was machst du?!«

David antwortete nicht sofort, sondern schloss die verletzte Hand zur Faust. Blut tropfte auf den Boden zu Stellas Füßen.

»Sie sind anders«, flüsterte er schließlich und öffnete die Hand wieder. »Und ich bin wie sie.«

Stella starrte fassungslos auf die bereits verkrusteten

Einschnitte hinab. Wenn ihr Gesicht nach allen vorangegangenen Strapazen noch einen Hauch von Farbe gehabt hätte, wäre sie sicherlich erbleicht. So aber begann sie nur am ganzen Leib zu zittern.

»Stella ...«, flüsterte David beruhigend, doch das Mädchen ließ sein Handgelenk so blitzartig los, als hätte sie glühendes Eisen berührt, und ging ein paar Schritte zurück.

»Ich will hier weg«, keuchte sie nahezu hysterisch.

Sie hatte Angst vor ihm, stellte David betroffen fest. Er hatte ihr bloß die Augen öffnen wollen und jetzt fürchtete sie sich vor ihm. Es war nicht gerecht! Er konnte doch nichts dafür, dass er so war, wie er war!

»Lass mich jetzt nicht allein«, flehte er verzweifelt. »Bitte!« Er trat auf sie zu und streckte die Hand nach ihrem Arm aus, aber Stella wich vor ihm zurück wie vor einem zweiköpfigen Weltraummutanten. David folgte ihr unerbittlich und griff nach ihren Schultern. »Lass mich bitte nicht im Stich«, wiederholte er. Tränen brannten in seinen Augen. »Ich schaffe das alles nicht ohne dich.«

Stella reagierte nicht, sondern starrte ihn nur an, zitternd wie Espenlaub. Dann machte die Angst in ihren Zügen einem Ausdruck der Hilflosigkeit Platz und schließlich blanker Verzweiflung.

David zog sie zu sich heran und hielt sie fest. Heiße, salzige Tränen durchtränkten seinen Overall, während sie an seiner Brust lehnte und ihr zierlicher Körper von Weinkrämpfen geschüttelt wurde.

Lucrezia hatte es nicht bei der Demütigung belassen, Ares in ihrem Wutanfall zu entmachten. Der Schwertmeister (er war und blieb der Schwertmeister, zum Teufel noch mal!) hatte seine Schwester noch nie so zornig erlebt. Einzig der Umstand, dass er ihre Wut als auf ihn projizierten Selbsthass gedeutet hatte, der bald verflogen sein und sie im Nachhinein beschämen würde, hatte ihn davon abgehalten, sich auf dem Absatz umzudrehen und einfach zu gehen. Schließlich war das Scheitern ihrer Mission wirklich nicht seine Schuld, sondern das Ergebnis ihrer Naivität gewesen. Stattdessen hatte er die Zähne zusammengebissen und gemeinsam mit Simon und Tyros damit angefangen, die verfluchte Mauer einzureißen.

Zum Dank war ihm, kaum dass eine passierbare Lücke entstanden war, gleich die nächste Aufgabe zugeteilt worden. Und zwar die, seinen abtrünnigen Neffen wieder einzusammeln, was schon schlimm genug gewesen wäre, selbst wenn die Anweisung nicht von Shareef gekommen wäre.

Während Tyros und er mit dem Empfänger des Peilsenders, den David, ohne es zu ahnen, am Körper trug, in den Helikopter verfrachtet und zur Devina zurückgeschickt worden waren, damit sie die Verfolgung in seinem Wagen aufnahmen, vergnügte Lucrezia sich mit dem Sklaven und einigen anderen Prieuré-Rittern in den Katakomben unter der Burg.

Shareef hielt ihn auf dem Laufenden, was die Ereignisse in der Gruft anbelangte, aber Ares hatte den berechtigten Verdacht, dass der Araber es ausschließlich tat, um ihn wenigstens aus der Ferne zu verspotten, wenn er schon nicht über die Mimik verfügte, die für ein hämisches Grinsen von Angesicht zu Angesicht ausreichte.

Sie hatten das Grab des neunten Ritters unter der Burg aufgespürt. Die Templer hatten René von Anjou in ihrer Gruft bestattet, als sei er nur einer von vielen. Aber die verstorbene Legende war weitaus mehr. Lucrezia hatte in ihrer Kaltschnäuzigkeit keine Sekunde gezögert, den Sarkophag aufbrechen zu lassen und war nicht enttäuscht worden: Der heimtückische Dieb hatte zwar keine der Reliquien mit ins Grab genommen, die, so wie dieser Fuchs es gewollt hatte, das Einzige waren, was den Weg zum Versteck des Grabes Christi und des Heiligen Grals weisen konnten. Doch sie hatte einen kostbaren Siegelring von einem mumifizierten Finger des Ritters gezogen. Armut, Keuschheit und Demut – das waren die Ordensregeln der Templer. Niemand von ihnen trug Schmuck. Hatte es doch einer getan, und hatte er diesen Ring sogar mit ins Grab genommen, dann hatte das irgendetwas zu bedeuten, so viel stand fest.

Danach hatten die Ritter, die bei Lucrezia geblieben waren, damit angefangen, sämtliche Sarkophage in den Katakomben aufzubrechen und nach weiteren Schätzen und Hinweisen auf die Reliquien zu suchen.

Wie gerne hätte Ares sich selbst ein Bild von der Lage in den Katakomben gemacht! Aber Lucrezia musste ja ihre schlechte Laune an ihm auslassen. Sie glaubte doch nicht ernsthaft, dass der Sklave ein besserer Anführer als er war! Schließlich war er ihr Bruder. Aber gut, sie würde schon sehen, was sie davon hatte. Schon sehr bald würde sie ihre Entscheidung bereuen und widerrufen. Bis dahin blieb ihm wohl nichts anderes übrig, als zu tun, was getan werden musste, wenn er sich nicht seinerseits so kindisch benehmen wollte wie seine Schwester.

»Gleich haben wir sie«, riss Tyros ihn aus seinen deprimierenden Gedanken. Er warf einen zufriedenen Blick auf den kleinen Monitor, auf dem ein zunächst längere Zeit nervös über virtuelle Straßen zuckender roter Punkt bereits vor einer geraumen Weile oben links im Bild verharrt war.

Ares besann sich darauf, dass im Großen und Ganzen kein Grund für üble Laune bestand. Es war alles nur innerfamiliärer Unsinn. Selbst wenn Lucrezia sich mit dem Sklaven einließ – vielleicht trug der Ausgleich ihres sexuellen Defizits ja dazu bei, dass sie schnell wieder auf den Teppich zurückfand. Gestern war ein großer Tag für die Prieuré gewesen, und er war zuversichtlich, dass der heutige diesem in nichts nachstehen würde. Er würde ihn sich durch nichts vermiesen lassen.

»An einem Freitag dem 13. wurden alle Templer in Frankreich verhaftet, bevor sie eingekerkert, gefoltert und schließlich hingerichtet wurden«, lächelte er. »Seitdem ist das ein Unglückstag. Wusstest du das?« Tyros hob desinteressiert die Schultern, ohne den Blick von dem roten Punkt, der David symbolisierte, zu lösen. »Banause«, schalt Ares ihn halbherzig und ließ den Porsche mit heulendem Motor um die nächste Straßenecke rasen.

Es war eine wirklich gottverlassene Gegend, in die der Templermeister seinen Sohn geschickt oder begleitet hatte. Ares hoffte inständig, dass der Templer bei dem Jungen war, denn er verspürte große Lust darauf, von Metz in Scheiben zu schneiden und ihm endlich das Schwert abzunehmen, das nun schon seit viel zu langer

Zeit an diesen Schweinehund verschwendet war – und das weiß Gott nicht nur, um seiner Schwester zu imponieren und sie etwas milder zu stimmen!

Glaslose Fenster gähnten als schwarze Löcher in leer stehenden Fabrikgebäuden, durch die offenen Wagenfenster drang der Geruch von Ruß aus toten Schornsteinen und in den verödeten Werksgebäuden lebten wahrscheinlich nicht einmal mehr Ratten.

Von Metz hatte sich wirklich ein Versteck ausgesucht, das niemand so leicht finden würde, weil sich nämlich keine Menschenseele, die nicht gerade unter einem nur noch illegal lösbaren Müllproblem litt oder einen Altwagen billig loswerden musste, daran erinnerte, dass es diese Geisterstadt gab. Aber der Peilsender wusste, dass David dort war – in einem heruntergekommenen Parkhaus, um genau zu sein.

Es handelte sich um ein zylinderförmiges, achtstöckiges Gebäude, das vermutlich zum Untergang dieses Industriegebietes entscheidend beigetragen hatte, denn dieser architektonische Super-GAU musste ein Vermögen gekostet haben. Dafür durften sich die Menschen, die dort gearbeitet hatten, jeden Morgen ihre Zeit damit vertreiben, im Kreis um einen gewaltigen Zylinder aus Luft zu kurven, um dann, wenn sie Glück hatten, einen der knapp bemessenen Parkplätze an der Außenwand des kunstvollen, aber eher sinnlosen Gebäudes zu ergattern.

Ares bremste den Wagen nicht ab, als er ihn durch die Einfahrt lenkte. Überraschungsangriffe lagen ihm. Vielleicht, dachte er, würde er von Metz ja ein paar Mal überrollen, ehe er ihn in Würfel schnitt, die er dem Sklaven am nächsten Abend heimlich als Gulasch servieren würde.

Von Metz hatte sich mit seinem Erscheinen im Parkhaus genug Zeit gelassen, damit er David und Stella auf keinen Fall in die Verlegenheit brachte, ihm zitternd, weinend und wie verängstigte Kinder fest aneinander geklammert gegenüberzustehen.

Sie hatten sich eben wieder einigermaßen beruhigt und damit begonnen, nervös auf und ab zu gehen, als der Templermeister in einer zweitürigen roten Rostlaube durch die Einfahrt geschossen kam und ihnen damit einen bitterbösen Schrecken eingejagt hatte, bis sie erkannten, wer in dem Auto saß. Er stieg rasch aus, ging wortlos um seinen Wagen herum, öffnete den Kofferraum und riss den moderig riechenden Teppich raus. Aus einer Vertiefung, die darunter zum Vorschein kam, förderte der Templer ein halbes Waffenarsenal zu Tage. Es gab Schwerter, Wurfdolche, Schutzkleidung und einige andere, kleinere Ausrüstungsgegenstände. David erkannte sogar ein paar Nachtsichtgeräte, die Robert in eine Segeltuchtasche stopfte, die er seinem Sohn in die Hand gedrückt hatte, damit der sie für ihn aufhielt.

Während Stella sich in den VW zurückzog, beobachtete David seinen Vater mit Gefühlen, die so gemischt waren, dass er sie selbst nicht identifizieren konnte. Nur bei einem war er sich sicher: Zweifel.

»Das kann es doch nicht wert sein«, sagte er nach einer Weile unbehaglich.

Von Metz schob etwas Metallisches, das David nicht benennen konnte, aber sicher wehtat, wenn man davon getroffen wurde, in die Tasche und sah ihn an.

»Glaubst du wirklich, wir würden seit Hunderten von Jahren darum kämpfen, wenn es das nicht wert wäre?«, fragte der Templermeister traurig. »Die Templer haben nur eine Aufgabe, und die lautet, den Heiligen Gral zu beschützen. Alles andere ist unwichtig.«

»Das alles für einen Becher?«, beharrte David und zog eine Grimasse.

»Der Gral ist weitaus mehr.« Von Metz schüttelte den Kopf und band die Tasche zu. »Er bedeutet Macht. Unglaubliche Macht. Deine Mutter will diese Macht und ist bereit, dafür alles zu opfern.«

Einmal mehr erkannte David die gnadenlose Ehrlichkeit in den Augen seines Vaters, von der er nicht wusste, ob er sie bewundern oder fürchten sollte. Manchmal wollte man die Wahrheit nicht wissen, weil sie zu schmerzhaft war. So ging es ihm jedenfalls gerade.

»Selbst ihren Sohn«, fügte der Templer hinzu. »Du wirst dich entscheiden müssen. Zwischen mir und deiner Mutter.«

Zumindest in diesem Augenblick bestand für David kein Zweifel, wie eine solche Entscheidung ausfallen würde. Nicht etwa, weil er sich vor diesem Mann fürchtete, sondern weil Lucrezia ihn schrecklich enttäuscht hatte. Sie hatte ihn belogen und benutzt, um an Dinge zu gelangen, die ihr offenbar weitaus wichtiger waren als ihr Sohn. Es war blinde Wut gewesen, die David in die Schlacht getrieben hatte, Verzweiflung und die Liebe zu seiner Mutter. Doch statt zu tun, was eine Mutter hätte tun müssen, und ihn zu trösten, ihn zu beruhigen und zu unterstützen, hatte sie ihn angestachelt und Öl auf die Glut seines Zornes gegossen. Sie hatte ihn bedenkenlos in einen Kampf geschickt, den er nur mit Mühe und Not überlebt hatte.

Sein Vater hatte ihn töten wollen, aber wenigstens war er ehrlich genug, dazu zu stehen. Oh, verdammt, in was für eine Familie war er nur hineingeboren worden? David verstand nicht, wie es so weit hatte kommen können. Lucrezia und von Metz hassten einander und trachteten sich gegenseitig unverhohlen nach dem Leben, aber irgendwie mussten sie ihn doch vor ungefähr zwanzig Jahren, nun ja, produziert haben …

»Ich … ihr …«, begann er hilflos.

Von Metz lächelte traurig und erlöste ihn aus seiner Verlegenheit, indem er die Frage, die ihm deutlich ins Gesicht geschrieben stehen musste, beantwortete, ehe David sich um Kopf und Kragen gestammelt hatte.

»Ich habe deine Mutter – Lucrezia –, ich habe sie geliebt«, behauptete er und trat einen Schritt auf den VW zu, in dem Stella erschöpft auf dem Beifahrersitz wartete.

David rührte sich nicht vom Fleck. Er hatte das sichere Gefühl, dass sein Vater von seinen eigenen Worten nicht ganz so überzeugt war, wie er es gerne gewesen wäre.

Der Templer blieb stehen und schüttelte sich, als könnte er auf diese Weise die Erinnerung an den Grund für Davids Existenz loswerden, ehe er sich ihm wieder zuwandte.

»Aber alles, was sie wollte, war meinen Nachfolger, um an das Grab zu gelangen«, fügte er bitter hinzu.

Mit seinen Worten bestätigte er, dass David, was die Motivation seiner Mutter anging, voll ins Schwarze getroffen hatte. Es war eine deprimierende Erkenntnis. Er war nicht der Sohn, den sie sich gewünscht, sondern nur ein Geschöpf, das sie gebraucht hatte.

»Als ich erfuhr, wer Lucrezia wirklich ist, hätte ich dich auf der Stelle töten müssen«, erklärte von Metz weiter, während sie zum Touareg hinübergingen.

Bei diesen Worten zog der Templermeister blitzartig sein Schwert. Stellas Müdigkeit war wie weggeblasen, während das Mädchen vor Entsetzen einen schrillen Schrei ausstieß. David wich mit einem erschrockenen Keuchen vor seinem Vater zurück.

»Was ...?«, schnappte er fassungslos, während sein Herz einen heftigen Satz bis in seinen Hals hinauf machte.

»Weder damals noch heute«, sprach von Metz ruhig weiter und deutete mit einem Nicken auf die stählerne Klinge, die in seiner Hand lag.

David entspannte sich wieder.

»Das ist das Schwert des Templermeisters«, erklärte sein Vater. »Wenn es mich nicht mehr gibt, wird es in deinen Besitz übergehen.«

In diesem Moment wurden Motorengeräusche laut. David und der Templermeister registrierten es fast gleichzeitig und blickten sich irritiert um. Kein Mensch konnte auf diesem vergessenen Fleckchen Erde etwas verloren haben – dennoch näherte sich ihnen ein Fahrzeug, und das mit quietschenden Reifen und in offenbar halsbrecherischer Geschwindigkeit.

Von Metz' Blick huschte erschrocken zwischen David und der Einfahrt hin und her. Dann verharrte er auf Davids Brust, wo sich unter der Knopfleiste des Overalls der Rosenkranz abzeichnete, den seine Mutter ihm geschenkt hatte. Der Templermeister griff danach und zog das hölzerne Kreuz durch Davids Kragen.

»Woher hast du das?«, schnappte er.

»Von ... Lucrezia«, stammelte David unsicher. Was hatte das zu bedeuten?

Mit einem kurzen, harten Ruck riss von Metz an

der Kette, die sofort entzweiging. Der Templermeister schleuderte sie zornig zu Boden. Die kleinen Holzperlen kullerten in alle erdenklichen Richtungen durch den Staub davon, und das Kreuz zerbarst. Ein winziges, nach moderner Elektronik aussehendes Plastikding kam inmitten der Splitter zum Vorschein.

David schlug sich erschrocken eine Hand vor den Mund, als er unter Aufwendung allen Wissens, das er aus Actionfilmen und Detektivserien geschöpft hatte, kombinierte, worum es sich bei dem schwarzen Etwas, in dem ein pulsierendes rotes Lämpchen aufblinkte, handeln musste: ein Peilsender!

»In den Wagen!«, zischte der Templer und stürzte auf den VW zu, um den Motor anzulassen, kaum dass er im Fahrersitz saß. »Sie haben uns gefunden! Los!«

David schleuderte die Tasche auf die Ladefläche, schlug die Heckklappe zu und quetschte sich neben Stella auf den Beifahrersitz, während von Metz mit qualmenden Reifen losraste, noch bevor David die Beifahrertür hinter sich schließen konnte. Er jagte den Wagen, so schnell es die enge, einspurige Fahrspur zuließ, in einer unendlich erscheinenden Linkskurve durch das dämmerige Licht nach oben.

David krallte sich mit der Rechten an den Griff über dem Fenster, während sich seine Linke fest um Stellas Schulter klammerte.

Sie hatten die zweite Etage noch nicht erreicht, als Ares' Porsche durch die Einfahrt preschte. Die vierte lag noch ein gutes Stück entfernt, während der Schwertmeister sein Gefährt bereits über die Schwelle zur Auffahrt trieb. Wenn Stella in Davids Augen wie der Teufel zu fahren pflegte, dann vereinten sich in von Metz'

Fahrkünsten wohl alle Sagengestalten der griechischen Unterwelt mit den Seelen sämtlicher verstorbener Düsenjägerpiloten. Trotzdem holte der Schwertmeister unerbittlich auf. Ares hatte schlicht und ergreifend das schnellere Auto.

Auf der vorletzten Etage riss der Templer das Steuer des Touareg so abrupt nach rechts, dass sich der VW um neunzig Grad um die eigene Achse drehte, jagte einige Dutzend Meter weit über das Parkdeck und fuhr nicht minder rasant auf die nach unten führende Betonspirale zu. David verlor den Halt und schlug mit dem Kopf gegen Stellas Schulter, doch das Mädchen blickte nur weiter aus schreckensweit aufgerissenen Augen durch die Windschutzscheibe. David erachtete ihr Verhalten als durchaus angemessen und nachahmenswert und tat es ihr gleich.

Erst als er den Touareg auf Höhe des sechsten Stockwerks auf der anderen Rampe parallel zur Auffahrt nach unten rasen sah, trat der Schwertmeister auf die Bremse. Ihr halsbrecherisches Wendemanöver war so schnell vonstatten gegangen, dass er nichts davon mitbekommen hatte. Und als der Porsche schließlich mit erbärmlich quietschenden Reifen zum Stillstand kam, hatten sie die gigantische Spirale in umgekehrter Fahrtrichtung schon fast gänzlich überwunden.

David atmete in einem Anflug von Erleichterung auf. Der Hüne hatte seinen Wagen angehalten, jetzt musste er noch irgendwie wenden. Das alles verschaffte ihnen einen Vorsprung. Vielleicht konnten sie ihn tatsächlich abhängen.

Da erklang ein dumpfer Knall wie von etwas Schwerem, das auf nachgiebiges Blech schlug. David wandte erschrocken den Blick und erkannte Ares, der anscheinend aus dem Porsche gestiegen war und kurzerhand die Abkürzung über die Brüstung des achten Stockwerks genommen hatte, um sich ohne Rücksicht auf zerbrechliche Gliedmaßen durch den Luftzylinder zwischen den Spiralrampen in die Tiefe fallen zu lassen. *Gewöhn dich schon mal an die Schmerzen*, hallten die Worte seines Onkels in Davids Kopf wider, während sein Atem ins Stocken geriet. Ares hatte sich zweifellos daran gewöhnt, denn er war nicht einmal in die Knie gegangen, sondern hatte ungeachtet der Verletzungen, die sein Stunt ihm eingebracht haben musste, sofort wieder festen Boden in Form einer vergammelten Motorhaube unter den Füßen. In der nächsten Sekunde stürzte er mit weit ausgreifenden Schritten und erhobenem Schwert über den Schrottberg auf ihren Wagen zu.

»Gib Gas! Fahr!!« Stellas Stimme war ein hysterisches Kreischen.

Von Metz jagte den VW über die Schwelle der Rampe ins Erdgeschoss, während David Ares' Klinge aus den Augenwinkeln kaum mehr als eine Armlänge schräg hinter sich aufblitzen sah. Der Templer schaltete einen Gang hoch, und den Bruchteil einer Sekunde später schoss der Wagen aus der Ausfahrt ins Freie.

Sie hatten es geschafft! David zog Stella an sich heran und drückte sie fest an seine Brust, während sein Vater den Wagen in mörderischem Tempo durch die Straßen der Industriebrache in eine Richtung lenkte, die für David und den Rest seines jungen Lebens ins absolut Ungewisse führte.

Ares stampfte stolz erhobenen Hauptes durch den schattenlos ausgeleuchteten Korridor, der zum Büro seiner Schwester führte. Gut, er hatte versagt. Aber das war allein Lucrezias Schuld gewesen, genau wie der Umstand, dass von Metz den Jungen überhaupt erst in seine schmutzigen Finger bekommen hatte.

Sie hatte sich eben übernommen mit diesem Kind, von dem sie im Grunde genommen gar nichts wusste. Und dann hatte sie ihm auch noch die Befugnis entzogen, den Schaden, den sie in ihrer Sturheit und Unvernunft angerichtet hatte, zu begrenzen, indem sie ihm diesen verfluchten Araber vor die Nase gesetzt hatte, der seither ihn und alle anderen Prieuré-Ritter willkürlich durch die Gegend kommandierte, wie es den verworrenen Hirnwindungen in seinem hässlichen Schädel gerade in den Kram passte.

Die Tatsache, dass es Ares nicht gelungen war, David zurückzuholen, vermochte sein Ego nicht anzukratzen. Diese Mission war unter seinem Niveau gewesen. Nicht jeder Biologe konnte Spiegeleier braten. Und Ares war eben ein begnadeter Gladiator, kein Kindermädchen.

Lucrezia saß hinter ihrem Schreibtisch und blickte nur kurz und unwillig von einem Stapel Unterlagen auf, die sie auf dem Tisch vor sich ausgebreitet hatte, als er ihr Büro betrat.

»Was willst du?«, zischte sie. Der Klang ihrer Stimme machte deutlich, dass die Antwort auf jede Frage oder Forderung, die ihr Bruder haben konnte, ein Nein sein würde.

Ares entschied sich für eine Formulierung, die auf jeden Fall einen vollständigen Satz zur Beantwortung erforderte. Er hatte nicht vor, sich mit einem Kopfschütteln und einem Wink, der ihn wie einen Hund aus dem Raum scheuchte, zufrieden zu geben.

»Wann verschwindet der Sklave, den du mir vor die Nase gesetzt hast?«, fuhr er seine Schwester ärgerlich an.

Lucrezia blickte ein zweites Mal kurz von ihren Papieren auf, hob verächtlich eine ihrer zierlich geschwungenen Brauen und kritzelte eine Notiz auf einen Zettel, während sie antwortete: »Wenn ich weiß, dass ich mich auf dich wieder verlassen kann.«

»Ich bin ein Saintclair!« Der Schwertmeister machte einen zornigen Schritt auf den Schreibtisch zu, der ihm mit all den darauf verstreuten Papieren, Dokumenten und Schmierblättern, zwischen denen ein vergoldeter Brieföffner herumflog, der so scharf war, dass er wahrscheinlich einen Waffenschein erforderte, wie eine Barrikade vorkam, die Ares von seiner älteren Schwester trennte. »Ich lasse mich nicht von einem lächerlichen Lampenreiber herumkommandieren«, grollte er.

Lucrezia legte ihren Füllfederhalter beiseite und erhob sich in einer Bewegung, die zum Ausdruck brachte, dass ihr lediglich daran gelegen war, ihren Bruder zügig loszuwerden, damit sie sich schnell wieder spannenderen und vor allem wichtigeren Dingen zuwenden konnte.

»Dann beweis mir, dass du mein Vertrauen verdienst«, gab sie zurück. Ihre Herausforderung klang nach blankem Hohn, und das war auch ganz sicher ihre Absicht gewesen. Sie trat hinter dem Tisch hervor und maß Ares verächtlich. »Knie vor mir nieder«, sagte sie. »Vor der Großmeisterin der Prieuré de Sion. Deiner Herrin.«

Drei, vier Atemzüge lang – vielleicht waren aber auch Minuten vergangen – reagierte Ares überhaupt nicht. Die Zeit, in der er seiner Schwester fassungslos nach

Atem ringend mit kraftlos herabhängendem Unterkiefer gegenüberstand, erschien ihm endlos. Vergebens hoffte er auf die Pointe, die ihm verriet, dass Lucrezia scherzte. Aber ihr Blick entbehrte jeglichen Humors. Nichts als Verachtung und Arroganz spiegelte sich in ihren braunen Augen wider.

Sie war vollkommen übergeschnappt, stellte er in einer Mischung aus Entsetzen, Mitleid und verletztem Stolz fest. Lucrezia hatte, um es vereinfacht auszudrücken, nicht mehr alle Tassen im Schrank. Der neuerliche Verlust ihres Sohnes musste ihr den Verstand geraubt haben. Aber das berechtigte sie noch lange nicht dazu, ihn zu behandeln wie einen der sabbernden Bastarde, die vor der Devina patrouillierten. Dabei war er nicht sicher, ob er die vier- oder die zweibeinigen meinte. Mit einem wütenden Schnauben wandte er sich von ihr ab und stampfte zur Tür zurück.

»Weißt du, was dein Problem ist?«, fragte Lucrezia spöttisch.

Du, dachte Ares zornig, nur du bist mein Problem.

Doch seine Schwester beantwortete ihre rhetorische Frage selbst. »Du glaubst an nichts«, behauptete sie. »Nicht einmal an deine eigene Schwester.«

Ares hielt im Türrahmen inne, wandte sich noch einmal zu ihr um und musterte sie geringschätzig.

»Nichts ist so gewiss wie der Tod«, gab er kühl zurück und stellte beruhigt fest, dass er die volle Kontrolle über seine Gesichts- und Kiefermuskulatur zurückgewonnen hatte. »Das gilt sogar für uns.«

»Wir werden sehen, Ares«, antwortete Lucrezia kopfschüttelnd.

Er hatte das sichere Gefühl, dass sie ihm mit ihren

Worten keinesfalls zugestand, dass er Recht haben könnte, sondern sie lediglich mal wieder das letzte Wort haben wollte.

»Wir werden sehen«, wiederholte sie bestätigend.

Ares schenkte ihr einen letzten Blick, in dem die Wut sein Mitgefühl überlagerte, und ging. Lucrezia war vollkommen irre! Doch für den Moment konnte er nur hoffen, dass sie David schnell genug zu ihr zurückbringen konnten, um zu verhindern, dass ihre Anweisungen endgültig die Grenzen zwischen Absurdität und Wahnsinn überschritten.

Keine sechsunddreißig Stunden später hatte David einen neuen Namen, war um mehrere Monate gealtert und besaß einen gültigen Führerschein sowie Konten in verschiedenen Staaten. Der Fremde, der ihm die entsprechenden Papiere ausgehändigt hatte, hatte kein einziges Wort gesagt, sondern sich darauf beschränkt, Davids Espresso mit einem Zug zu leeren und sofort wieder aus der Autobahnraststätte zu verschwinden, in der David auf von Metz' Anweisung hin gewartet hatte.

David hatte sich daraufhin einen Milchkaffee bestellt und damit begonnen, die Karten, Pässe, Kontoauszüge und anderen persönlichen Papiere, die in dem braunen Umschlag steckten, mit spitzen Fingern, als seien sie giftig oder zumindest Ekel erregend, vor sich auszubreiten. Er las sich die Angaben über seine neue Identität immer wieder durch, bemüht, sie sich einzuprägen, wenn er auch wusste, dass er sich niemals damit anfreunden oder gar tatsächlich identifizieren konnte.

Dominique Chirlo, las er auf dem eingeschweißten Personalausweis, auf dessen Foto ein durchschnittlicher Typ schüchtern lächelte. Er sah aus wie David. Aber er war es nicht. Der Fotograf hatte ihn zwar abgelichtet – David war schließlich dabei gewesen – aber der Junge auf dem Ausweis war zwei Monate und drei Tage älter und hatte einen total bescheuerten Namen.

David wusste über diesen Dominique fast mehr, als er vor wenigen Wochen noch über sich selbst gewusst hatte. Er war mit einer Mutter gesegnet, die ein Gebäudereinigungsunternehmen in Belgien leitete. Sein Vater war ein amerikanischer Soldat gewesen, der bei einem Flugzeugabsturz ums Leben gekommen war. Er hatte gerade sein Abitur absolviert – auch entsprechende Zeugnisse lagen bei – und seine Abschlussnoten waren geeignet, ihm Tür und Tor zu jeder beliebigen Universität zu öffnen.

Dominique ging es allem Anschein nach im Großen und Ganzen gut, zumal sein Vater, der seinerseits zu Lebzeiten mit einem umfangreichen Erbe gesegnet worden und ausschließlich aus patriotischer Überzeugung zur Armee gegangen war, ihm eine ganze Stange Geld hinterlassen hatte, mit dem sich sowohl ein Studium als auch ein anschließender Schritt in die Selbstständigkeit locker finanzieren ließ. David hingegen fühlte sich beschissen.

Sein Vater hatte Himmel und Hölle (hauptsächlich wohl eher letzteres …) in Bewegung gesetzt, um seinem Sohn so schnell wie möglich die besten Voraussetzungen für das neue Leben zu schaffen, das dieser ab sofort führen sollte. Aber David konnte nicht begreifen, dass es keine andere Möglichkeit geben sollte, diesen ganzen

Wahnsinn hinter sich zu lassen. Natürlich wünschte er sich noch immer von ganzem Herzen, irgendwo anders auf der Welt einen Neuanfang zu wagen – aber doch nicht so! Es war alles ... zu simpel. Bei der Vorstellung, einfach Dominique Chirlo zu werden und fortzugehen, wie der Templermeister es von ihm erwartete, kam er sich vor wie ein riesengroßer Feigling. Und außerdem: Er hatte zeit seines Lebens nach seiner Identität gesucht. Wie konnte er sich selbst ausgerechnet jetzt, wo er endlich wusste, wer er war, einfach so in diesem ungemütlichen Schnellrestaurant zurücklassen?

David hob den Blick und sah aus dem großen, schmutzigen Fenster auf den Parkplatz hinaus, wo Stella und sein Vater im Wagen zurückgeblieben waren. Sie mussten beobachtet haben, dass der geheimnisvolle Fremde, der ihm den Umschlag überbracht hatte, längst wieder verschwunden war. David wunderte sich, was sich die beiden wohl alles zu erzählen hatten, dass sie ihn so lange allein ließen. Er hatte Robert von Metz als eher wenig redseligen Zeitgenossen kennen gelernt. Der Templermeister war ein verschlossener, in sich gekehrter Mensch. Eigentlich hatte er in den vergangenen anderthalb Tagen überhaupt nichts gesagt, was nicht zwingend notwendig gewesen wäre, und selbst das erst, wenn er danach gefragt worden war.

Jetzt, da David Lucrezia und Robert kannte, fragte er sich, ob sein in letzter Zeit manchmal etwas aufbrausendes Gemüt vielleicht gar nicht in seinen Genen begründet lag, sondern nur eine vorübergehende, spätpubertäre Erscheinung war. Er hoffte es jedenfalls aufrichtig. Hätte er sich besser im Griff gehabt und davon abgesehen, Frank in seiner Rage den Unterkiefer zu zertrümmern, wäre das alles nie passiert – oder zumindest erst später, wenn er wirklich erwachsen und sein Abiturzeugnis echt gewesen wäre.

Dass von Metz in der Dunkelheit draußen auf dem Parkplatz aus dem Wagen gestiegen war, bemerkte David erst, als er ihm auf einmal im schummrigen Licht des bis auf eine Kellnerin menschenleeren Restaurants gegenüberstand. Sein Vater war in einigen Schritten Entfernung stehen geblieben. Es sah so aus, als ob er seinen Sohn schon seit geraumer Zeit aus unergründlichen Augen anblickte; aber so starrte er eigentlich immer, wenn er glaubte, dass David es nicht bemerkte.

»Kannst du mir Geld leihen?« In Davids Stimme klang schon wieder der kindische Trotz mit, den er sich eigentlich, zusammen mit einigen anderen Charakterzügen, abzulegen vorgenommen hatte. Sein Vater hatte ihm schließlich nichts getan. Im Gegenteil, sein Plan, aus David Dominique zu machen, war gut gemeint und objektiv betrachtet das Vernünftigste gewesen, was er hatte tun können. Trotzdem fühlte David sich hintergangen und abgeschoben. Wenn er nicht mehr er war, dann war von Metz auch nicht mehr sein Vater. »Ich kann meinen Kaffee nicht bezahlen.«

Der Templer deutete mit einem Nicken auf die Papiere neben Davids lauwarmem, wässrigen Kaffee, auf dem ein paar unappetitliche Fettaugen trieben. »Die nehmen hier auch Kreditkarten«, antwortete er.

David zog eine Grimasse. »Ich bin nicht …«, er kniff die Augen zusammen, um den Nachnamen des Typen mit dem zurückhaltenden Lächeln im schwachen Licht noch einmal lesen zu können, »… Dominique Chirlo«, beendete er dann naserümpfend seinen Satz.

Sein Vater seufzte, rückte sich einen Stuhl zurecht und setzte sich ihm gegenüber.

»Wie viele Namen hast du eigentlich?«, fragte David. Er erwartete natürlich, dass von Metz nur einen einzigen besaß. Dann konnte er seinem Vater die Identitätskrise, in die dieser ihn getrieben hatte, nach dem Motto »... stell dir doch mal vor, du hättest ...« erklären, aber der Templermeister hob nur die Schultern.

»Ich hab sie nie gezählt«, erwiderte er ruhig.

David presste hilflos die Lippen aufeinander und ließ einen von Abneigung triefenden Blick über seine neuen Papiere schweifen. Er *wollte* ein neues Leben. Aber das sollte nicht Dominique Chirlo heißen und ein halber amerikanischer Patriot sein.

»Achtzehn Jahre lang habe ich nicht gewusst, wer ich bin«, flüsterte er nach einer Weile. Der Trotz in seiner Stimme wich einem flehenden Unterton, als er von Metz wieder ansah. »Und jetzt, wo ich es weiß, soll ich schon wieder jemand anderes sein!?«

»Es ist doch nur auf dem Papier, David«, lächelte sein Vater verständnisvoll, wie eine Mutter, die ihrem Jüngsten erklärt, dass es nur die Windpocken seien – lästig, unangenehm, aber bald wieder vorbei. »Das ändert nichts daran, wer du wirklich bist.«

Diese Windpocken aber würden nicht so schnell vorbei sein.

»Ich will mich nicht mein Leben lang verstecken«, begehrte David verzweifelt auf.

»Du hast keine andere Wahl.« Von Metz schüttelte traurig den Kopf.

»Doch«, gab David zurück, wieder im Vollbesitz all seines Starrsinns. »Die habe ich.«

Er hatte eine Idee. Eigentlich war sie ihm gerade erst eingefallen, als er stur behauptet hatte, eine Alternative gefunden zu haben. Egal, sie war da, mochte sie noch so wahnsinnig sein. Nichts war verrückter, als Dominique Chirlo zu heißen …

»Du willst den Gral beschützen«, erklärte er, als sein Vater ihn fragend musterte. »Lucrezia will ihn haben. Ihr habt dafür sogar getötet. Es gibt nur eine Möglichkeit, diesen sinnlosen Kampf zu beenden.«

»Du kannst doch nicht …«, entfuhr es dem Templer, der ahnte, worauf sein Sohn hinauswollte, entsetzt, aber David fiel ihm, von seinem eigenen Einfall geradezu überwältigt, ins Wort.

»Wenn das Grab zerstört ist, gibt es keinen Grund mehr zum Töten«, beharrte er.

Von Metz schüttelte den Kopf. Eine Mischung aus Entschiedenheit und verletzter Ehre trat in seine Züge. »Ich bin der Templermeister und ich werde das Grab mit meinem Leben beschützen!«, sagte er grimmig.

Ein energisches, unausgesprochenes »Basta!« klatschte David mitten ins Gesicht, aber die Reaktion seines Vaters war absehbar gewesen und beirrte ihn keineswegs, sondern spornte seinen begeisterten Tatendrang eher noch an. Er hatte seinen Vater an den Rand seiner Selbstbeherrschung getrieben – ein Kind hätte dies nie geschafft. Die Gewissheit, als Erwachsener respektiert und ernst genommen zu werden, wirkte wahre Wunder für sein Ego. Außerdem war sein Geistesblitz vielleicht wirklich der beste, den ein Templer je gehabt hatte. Eigentlich ein Wunder, dass bisher noch keiner seiner Ahnen darauf gekommen war.

Es fiel David auf einmal gar nicht mehr schwer, ruhig,

selbstsicher und fast befremdlich reif und erwachsen zu wirken, als er sich zurücklehnte und an seinem Kaffee nippte. Sein Blick grub sich eindringlich in den seines Vaters.

»Holen wir uns das Grabtuch von Lucrezia zurück«, beschloss er. »Ich weiß, wie wir es kriegen können.«

Der Trotz, der David so pubertär vorgekommen war, hatte seine Wurzeln anscheinend doch in seinem Erbgut, denn sein Vater, in dessen Ohren Davids Vorschlag sicherlich zunächst wie ketzerischer Hohn geklungen hatte, hatte es sich nicht nehmen lassen, noch eine geraume Weile in sturer religiöser Verbohrtheit dagegen zu argumentieren. Doch David hatte gelassen, aber konsequent auf seinem Standpunkt beharrt und irgendwann hatte Robert von Metz nachgegeben. Er war ein pflichtbewusster Mann, der sein Herz ganz seiner Aufgabe verschrieben hatte, aber er war nicht dumm, sondern ein außergewöhnlich intelligenter und weiser Mensch. Und den Heiligen Gral aus der Welt zu schaffen, war bestimmt das Weiseste, was sie überhaupt tun konnten. Letztendlich hatte der Templermeister seinen Eid darauf geleistet, sicherzustellen, dass das Grab Christi nicht in Menschenhand fiel, und nicht darauf, es vor Zerstörung zu bewahren. Zumindest konnte man es so auslegen, wenn man sich einigermaßen darauf verstand, Haare zu spalten.

Wenn es den dummen Becher nicht mehr gab – und das hatte sein Vater schließlich eingesehen, wenn er es auch anders ausgedrückt hätte – gab es keinen Grund mehr, seinetwegen ebenso primitive wie blutige und folgenschwere Schlachten zu führen und sich gegenseitig aus dem Hinterhalt die Schädel von den Schultern zu schlagen. Vor allem – und das war für David das Wichtigste – würde sich niemand mehr um ihn reißen und ihn nötigen, vor seiner eigenen Identität zu flüchten.

Der Templermeister hatte noch in derselben Nacht einen anderen, unauffälligeren Wagen organisiert, den er in einer unbewohnten Seitenstraße unter ein paar knorrigen, alten Kastanien geparkt hatte, deren Schatten den Lieferwagen unter sich verbargen. Anschließend war er gleich wieder verschwunden, um etwas zu erledigen. Da ihn niemand gefragt hatte, was er vorhatte, hatte er es selbstverständlich auch niemandem gesagt.

Aber David brauchte seinen Beistand für den Moment auch nicht. Dieser Plan war ganz allein auf seinem Mist gewachsen. Es sollte die Mission des Templersohnes sein, der dem Einfluss der Prieuré entkommen war, und sie sollte völlig anders verlaufen, als beide Parteien es sich erträumt oder befürchtet hatten, ohne ein Kompromiss zu sein. Nicht Kompromisse lagen in seiner Absicht, sondern das Ende aller Streitigkeiten, und wenn es seine Mutter noch so hart treffen mochte. Sie würde damit leben müssen, genauso wie sein Vater, dem es schließlich auch nicht leicht fiel, seinen religiösen Wahn auf ein Niveau zu dämmen, das den Pegel menschlicher Vernunft nicht überstieg. David, der Spross, der seit vielen hundert Jahren Templerorden und Prieuré de Sion zum ersten Mal wieder vereinigt hatte, würde es zu Ende bringen. Und er fühlte sich gut dabei.

Der erste Schritt führte in die Devina. Er musste das Grabtuch für sich gewinnen, bevor seine Mutter das letzte Fünkchen vertrauensvoller Hoffnung in ihn und seine Rückkehr verloren hatte und es sicherheitshalber in ein anderes Versteck verfrachten ließ. Es war eine der Insignien, die ihn in ihrer Gesamtheit zum Grab des Herrn führen würden, schenkte man den Sagen und Legenden Glauben, die seit fast tausend Jahren für so viel Leid und Blutvergießen sorgten. Von Metz besaß bereits das Schwert. Das Tuch würden sie auf klassische Art und Weise, also als ganz gewöhnliche Einbrecher und Diebe, aus Lucrezias Anwesen entwenden. Und der Rest …

Er würde es schon schaffen. David beschloss, seine Gedanken auf den ersten, in greifbarer Nähe liegenden Teil seines Planes zu konzentrieren. Zuerst brauchten sie die einzige heilige Reliquie, die sich im Besitz der Prieuré befand.

David schnürte seine Stiefel und ging dann Stella dabei zur Hand, den richtigen Weg in den schwarzen Overall zu finden, den von Metz für sie aufgetrieben hatte. Schließlich hüpften sie beide von der Ladefläche des Lieferwagens, und David half ihr in die kugelsichere Weste, die identisch mit dem schwarzen Oberteil war, das er selbst angelegt hatte. Schließlich reichte er ihr eines von zwei Nachtsichtgeräten, die neben einer Menge anderer Ausrüstungsgegenstände und Waffen, die größtenteils in der Segeltuchtasche gesteckt hatten, auf der Ladefläche verstreut lagen. Er vergewisserte sich noch einmal, dass alle Schnallen und Reißverschlüsse, die zu Stellas Schutzkleidung gehörten, ordentlich verschlossen waren. Dann griff er nach einem der Schwerter aus der ›Asservatenkammer‹ Lieferwagenladefläche, um sich den Haltegurt, in dem es steckte, um die Hüften zu schnallen.

Stella beobachtete ihn mit vor der Brust verschränkten Armen und leicht gekränkt wirkenden Gesichtszügen.

»Und wo ist meine Waffe?«, fragte sie vorwurfsvoll, als David fertig war und dazu ansetzte, die Fahrertür zu öffnen.

Er verharrte, überlegte kurz und zauberte schließlich einen leeren schwarzen Armeerucksack aus dem Transporter hervor, den er ihr kommentarlos in die Hand drückte. Es war schlimm genug, dass er sie nicht von ihrem Entschluss, ihn zu begleiten, hatte abbringen können. Wenn man sagte, dass David gelegentlich zur Sturheit neigte, dann gab es keinen Begriff, der auch nur annähernd das Verhalten beschrieb, das Stella an den Tag legte, wenn sie sich etwas in ihr hübsches Köpfchen gesetzt hatte. Jedenfalls reichte es völlig, dass sie mit ihm kommen würde. Er hatte nicht vor, ihr irgendwelche scharfkantigen Gegenstände zu überlassen, mit denen sie sich ja doch gegen niemanden zur Wehr zu setzen vermochte. Sie würde nur zusätzlich Gefahr laufen, sich selbst zu verletzen.

Stella maß die Tasche in ihren Händen mit gekünstelt ehrfurchtsvollem Blick.

»Wie brutal. Ein Rucksack«, staunte sie mit aus allen Silben tropfender Ironie.

David rang sich ein knappes Lächeln ab. Er mochte ihren Humor.

»Sobald wir das Tuch haben, steckst du es in den Rucksack und rennst«, erklärte er schließlich.

»Und wenn mich jemand verfolgt?«

David hob die Schultern. »Dann rennst du eben schneller«, schlug er vor.

Stella trat seufzend an ihm vorbei, griff nach einem weiteren Schwert und schnallte es sich auf den Rücken, wobei aus jeder ihrer Bewegungen stummer Protest sprach.

»Gleiches Team, gleiche Waffen«, verkündete sie.

David verdrehte die Augen, schloss die Hecktür des dunklen Transporters und wandte sich von ihr ab. Es war wirklich kaum zu glauben. Er hatte es geschafft, einen gestandenen Mann von einer hunderte von Jahren in seinem Herzen wohnenden Überzeugung abzubringen – oder ihm zumindest eine gewisse Toleranz abzuverlangen. An Stella aber biss er sich die Zähne aus.

Wenn man ihr etwas auszureden versuchte, worin sie sich nicht beeinflussen lassen wollte, konnte man ebenso gut versuchen, einem Frosch in der Paarungszeit das Quaken zu verbieten. Nur lagen die Chancen auf Erfolg, was den Frosch anging, wohl doch ein bisschen höher, da David sich bei einem solchen Glibbertier mit einiger Überwindung bestimmt zu einer gewissen Skrupellosigkeit hätte durchringen können und er das nervtötende Tier in einem Einmachglas untergebracht oder gleich im Matsch versenkt hätte. Stella hingegen wollte er nicht wehtun. Das war eigentlich alles, was ihn davon abhielt, sie zu ihrem eigenen Schutz gefesselt und geknebelt auf der Ladefläche unterzubringen, bis der Heilige Gral nicht mehr existierte und keine Gefahr mehr für sie bestand. So blieb ihm nichts anderes übrig, als sich ihrem Willen zu beugen, nach Kräften auf sie aufzupassen und zu beten, dass ihr nichts zustoßen würde.

Was auch immer der Templermeister noch vorgehabt hatte, hatte er mittlerweile erledigt. Als David auf den

Fahrersitz klettern wollte, bemerkte er gerade noch rechtzeitig, um sich nicht versehentlich auf den Schoß seines Vaters zu schwingen, dass dieser bereits zurückgekehrt war und hinterm Steuer Platz genommen hatte, während Stella und er mit ihren letzten Vorbereitungen beschäftigt gewesen waren.

»Wir sind bereit«, sagte er stattdessen, als sei er nur zur Fahrertür geeilt, um ebendiese Worte loszuwerden. »Brechen wir auf?«

Von Metz maß ihn mit einem eindringlichen Blick, in dem der letzte Funke Hoffnung, dass David seine Meinung vielleicht doch noch geändert hätte, noch nicht erloschen war. Schließlich aber nickte er schwach.

»Steigt ein«, seufzte er und ließ den Motor an. »Möglicherweise hast du Recht und es ist wirklich das Beste für alle. Und wenn nicht ...« Er hob die Schultern und verzog die Lippen zu einem traurigen Lächeln. »Es gibt leider niemanden mehr, der versuchen könnte, mich vom Gegenteil zu überzeugen.«

Manchmal verhielt man sich am unauffälligsten, indem man auffiel. Nach dieser Theorie stellte von Metz den Lieferwagen auf der hinter der Devina entlangführenden Straße ab und nahm Stellas Nachtsichtgerät an sich. Auch David blickte durch sein Gerät durch das rechte Seitenfenster auf das in der Dunkelheit liegende Anwesen hinter dem weitläufigen Garten hinaus.

Ares hatte seinen Porsche ungünstigerweise nicht in einer der Garagen, sondern unmittelbar vor dem Hintereingang geparkt, aber David stellte erleichtert fest, dass die Sicht auf die rechts an den Türrahmen grenzende, blütenweiße Außenwand trotzdem gerade so weit frei war, wie es nötig war, wenn sein Plan gelingen sollte. Sein Optimismus stieg weiter, als er entdeckte, dass die Nachtwache, die während seines Verweilens in Lucrezias Gästezimmer mindestens zehn Mann stark gewesen war, auf eine kleine Gruppe von drei oder vier Söldnern reduziert worden war. Seine Mutter schien sich nun, da er nicht mehr bei ihr und der Orden der Templer praktisch restlos vernichtet war, sehr sicher in ihrer Haut zu fühlen. Zu sicher vielleicht.

David ermahnte sich im Stillen, nicht denselben Fehler zu machen. Er hatte von Ares und dem arabischen Metzger gelernt, überraschend aus dem Hinterhalt zuzuschlagen, doch Menschen, die ein solches Händchen für Intrigen, Heimtücke und Fallen hatten wie der mütterliche Zweig seiner Familie, rechneten mit Sicherheit selbst dann noch mit einem Angriff, wenn sie sich mitten in der afrikanischen Steppe von einem hundert Jahre alten Medizinmann bei Vollmond die Füße massieren ließen. Die Karten, auf die er gesetzt hatte, waren sicherlich gut. Aber das änderte nichts daran, dass Lucrezia einen ganzen Stapel schwer bewaffneter und gut ausgebildeter Asse im Ärmel ihres samtenen Gewandes trug, die durch ihr Anwesen streiften, sofern sie nicht hinter den Monitoren des Überwachungsraumes ausharrten.

Vorerst aber hieß es abzuwarten. Eine geringere Anzahl von Söldnern bedeutete zwar, dass es etwas einfacher als befürchtet sein würde, den Hintereingang unbemerkt zu erreichen, aber leider auch, dass weniger Männer das Haus zum Schichtwechsel betraten. Mindestens einer von ihnen musste aber den aktuellen Code in die Tastatur des Zahlenschlosses neben der Tür eingeben, damit auch sie ihn bekamen, und in den ersten fünfzehn Minuten, in denen sich David und Stella mit dem Nachtsichtgerät abwechselten, tat sich nichts dergleichen.

Die in Schwarz gekleideten, mit MPs bewaffneten Wächter drehten zusammen mit ihren vierbeinigen Kollegen ihre Runden. David nutzte die Zeit, um sich die wenigen, immer wiederkehrenden Sekunden einzuprägen, in denen der Garten unbewacht war. Sieben waren es, manchmal auch neun, denn einer der Männer ging etwas langsamer als die anderen drei. Es war der, der den Porsche nach dem schlaksigen Schwarzhaarigen und vor dem Blonden mit dem albernen Haarschnitt passierte, der David seit jeher an Hulk Hogan erinnerte. Er hatte ihn nie ausstehen können. Während alle anderen Söldner, die David in der Devina kennen gelernt hatte, darauf brannten, einen Befehl zum Zuschlagen zu bekommen, gierte Garderobenschrank Hulk immerfort danach, endlich jemanden totschlagen zu können, um danach eine Anweisung zur Beseitigung der Leiche entgegennehmen zu können.

David sandte ein Stoßgebet zum Himmel, dass die Schicht des blonden Schlägers die erste war, die zu Ende ging. Achtzehn Jahre sterbenslangweiliges, frommes Klosterleben wurden belohnt, denn kaum hatte er sein stummes Gebet im Geist ausformuliert, wurde es auch schon erhört: Hulk Hogan bog um die Ecke, darum bemüht, seine Muskelpakete zusammen mit dem Hund zwischen der Hauswand und Ares' Sportwagen hindurchzuquetschen, ohne nennenswerte Schäden an dem

Porsche zu hinterlassen, und streckte die Hand nach der Tastatur aus.

David hielt unbewusst die Luft an, während er den Zoom betätigte, und starrte konzentriert durch das Nachtsichtgerät. Er versuchte, nicht ein einziges Mal zu zwinkern, während seine Augen den fleischigen Fingern des Kolosses folgten. Trotzdem: Die Hand des grobschlächtigen Wächters war einfach zu groß, als dass David mit Sicherheit hätte sagen können, welche vier Tasten er drückte, bevor die Hintertür sich von außen öffnen ließ. Aber die Wärme, welche die verschwitzten Finger des Wächters auf die Zifferntafel übertragen hatte, hielt – durch das Nachtsichtgerät betrachtet – noch einen winzigen Augenblick als grünlicher Schleier auf den berührten Tasten sichtbar an, während der Mann im Inneren des Gebäudes verschwand. David beobachtete, von welchen Tasten der grüne Schleier zuerst verschwand und kehrte die Reihenfolge dann gedanklich um. Der Code wurde täglich gewechselt, doch der des heutigen Tages zeugte von wenig Kreativität oder viel Faulheit.

»Null, sechs, zwölf«, flüsterte David und ließ das Nachtsichtgerät wieder sinken. »Ich hab's!«

»Ich auch«, bestätigte der Templer und stieß die Fahrertür auf.

»Dann los!«, nickte David und schwang sich, dicht gefolgt von Stella, auf seiner Seite aus dem Wagen.

Sie eilten auf die andere Straßenseite und duckten sich dicht an dicht hinter einem Gebüsch, wo sie noch einen Moment, in dem Davids Muskeln vor Anspannung schier zu zerreißen drohten, abwarteten, bis die Ablösung das Haus verlassen und sich in den monotonen Rhythmus der anderen Wächter eingegliedert hatte. Der

Schlaksige kam, passierte den Garten und verschwand wieder aus ihrem Sichtfeld. Sie hatten neun Sekunden – wenn David sich nicht verzählt hatte.

»Jetzt«, zischte er, sprang mit zwei Sätzen hinter der Hecke hervor und über die niedrige Mauer, die das Grundstück begrenzte, und rannte, so schnell ihn seine Füße trugen. Die gepflegte, weiche Wiese dämpfte ihre Schritte, sodass von nirgendwo her aufgeregtes Hundegekläff ertönte, aber allein der Weg zur Tür kostete sie vier Sekunden. Zwei weitere beanspruchte es, die ersten drei Zahlen einzugeben, eine halbe verschwendete David unnötig für einen unsicheren Blick zu seinem Vater, ehe er die letzte Zahl des Nikolausdatums mit zitternden Fingern drückte. Als er gedanklich bei neun angelangt war, schloss von Metz gerade hinter Stella und ihm leise die Tür.

Ein Riesenfelsbrocken polterte David vom Herzen. Die erste Hürde war überwunden. Aber vor ihnen lagen noch eine Menge weiterer.

Eine ganze Reihe davon war kaum faustgroß, eckig und schwarz und beobachtete den Flur, der an den Türen der bescheidenen Söldnerunterkünfte, die Gott sei Dank alle geschlossen waren, vorbeiführte, aus je einer wachsamen, runden Linse. Es waren keine der beweglichen Kameras, die in Zeitlupe Räume abtasteten, aber ihre Vielzahl machte den Gang so gut wie lückenlos überschaubar. Sie mussten die toten Winkel für sich nutzen, und davon gab es definitiv weniger als Kameras. Vorerst stand er zusammen mit von Metz und Stella auf einem halben Quadratmeter weiß gefliesten Bodens zusammengepfercht, einen dieser uneinsehbaren Winkel ausnutzend.

»Dicht bei mir bleiben«, flüsterte er, während er nach der Hand des Mädchens griff. »Sie haben überall Kameras.«

»Ja, Boss«, antwortete Stella mit einem neckischen Augenzwinkern und einem kecken Grinsen, das jedoch ihre Nervosität nicht gänzlich zu überspielen vermochte.

David verstand sie. Ihm selbst ging es nicht besser. Die Abenteuerlust des Weltverbesserers, mit der er in diese Aktion gestartet war, war spätestens in der Sekunde von ihm gewichen, in der er den ersten Fuß über die Schwelle des Hauses gesetzt hatte. Nun hielt etwas Einzug in ihn, was Stellas Nervosität deutlich übertraf, nämlich Angst. Nicht nur – eigentlich sogar am allerwenigsten – um sein eigenes Leben, sondern vor allem um Stella, aber auch um von Metz und seine Mutter.

Sie waren seine Eltern, auch wenn jeder von ihnen auf seine ganz spezielle Weise einen mächtigen Sprung in der Schüssel hatte. Er hatte achtzehn Jahre lang heimlich davon geträumt, sie zu finden. So groß die Enttäuschung und so tragisch die Realität auch sein mochten, er wollte sie nicht wieder verlieren. Keinen von beiden!

Sein Vater zog sein Schwert und setzte dazu an, über den schmalen Korridor zu schleichen, aber David hielt ihn an der Schulter gepackt zurück.

»Wir holen nur das Tuch«, sagte er leise. Der Blick, mit dem er den Roberts suchte, beinhaltete zu gleichen Teilen flehende Bitte, beschwörerische Mahnung und Furcht. »Ich will nicht, dass ihr etwas passiert.« Damit meinte er nicht Stella, doch er musste nicht ins Detail gehen, damit sein Vater ihn verstand.

Von Metz schenkte ihm einen Blick, der allerdings

erst eine halbe Sekunde, nachdem er bereits zustimmend genickt hatte, die Ehrlichkeit widerspiegelte, die David von seinem Vater kannte und in diesem Moment so dringend brauchte, um auch nur einen einzigen Schritt weitergehen zu können.

Lucrezia war und blieb seine Mutter, ganz egal, was sie getan hatte. Er würde es nicht verwinden, wenn ihr seinetwegen etwas zustoßen würde …

Es war gar nicht schlecht, ausnahmsweise mal nicht für das Tun und – wie in diesem Fall – Lassen der Söldner und Prieuré-Ritter verantwortlich zu sein. So nämlich war es der Araber, auf dem die Schuld für die aktuellen Geschehnisse lastete und der schnellen Schrittes und demütig gesenkten Hauptes im Büro seiner Schwester verschwand, während Ares auf dem Flur wartete und lauschte.

Er hätte mit Shareef gehen können. Ein Teil von ihm brannte regelrecht darauf, die Schelte, die das Kebab-Hirn (er hatte sich mit diesem Kosenamen schnell angefreundet und sich fest vorgenommen, den Araber grundsätzlich so zu rufen, sobald der wieder nach seiner Pfeife tanzte) zweifellos von Lucrezia beziehen würde, und die Pein, die daraufhin selbst in Shareefs schon zu Lebzeiten leichenstarrem Gesicht geschrieben stehen würde, in allen Einzelheiten mitzuverfolgen und mit sadistischer Freude auszukosten. Aber ein anderer Teil legte seit ihrer Attacke auf die Templerburg keinen Wert darauf, auch nur eine Sekunde länger als zwingend notwendig in Lucrezias unmittelbarer Nähe zu verweilen, und dieser Teil war der deutlich dominantere.

Von Metz, sein Neffe und dessen zuckersüße Freundin hatten es geschafft, in die Devina einzudringen. Der Schwertmeister wunderte sich nicht, dass ihnen dies gelungen war. Seit Shareef das Kommando über die Prieuré übernommen hatte, war es für einen unterdurchschnittlich begabten und mit frei verkäuflichem Werkzeug ausgestatteten Einbrecher kein Akt, sich dort Zugang zu verschaffen. Vielmehr empfand er eine Art Faszination angesichts der größenwahnsinnigen Dreistigkeit dieser drei. Sie konnten doch nicht allen Ernstes glauben, unbemerkt an mehreren Dutzend Kameras vorbei über die hell beleuchteten Flure zu gelangen. David war schließlich lange genug zu Gast bei ihnen gewesen, um zu wissen, dass das unmöglich war. Also gingen sie wohl davon aus, das Grabtuch, auf das sie es der Route nach zu schließen, die sie zielstrebig eingeschlagen hatten, abgesehen hatten, mit Gewalt in ihren Besitz bringen zu können. Zwei Kinder und ein halb seniler, psychisch instabiler Templer ... Sie waren vollkommen verrückt!

Aber der Irrsinn lag anscheinend wie etwas Ansteckendes in der Atmosphäre, bedachte man, wie sich seine Schwester benahm und wie Shareef mit den verantwortungsvollen Aufgaben umging, die eigentlich die seinen hätten sein sollen. Der Araber hatte die Bewachung der Gebäude so nachlässig organisiert, dass der Templermeister ohne Orden problemlos hatte eindringen können. Statt sofort alle verfügbaren Wachen auf den Schweinehund, der seine Schwester geschwängert hatte, zu hetzen, hatte sich Shareef darauf beschränkt, dafür zu sorgen, dass die Eindringlinge nicht so einfach entkommen konnten, wie sie ins Gebäude gelangt waren, um sodann zu seiner Großmeisterin zu kriechen, damit sie ihm alle weiteren Entscheidungen abnahm.

Der Schwertmeister hätte ihnen gleich nach den ersten Schritten den Weg abschneiden und sie nacheinander zu Hundefutter verarbeiten können, aber er hatte nichts getan, wozu Shareef ihn nicht unmissverständlich aufgefordert hatte. Die Versäumnisse und Fehlentscheidungen des Kebab-Hirns hatte er schweigend und wohlwollend zur Kenntnis genommen. Sollten von Metz und Lucrezias goldiges Söhnchen doch ruhig ein paar Dinge kaputtmachen, ehe jemand ihrem Treiben Einhalt gebot. Alles, was schief ging, diskreditierte nur einen Menschen, und dieser Jemand sabberte sich in diesem Moment wahrscheinlich in die starren Backentaschen, während er demütig und unterwürfig Bericht erstattete.

Shareef war natürlich in Wahrheit weder demütig noch unterwürfig. Dabei interessierte den Araber die ehrenvolle Position eines stellvertretenden Befehlshabers gar nicht wirklich. Er wollte Lucrezia, das war alles, was in seinen dumpfen Schädel passte, und seine Schwester schien es nicht einmal zu bemerken. Vielleicht, dachte Ares spöttisch, würde es ihm sogar noch gelingen, sie herumzukriegen. Wer sich von Robert von Metz ein Kind machen ließ, war vielleicht nicht mehr ganz bei Sinnen, und in diesen Tagen war Lucrezia ohnehin nicht als zurechnungsfähig zu betrachten.

»Wir haben Besuch«, hörte er den Araber im Inneren des Raumes beichten.

»Wen habe ich eingeladen?«, fragte Lucrezia deutlich alarmiert.

»Wir wissen es noch nicht.«

Ares biss sich auf die Zunge, um nicht laut aufzulachen, als Shareefs elendige Lüge zu ihm durchdrang. Der Araber hatte im Überwachungsraum mindestens zwei gelungene Nahaufnahmen der Eindringlinge zu Gesicht bekommen.

»Aber der Hintereingang wurde zweimal kurz hintereinander geöffnet«, fügte Shareef hinzu, vergeblich darum bemüht, nicht kleinlaut, sondern ergeben zu klingen.

»Nein«, erklang Lucrezias Stimme nach einem Moment des Schweigens flüsternd. »Das würden sie nicht wagen. Oder?«

Das letzte Wort klang wie eine Bitte.

Natürlich nicht, spöttelte Ares im Stillen. Er ist nur mit seinem Daddy gegangen, um mit ihm über seine Noten zu plaudern, Schwesterherz. Niemals würde dein Sohn versuchen, für seinen Vater zu tun, was er schon nach ein paar Tagen für dich zu tun bereit gewesen war. David war zur Hälfte ein Saintclair. Das mochte für seinen an Größenwahn grenzenden Mut verantwortlich sein und auch für das unbestreitbare Geschick, mit dem er sein Schwert führte. Aber er war auch ein halber von Metz – und das machte ihn dumm und manipulierbar.

Ares schüttelte verächtlich den Kopf und schlenderte gemütlichen Schrittes den Gang hinab. Er würde von Metz töten und Lucrezia das Schwert und ihren Sohn bringen, denn dies war die einzige Medizin, die noch Heilung versprach. Aber er würde es nicht tun, bevor Shareef ihn dazu aufforderte.

Hoffentlich ließ er sich noch ein wenig Zeit damit. Jeder zusätzliche Cent, den dieser peinliche Zwischenfall kostete, würde Lucrezia beweisen, dass sie mit ihm, Ares, deutlich besser beraten war.

David war nicht sicher, ob er ihren Zickzacklauf von einem toten Winkel zum nächsten als beschämend oder eher verdächtig einfach bezeichnen sollte – jedenfalls verlief er frei von Zwischenfällen jeglicher Art. Kein Wächter, weder der klobige Hogan-Schrank noch einer der zahllosen anderen, die sich irgendwo im Gebäude aufhalten mussten, stellte sich ihnen in den Weg, kein ausgehungerter Rottweiler stürzte ihnen bellend hinterher.

Als sie sich dem großen Gewölberaum im Kellerkomplex des Anwesens durch den hinteren der daran angrenzenden, hell beleuchteten Korridore näherten, verharrte er kurz und lauschte mit vor die Lippen gehaltenem Zeigefinger. Er war darauf gefasst, dass ein Husten, Schnaufen, Glucksen oder irgendein anderes verräterisches Geräusch durch die offene Tür zu ihnen hindurchdringen würde, welches ihn in seiner heimlichen Befürchtung bestätigte, dass sein Onkel und alle anderen Prieuré-Ritter bereits voller ungeduldiger Schadenfreude hinter der nur angelehnten, schmalen Nebentür auf sie warteten. Aber es blieb still. Und als David die Tür schließlich zögerlich aufschob, erwartete sie tatsächlich nichts anderes als ein mit Rücksicht auf die Reliquie nur dürftig beleuchteter Raum, in dem der gläserne Schrein mit dem geschichtsträchtigen Leinentuch von zwei dünnen Ketten gehalten unter der Decke schwebte.

Die Männer im Überwachungsraum mussten schlafen oder streiken, anders ließ es sich nicht erklären, dass sie unbehelligt bis dorthin gelangt waren. Bei aller Mühe, nicht vor die Kameralinsen zu geraten, war es einige Male nicht zu vermeiden gewesen – und dabei rechnete David nur die Momente, von denen er genau wusste, dass sie durch das Blickfeld der Kameras hatten eilen müssen. Es würde ihn nicht wundern, wenn sich noch eine Menge weiterer, mit bloßem Auge nicht erkennbarer Überwachungsgeräte hinter Belüftungsgittern und zwischen den Deckenleisten verbargen.

Eine Falle, erklang ein hartnäckiges Flüstern in seinem Kopf, welches den hoffnungsvollen Jubel, in den sein Herz allem vernünftigen Zweifel zum Trotz bei der Ansicht des Grabtuchs verfallen war, auf seine spezielle, eindringliche Weise zu übertönen versuchte. Sein Herz begann noch heftiger zu rasen, als es ohnehin schon seit einer geraumen Weile der Fall war, und seine Rechte schloss sich so fest um den Griff seines Schwertes, dass sich seine Fingerknochen deutlich unter seiner feuchten, bleichen Haut abzeichneten. Es war nicht nur zu einfach gewesen, es war auch viel zu ruhig. Sicher – dieser Gewölbekomplex war alles andere als ein Partykeller, aber es war zu ruhig dort unten, geradezu totenstill. Es war, als hätten selbst die Ratten die Flucht ergriffen, während die Belüftungsschächte vor Spannung den Atem anhielten. Jemand schlich sich an sie heran, und die Einzigen, die es noch nicht gemerkt hatten, waren *sie*. Das musste der Grund für diese unheimliche Stille sein.

Stella bemerkte Davids Nervosität. Er spürte ihren unsicheren, fragenden Blick, sah sie aber nicht an, sondern biss sich nur hilflos auf die Unterlippe und folgte seinem Vater, der auf leisen Sohlen an ihm vorbeigeeilt war, ein paar zögerliche Schritte weiter in den Raum hinein.

»La Sacra Sindone«, flüsterte der Templermeister ehrfürchtig. Er ging langsam rückwärts, bis er das uralte Leinentuch vollständig betrachten konnte. Dann bekreuzigte er sich und ließ sich auf die Knie sinken.

Auch Davids Blick blieb einmal mehr auf dem sagenumwobenen Relikt vergangener Zeiten haften. Die Umrisse Christi auf dem von hinten schwach beleuchteten Tuch strahlten etwas ungemein Beeindruckendes, Erhabenes aus. Wieder rann ein eigenartiger, nicht unangenehmer, aber verunsichernder Schauer über seinen Rücken. Die feinen Härchen auf seinen Armen, Beinen und in seinem Nacken stellten sich schnurgerade auf. Es war, als hafte ein Teil der Aura des Messias noch an seinem Grabtuch, ein Beweis für seine Existenz vor zweitausend Jahren, der schwerer wog als alle übermittelten Worte.

Jesus Christus musste nackt gewesen sein, als man den Stoff über seinem Leichnam ausbreitete. Dunkle Flecken zeugten von den schweren Misshandlungen, die man ihm zugefügt hatte, ehe man ihn brutal gekreuzigt hatte, aber dieses Abbild bezeugte, dass keine der Gräueltaten und Demütigungen es geschafft hatte, ihm seine Würde zu nehmen. Bescheidenheit, Freundlichkeit und Stolz ohne jegliche Arroganz hatten den bärtigen Mann mit dem schulterlangen Haar bis in den Tod, den er für die gesamte Menschheit gestorben war, begleitet und schienen noch bis zum heutigen Tage gegenwärtig zu sein. Nirgendwo auf der Welt konnte man Jesus näher sein als dort, im Angesicht des Tuches.

Es verstrichen einige Sekunden, in denen er die Reliquie einfach nur anstarrte. Erst dann konnte er sich wieder auf ihre Lage und seinen Plan konzentrieren. Das Gefühl, belauert zu werden, wurde stärker. David besann sich auf das Schwert, das er in der Rechten trug. Er hatte es nicht mitgenommen, um seine zunehmend nervösen Finger zu beschäftigen, sondern um sich gegen all die Kämpfer zu verteidigen, von denen er noch immer nicht wusste, wo sie steckten. Aber die stählerne Waffe konnte ihm auch noch einen anderen nützlichen Dienst erweisen.

David holte ohne Vorwarnung aus und zerschmetterte den gläsernen Schrein mit einem einzigen, entschlossenen Hieb. Er hörte, wie der Templermeister, erschrocken über die respektlose Behandlung der heiligen Insignie, einen erstickten Schrei ausstieß, während die Klinge mit einem hässlichen Zischen durch die Luft schnellte, doch der entsetzte Laut seines Vaters ging in einem weithin hörbaren, unangenehmen Klirren unter. Noch bevor die winzigen, gefährlich glitzernden Splitter alle auf den steinernen Boden hinabgerieselt waren, erklang der ohrenbetäubende Lärm einer Alarmsirene.

Nun war es David, der ein erschrockenes Keuchen nicht unterdrücken konnte, obwohl er schon die ganze Zeit über damit gerechnet hatte, entdeckt zu werden. Es war bereits ein Wunder, dass sie es bis dorthin geschafft hatten. Wären sie ebenso einfach wieder ins Freie gelangt, hätte er kurz vor dem Lieferwagen wahrscheinlich freiwillig mit der Beute kehrtgemacht, um Lucrezia zu fragen, ob mit ihr alles okay war oder ob der Tag des Jüngsten Gerichts vielleicht schon so nahe war, dass alles, was er tat, ohnehin vergebene Liebesmüh war.

»Was ist los? Komm schon!«, forderte er seinen Vater

über die Schulter hinweg auf, als er aus den Augenwinkeln registrierte, dass dieser noch immer auf dem kalten Boden kniete und keinerlei Anstalten machte, sich vom Fleck zu rühren. Doch auch nachdem David ihn angesprochen hatte, zeugte auch nicht das geringste Zucken seiner Muskeln davon, dass der Templer den Worten seines Sohnes nachzukommen gedachte.

David wandte sich in einer gehetzten Bewegung zu von Metz um – und erstarrte, als er den Ausdruck im Gesicht des Templermeisters sah. Sein Vater lächelte!

Es war kein glückliches Lächeln, zu dem von Metz die Lippen leicht verzogen hatte, sondern ein zutiefst trauriges. Verbunden mit dem festen, entschlossenen Blick seiner klaren blauen Augen, hatte es etwas Tragisches, etwas ... Endgültiges.

David starrte ihn voller Entsetzen an, als er die Bedeutung dieses Gesichtsausdrucks verstand, noch bevor sich von Metz ohne Eile erhob und seinen knöchellangen Mantel abstreifte, unter dem er seinen altertümlichen ledernen Brustharnisch trug, und seine Rechte voll unerschütterlicher Entschlossenheit um den Griff seines prachtvollen Schwertes schloss: Er hatte nicht vor, mit Stella und ihm zu fliehen. Er hatte es nie vorgehabt. Sein Vater hatte sie begleitet, um für sie zu kämpfen – für Stella, für ihn und für das Einzige, wofür er seit so langer Zeit lebte: für den Heiligen Gral. Er war mit ihnen gekommen, um sich für sie und für die Aufgabe, die Gott ihm auferlegt hatte, zu opfern. Doch dieses Opfer war so sinnlos!

David spürte, wie seine Hände und Knie unkontrollierbar zu zittern begannen. Das konnte, das durfte der Templer nicht tun! Er hatte bereits seine Mutter bis auf weiteres an ihren kranken Wahn verloren. Er brauchte seinen Vater, verdammt noch mal! Den Mann, den er achtzehn Jahre lang jeden Tag vermisst hatte, den er Tag und Nacht gesucht hätte, hätte er nur den geringsten Ansatzpunkt dafür gehabt, wo er mit dieser Suche beginnen sollte; den Mann, der neben Stella alles war, was ihm geblieben war, und der der Einzige war, der ihm helfen konnte!

»Geh zu Quentin«, sagte von Metz sanft und nickte ermutigend. »Er ist bei seinen Brüdern.«

David verstand nicht. »Quentin ...«, stammelte er irritiert und starrte seinen Vater ungläubig an. »Du ... er ... was?«

Das konnte nicht sein Ernst sein!, schrie eine hysterische Stimme in seinem Herzen immer wieder. Das machte doch keinen Sinn! Sie konnten fliehen, alle miteinander, und sie würden es schaffen, ganz bestimmt und ganz gleich, wie viele Männer und Hunde sie verfolgten! Und Quentin? Was sollte das heißen: Er sei bei seinen Brüdern? Waren sie alle da, wo sein Vater anscheinend auch hinwollte? Waren sie alle tot?!

»Ja«, antwortete sein Vater ruhig. »Er lebt.« Doch dann schwanden Sanftmut und Gelassenheit aus seinem Blick und seiner Stimme. Seine nächsten Worte waren keine Aufforderung und schon gar keine Bitte, sondern ein Befehl. »Und jetzt geh, verdammt!«, setzte er harsch hinzu.

Über dem Haupteingang setzte sich fast geräuschlos ein eisernes Gitter in Bewegung, das in die fast einen halben Meter dicke Wand eingelassen und ihren Blicken bislang verborgen geblieben war. Von irgendwoher erklangen polternde Schritte.

Stellas Blick irrte nervös zwischen David und den beiden Ausgängen hin und her. »Wir müssen raus!«, entfuhr es ihr in weinerlichem Tonfall.

David zögerte eine letzte, unendlich lange Sekunde, in der er den Templermeister mit verzweifelten Augen anflehte. Sein Vater konnte nicht von ihm verlangen, ihn dort zurückzulassen, aber er konnte doch auch Stella nicht allein lassen!

Mit einer ruckartigen Drehung, die ihn mehr Überwindung kostete als alles andere, was er in seinem Leben je getan hatte, wandte er sich von seinem Vater ab, riss das Grabtuch aus dem Splitterberg und warf es Stella zu. Die stopfte es mit derselben Bewegung, mit der sie es auffing, in den Rucksack und machte auf der Stelle kehrt, um genau das zu tun, womit er sie während ihrer Planungen beauftragt hatte: zu rennen. David wollte ihr in Richtung des Hintereingangs, durch den sie gekommen waren, nachsetzen, doch in dieser Sekunde wurde das Getrampel schwerer Kampfstiefel plötzlich deutlich lauter. Er deutete es trotz der schlechten Akustik des Gewölbekellers richtig, ergriff Stella am Handgelenk und riss sie so hart zurück, dass sie erschrocken aufschrie, durch den plötzlichen Ruck ins Stolpern geriet und mit dem freien Arm wild in der Luft herumruderte, doch seine geistesgegenwärtige Reaktion rettete ihr wahrscheinlich das Leben.

Hätte er sie nicht festgehalten, wäre sie Ares vermutlich direkt ins offene Messer gelaufen. Und dieses Messer war ungefähr einhundertzehn Zentimeter lang, hatte einen vergoldeten, dezent verzierten Griff und eine Klinge, die so scharf war, dass man damit ein Haar hätte spalten können.

Ares versperrte den Durchgang mit seiner Körperfülle. Sein Schwert hielt er lächelnd mit beiden Händen vor sich.

Stella wich erschrocken rückwärts gehend vor Davids Onkel und den anderen Prieuré-Rittern, die sich im nächsten Augenblick an dem Schwertmeister vorbei in den Raum zwängten, zurück. Ihre zierlichen Finger krallten sich entschlossen um die Tragriemen der schwarzen Tasche, in die sie das Grabtuch gestopft hatte.

So schnell er gekommen war, schwand der Schreck auch wieder aus ihren Zügen. Trotzig reckte sie ihr hübsches Kinn, schwang sich den Rucksack über die Schulter und wirbelte auf dem Absatz herum, um zum Haupteingang zu flüchten, über dem sich das Gitter mittlerweile bis zur Hälfte geschlossen hatte. Auch David wich, etwas langsamer und mit kampfbereit erhobenem Schwert, um keinem seiner Gegner eine Gelegenheit zu bieten, ihm in den Rücken zu fallen, zurück, wobei er Ares und die anderen nicht für die Dauer eines Lidschlages aus den Augen ließ.

Mit einem innerlichen Aufheulen registrierte er, dass sein Vater bei seinem Entschluss geblieben war und sich nun ein zweites Mal ruhig bekreuzigte, ehe er sein Schwert etwas höher hob und einen kleinen, aber entschlossenen Schritt auf seine Gegner zu machte. Sein Blick bohrte sich in den des Hünen.

Mit einem gellenden Kampfschrei, der eher wie das vergnügte Jaulen einer blutlüsternen Bestie als der Ruf eines Menschen klang, stürzte sich Ares auf den Templermeister.

Von Metz parierte die erste Attacke des Hünen, torkelte dabei einen Schritt zurück und versetzte David einen Stoß mit der linken Hand, der diesen rasch zwei, drei Schritte weiter auf Stella zu beförderte, die das Gitter bereits erreicht hatte. Sie stand nervös auf der Stelle tänzelnd davor, unschlüssig, ob sie durch den verbliebenen, kaum mehr als einen Meter hohen Spalt schlüpfen und versuchen sollte, ihre eigene Haut zu retten, oder weitere Sekunden, in denen sich das Gitter unerbittlich senkte, auf David warten sollte. Während der Templer auch den zweiten Angriff des Schwertmeisters parierte und Tyros, Simon und Pagan gleichzeitig die ersten, drohenden Schritte in ihre Richtung taten, sprang sie ein Stück vor, bekam David am linken Unterarm zu fassen und zerrte ihn mit sich auf den Ausgang zu.

Er wehrte sich nicht dagegen, aber er schaffte es auch nicht, seinen Vater endgültig zurückzulassen. Voller Entsetzen folgte sein Blick dem Auftakt des Kampfes, der vermutlich ein Kampf der Giganten werden würde.

»Geht endlich!«, schrie von Metz keuchend, während er mehrfach blitzartig von wechselnden Seiten auf den Schwertmeister eindrosch. »Haut ab!«

Die Parade von links oben, schoss es David verzweifelt durch den Kopf. Er hatte fast zwei Tage Zeit gehabt, um seinem Vater die Schwachstelle seines hünenhaften Onkels zu verraten, aber er hatte es versäumt. Nun konnte sein Versäumnis den Templermeister das Leben kosten.

Pagan griff von Metz feige von der Seite an, aber dieser tötete ihn mit einer fließenden Bewegung aus einem Abwehrschlag heraus. Doch die kleine Ablenkung genügte Ares, um seinem Gegner einen Schnitt an der rechten Schulter zu verpassen, der mit Sicherheit bis auf die Knochen oder noch tiefer reichte und von Metz vor

Schmerz aufschreien ließ. Der Templer wechselte sein Schwert in die andere Hand.

Er kämpfte mit links gegen drei Männer, beobachtete David entsetzt, denn auch Simon und Tyros schlugen nun auf ihn ein. Sein Vater hatte keine Chance – er musste ihm helfen!

Ein weiterer Schmerzensschrei hallte durch den Raum. Er hatte seine Quelle unmittelbar hinter David. Stella!

Er wirbelte herum und erkannte Shareef, der unbemerkt unter dem Gitter hindurchgeschlüpft sein oder sich einfach aus den feinen Staubpartikelchen in der Luft des Kellers zusammengesetzt haben musste. Jedenfalls hatte er das Mädchen an einem Riemen des Rucksacks zurückgerissen und holte in genau dieser Sekunde mit einem rasiermesserscharfen Dolch aus, mit dem er ihr offenbar den Hals durchschneiden wollte.

David überlegte nicht lange, was er tun sollte. Seine Muskeln reagierten, ohne erst die entsprechenden Entscheidungen und Kommandos aus der Schaltzentrale hinter seiner Stirn abzuwarten. Ehe er wirklich begriff, was er tat, hatte er sich bereits auf den Metzger gestürzt und ihn allein durch die Wucht seines Aufpralls zu Boden geschleudert. Aber der Araber bekam seinen Kragen zu fassen, während er stürzte, und so fiel David mit ihm. Auch Stella kippte hintenüber, denn ihr hinterhältiger Angreifer hatte sich entweder kurzfristig in den Riemen der Tasche verheddert oder er dachte einfach nicht daran, den Rucksack loszulassen. Dies aber hatte zur Folge, dass Shareef, der aller widerlichen Feigheit und hinterhältigen Brutalität zum Trotz zumindest grob anatomisch betrachtet ein Mensch war – und wie die meisten seiner Spezies über lediglich zwei Hände verfügte –, in dieser Situation mindestens eine Hand zu wenig hatte. Deshalb konnte er seinen am Boden liegenden Säbel nicht wieder an sich nehmen, als sie, in ein einziges, von zappelnder Bewegung erfülltes Knäuel aus Gliedmaßen und Köpfen verknotet, dicht an der Waffe vorbei auf die andere Seite des Gitters rutschten.

Auch David verlor in diesem Gerangel seine Waffe. Wie von Sinnen schlug er einige Male auf den Araber ein, doch es war, als träfe seine Faust auf Hartgummi. Shareef stöhnte nicht einmal auf, sondern war auf der anderen Seite des Gitters gleich wieder auf den Beinen. So wie er David zu Boden gerissen hatte, zog er ihn jetzt mit einem heftigen Ruck wieder in die Höhe. Er löste seinen Griff von dem Riemen des Rucksacks, und Stella robbte rückwärts ein Stück von ihnen weg, ehe sie sich ebenfalls hektisch aufrappelte. Der Metzger holte mit der frei gewordenen Faust aus, um sie David, den er an der Schulter gepackt hielt, mitten ins Gesicht schnellen zu lassen. Doch dieser duckte sich instinktiv, sodass nur der Handrücken des Arabers seine Schläfe streifte. Er war nicht richtig bei der Sache, merkte David. Sein Gegner konzentrierte sich nicht auf ihn. Er sah ihn nicht einmal direkt an, während er zum zweiten Mal ausholte, sondern behielt nur eines im Auge: Stella mit dem Rucksack.

David riss sich mit einem Wutschrei los, packte den dunkelhäutigen Metzger mit beiden Händen am Kopf und schmetterte diesen mit voller Wucht gegen die Wand des Ganges hinter dem eisernen Gitter, das sich mittlerweile so weit gesenkt hatte, dass es kaum noch möglich war, auf allen vieren darunter hindurchzukrabbeln. In einem schlechten Film wäre Shareef, der über die Heftigkeit und eigenwillige Weise seines Angriffs überrascht schien, wahrscheinlich mit verdrehten Augen und einem tiefen Seufzen zu Boden gegangen, als die Schädelknochen seines Hinterkopfes geräuschvoll gegen den Putz der Mauer krachten. Aber dies war die grausame Wirklichkeit, und die war härter und erbarmungsloser als eine Hollywood-Produktion!

Er schlug den Kopf des Arabers ein zweites Mal mit aller Wucht gegen die Wand, bevor sein Gegenüber auch nur zu seiner Verteidigung ausholen oder ihn wegstoßen konnte, und schließlich ein drittes und viertes und fünftes Mal. Immer wieder prallte der Schädel des Metzgers auf harten Stein, Blut rann in Strömen seinen Nacken hinab. David war gefangen im Stakkato der Bewegungen, mit denen er Shareef, der sich nicht einmal mehr wehrte, zu Brei schlug. Du oder ich!, schrie der Überlebensinstinkt in Davids Innerem. Wenn er ihn losließ, würde der Araber erst ihn, dann Stella umbringen, keine Frage. Er würde nicht zulassen, dass er ihr etwas antat – niemals!

Erst als Shareef tatsächlich die Augen verdrehte und die letzte Kraft aus seinen Muskeln wich, ließ er von ihm ab. Der Metzger brach zusammen und blieb – tot oder in tiefer Bewusstlosigkeit – liegen, wobei einer seiner schlaffen Arme das Türgitter einige Handbreit über den steinernen Bodenplatten bremste. David musste es nicht erst auf einen Versuch ankommen lassen, um zu wissen, dass sie das Tor nicht mehr anheben konnten. Er hörte über den Lärm des Kampfes hinweg, wie Speiche und Elle des Arabers brachen, ehe das Gitter stoppte. Sie waren ausgesperrt.

Von Metz wehrte sich wie ein verletzter Tiger gegen Ares, Simon und Tyros, doch David registrierte, dass die Wucht seiner Hiebe längst nicht mehr von gleicher Kraft war wie zu Beginn des Kampfes. Er würde es nicht schaffen – und David konnte nichts mehr für ihn tun.

»Halt!« Lucrezias Stimme übertönte das Klirren der Waffen und die Wut- und Schmerzensschreie der Kämpfenden.

David wandte den Blick und sah seine Mutter im Hintereingang stehen. Ares, Simon und Tyros ließen gehorsam von ihrem Opfer ab und drehten sich zur Herrin der Prieuré um, ließen den Templermeister aber nicht gänzlich aus den Augen. Von Metz verharrte mitten in der Bewegung und sah, verschwitzt und schwer atmend, ebenfalls zu Lucrezia hin.

Sie würdigte ihn keines Blickes, sondern rauschte, nachdem sie sicher war, dass das Kampfgeschehen ruhte, an ihm, ihrem Bruder und den beiden anderen Rittern vorbei auf David zu. Kurz vor dem Gitter blieb sie stehen und schenkte ihm eines ihrer zahlreichen Lächeln. Er las den Schreck in ihren braunen Augen, aber auch Erleichterung darüber, ihn wohlauf zu sehen – und Zuversicht.

»Mein Vertrauen, meine Hoffnung, meine Liebe«, flüsterte sie und rückte so dicht an ihn heran, wie die eisernen Streben es erlaubten. »Ich habe dir alles gegeben, David.«

David antwortete nicht. Er hatte seine Mutter zwei Tage lang nicht gesehen. Wenn er an sie gedacht hatte, hatte er drei Dinge empfunden, die kaum miteinander vereinbar waren: Enttäuschung, Wut und Sehnsucht danach, sie zu umarmen, sich an ihre Brust zu lehnen und für die Dauer einiger Atemzüge nachzuholen, was ihm in den vergangenen achtzehn Jahren vorenthalten gewesen war. Nichts davon verflüchtigte sich bei ihrem Anblick. Aber nun drängte sich die Sehnsucht an die erste Stelle. Allein Wut und Enttäuschung hinderten ihn daran, näher an das Gitter heranzutreten und seine Hände nach ihr auszustrecken. Aber sie konnten ihn nicht dazu bringen, vor ihr zurückzuweichen oder sich gar von ihr abzuwenden. Er stand da wie gelähmt und starrte sie an.

»Ich verzeihe dir alles. Komm zurück zu mir, mein tapferer Sohn.«

Etwas von der Wärme ihres Atems sprang auf die andere Seite des Tores über und übertrug ihre Bitte als spürbaren Hauch auf seine Haut. Doch zugleich mit seiner Sehnsucht schürten ihre Worte auch seinen Ärger, sodass David noch immer nicht in der Lage war zu reagieren. Sie verzieh ihm? Glaubte Lucrezia wirklich, dass er sich nach allem, was sie ihm angetan hatte, bei ihr entschuldigen wollte?!

»Ich liebe dich«, fügte Lucrezia hinzu. Es klang wie ein Flehen. Zärtlich strichen ihre Fingerspitzen über seine rechte Hand, die sich ganz ohne sein Zutun, ohne dass er es auch nur bemerkt hätte, um eine der dicken Eisenstreben geklammert hatte. Es fühlte sich an wie das Versprechen bedingungsloser Liebe, zu der nur eine Mutter im Stande war. Nichts konnte wichtiger sein für ein Kind.

»David!«

Die Stimme seines Vaters riss ihn aus dem seltsamen Bann, der auf ihm gelastet hatte. In derselben Sekunde ließ der Templermeister sein kostbares Schwert über den Boden durch den Spalt unter dem Gitter schlittern, hinter dem es unmittelbar vor den Füßen seines Sohnes liegen blieb.

David blickte auf die Waffe hinab. Er konnte das Schwert des Templermeisters nehmen und davonrennen. Es war die zweite Insignie. Aber er zögerte, sich danach zu bücken. Verunsichert irrte sein Blick zwischen seinen Eltern hin und her.

»Du ahnst nicht, wie hoch der Preis dafür ist.« Etwas, das ihm fremd war, funkelte gefährlich in Lucrezias Augen auf. Das Lächeln war aus ihrem Gesicht gewichen. Ihre Stimme klang nicht mehr sanft, sondern hart und berechnend.

Sie versuchte, ihm zu drohen, stellte David ungläubig fest. Lucrezia – seine eigene Mutter!

Es war Trotz, der ihn das Schwert langsam aufheben ließ. Niemand würde ihn für seine fanatischen Ziele auf eine bestimmte Seite ziehen – er war ihrer beider Sohn, nicht ihr Werkzeug. Sein Vater hatte es akzeptiert. Lucrezia würde sich ebenfalls damit abfinden müssen.

»Du wirst das Grab niemals finden«, sagte er leise, aber in entschlossenem Tonfall. Seine Finger schlossen sich fest um den Griff des Schwertes. »Ich werde es zerstören.«

Seine Worte trafen Lucrezia wie ein Peitschenhieb. Sie zuckte sichtbar zusammen, dann schossen wütende Blitze aus ihren Augen.

»Das wagst du nicht«, behauptete sie, doch ihre Stimme zitterte.

Als Davids Miene hart blieb, wandte sie sich mit einem Ruck von ihm ab und gab Ares und Simon einen Wink. »Bringt ihn her«, befahl sie mit einem abgehackt wirkenden Nicken in von Metz' Richtung.

Simon und der Hüne setzten sich in Bewegung, ergriffen den unbewaffneten Templer bei den Armen und zerrten ihn auf das Gitter zu. Ares trat hinter von Metz, der, wie David erst jetzt bemerkte, bereits aus zahlreichen, tiefen Schnittwunden blutete, und zwang ihn vor seiner Schwester in die Knie. Mit einem Male hielt Lucrezia einen kaum handlangen, aber gefährlich scharfen, vergoldeten Dolch in der Hand. Davids Herz verweigerte ihm den Dienst, als seine Mutter die Spitze der Waffe zielsicher gegen von Metz' Halsschlagader drückte. Es setzte gleich ein weiteres Mal aus, als er die tödliche Entschlossenheit in den Augen seiner Mutter erkannte.

»Geh, David!« Sein Vater warf ihm einen flehenden Blick zu. »Bitte!«

Lucrezia drückte die Spitze des Messers fester gegen seinen Hals und sah David herausfordernd an. Nichts an ihrer Haltung oder in ihrem Blick ließ auch nur den geringsten Zweifel daran zu, dass sie bereit war, es zu tun, dass sie seinen Vater vor den Augen des Sohnes umbringen würde. Für den Gral – für einen verfluchten Becher! Sie waren eine Familie, und sie waren einander noch nie zuvor so nah gewesen wie in diesem Moment. Und gerade jetzt wurde auf grausame Weise deutlich, wie gewaltig die Kluft zwischen ihnen war.

Ein kleiner Blutstropfen quoll aus der Haut des Templermeisters und drängte David zu einer Entscheidung. Er hatte die Wahl: Er konnte das Schwert behalten und fliehen, was unweigerlich von Metz' Tod zur Folge hätte. Oder er konnte die Waffe fallen lassen, zu seiner Mutter zurückkehren und damit das Überleben seines Vaters sichern …

Aber war das wirklich so? Sie hatte mit keinem Wort gesagt, dass sie in diesem Fall das Leben Roberts verschonen würde. Doch selbst, wenn es anders gewesen wäre: Was wäre ihr Wort schon wert gewesen? Sie hatte ihn belogen und benutzt, sie hatte ihn manipuliert, damit er seinen eigenen Vater umbrachte. Vielleicht würde sie ihn am Leben lassen, nur damit er ein paar Stunden später tödlich verunglückte. Sie war besessen, krank vor Machtgier. David konnte nichts mehr für seinen Vater tun. Aber vielleicht konnte er seinem Tod einen Sinn geben. Vielleicht konnte er verhindern, dass seine Mutter großes Unglück über viele andere Menschen brachte. Sein Vater wollte es so. Er würde sterben. Aber nicht ohne Hoffnung.

»Dein Weg ist der richtige, David«, lächelte von Metz zuversichtlich, als hätte er seine Gedanken gelesen.

David maß ihn zweifelnd. Vielleicht hatten sie doch noch eine Chance, wenn sie ihr gaben, was sie wollte. Sie konnte nicht so schlecht, so kaltherzig sein, wie sie sich in diesen Sekunden gab. Schließlich war sie seine Mutter, und er –

Sein Vater nahm ihm die Entscheidung ab. Völlig unvermittelt und rasend schnell schoss seine linke Hand in die Höhe und schloss sich fest um Lucrezias Handgelenk, ehe er ihr in der nächsten Bewegung den Dolch mit der Rechten entriss. Bevor Ares oder Lucrezia reagieren konnten, durchtrennte er selbst seine Halsschlagader.

»Nein!«, entfuhr es David fassungslos, während er einen Schritt zurücktaumelte. Mit ungläubig aufgerissenen Augen musste er mitansehen, wie sich die Gesichtszüge seines Vaters vollständig entspannten, ehe er auf der anderen Seite des Gitters sterbend zusammensackte. Im Rhythmus seines Pulsschlages sprudelte das Leben in roten Fontänen aus seinem Körper. Es war vorbei. Davids Augen begannen zu brennen, seine Knie wurden weich und zitterten.

Auch seine Mutter konnte sich dem Schrecken des Augenblicks nicht entziehen. Doch rasch wandelte sich der Ausdruck des Erschreckens in Lucrezias Zügen in Wut. Selbst Ares blickte einige Sekunden lang ungläubig auf den toten Templer zu seinen Füßen hinab. Doch es war Stella, die als Erste auf das Geschehene reagierte, indem sie David am Arm packte und grob mit sich riss.

»Komm!«, keuchte sie, während sie ihn den Gang hinabzerrte.

David gehorchte. Einmal mehr breitete sich schlagartig eine Leere in seinem Kopf und seinem Herzen aus, die ihn zur Passivität verurteilte. Über die Schulter hinweg sah er, wie Lucrezia wieder auf das Gitter zutrat. Ihre Hände klammerten sich um die Streben. Sie rief seinen Namen, aber aus ihrer Stimme klang keine Drohung mehr, sondern nur noch hilfloses Flehen und verzweifelter Schmerz. Sie war die Herrin der Prieuré gewesen, als sie das Leben seines Vaters gegen die Insignien einzutauschen versuchte. In dem Moment, in dem David sie verließ, war sie nur noch seine Mutter. Er hörte und sah, dass sie litt, aber es berührte ihn nicht mehr. Nichts berührte ihn mehr.

Stella zerrte ihn weiter. Seine Füße bewegten sich automatisch. Er wusste nicht, wohin sie ihn tragen würden, aber es war auch nicht wichtig. Sein Vater war tot, seine Mutter hatte ihre Seele an eine Legende verloren. David war wieder allein.

Shareef hatte Stunden gebraucht, um sich so weit von seinen Verletzungen zu erholen, dass er sich wieder aus eigener Kraft auf den Beinen halten konnte. Ares gönnte ihm die Schmach, die der kleine Grünschnabel ihm angetan hatte, von Herzen. Gut: David besaß nun Tuch und Schwert, aber seine Freude darüber würde von kurzer Dauer sein, denn er würde damit nicht weit kommen. Seine kleine Freundin hatte einen nicht gerade unauffälligen Fahrstil und es war kaum eine Stunde vergangen, bis Ares bei der Überprüfung der Daten des Polizeicomputers, in den er sich gehackt hatte, auf das Kennzeichen des Transporters gestoßen war, das die Außenkameras aufgenommen hatten. Das Kebab-Hirn hatte auf ganzer Linie versagt, und auch sein Schwesterherz war um eine metaphorische Backpfeife nicht herumgekommen, als der beschissene Templer sein Leben mit den Worten »Jetzt hat er alles, was er braucht – Sangreal, ma chère« ausgehaucht hatte. Wenigstens dieses eine Mal hatte Lucrezia nicht das letzte Wort gehabt.

Die Leichen hatte man bereits beseitigt, als der Schwertmeister den Gewölbekeller wieder betrat, doch die Scherben des gläsernen Schreins lagen noch immer über den Boden verstreut. Offensichtlich hatte der Araber nicht einmal das Reinigungspersonal im Griff. Lucrezia stand, in ein stummes Gebet versunken, inmitten der Splitter und blickte, noch immer sichtlich schockiert, dorthin, wo sich bis vor wenigen Stunden noch das Grabtuch Christi, der wertvollste Besitz der Prieuré de Sion, befunden hatte. Nun war es fort – gestohlen von zwei naiven Rotzlöffeln, die längst noch nicht trocken hinter den Ohren waren; in einen Rucksack gestopft wie ein stinkendes T-Shirt. Shareef trug die

Schuld, und er, Ares, profitierte davon. Er würde es zurückholen – und das Schwert des Templermeisters würde er auch gleich mitbringen. Danach würde er den Araber zum Teufel jagen und alles würde wieder in Ordnung sein – oder sogar noch besser als vorher.

Lucrezia hatte ihn nicht bemerkt oder sie beachtete ihn einfach nicht. Jedenfalls zeigte sie keinerlei Reaktion auf sein Eintreffen. Ares verzichtete auf ein albernes Räuspern, um auf sich aufmerksam zu machen. Er trat einen Schritt weiter vor und begann sofort damit, Bericht zu erstatten.

»Ihr Fluchtfahrzeug war auf der Videoüberwachung«, sagte er. »Wir haben das Kennzeichen.«

Seine Schwester reagierte nicht, sondern hielt ihm weiter demonstrativ den Rücken zugewandt.

Ares lächelte spöttisch in sich hinein. Sie brauchte ihn, und das wusste sie ganz genau. Sie mochte es sich vielleicht nicht eingestehen, aber letztlich würde sie nicht darum herumkommen.

»Und ich habe den Polizeicomputer gecheckt. Sie wurden nach Mitternacht auf einer Landstraße geblitzt«, fügte er ruhig hinzu. »Ich weiß, wo sie sind.«

Lucrezia zögerte noch, aber dann drehte sie sich, wie erwartet, doch langsam zu ihm um.

»Wo?«, fragte sie knapp.

»Die Straße, auf der sie geblitzt worden sind, führt zu einem Kloster«, antwortete der Schwertmeister. »St. Vitus.«

Zufrieden beobachtete er ein Aufblitzen des Begreifens und der Anerkennung in Lucrezias Augen. Sie kannte Davids Unterlagen so gut wie er. Wahrscheinlich hatte sie jeden darin erwähnten Namen, jede Jahreszahl, jede Anmerkung auswendig gelernt. St. Vitus war ein Synonym für Davids erste sechs Lebensjahre. Mehr gab es dazu, im wahrsten Sinne des Wortes, nicht zu sagen.

Seine Schwester wandte sich noch einmal um und blickte auf die Wand, vor der der Schrein gehangen hatte. Vielleicht um nachzudenken, möglicherweise aber auch nur, damit ihr nicht versehentlich ein Wort der Anerkennung für ihn entfloh, das sie weder aussprechen konnte noch wollte. Dann blickte sie wieder zu ihm hin. In ihren Augen stand nichts als Arroganz und Entschlossenheit.

»Du musst sie töten. Alle. Auch David«, beschloss sie. »Und du bringst mir die Reliquien.«

Da war nichts mehr, was an die verzweifelte Mutter erinnerte, die tagtäglich an einer vereinsamten Wiege um ihren verlorenen Sohn getrauert hatte, registrierte Ares. Er bedauerte es fast. Wenn er auch wenig Verständnis dafür gehabt hatte, hatte es seiner Schwester doch etwas liebenswert Durchgeknalltes gegeben. Aber daraus war etwas Krankes, Gefährliches geworden. Letztlich gefiel sie ihm in aller unterkühlten Überheblichkeit immer noch besser als die emotionsgesteuerte Närrin, als die sie in den vergangenen Tagen die ganze Prieuré de Sion gefährdet hatte. Wahrscheinlich war es wirklich das Beste für alle, wenn David nicht mehr lebte. Niemand konnte aus dem missratenen Sohn des Templermeisters einen guten, aufrechten Prieuré-Ritter machen, nicht einmal er.

»Mit dem allergrößten Vergnügen«, grinste er und wandte sich zum Gehen, als Lucrezia ihn mit scharfer Stimme zurückrief.

Ares verharrte und wandte fragend den Kopf. Einmal

am Tag nicht das letzte Wort zu haben, war wohl schlimm genug für seine Schwester; ein zweites Mal überschritt wahrscheinlich die Grenze dessen, was sie ertragen konnte.

»Das ist deine letzte Chance«, mahnte sie. Ares hätte sich kaum dämlicher gefühlt, hätte sie noch drohend den Zeigefinger erhoben, während sie wiederholte: »Deine allerletzte.«

Aber sie war seine Schwester und damit die einzige Verwandte, die er in ein paar Stunden noch haben würde. Sie brauchte ihn, und auch wenn Ares es sich nicht gerne eingestand, so liebte und brauchte er sie doch auch.

Er würde David töten, und danach musste der Araber gehen.

David hatte viel geweint. Erst nachdem Stella ihn in ihrer Augen-zu-und-durch-Strategie aus dem Keller und durch den Garten der Devina zum Wagen geschleift und auf den Beifahrersitz verfrachtet hatte, war ihm wirklich bewusst geworden, was geschehen war. Die Wachen vor dem Haus hatten die Flüchtenden zwar gesehen, als sie aus dem Haupteingang gestürzt waren, aber sie waren offenbar nicht darauf vorbereitet gewesen und hatten zu spät reagiert. Als sie auf die Idee gekommen waren, die Hunde loszulassen, hatte Stella den Motor bereits gestartet und war mit quietschenden Reifen losgejagt, wobei sie eines der Tiere um ein Haar überfahren hätte. Noch ehe die Wachen in ihrem Wagen saßen und den Zündschlüssel umgedreht hatten, waren Stella und David schon hinter der nächsten Straßenecke verschwunden. Es war Stella ein Leichtes gewesen, ihre Verfolger abzuhängen, doch selbs t nachdem im Rückspiegel nichts mehr zu erkennen gewesen war als Wald, Wiesen und die Landstraße, auf der sie unterwegs waren, hatte sie den Fuß keineswegs vom Gas genommen.

David hatte ihr gelegentlich knappe Anweisungen gegeben, in welche Richtung sie fahren sollte, sie aber nicht angesehen, sondern den Kopf nach rechts gewandt und so getan, als ob er aus dem Fenster blickte. Das Einzige, was er dabei bewusst mitbekommen hatte, war die Tatsache, dass sie gleich mehrfach geblitzt worden waren. Er hatte nicht gewollt, dass sie sah, wie er weinte, aber sie hatte es natürlich trotzdem gemerkt und stufenlos zwei Gänge heruntergeschaltet.

»Ich glaube, uns folgt niemand mehr«, sagte sie leise.

David antwortete nicht, sondern nickte nur knapp, ohne sich ihr zuzuwenden.

Schließlich lenkte sie den Lieferwagen an den Straßenrand, würgte den Motor ab und sah ihn an.

»Er hat dich geliebt«, flüsterte sie.

David nickte und eine neuerliche Flut von Tränen rann über seine Wangen. Ja, sein Vater hatte ihn geliebt. Und er hatte sein Leben gegeben für ihn und die Sache, die nun in Davids Verantwortung lag. In einer Geste hilfloser Wut schlug David mit den geballten Fäusten auf das Armaturenbrett, aber es erleichterte ihn nicht. Stella legte einen Arm um seine Schultern, zog ihn zu sich heran und hielt ihn fest. Seine Tränen durchnässten ihren Overall, aber er schämte sich nicht mehr. Sollte sie doch sehen, wie er litt, sollte die ganze Welt hören, dass er weinte wie ein hilfloses Baby – er hatte ein verdammtes Recht darauf! Kaum ein Mensch konnte mehr Recht darauf haben, sich selbst Leid zu tun, als er.

Minuten vergingen, in denen er wie ein zitterndes Häufchen Elend in Stellas Armen lag. Irgendwann versiegten seine Tränen, und mit seiner Selbstbeherrschung kehrte auch sein Schamgefühl zurück.

David löste sich behutsam aus Stellas Umarmung, wischte sich mit dem Handrücken über die feuchten Wangen und schenkte ihr einen verlegenen Blick.

»Danke«, flüsterte er mit noch immer erstickt klingender Stimme.

Stella lächelte und er erwiderte ihr Lächeln kurz, wurde dann aber schnell ernst.

»Ich muss die Sache zu Ende bringen«, beschloss er und begriff erst, was er gesagt hatte, als sein Unterbewusstsein die Worte längst über seine Lippen getrieben hatte. Aber das änderte nichts an ihrer Gültigkeit. Sein Vater erwartete es von ihm. Er war sogar dafür gestorben!

Stella nickte zustimmend.

»Ich will dich nicht in noch größere Gefahr bringen«, setzte David hinzu, als er die Bedeutung ihrer Geste verstand, doch seine Stimme klang bei weitem nicht so entschieden, wie sein Verantwortungsbewusstsein es von ihm erwartet hätte.

»Was kann gefährlicher sein als ein Haufen Verrückter mit Schwertern?«, gab Stella sarkastisch zurück. Aber dann schenkte sie ihm einen weiteren ihrer herzlichen, warmen Blicke, für die er sie so sehr liebte. »Ich lass dich jetzt nicht mehr allein«, lächelte sie, wobei in ihrem Versprechen neben allem Mitgefühl auch eine gehörige Portion Entschiedenheit mitschwang.

David bewunderte und beneidete ihre Tapferkeit. Sie war ein Mädchen, und trotzdem ließ sie sich von diesem ganzen Wahnsinn, in den er geraten war und der ihn selbst zuweilen gnadenlos überforderte, nicht abschrecken. Sie musste ihn wirklich lieben, und David liebte sie. Er wollte, dass sie zusammenblieben, dass sie diesen schweren Weg gemeinsam zu Ende gingen. Allzu weit konnte er ja nicht mehr sein. Sie hatten bereits viel geschafft.

»Dann los«, antwortete er mit einem tapferen Lächeln.

Stella griff nach dem Zündschlüssel, aber David zog ihre Hand mit sanfter Gewalt zurück und schüttelte entschieden den Kopf.

»Ich fahre«, bestimmte er.

Stella zog eine beleidigte Schnute, tauschte dann aber doch ihren Platz mit ihm.

»Und wohin geht's?«, fragte sie, nachdem sie sich auf dem Beifahrersitz angeschnallt hatte.

»Zu Quentin.« David ließ den Motor wieder an. Ein milder Hoffnungsschimmer trat in seine Augen.

Er hatte seinen Vater verloren, und dieses Wissen tat weh. Aber er war nicht allein.

Gut so?«

David wickelte den Lumpen, den er auf der Ladefläche des Wagens, den er vor dem kleinen Kloster geparkt hatte, gefunden hatte, ein letztes Mal um die prunkvolle Waffe des Templermeisters, um sie vor neugierigen Blicken und sich selbst vor unangenehmen Fragen zu schützen, erhob sich und sah zu Stella hin. Sie trug eine Jacke, die ihr schätzungsweise drei Nummern zu groß war und die Formen ihres wohlgeratenen Körpers nicht einmal mehr erahnen ließ, und hatte ihr dunkelblondes Haar hochgesteckt und unter einer alten Fischermütze verborgen.

Er maß sie mit einem kritischen Gesichtsausdruck, mit dem er sein Staunen darüber, dass sie selbst in diesem Outfit noch unglaublich attraktiv auf ihn wirkte, überspielte. Sie würde tatsächlich als Junge durchgehen, stellte er verwundert fest – wenn auch als sehr hübscher.

»Bisschen Bartwuchs wäre nicht schlecht«, behauptete er trotzdem. »Aber ich glaube, das kriegen wir nicht hin.«

Stella schüttelte seufzend den Kopf.

»Gut«, sagte sie schließlich und blickte nachdenklich durch die offenen Hecktüren auf das Klostergebäude hinaus, hinter dem bereits die Sonne aufging. »Keine Frauen, keine Heizung, kein Radio, keine Duschen … Was machen die eigentlich den ganzen Tag?«

»Schweigen.« David zuckte mit den Schultern. »Das ist ein Schweigekloster.«

»Und hier bist du aufgewachsen?« Stella hob ungläubig die Brauen.

David zuckte erneut mit den Schultern. Aufgewachsen war das falsche Wort. Er war dort untergebracht worden, bis er ins schulpflichtige Alter gekommen und Quentin mit ihm zusammen nach Marienfeld gezogen war. In seiner Erinnerung war so wenig von diesen Jahren haften geblieben, dass er letztlich beschlossen hatte, diesen Abschnitt gänzlich aus seiner Biografie zu streichen. Es gab auch nicht viel über St. Vitus zu erzählen. Wie gesagt, es war ein Schweigekloster, was zur Folge gehabt hatte, dass er seine ersten Worte verhalten geflüstert hatte, während seine Altersgenossen andernorts Eltern und Erzieher lärmend und schreiend an den Rand eines Nervenzusammenbruchs getrieben hatten. Aber dann nickte er doch unwillig.

»Das erklärt, warum du in der Schule nie etwas sagst«, stichelte Stella.

David zwang sich zu einem Lächeln, sprang von der Ladefläche und bedeutete ihr, ihm zu folgen. Dann schloss er die Türen, schritt an Stellas Seite auf den Eingang zu und betätigte den eisernen Türklopfer, der sich allem Anschein nach den Tugenden der Mönche hinter der hölzernen Tür, an der er festgeschraubt war, verbunden fühlte, denn er war offenbar sogar dazu zu bescheiden gewesen, in den vergangenen zwanzig Jahren Rost anzunehmen.

Außerdem hatte David das Gefühl, dass er weniger Krach machte als gewöhnliche Türklopfer.

Schlurfende Schritte näherten sich langsam dem Eingang. Dann wurde eine kleine Klappe, die in die Tür eingelassen war, geöffnet und schneller wieder zugeschlagen, als Davids Augen auch nur die Konturen dessen, der durch sie ins Freie hinausgespäht hatte, ausmachen konnten.

Schließlich nestelte jemand hörbar umständlich am Türriegel herum und endlich schwang das Tor lautlos auf. Stella und er sahen sich einem in eine knöchellange, abgewetzte Leinenkutte mit einer riesigen Kapuze gehüllten, gebeugt dastehenden Mönch gegenüber, der sehr alt war.

Davids Miene hellte sich auf, als er den Geistlichen erkannte.

»Vater Thaddäus!«, entfuhr es ihm erfreut.

Obwohl sein Gegenüber ihm wie erwartet nicht einmal den Anflug eines Lächelns schenkte, war er wirklich froh, ihn wiederzusehen. David hatte tatsächlich nicht mehr viele Erinnerungen an St. Vitus, aber eine der wenigen bezog sich auf eine Nacht, in der er nicht schlafen konnte. Thaddäus hatte ihm einen Kinderreim beigebracht – im Flüsterton und heimlich im Gemüsegarten zwar, aber immerhin. Wer Thaddäus kannte, der wusste diese Geste zu schätzen. Und so hatte David den Reim nie vergessen und den Geistlichen natürlich auch nicht. Er hatte schon damals so alt ausgesehen.

Thaddäus maß David und Stella mürrisch und mit geringem Interesse, machte auf dem Absatz kehrt und schlurfte durch den Gang hinter der Tür von dannen.

David lächelte Stella erfreut zu.

»Das war Vater Thaddäus. Der Abt«, erklärte er.

»Wow!« Stella zog ein übertrieben anerkennendes Gesicht. »Der ist ja richtig ausgerastet vor Wiedersehensfreude, dein Abt.«

David grinste. Das war Thaddäus in der Tat. Man erkannte es daran, dass er die Tür offen gelassen hatte, aber das konnte Stella schließlich nicht wissen. Er bedeutete ihr, ihm ins Innere des Klosters zu folgen und schob die Tür hinter sich zu.

Vater Thaddäus führte sie nicht auf direktem Wege zu Quentin, sondern in den Keller hinab, wo er Stella und ihm, selbstverständlich schweigend, je eine braune Kutte in die Hand drückte und dann vor der Wäschekammer ausharrte, bis sie sie übergestreift hatten. Schließlich schritt er ihnen voran wieder ins Erdgeschoss.

»Was für Klamotten«, zischte Stella grinsend, als sie

einen der wenigen Teile der Anlage passierten, in die durch große Fenster Licht strömte, und sie ihre Kostümierung erstmals in Farbe erblickte. »Ich hätte nicht gedacht, dass es so etwas überhaupt noch gibt.«

Sie hatte wirklich bemüht leise gesprochen – trotzdem hob ein ihnen entgegenkommender Glaubensbruder empört einen Zeigefinger an die Lippen und versah sie mit einem grimmigen Blick, ehe er mit lautlosen Schritten in einem angrenzenden Raum verschwand.

David grinste amüsiert. Nun, da er nur Gast war und niemand ihn mehr dazu verdammen konnte, dort zu leben, konnte er dem Kloster durchaus etwas Erheiterndes abgewinnen.

Stella verdrehte die Augen und beschleunigte ihre Schritte, um zu Thaddäus aufzuschließen, der zwar so gebrechlich aussah und klang, als ob er sich nur in Zeitlupentempo bewegen könnte, tatsächlich aber in einer Geschwindigkeit durch die Korridore eilte, mit dem eigentlich nur ein Jogger mithalten konnte.

Im »Nur-aussehen-als-ob« war der Abt schon immer unschlagbar gewesen, dachte David amüsiert, während er Stella hinterhereilte. Er sah zum Beispiel auch so aus, als ob er niemals heimlich mit einem fünfjährigen Steppke in der Kapelle Fußball spielen würde …

Sie erreichten die Bibliothek. Obwohl er sechs Jahre in St. Vitus zugebracht hatte, war es das erste Mal, dass er einen Fuß über die Schwelle der riesigen, finsteren Halle setzte. Man hatte es ihm strikt verboten, aber diese Vorschrift wäre gar nicht nötig gewesen. David hatte nie den Drang verspürt, den fensterlosen Raum zu betreten, in dem sich in bis unter die Decke reichenden Regalen, durch meterdicke Mauern vor ausbleichendem

Sonnenlicht geschützt, Unmengen von teilweise jahrhundertealten Büchern, vergilbten Schriftrollen und handgeschriebenen Texten türmten. Es war ein Ort des Wissens und der Stille, an dem sich blasse, gelehrte Mönche im schwachen Licht der Leselampen über geistreiche Schriften beugten. Für den kleinen David aber war es ein Ort der Finsternis und des Grauens gewesen, an dem zähnefletschende Schattenmonster kleine Kinder vertilgten. Selbst die Spinnen und Motten hatten den düsteren Raum gemieden, der Bestandteil vieler schlimmer Träume gewesen war, die Quentin mit bunten Lutschern und Thaddäus mit Kinderreimen, zu denen man heimlich auf der Toilette in die Hände klatschen konnte, bekämpft hatten.

Ein halbes Dutzend Mönche befand sich zwischen den Regalen und an den kleinen Tischen verstreut, als er die Bibliothek zum ersten Mal im Leben betrat und sich instinktiv einen rotweiß geringelten Lolli herbeiwünschte. Quentin konnte er nirgends entdecken, doch als er den Abt gerade nach ihm fragen wollte, was ohnehin vergebliche Mühe gewesen wäre, vernahm er leise Musik. Jedenfalls glaubte David, dass es sich bei dem Geräusch, das aus einem kleinen, silberfarbenen Walkman drang, der an der Kordel der Kutte eines Mönchs baumelte, um Musik handeln musste – obgleich es sich eher anhörte, als lausche man durch ein Abflussrohr den Geschehnissen in einer Zahnarztpraxis. David identifizierte mit einiger Anstrengung die »Königin der Nacht«, aber die Kassette leierte erbärmlich. Den Mönch, der mit dem Rücken zu ihnen in einem der wuchtigen Regale herumstöberte, störte dies wohl herzlich wenig, denn sein Fuß wippte im Takt der Musik.

»Wo ist Quentin?«, flüsterte Stella unbehaglich

Sofort ruckten die Köpfe der Mönche herum oder in die Höhe. Giftige Blicke durchbohrten sie von allen Seiten.

Von fast allen Seiten jedenfalls. Der Mönch mit dem Walkman reagierte nicht. David machte zwei, drei zögerliche Schritte auf ihn zu.

»Ich weiß nicht ...«, antwortete er und ignorierte geflissentlich die empörten »Psssts« und »Schchchchts«, die auf ihn einprasselten. Sein Blick fiel ein zweites Mal auf den wippenden Fuß, und in diesem Moment erkannte er die Sandalen seines Ziehvaters.

»Quentin!«, entfuhr es ihm.

Mit wenigen Sätzen war er bei ihm, während einige Zungen sich in leicht hysterisch klingenden Schnalzgeräuschen zu verknoten drohten. Der Mönch mit dem Walkman wirbelte mit einem Ruck zu ihm herum und runzelte die Stirn. Der knochige Zeigefinger seiner Rechten drückte eine Taste an dem kleinen Gerät, woraufhin die scheußlich leiernde Stimme der Königin der Nacht mit einem würgenden Laut erstarb.

Der Alte kräuselte irritiert die Stirn. Als er David erkannte, weiteten sich seine Augen ungläubig, als stünde er dem Heiligen Geist gegenüber.

»Quentin!«, wiederholte David erfreut, während er vollends auf seinen Ziehvater zutrat.

Auch der Mönch konnte es sich in seiner freudigen Überraschung nicht verkneifen, Davids Namen zu rufen, was einen seiner Brüder dazu motivierte, gekränkt aus der Bibliothek zu stampfen. Freudestrahlend schloss er David – zum ersten Mal seit der Schelte nach dessen Spraydosenattentat auf die Heilige Jungfrau – in die Arme, hielt ihn einen Moment fest an sich gedrückt und schob ihn schließlich eine halbe Armlänge von sich weg, um ihn aufmerksam von Kopf bis Fuß zu betrachten, als müsste er sich davon überzeugen, dass er es tatsächlich – und vor allem unversehrt – war.

»Ich hatte Angst, ich würde dich nie wiedersehen«, sagte der Mönch. In seinen gütigen Augen glitzerten Tränen.

Der einzige Grund, weswegen David nicht weinte, war, dass er seinen Salzwasservorrat in der vergangenen Nacht restlos ausgeschöpft hatte.

Empört über die Lärmbelästigung und verstört von so viel unbeherrschter Emotionalität schlugen nun auch die restlichen Brüder ihre Lektüren zu und verließen fast fluchtartig den Saal.

Stella, die am Eingang zurückgeblieben war, lächelte entschuldigend, doch das machte die Situation für die Ordensmänner eher noch schwieriger, denn ihr Lächeln war eindeutig ein weibliches.

David deutete auf die Kabel der Kopfhörer, die sich die Kutte seines Ziehvaters hinabschlängelten.

»Ein Walkman?«, fragte er grinsend. »Was sagen denn die anderen dazu?«

»Was sollen sie sagen? Das ist ein Schweigekloster«, erwiderte Quentin lächelnd.

Dann fiel sein Blick auf Stella. Ein Ausdruck des Erschreckens huschte über sein Gesicht.

»Stella?!«, fragte er. Er klang nicht allzu glücklich.

Aber David begriff endlich, dass es nie Abneigung oder gar heimliche Eifersucht gewesen war, mit der

Quentin seiner Freundin begegnet war, sondern er sich nur aufgrund von Davids Familiengeschichte Sorgen gemacht hatte. Er schämte sich für alle unfairen Unterstellungen und bösartigen Gedanken, die er insgeheim gegen ihn gehegt hatte, aber letztlich hatte er es einfach nicht besser gewusst. Er hätte niemals schlecht über Quentin gedacht, hätte dieser ihn rechtzeitig wenigstens mit einem Teil der Wahrheit vertraut gemacht.

»Hallo, Pater Quentin«, grüßte Stella herzlich.

»Lange Geschichte«, winkte David ab, als der Mönch ihn fragend und mit einer Spur von Vorwurf im Blick ansah.

»Was bringt dich hierher?« Der Alte packte David an den Schultern. Man sah ihm an, dass er sich beherrschen musste, um seinen verloren geglaubten Ziehsohn nicht vor lauter Aufregung durchzuschütteln. »Hat Robert … hat dein Vater dich geschickt?«

David biss sich auf die Unterlippe und schluckte den bitteren Geschmack herunter, der sich auf diese Frage hin auf seiner Zunge ausgebreitet hatte.

In dieser Sekunde bemerkte Quentin den Knauf des Templerschwertes, der aus dem Lumpen hervorlugte, sodass David die mühsame Suche nach den richtigen Worten erspart blieb. Der Mönch begriff auch so, was das zu bedeuten hatte.

»Mein Gott …«, flüsterte er schockiert.

»Die Templer existieren nicht mehr«, presste David hervor. »Ich bin der letzte.«

War er das wirklich? Manchmal redete er schneller, als er denken konnte.

Quentin nickte langsam. »Jetzt bist du der Templermeister.«

Bin ich das? David wand sich innerlich vor Unbehagen. Er hatte mit diesem ganzen religiösen Wahnsinn nie etwas zu tun haben wollen, und daran hatte sich nichts geändert. Er wollte nur, dass alles vorbei war und er irgendwo ein ganz normales Leben beginnen konnte, ohne Kämpfe, ohne Heiligtümer, mit ganz normalen Sorgen wie Stromrechnungen und undichte Fenster. Es war genau so, wie er es Stella gesagt hatte: Er musste die Sache zu Ende bringen. Für immer.

»Mag sein«, antwortete er schließlich leise. »Aber ich werde das Erbe nicht antreten.«

Das unangemessene Transportbehältnis hatte ein paar entwürdigende Knitterfalten im Grabtuch des Herrn hinterlassen, aber darüber hinaus hatte es seine Reise in Stellas Rucksack beinahe verdächtig gut überstanden. David entschied sich dagegen, die Falten zu kommentieren, denn die Art und Weise, in der sich seine Freundin über die zweitausend Jahre alte Reliquie beugte und mit den Fingern über den vergilbten Stoff fuhr, den sie auf einem Leuchttisch ausgebreitet hatte, ließ die Befürchtung aufkeimen, dass sie gegebenenfalls ein Dampfbügeleisen auftreiben würde, um es zu glätten. Quentins Gedanken verliefen offenbar in ähnlichen Bahnen, denn er hielt einigen Abstand zu dem Tisch, der eigentlich dazu diente, verblichene Schriften auf brüchigem Papier erkennbar zu machen, und trat unbehaglich von einem Fuß auf den anderen.

Was es zu sehen gab, hatten sie längst entdeckt. Aber Stella akzeptierte nicht, dass das Tuch keine weiteren Hinweise trug als lediglich eine Vielzahl von Punkten,

Kreuzen und Strichen in ein paar mit bloßem Auge kaum erkennbaren Quadern in der linken unteren Ecke, also neben den Füßen des Herrn. Mit den griechischen, lateinischen und hebräischen Inschriften konnte sie noch weniger anfangen als der Mönch und David. PEZU, OPSKIA, IHSOY, NAZARENUS ... Einen Hinweis auf den Verbleib des Grals gab es nicht. Eine Wegbeschreibung schon gar nicht.

Stella wollte das nicht akzeptieren. Unermüdlich fuhren ihre Finger über das Abbild Christi und ertasteten ohne Scheu vor seiner Heiligkeit jede einzelne Faser des Gewebes, wobei sie sich so weit darüber gebeugt hatte, dass ihre Nasenspitze den Stoff fast berührte.

Irgendwann wandte sich Quentin ab und sah mit zweifelnder Miene aus dem großen Fenster, das auf den Garten hinausging. Aber sein Zweifel umfasste mehr als nur die rüde Behandlung des jahrtausendealten Relikts. Der Mönch hatte ähnlich auf Davids Entschluss reagiert wie dessen Vater und nun starrte er mit einem Gesichtsausdruck aus dem Fenster, den David zuletzt in den Zügen des Templermeisters gesehen hatte.

»Quentin«, seufzte er und trat an die Seite des Mönchs. »Wenn ich das Grab nicht zerstöre, wird dieser sinnlose Kampf nie ein Ende haben.«

»Und das kann doch nicht im Sinne Gottes sein, oder?«, fügte Stella bekräftigend hinzu, ohne ihren Blick von der Reliquie abzuwenden.

Der Mönch wandte sich ihnen beiden kopfschüttelnd zu.

»Ich verstehe das nicht«, erwiderte er. »Ihr könnt das Grab nicht einfach zerstören.« Ebenso wenig wie ihr das Grabtuch Christi behandeln könnt, als sei es ein schmutziges Bettlaken, fügte sein Blick hinzu. Laut aber sagte er nur: »Es gab einen Grund, warum es versteckt wurde: ›Und der Tempel Gottes ward aufgetan im Himmel, und es geschahen Blitze, Donner und Erdbeben.‹«

Er schwieg einen Moment, wohl in der vergeblichen Hoffnung, dass sein Zitat genügte, um David und Stella von der Unrechtmäßigkeit ihres Vorhabens zu überzeugen, aber die beiden tauschten nur einen viel sagenden, ganz und gar nicht christlich-pflichtbewussten Blick.

Quentin änderte seine Strategie. »Die Macht, die vom Gral ausgeht, ist zu gefährlich!«, fuhr er auf. »Sie führt in Versuchung!«

»Quentin«, erwiderte David. »Ich will nicht leben wie mein Vater. Ich will frei sein!«

In den folgenden Sekunden trugen die beiden Männer einen stillen Kampf ausschließlich mit Blicken aus. Quentins Waffen waren Dominanz, Glaube und die Erfahrung und Weisheit des Älteren, während David auf Sturheit und einen Appell an Quentins Menschlichkeit und Verständnis setzte. Er gewann das stumme Duell.

Schließlich nickte der Mönch ergeben und trat wieder an den Tisch heran, um nach einem Vergrößerungsglas und einer Pinzette zu greifen, die Stella einfach auf der Reliquie abgelegt hatte, als sie sie nicht weitergebracht hatten.

Er ließ die Lupe über eine Abfolge seltsamer Zeichen gleiten, denen er beim ersten Betrachten vollkommen hilflos gegenübergestanden hatte. Doch weil das Gehirn bekanntlich auch dann noch an ungelösten Aufgaben tüftelt, wenn man nicht mehr bewusst darüber nachdenkt, hatte er zwischenzeitlich einen kleinen Anhaltspunkt gefunden.

»Es ist weder Hebräisch noch Latein. Aber Aramäisch ist es auch nicht«, sagte er nachdenklich. »Es sind auch keine Hieroglyphen. Vielleicht ein Code ...« Er schüttelte beinahe entschuldigend den Kopf. »Um das zu entschlüsseln, brauchen wir die zweite Reliquie. Die Lanze, die Jesus Christus getötet hat.«

»Und wo ist die?«

Quentin hob den Blick und sah David an, als hätte er ihn gefragt, wo der Weihnachtsmann wohnt.

»Im Besitz des Templermeisters«, antwortete er. »Dein Vater müsste sie dir gegeben haben.«

David verneinte und der Mönch runzelte verwirrt die Stirn, während er sich auf einen Stuhl sinken ließ.

»Das verstehe ich nicht«, sagte er. »Er hätte sie dir als seinem Nachfolger geben müssen. Oder dir zumindest mitteilen müssen, wo sie sich befindet. So sind die Regeln der Templer.« Er hob die Schultern. »Ohne die Lanze kommen wir nicht weiter.«

David blickte erst ihn, dann Stella betroffen an.

Eine kritische Denkfalte bildete sich über der Nasenwurzel des Mädchens. Dann griff sie nach der Lupe und hielt sie sich vor das rechte Auge, während sie, die Reliquie mit der freien Hand skrupellos abtastend, stur weiter nach einer brauchbaren Spur auf dem Heiligtum fahndete.

Der Schwertmeister wäre deutlich schneller vorangekommen, hätte er nicht darauf achten müssen, dass Tyros, Simon und Krull im Van hinter seinem Porsche nicht gänzlich den Anschluss verloren. Aber er hatte einen guten Grund dazu gehabt, die drei

Prieuré-Ritter in seiner Begleitung in einen Zweitwagen abzukommandieren: Darin würde er Davids Leiche transportieren, damit seine Schwester ihren Sohn im Garten verscharren und für alle Zeiten mit diesem Kapitel abschließen konnte. Schließlich wollte er sich die teuren Polster seines Wagens nicht mit dem Blut seines Neffen versauen. Darüber hinaus gab es in der Devina ohnehin nichts Sinnvolles für die drei zu tun, sodass sie ihm ruhig ein bisschen dabei zur Hand gehen konnten, eine Horde greiser Mönche beiseite zu schaffen, die mit Krücken nach ihm schlagen und mit Hostien nach ihm werfen würden.

Lucrezia vergeudete ihre Zeit derweil im Labor dieses Wissenschaftlers Dr. Frank, auf den sie so große Stücke hielt. Der gute Doktor hatte Anjou, beziehungsweise das, was die Jahrhunderte von dem Ritter übrig gelassen hatten, in Formalin eingelegt und zermarterte sich nun das Gehirn über das Schmuckstück, das an dessen Finger gesteckt hatte. Ares hatte den beeindruckenden Ring zwischenzeitlich selbst kurz in Augenschein genommen und festgestellt, dass es sich um eine gelungene Kopie des legendären Schmuckstücks handelte, das seinerzeit Kaiser Konstantin hatte anfertigen lassen, nachdem er im Jahre 312 Maxentius bei der Schlacht an der milvischen Brücke besiegt hatte. Der gute Mann hatte vor dem Kampf angeblich ein Kreuz am Himmel leuchten sehen und dabei die Worte gehört, die er sich später in den Ring eingravieren ließ: ›in hoc signo vinces‹ – In diesem Zeichen wirst du siegen …

Ares war ein guter Prieuré-Ritter. Er hatte seine Hausaufgaben gemacht. Er wusste, dass man Konstantin nachsagte, den Ring mit ins Grab genommen zu haben. Aber vielleicht hatte Anjou ja in Wahrheit ein Doppelleben geführt und sich nebenher ein paar Münzen als Plünderer verdient, sodass es sich wirklich um das Original aus den noch immer zu großen Teilen unerforschten Katakomben unter dem Vatikan handelte, in denen der Kaiser beigesetzt worden sein sollte. Vielleicht hatte der Ring tatsächlich eine Bedeutung, aber möglicherweise war ihm das gute Stück auch einfach zu schade zum Verscherbeln gewesen. Es war unnötig, sich den Kopf darüber zu zerbrechen, ebenso albern, wie den Ring auf Sporen und den mumifizierten Leichnam des Ritters auf etwaige schlecht auskurierte Kinderkrankheiten und Zahnfäule zu untersuchen. In wenigen Minuten würden die Insignien vollständig im Besitz der Prieuré de Sion sein. Sie würden ihnen verraten, wo Anjou den Gral versteckt hatte.

Er vergewisserte sich mit einem Blick in den Rückspiegel, dass der Van ihm in einigen hundert Metern Abstand noch immer folgte, lenkte seinen Sportwagen durch die Einfahrt und stellte zufrieden fest, dass Davids Lieferwagen tatsächlich vor dem Kloster abgestellt worden war. Ares parkte den Porsche gleich daneben und rieb sich schadenfroh die Hände, ehe er ausstieg und gemächlich auf den Haupteingang zuging. Nun, da er wieder das Kommando über die Prieuré hatte, fühlte er sich in der Rolle des Häschers recht wohl, denn er hatte sie freiwillig übernommen und musste nicht mehr nach der Pfeife des Kebab–Hirns tanzen. Ares hoffte nur, dass Shareef nicht dazu kam, Lucrezia zu schwängern, ehe er Zeit und Muße fand, ihn in seine Einzelbestandteile zu zerlegen. Andererseits war ein kleiner Ersatzneffe vielleicht gar nicht schlecht, denn sein

Verwandtenkreis beschränkte sich mittlerweile auf seine große Schwester. Wenn er sie daran hinderte, während der Schwangerschaft Fladenbrot und Lammkoteletts zu sich zu nehmen, würde mit etwas Glück nicht viel an den Erzeuger des Kindes erinnern.

Schleichende Schritte näherten sich dem hölzernen Portal, nachdem Ares den Türklopfer betätigt hatte. Die kleine Sichtklappe wurde aufgeschoben und ein fahles Gesicht, in dem misstrauische alte Augen unter einer gewaltigen Kapuze blitzten, erschien dahinter. Ohne Vorwarnung schoss Ares' Hand durch die Luke, schloss sich fest um die Kehle des Alten und zerrte ihn mit einem so kraftvollen Ruck gegen die Massivholztür, dass ein wenig Putz von der Decke auf den augenblicklich bewusstlos zu Boden gehenden Mann hinabrieselte.

Hinter ihm rollten die Reifen des Vans knirschend die Auffahrt hinauf. Simon, Tyros und Krull, der Ersatzmann für Pagan, den sie jüngst zu Grabe hatten tragen müssen, sprangen aus dem Wagen, während Ares' Rechte nach dem Riegel tastete und ihn zurückschob.

»Grüß Gott«, säuselte er fröhlich, als er seinen drei Begleitern höflich die Tür aufhielt. Dann trat er über den am Boden liegenden Mönch hinweg ins Innere des Klosters und lauschte.

Thaddäus, der am oberen Ende der langen, hölzernen Tafel stand, um die sich alle Mönche – unter ihnen auch David und Stella – versammelt hatten, beendete sein stummes Gebet, bekreuzigte sich und ließ sich auf seinem Platz nieder. Stühle wurden gerückt, als die übrigen Ordensbrüder seinem Beispiel folgten.

Dann war es wieder totenstill. Die Männer senkten die Köpfe und blickten auf ihre napfartigen Teller hinab, in denen Bohnen, Kartoffelstückchen und magere Speckwürfel in etwas schwammen, das wie Spülwasser aussah, wie Sülze roch und Suppe sein sollte. Doch aus den Augenwinkeln registrierten sie jede noch so winzige Regung des Abtes mit erwartungsvoller Anspannung.

David lächelte matt. Es hatte sich nichts geändert, seit er das letzte Mal hier gewesen war. Wahrscheinlich hatte sich in den letzten paar hundert Jahren nichts geändert. Früher war er der Beste in diesem seltsamen Spiel gewesen, aber mittlerweile verspürte er keine Lust mehr, daran teilzunehmen. Das lag nicht nur daran, dass er in seiner Zeit in Marienfeld zu sehr von Kartoffelbrei mit Fischstäbchen und Nudeln mit Tomatensauce verwöhnt worden war – was, verglichen mit dem, was den Hungrigen in St. Vitus allabendlich serviert wurde, Dreisterneküche war. Vielmehr war er von einer Unruhe erfüllt, die es ihm schwer machte, ruhig auf seinem Platz sitzen zu bleiben. Das Tuch hatte ihnen immer noch nicht seine Geheimnisse preisgegeben, aber ans Aufgeben war deshalb noch lange nicht zu denken. Er musste zunächst einmal herausfinden, wo sein Vater die Lanze versteckt hatte. Vielleicht sollte er zur Templerburg zurückkehren ... Auf jeden Fall musste er etwas unternehmen. Er konnte nicht einfach tatenlos herumsitzen und hoffen, dass der liebe Gott schon alles in Ordnung bringen würde, wenn er nur immer schön brav war.

Quentin hatte an ihn appelliert, Ruhe zu bewahren und sich nicht überstürzt in ein sinnloses Abenteuer zu stürzen. David hatte sich breitschlagen lassen, wenigstens bis zum nächsten Tag zu bleiben, um neue Kraft und Ideen zu sammeln, aber mittlerweile tat ihm seine Zusage schon wieder Leid. Er wollte die Sache so schnell wie möglich hinter sich bringen. Jede Minute, die ihn von einem möglichen, normalen Leben ohne Angst und heilige Hinterlassenschaften trennte, war eine zu viel.

Der Abt griff nach seinem Holzlöffel – und in derselben Sekunde, in der er die Spitze seines Löffels in die eigenartige Brühe tunkte, taten die anderen es ihm gleich und begannen, ihre bescheidene Mahlzeit schmatzend und schlürfend, so schnell sie nur konnten, in sich hineinzuschaufeln. David wusste nicht, woraus dieses Ritual erwachsen war – vielleicht aus dem Umstand, dass man umso weniger schmeckte, je schneller man aß. Doch selbst wenn es einer der Mönche gewusst hätte, konnte er es David wegen des Schweigegebotes nicht verraten.

Er ließ seinen Löffel liegen und nutzte die Geräuschkulisse, um Quentin leicht mit dem Ellbogen anzustupsen, während Stella tapfer zu essen begann.

»Verdammt, Quentin«, flüsterte er. »Was tun wir jetzt?!«

Einmal mehr schossen missbilligende Blicke unter den großen Leinenkapuzen hervor.

Die Mönche taten ihm schon ein bisschen Leid wegen alldem, was er ihnen zumutete. Er war mit einem Mädchen im Kloster aufgekreuzt, redete ständig, und jetzt fluchte er auch noch. David hatte nicht vor, sie noch lange zu belästigen, aber ein Weilchen mussten die Alten schon durchhalten.

»Ich kann nicht einfach nur hier sitzen und essen«, fügte er hinzu, als Quentin nicht reagierte, sondern unbeirrt weiter Spülbrühe mit Bohnen in sich hineinschöpfte.

Nun schickte auch Thaddäus, der sich in den vergangenen Stunden deutlich um Toleranz bemüht hatte, einen tadelnden Blick zu ihm herüber. Quentin zog eine entschuldigende Grimasse und wandte sich David zu.

»Ich muss mal eine Minute lang in Ruhe nachdenken«, sagte er ernst. »Iss. Bitte.«

David seufzte frustriert und verdrehte die Augen. Stella ließ ihre Rechte unter dem Tisch auf seinen Oberschenkel gleiten, streichelte ihn beruhigend und lächelte aufmunternd. Schließlich gab David nach, griff nach seinem Löffel und warf sich mutig in die Schlacht gegen den Brechreiz, der ihn augenblicklich befiel.

Bruder Christopher, ein stämmiger, kleiner Mann, über dessen Leibesfülle sicherlich heiße Gerüchte kursiert hätten, hätten die Bewohner des Klosters über telepathische Fähigkeiten verfügt, hatte das Wettessen mit großem Vorsprung gewonnen, als plötzlich mit einem heftigen Krachen die vordere Tür zum Speisesaal aufgestoßen wurde. Alle Blicke wandten sich erschrocken zur Tür. Davids Herz machte, als er Simon, Krull und Tyros erkannte, einen so mächtigen Satz in seiner Brust, dass er das Gefühl hatte, es würde ihm die Rippen von innen brechen. Sie wurden von seinem Onkel angeführt und stampften in den Saal hinein. Quentin trat ihm unter dem Tisch vors Schienbein und senkte das Haupt, sodass sein Gesicht nicht mehr als ein Schatten unter der riesigen Kapuze war. David, Stella und die übrigen Mönche taten es ihm gleich, wobei Stella unter der Tischplatte erschrocken nach Davids Hand griff. Dieser tastete mit angehaltenem Atem nach dem Templerschwert, das, in den Lumpen aus dem Lieferwagen eingedreht, zwischen seinen Beinen lehnte. Einzig Thaddäus blickte den bewaffneten Fremden, die in sein Kloster eingedrungen waren, eher verärgert als verunsichert entgegen.

»'n Abend!«, grüßte Ares gut gelaunt und trat vor das untere Ende der langen Tafel, um den Speisenden ein hässliches Grinsen zu schenken.

David befreite sein Schwert aus dem Lumpen, während der Schwertmeister vergeblich versuchte, irgendetwas unter den Kapuzen der weit vornübergebeugten Mönche zu erkennen. Wie, zum Teufel, hatten die Prieuré ihn hier aufgespürt?! Und wie dumm war er gewesen zu glauben, sich irgendwo auf dieser Welt auch nur ansatzweise sicher vor ihnen fühlen zu können! Seine Hand schloss sich fest um den Griff seiner Waffe.

Sein Onkel griff soeben mit spitzen Fingern nach einem der Holznäpfe.

»Na, das sieht ja ganz hervorragend aus. Zu schade, dass wir nicht zum Essen bleiben können«, spottete er und schüttete den Inhalt der Schale über dem Mönch aus, dem er sie vor der Nase weggezogen hatte. Der Mann zuckte kurz zusammen, blickte aber nicht zu seinem Peiniger auf, sondern faltete die Hände zum lautlosen Gebet. Ares hörte auf zu grinsen und maß Thaddäus und die anderen drohend.

»Wo sind die Leute, die in dem Lieferwagen gekommen sind, der da draußen vor der Tür steht?«, fragte er barsch.

Niemand antwortete. Selbstverständlich nicht. Niemand außer Thaddäus sah den Schwertmeister auch nur an. Die meisten schienen sich auf irgendeinen undefinierbaren Brocken, der in der Brühe vor ihnen trieb, zu konzentrieren und sahen sich dabei möglicherweise erstmals mit der Frage konfrontiert, wen oder was sie da eigentlich regelmäßig vertilgten.

David interessierte etwas anderes. Er musste fort und Stella in Sicherheit bringen. Mit jedem Atemzug kämpfte er gegen den Drang an, einfach aufzuspringen, das Mädchen bei der Hand zu nehmen und wegzurennen, so schnell es ging. Es gab einen zweiten Ausgang, der durch die Küche und die Vorratskammer ins Freie führte. Es waren nur zwei, drei Schritte, die sie von der schmalen Tür trennten, und doch schien die Entfernung in Anbetracht der Situation unüberwindbar zu sein. Ihre Verfolger wären im selben Augenblick hinter ihnen her, in dem sie auch nur die Andeutung einer verräterischen Bewegung machten. Außer ihm war niemand bewaffnet. David traute es sich zu, es mit Simon, Krull und Pagan gleichzeitig aufzunehmen. Auch vor Ares wäre er notfalls nicht zurückgeschreckt. Aber alle vier zugleich kampfunfähig zu machen oder zumindest abzuschütteln …? So wie es aussah, würde ihm nichts anderes übrig bleiben. Kleine, kalte Schweißperlchen sammelten sich auf seiner heißen Stirn, während seine Hand sich so fest um den Griff seiner Waffe schloss, dass es schmerzte.

Thaddäus erhob sich langsam von seinem Platz und musterte Ares mit einem strengen Blick aus seinem faltigen Methusalem-Gesicht. Sein rechter Arm schoss in einer Geste, die autoritärer nicht hätte sein können, nach vorne. Stumm deutete er mit dem Zeigefinger auf den Ausgang.

Ungläubigkeit trat in Ares' Züge. Dann grinste er verächtlich.

»Bist ein lustiger alter Scheißer«, spottete er.

Langsam ging er an der Tafel entlang und ließ die

Schneide seiner Waffe ein paar Mal in die linke Handinnenfläche klatschen.

David tauschte einen nervösen Seitenblick mit Stella und nickte dann kaum merklich in Richtung Küchentür. Stellas Miene signalisierte Verstehen. Sie zog ihren Rucksack unter dem Tisch auf ihren Schoß und wartete auf ein Signal.

»Also, meine schweigsamen Freunde. Ich weiß, ihr habt ein Gelübde oder so einen Scheiß abgelegt, aber ich brauche eine Antwort auf meine Frage und ich habe nicht viel Zeit«, erklärte der Schwertmeister, während er prüfend die Schatten unter den reglosen Kapuzen maß. »Deswegen spielen wir ein Spiel, und das heißt …« Mit einem schneidenden Laut zischte sein Schwert durch die Luft und bremste nur eine knappe Handbreit vor dem Nacken des ihm in dieser Sekunde am nächsten sitzenden Bruder Timotheus. »Wie viele Kopfe müssen rollen, bevor ich höre, was ich hören will?«, schloss der Hüne.

Timotheus kniff die Augen zusammen und presste die Lippen aufeinander, als Ares ohne großes Federlesen erneut ausholte, um ihn zu enthaupten. In derselben Sekunde vergaß Thaddäus seine Arthritis und schleuderte einen Stuhl nach dem Schwertmeister. Er traf, so als hätte der Abt zeit seines Lebens nichts anderes getan, als sich im Möbelzielwurf zu üben, und die Waffe entglitt Ares' Händen.

In der nächsten Sekunde brach im Speisesaal die Hölle los. Stühle, Schüsseln und Becher flogen durch die Luft, während sich die Mönche todesmutig auf den Schwertmeister und die anderen Prieuré-Ritter stürzten. Ares bückte sich nach seinem Schwert, wurde zu Boden gestoßen, war aber sofort wieder auf den Beinen. In dem Moment, in dem David aufsprang und zur Hintertür herumwirbelte, trafen sich ihre Blicke für einen winzigen Augenblick über das Kampfgetümmel hinweg.

Was David sah, erschütterte ihn zutiefst. Es waren nicht mehr nur die Insignien, die sein Onkel von ihm wollte. Es war Davids Leben. Blanke Mordlust glitzerte in seinen Augen.

»Los!«, brüllte David und versetzte Quentin einen Stoß, der ihn zwei Schritte weit auf die Küchentür zustolpern ließ. Hinter ihm brüllte Ares vor Zorn. Auch den Lippen der Mönche entwichen nun doch vereinzelt Schmerzenslaute, aber David drehte sich nicht noch einmal um, sondern packte Stella am Handgelenk und rannte, so schnell ihn seine Füße trugen.

Mit einem wütenden Schrei und einer kraftvollen Bewegung, die gleich drei seiner greisen Angreifer zu Fall brachte, kämpfte sich Ares frei. Die Alten rappelten sich unerwartet schnell wieder auf, verzichteten aber darauf, sich erneut auf ihn zu werfen, als sie sahen, wie er die zwei Mönche, die stehen geblieben waren, mit dem Schwert verscheuchte. Ein anderes Knäuel Glaubensbrüder wurde von Tyros, der ebenfalls wutentbrannt um sich schlug, gesprengt, während Simon und Krull diejenigen, die sich mit bloßen Händen auf sie gestürzt hatten, bereits vor eine Wand gedrängt hatten und mit ihren Schwertern in Schach hielten. Tyros versetzte dem am Boden liegenden Thaddäus, der die Eindringlinge vor wenigen Augenblicken des Saales zu verweisen versucht hatte, einen groben Tritt in die Rippen, doch die schmerzverzerrte Miene des Greises konnte Ares' Groll nicht lindern.

Seine Wut war grenzenlos. David war entkommen. Sie hatten sich von einer Horde wild gewordener alter Männer überrumpeln lassen, die ihre kräftigen Tage schon lange hinter sich gelassen hatten … Aber sein größenwahnsinniger kleiner Neffe und dessen zuckersüße Braut würden nicht weit kommen. Er würde sie persönlich wieder einfangen. Jetzt, nach dieser Blamage erst recht, und dazu brauchte er auch die drei mit Eintopf bekleckerten Versager, die ihn hierher begleitet hatten, nicht.

Ares versetzte dem Abt im Vorbeigehen einen weiteren Tritt und stampfte mit einem verärgerten Grunzen durch die Tür, durch die er den Saal betreten hatte, während die drei bewaffneten Taugenichtse David, Stella und ihrem Pfaffen durch den schmalen Hinterausgang nachsetzten. Welchen Schleichweg die Flüchtenden auch nehmen würden, er würde ins Freie führen. Und dort würden sie ihr nachtschwarzes Wunder erleben …

Er sah die drei durch die Windschutzscheibe seines Porsche von der Hauptstraße auf einen schmalen Pfad, der zwischen einem kleinen See und dem Waldrand entlangführte, einbiegen, als er aus der Ausfahrt preschte. Einige Dutzend Schritte hinter ihnen hetzten Tyros, Simon und Krull ihnen nach. Doch bedachte man den Umstand, dass David und seine Freundin einen klapprigen Betbruder mit sich rissen und sie allesamt zudem in knöchellangen Kutten steckten, bewegte sich das Tempo der Prieuré-Ritter im Rahmen des Peinlichen. Der Schwertmeister gab Gas und überholte seine Gefährten.

Gereizt schlug er auf die Annahmetaste seines am Armaturenbrett befestigten Handys, das bereits seit er in den Wagen eingestiegen war lautstark klingelte.

»Was?!«, fauchte er ungehalten.

Während er mit quietschenden Reifen und ohne den Fuß vom Gaspedal zu nehmen in den Pfad einbog, ertönte die aufgeregte Stimme des Kebab-Hirns aus der Freisprechanlage. »Ares! Wieso gehst du nicht an dein Handy?!«

»Weil ich noch ein paar lästige Fliegen erschlagen muss!«, grollte der Schwertmeister und stellte missmutig fest, dass der Pfaffe und seine Schäfchen auf einen kleinen Hang zusteuerten, nachdem sie seinen Wagen entdeckt hatten.

»Darum geht's! Ares, du darfst nicht ...«, begann Shareef, aber Ares schnitt ihm gereizt das Wort ab.

»Du hast nichts mehr zu melden, Teppichflieger!«, schnappte er und beendete das Gespräch mit einem Fausthieb auf die Tastatur seines Handys.

Dann umklammerten seine Finger fest das Lenkrad, während er das Gaspedal bis zum Anschlag durchtrat. David hatte den Hang noch nicht erklommen. Er konnte ihn noch erwischen. Kaum zwanzig Meter trennten ihn von seinem widerspenstigen Neffen. Fünfzehn, zehn ...

David verharrte am Straßenrand, wirbelte zu ihm herum und – holte mit dem Schwert des Templermeisters aus!

Ares sah es rechtzeitig; er hätte dem wahnwitzigen Angriff des Jungen ausweichen können. Aber er hielt stur auf ihn zu und duckte sich nur hinter das Steuer, als er die Klinge auf sich zurasen sah. David würde höchstens die Windschutzscheibe zertrümmern, doch dafür würden die Räder des Porsche seine Knochen zermalmen – spätestens auf dem Rückweg.

Aber Ares hatte sich gründlich verrechnet und seine

Fehlentscheidung drohte ihn nun das Leben zu kosten. Sein Blickfeld hatte nur wenig mehr als Drehzahlmesser und Benzinuhr umfasst, sodass er nicht hatte sehen können, was passiert war. Fest stand jedoch, dass David es mit dem Schwert des Templermeister irgendwie geschafft hatte, seinen Sportwagen in ein Cabrio zu verwandeln. Unter ohrenbetäubendem Getöse regnete ein Schauer aus Funken, Glas- und Metallsplittern auf Ares hinab. Der Porsche geriet durch die Wucht des Hiebes ins Schlingern und schlitterte unkontrolliert und ohne Dach und Scheiben die Böschung zum See hinab.

Er konnte nicht einmal schreien, ehe der Wagen mit einem gewaltigen Platschen durch die Wasseroberfläche brach und rasend schnell auf den Grund des Gewässers hinabsank.

Davids Triumph über seinen Etappensieg hätte wahrscheinlich ein wenig glorreiches Ende gefunden, hätten Stella und Quentin ihn nicht geistesgegenwärtig unter je einer Achsel gepackt und den Hang hinaufgeschleppt. Tyros, Krull und Simon waren keuchend bis auf kaum zwanzig Meter Entfernung an sie herangekommen. Nachdem die Klinge durch Blech und Glas geschnitten war, als wäre sein Onkel in einem Auto aus schwarzer Herrenschokolade unterwegs gewesen, hatte David zur Salzsäule erstarrt aus weit aufgerissenen Augen auf das Schwert in seinen Händen hinabgestarrt. Aus eigenem Antrieb hätte er wohl in den nächsten Minuten keinen Fuß mehr vor den anderen gesetzt, sodass er ein leichtes Opfer für die drei verbliebenen Prieuré-Finsterlinge gewesen wäre. Es hatte eine

Weile gedauert, bis Stellas zur Eile mahnende Stimme wie aus einer anderen Welt zu ihm hindurchgedrungen war, während sie sich den Hang hinauf- und anschließend eine kleine Ewigkeit durch das Dickicht des sommerlichen Waldes gekämpft hatten, wo Dornengestrüpp und tief hängende Zweige an ihren Kutten rissen.

Noch lange, nachdem sie vollkommen außer Atem und mit vor Anstrengung hochroten Gesichtern Deckung hinter einem besonders dichten Wildbeerenstrauch gesucht hatten und sie zu zwei Dritteln darauf lauschten, ob sie ihre Verfolger endlich abgehängt hatten, hatte David nicht verarbeitet, was passiert war; was er eigentlich gerade getan hatte. Die Wahrscheinlichkeit, dass er es nie begreifen würde, war recht hoch. Er wusste nicht, welcher Teufel ihn geritten hatte, mit einem Schwert auf einen Porsche einzuschlagen, der sich ihm mit einer Geschwindigkeit von gut und gerne fünfzig Kilometern pro Stunde näherte. Er hatte keinen blassen Schimmer, wie er es fertig gebracht hatte, bei diesem Versuch nicht unter die Räder des Wagens zu geraten. Vor allem hatte er nicht die geringste Ahnung, woher die gewaltige Kraft gekommen war, die nötig gewesen war, um Ares' Auto sozusagen zu enthaupten. Von ihm jedenfalls nicht. Er hatte nur einen kurzen Ruck in den Schultern verspürt, als Stahl und Blech Funken sprühend aufeinander getroffen waren und hatte dabei nicht einmal um sein Gleichgewicht kämpfen müssen. Als es vorbei gewesen und sein Onkel in dem Porsche auf den See zugeschlittert war, hatten nicht einmal seine Handgelenke geschmerzt, obwohl sein Verstand nach wie vor darauf bestand, dass sie beide gebrochen sein müssten.

Quentin hatte sie, nachdem sie eine ganze Weile hinter dem Busch ausgeharrt und schließlich beschlossen hatten, dass ihre Verfolger die Jagd auf sie wohl vorerst eingestellt hatten, in eine kleine Fischerhütte auf der anderen Seite des Sees geführt, in der sie übernachtet hatten. Oder besser gesagt: Stella und Quentin hatten auf zwei lieblos zusammengezimmerten Pritschen geruht, die mit ihren verlausten Matratzen und den von Motten zerfressenen Wolldecken wie erbärmliche Attrappen für richtige Betten wirkten, während David erst in, dann vor und schließlich doch wieder in der unangenehm nach Fisch und Schimmel riechenden Hütte gehockt hatte oder ruhelos auf und ab gewandert war.

Mittlerweile lugten bereits die ersten Sonnenstrahlen des anbrechenden Morgens durch die dichten Nebelschwaden über dem See, in dem sein Onkel möglicherweise ertrunken war, aber David fühlte sich noch immer nicht müde, sondern ganz im Gegenteil fürchterlich aufgekratzt, obwohl er in der Nacht davor schon keinen Schlaf gefunden hatte. Sein Geist kam nicht zur Ruhe. Hatte David gerade aufgehört, darüber zu brüten, ob vielleicht am Ende Gott selbst für seinen gewaltigen Hieb verantwortlich war und somit nicht etwa seine eigene Kraft, sondern die des Herrn das Dach vom Porsche geschnitten hatte, nutzte sein Gewissen die Gelegenheit, um ihn mit der Frage zu konfrontieren, ob er seinen eigenen Onkel getötet hatte. Und zeigte er seinem Gewissen dann die rote Karte mit einem Hinweis darauf, dass es durchaus möglich war, dass Ares sein unfreiwilliges Bad überlebt hatte, nutzte sein Unterbewusstsein den Moment, um über das Tuch in Stellas Tasche, das Schwert des Templermeisters und den

Verbleib der Lanze des Longinus nachzugrübeln. Und über die Frage, ob es nicht möglich war, ohne die letzte Insignie zum Gral zu gelangen, der das Ende dieses Wahnsinns bedeutete.

Einmal mehr in dieser nun ausklingenden Nacht ließ David sich auf den kleinen, morschen Hocker vor dem nicht minder verwitterten Tisch sinken und nahm das Schwert, das er von seinem Vater geerbt hatte, an sich, um es nachdenklich in den Händen zu drehen. Es hatte sein Attentat auf den Porsche nicht ganz unbeschadet überstanden, wie er, kurz nachdem sie die Fischerhütte erreicht hatten, bedauernd festgestellt hatte: Der Griff wackelte ein wenig. Kein irreparabler Schaden, aber trotzdem ein Ärgernis, wie er fand, denn die Waffe war alles, was ihm von seinem Vater geblieben war. Er wusste ja nicht einmal, wo Lucrezia den Templermeister begraben hatte, sodass es keinen Ort gab, an dem er vernünftig um ihn trauern konnte ... Wenn sein Geist auch hellwach war – seine Seele war müde. Er hatte keine Kraft mehr zum Leiden.

Er griff gerade nach seiner Blechtasse, in der ein Gebräu vor sich hindampfte, das er mit uraltem Kaffeemehl aus einer von Spinnweben überzogenen Dose aufgebrüht hatte, als ein knarrendes Geräusch seine Aufmerksamkeit auf sich zog. David fuhr alarmiert hoch und sein Kopf riss herum, aber es war nur Stella, die sich von ihrem bescheidenen Nachtlager erhoben hatte und leise auf ihn zutrat. Er entspannte sich wieder und ließ sich zurück auf den Hocker sinken.

»Kaffee?«

Stella schenkte ihm ein verschlafenes, nichtsdestotrotz bezauberndes Lächeln aus blinzelnden Augen. Ihr

Haar war zerzaust und ihr Overall, den sie unter der Kutte getragen hatte, die sie ebenso wie David mittlerweile abgestreift hatte, war vollkommen zerknittert vom unruhigen Herumwälzen auf der unbequemen Pritsche. David stellte zum wiederholten Male fest, dass es völlig egal war, ob sie in ein Ballkleid oder in einen Kartoffelsack gehüllt war – Stella sah einfach immer umwerfend aus.

Er erwiderte ihr Lächeln und nickte in Richtung des alten Herdes unter ein paar an der Wand hängenden Reusen und Netzen, auf dem ein verbeulter Kessel dampfte. Stella nahm einen zweiten Blechbecher aus dem Regal und schenkte sich ein, während Davids Finger erneut nach dem wackeligen Griff tasteten.

»Ist es kaputtgegangen?«, fragte sie bedauernd und im Flüsterton, um Quentin nicht zu wecken, nachdem sie David einige Sekunden lang über den Rand ihrer Tasse hinweg beobachtet hatte.

»Nein.« David strich mit den Fingern über die unversehrte Breitseite der Klinge. Es war nicht kaputt, nur ein bisschen lädiert, oder?

In diesem Moment bemerkte er beim Spiel mit dem losen Knauf am Ende des Griffes durch Zufall etwas, was ihm bislang nicht aufgefallen war: Wenn er den Knauf bewegte, bewegte sich auch das eingearbeitete Tatzenkreuz über dem Schaft. Nur um wenige Millimeter, aber jetzt, da er darauf aufmerksam geworden war, war es unverkennbar. Das Kreuz bildete keine massive Einheit mit dem Rest des Griffes. David versuchte, daran zu drehen, aber es gelang ihm nicht. Auf einen Daumendruck hin gab das Kreuz einen halben Zentimeter nach, doch mehr passierte nicht. Trotzdem: Es musste sich um einen Mechanismus handeln, davon war er überzeugt. Der Knopf und der Knauf standen in irgendeiner ausgetüftelten Verbindung zueinander!

David hielt Stella irritiert den Knauf entgegen.

»Zieh mal«, forderte er sie stirnrunzelnd auf und drückte mit beiden Daumen auf das Tatzenkreuz, während Stella seiner Bitte zögerlich nachkam.

Ein leises Klicken erklang und in der nächsten Sekunde hielt David den ausgehöhlten Griff in der Hand, während zwischen Stellas Fingern etwas Dreieckiges im Kerzenschein silbern aufblitzte, das aus dem Griff herausgerutscht war. Eine Speerspitze!

Er war auf der Suche nach einer zwei Meter langen Waffe gewesen, darum starrte er nun umso überraschter und ungläubiger auf das löchrige, metallische Objekt, das Stella mit spitzen Fingern und ebenso staunend wie David vor sich hielt. Er hatte nicht den geringsten Zweifel daran, dass das, was sie durch eine Verkettung unglücklicher Zufälle entdeckt hatten, die Insignie war, nach der sie gesucht hatten. Etwas Besonderes, Achtung Gebietendes haftete dem kalten Stahl an. In einer heruntergekommenen, einsamen Fischerhütte hatten sie sie gefunden – die Lanze, die das Leiden Christi beendet hatte. David hatte sie die ganze Zeit über bei sich gehabt!

»Mein Gott …«

Stella und er fuhren herum, als sie Quentins gepresstes Flüstern vernahmen. Im Bann der letzten Insignie hatten sie nicht mitbekommen, dass der Geistliche aufgehört hatte zu schnarchen; nicht einmal, wie er sich von seiner Pritsche erhoben hatte und hinter David getreten war.

David griff mit zitternden Händen nach der Speerspitze und reichte sie schweigend an Quentin weiter, der sie mit der Vorsicht eines Museumswärters, der ein einzelnes Staubteilchen von der Mona Lisa entfernen möchte, entgegennahm.

»Die Lanze des Longinus«, flüsterte Quentin ehrfürchtig und deutete ein fassungsloses Kopfschütteln an, während er sich bekreuzigte. »Die heilige Lanze. Sie hat das Blut unseres Herrn vergossen. Sie ist magisch!«

Stella schaffte es als Erste, ihre lähmende Ehrfurcht mit einer schüttelnden Bewegung, die alle ihrer Glieder umfasste, von sich abzuwerfen. Sie stand auf und packte das Grabtuch aus ihrem Rucksack, um es mit dem, allen Frauen dieser Welt angeborenen Talent, Tücher in einer einzigen fließenden Bewegung glatt auszubreiten, über den kleinen Tisch zu werfen. Mit nachdenklich vor die Unterlippe gepresstem Zeigefinger und zu konzentrierten Schlitzen zusammengezogenen Augen betrachtete sie eine bestimmte Stelle nahe den Fußabdrücken des Messias, während David und Quentin noch immer auf die dreieckige Speerspitze starrten.

Als der Mönch das Metallstück fasziniert ins Licht des anbrechenden Tages hielt, das durch die offen stehende Tür hereinfiel, erkannte David seinen Irrtum: Die Lanze war nicht etwa löchrig, weil ihre Heiligkeit keine Chance gegen die rostigen Zeichen der Zeit gehabt hatte, sondern erstrahlte in reinstem Silber, als käme sie frisch aus der Schmiede. Die Löcher, die er erspäht hatte, waren kreisrunde, absichtlich in das Metall hineingestanzte Öffnungen: zehn an der Zahl.

»Ich würde eher sagen, sie ist logisch«, verbesserte Stella den Alten, während ihr Blick zwischen der Spitze und dem Leinentuch hin und her wanderte. Sie bat

Quentin nicht erst lange um die letzte Insignie, sondern nahm sie ihm einfach ab und legte sie zielsicher auf die geheimnisvolle Sequenz, die sie im Kloster so lange vergeblich betrachtet hatten.

»Zehn Öffnungen,«, sagte sie nachdenklich, »zehn Zeichen. Ich wette, das ergibt einen Sinn.«

Wie gebannt folgte Davids Blick ihren zierlichen Fingern, die das dreieckige Metallstück über die sonst schon kaum und im schwachen Licht der Hütte noch schlechter erkennbaren Kreuze, Striche und Punkte in den Quadern gleiten ließen. Doch sie alle hatten lange genug auf die seltsame Abbildung gestarrt, um sie sich unauslöschlich einzuprägen.

Plötzlich trat Quentin hinter das Mädchen, ließ seine Hand auf die ihre sinken und schob sie langsam am Abdruck des Leichnams hoch und nach rechts, bis die Lanze die dunkle Stelle erreichte, an der Longinus dem Heiland vor fast zweitausend Jahren den Todesstoß versetzt hatte. Auf die Stelle, auf die jemand die Worte PEZU, OPSKIA, IHSOY, NAZARENUS und einige andere Begriffe, die David allesamt nichts sagten, geschrieben hatte. Der Mönch presste konzentriert die Lippen aufeinander, während seine Finger Stellas Hand mit der Speerspitze schoben. Vereinzelte Buchstaben erschienen in den kreisrunden Öffnungen und verschwanden wieder, doch immer blieb eines oder mehrere der eingestanzten Löcher leer. Es gab nur eine einzige Position, in der in jeder der Öffnungen Buchstaben erschienen. Als die Lanze in ihren Händen sie schließlich fand, weiteten sich Quentins Augen überrascht.

»Mein Gott ja! Das ergibt einen Sinn«, entfuhr es dem Alten.

David beugte sich tiefer über die Tischplatte, um die kleinen Buchstaben in den Löchern erkennen zu können, verzichtete aber anders als Stella darauf, sich mit einer Hand auf dem heiligen Leichentuch abzustützen.

»Saxum Petri«, las Quentin mit leicht zitternder Stimme vor. Seine faltige Stirn rötete sich vor Erregung.

»Und was heißt das?« fragte Stella, während David mit einem Anflug des Begreifens auf die Insignien hinabblickte.

»... auf diesem Felsen will ich bauen meine Gemeinde«, flüsterte der Mönch geheimnisvoll, »und die Pforten der Hölle sollen sie nicht überwältigen.«

»Fels Petri«, dolmetschte David knapp.

»Der Vatikan.« Quentin klang ein wenig gekränkt darüber, dass David ihm eine mit Sicherheit langwierige und von Zitaten aus der Heiligen Schrift nur so überquellende Erklärung vorweggenommen hatte, schmollte aber nicht lange, sondern beschränkte sich auf ein paar mit dem Fels Petri zusammenhängende historische Fakten. David hörte ihm gar nicht zu, da ihm das alles schon mehr oder minder bekannt war. Er war ein guter Schüler gewesen und selbst in seiner Freizeit hatte Quentin ihn nicht mit der Geschichte des Christentums verschont.

»Jedenfalls ist der Vatikan auf dem Fels Petri gebaut«, schloss Quentin nach einer Weile.

»Also muss das Grab darunter versteckt sein«, schlussfolgerte David und schimpfte sich selbst einen Narren, nicht viel früher und ohne irgendeine Insignie auf diese Idee gekommen zu sein. Was lag schließlich näher, als das größte Geheimnis der Christenheit unter dem Zentrum ihrer Gemeinschaft zu verbergen?

»Und was genau ist unter dem Vatikan?« Stella richtete sich auf, wandte sich zum Herd um und goss Kaffee für sie alle nach, um ihnen nacheinander eine Tasse zu reichen.

Quentin beantwortete ihre Frage zunächst mit einer gequälten Grimasse, ehe er die Lippen bewegte.

»Die Stadt der Toten«, sagte er. »Die Katakomben. Ein endloses Labyrinth.«

Er stand auf und wirkte auf einmal recht frustriert, als er sich mit der heißen Tasse, die Stella ihm gereicht hatte, wieder auf sein schäbiges Bettplacebo sinken ließ, ganz so, als habe er die logische Konsequenz seiner eigenen Aussage erst begriffen, nachdem er die Worte ausgesprochen hatte.

»Dann sind wir genauso weit wie vorher«, stöhnte er. »Es ist unmöglich, dort unten irgendetwas Bestimmtes zu finden.«

Stella trat wieder vor die Insignien, nippte vorsichtig an ihrem heißen Kaffee und schüttelte dann entschieden den Kopf.

»So wie ich das sehe, ergibt alles, was die Templer tun, einen Sinn«, stellte sie fest und maß Quentin und David mit herausfordernder Miene. »Die Reliquien führen zum Grab, heißt es. Richtig?«, fragte sie. »Dann müssen uns die Lanze und das Tuch mehr sagen als nur, wo das Grab ist«, schlussfolgerte sie, als David und der Mönch bestätigend nickten.

»Ja.« David hob hilflos die Schultern. Manchmal wünschte er sich, direkt in ihren Kopf blicken zu können, um sie besser zu verstehen. »Den genauen Weg …«

»Eine Karte!«

Seine Freundin stellte ihre Tasse achtlos auf dem

Grabtuch des Herrn ab und griff wieder nach der Speerspitze, am sie über den Teil des Stoffes unten links zu schieben, den sie zunächst in Augenschein genommen hatte.

Quentin sog erschrocken die Luft zwischen den Zähnen ein, verkniff sich aber eine Bemerkung über Stellas despektierlichen Gebrauch des Relikts als Tischtuch. Er räumte nur die Tasse, die sie darauf abgestellt hatte, mit großer Vorsicht beiseite und sah ihr über die Schulter.

»Wenn diese Quader etwas mit den Katakomben zu tun haben ...«, grübelte er.

»Das ist eine Karte«, nickte Stella und schob die Lanzenspitze langsam auf und ab. »Diese Punkte ... manchmal ist in jeder Öffnung ein kleiner Punkt zu sehen, und immer ein Kreuz ... Und hier rechts das größere Kreuz am oberen Ende ... Das muss es sein!« Sie sah David aufgeregt an. »Los! Gib mir ein Stück Kohle aus dem Herd. Wir müssen nur diese Kreuze miteinander verbinden!«

Lucrezia hatte die Devina verlassen, ohne Ares darüber zu informieren, wohin sie ging. Allem Anschein nach wollte sie auch nicht, dass er es erfuhr, denn es hatte ihn eine gute Dreiviertelstunde bitterböser Beschimpfungen und Drohungen gekostet, ehe der stockssture Söldner am anderen Ende der Strippe schließlich nachgegeben und ihm kleinlaut verraten hatte, wohin die heimliche Reise seiner Herrin führte. Außerdem hatte der Söldner ihm mit der flehentlichen Bitte, ihn nicht zu verraten, und in der Hoffnung, seinen Job und sein Leben vielleicht doch noch etwas länger behalten zu dürfen, gleich noch ein paar weitere Details geflüstert. Nun, der Mann war trotzdem arbeitslos, sobald Ares zum Anwesen der Prieuré zurückgekehrt war – er wusste es nur noch nicht.

Zunächst aber machte der Schwertmeister einen kleinen Abstecher nach Rom. Er hatte die Maschine, mit der Lucrezia dorthin geflogen sein musste, nur knapp verpasst, und die nächste hob erst vier Stunden später ab, doch der kleinste Staat der Welt war kaum groß genug, um versehentlich an jemandem vorbeizulaufen, den man suchte. Er würde sie schon finden, ganz gleich, wie viele Köpfe dafür rollen mussten. Sein ganzes Leben hatte er damit zugebracht, für seine Schwester und die Prieuré nach dem Heiligen Gral zu suchen und dafür zu kämpfen. Nun, da Lucrezia möglicherweise diesem Ziel nah war, das seit fast einem Jahrtausend das wichtigste ihres Ordens war, würde er nicht zulassen, dass sie ihre Hand ganz allein nach dem Gral, der unendliche Macht und ewiges Leben versprach, ausstreckte. Er würde sie finden. Und er ahnte auch schon wo, denn der einzige Hinweis, den sie bislang auf den Fundort des Grabes hatte, bestand in dem Ring des Kaisers.

Die konstantinische Schenkung ... Der gute Konstantin hatte dem Papst seinerzeit die Stadt Rom und die Herrschaft über das weströmische Reich übertragen und war zum Dank dafür nach seinem Tod in den Katakomben unter dem Vatikan beigesetzt worden.

Der Papst musste wirklich mächtig in Geberlaune gewesen sein, spöttelte Ares in Gedanken, während er zu Fuß durch die Altstadt Roms streifte, in der Cafés und Eisdielen dicht an dicht um die Gunst der Touristen wetteiferten. Rom gegen ein Begräbnis – Konstantin wäre ihm ein willkommener Handelspartner gewesen. Er hätte den Rest der kaiserlichen Familie um diesen Preis sicher großzügig mitbestattet.

Jedenfalls musste das in den Katakomben verschollene Grab des Kaisers etwas mit dem Gral zu tun haben – andernfalls wäre Lucrezia mit Sicherheit nicht persönlich in die Hauptstadt Italiens gereist. Doch im Gegensatz zu seiner Schwester ging es Ares, so unglaubwürdig es auch klang, in erster Linie nicht um den verdammten Gral, um Macht und Unsterblichkeit, obwohl er gerade erst schmerzlich am eigenen Leib erfahren hatte, dass letztere eine höchst vorteilhafte Eigenschaft sein konnte. Gerade dann, wenn man in einigen Metern Tiefe unter der Oberfläche eines harmlos scheinenden Sees, dessen Ufer aber tatsächlich höllisch steil abfielen, zwischen Lenkrad und Fahrersitz eingeklemmt ist. Und ganz besonders dann, wenn man sich, von Stahl- und Glassplittern durchbohrt, darüber bewusst wird, dass eine große anatomische Schwäche bei Menschen in der fehlenden Kiemenatmung begründet ist …

Er wäre um ein Haar ertrunken. Nachdem es ihm letztlich doch noch gelungen war, sich aus seiner lebensbedrohlichen Lage zu befreien und an Land zu kämpfen (und nachdem er Tyros mit einem wütenden Schlag zu Boden befördert hatte, weil er es auch ohne die dummen Sprüche, mit denen der Ritter ihn begrüßte, als Zumutung empfunden hätte, kaum auf dem Trockenen gleich wieder mit einem hässlichen Fischgesicht konfrontiert zu werden), hatte die nächste bittere Erkenntnis nicht lange auf sich warten lassen: Scherben, Stahlsplitter und scharfkantige Plastikstücke hatten sich zum Teil bis tief in seine Knochen gefressen, sodass er sein

Gesicht und seinen Oberkörper über Stunden hinweg in einer schmerzhaften Prozedur mit Zange und Pinzette malträtieren musste, um alle Souvenirs aus seinem Körper zu entfernen. Noch immer verunzierten hässliche Narben sein bis vor kurzem noch so makelloses Gesicht, und das, obwohl der Heilungsprozess, wie gewohnt, sehr schnell voranschritt. Wahrscheinlich hatten seine Chancen, an dieser Vielzahl gemeiner Verletzungen vor die Hunde zu gehen, kaum weniger schlecht gestanden, als die zu ertrinken.

Und dafür würde David büßen. Die Spuren des Grals führten in die Katakomben und sein Neffe würde versuchen, das Grab des Herrn zu finden und es zu zerstören. Ares würde ihn vorher töten und das in erster Linie aus Rache für seinen tödlich gekränkten Stolz, in zweiter, um dessen irrsinniges Vorhaben zu verhindern, und außerdem, um Lucrezia zu beweisen, dass er, Ares, sich ganz sicher nicht von einem achtzehnjährigen Grünschnabel auf der Nase herumtanzen ließ. Er war der Schwertmeister. Er war und blieb unbesiegbar. Es gab niemanden, auf den sie sich mehr verlassen konnte als auf ihren Bruder.

Gott, das Schicksal oder wer oder was auch immer in diesen Augenblicken seine Schritte lenkte, wusste seine edlen Motive offenbar zu schätzen. Obgleich er sie auf den ersten flüchtigen Blick im Vorbeigehen beinahe nicht erkannt hätte, fand er Lucrezia bereits einige Straßen vom Vatikan entfernt in der Altstadt Roms. Sie saß an einem kleinen runden Tisch auf der großzügigen Terrasse eines hübschen Cafés, trug ein cremefarbenes Kostüm und hatte ihr Haar unter einem hellen Seidentuch sowie ein knappes Drittel ihres Gesichts hinter einer dunklen Sonnenbrille verborgen, was Ares dazu veranlasste, nicht gleich zu ihr hinüberzugehen, sondern sie erst einmal aus der Ferne zu bestaunen. Seit ihrer Pubertät hatte er sie in nichts anderem als bodenlangen Samtkleidern in unterschiedlichen Farben und Schnitten zu Gesicht bekommen – wahrscheinlich schlief sie sogar in diesen Dingern –, aber er musste anerkennend feststellen, dass ein bisschen Weltlichkeit seiner Schwester auch ganz gut stand. Sie erinnerte ihn ein wenig an Grace Kelly.

Ares bemühte sich darum, sich wenigstens mit der Lässigkeit eines Cary Grant zu bewegen, wenn er schon nach seinem unfreiwilligen Stunt eher aussah wie Frankensteins Monster. Grußlos, aber mit einem Lächeln, das herzlicher war, als Lucrezia es verdiente, rückte er sich einen Stuhl zurecht, ließ sich darauf nieder und warf einen Blick auf den Espresso, in dem seine Schwester unbeirrt weiterrührte, als hätte sie ihn nicht bemerkt.

»Den kann ich jetzt auch gebrauchen«, seufzte er und verfolgte jede ihrer Bewegungen aufmerksam, auf der Suche nach einem verräterischem Zucken oder etwas Ähnlichem, das ihn in seiner Überzeugung hätte bestätigen können, dass ihre Arroganz nur eine Fassade war, hinter der sich die andere Lucrezia verbarg – die sensible, ihn trotz allem liebende große Schwester. Aber sie spielte ihre Rolle der eisigen Herrscherin, der in absehbarer Zeit die ganze Welt zu Füßen liegen würde, oscarverdächtig gut.

»Erinnerst du dich an meine Worte?«, fragte Lucrezia, nachdem sie ihn einige weitere Sekunden vollkommen außer Acht und auch den Kellner an sich vorbeiziehen gelassen hatte, als hätte sie seine indirekte Bitte nicht gehört. Ihre Züge blieben ausdruckslos, während sie sprach. »Es war deine letzte Chance.«

»Ach, Schwester, geh mir nicht auf die Nerven«, winkte Ares gereizt ab.

Nicht sie, sondern er hätte allen Grund gehabt, seiner berechtigten Wut Luft zu machen. Schließlich war sie diejenige, die einfach ohne ihn nach Rom geflogen war. Was David anbelangte, so würde er schon mit ihm fertig werden, wenn sich nur endlich die Gelegenheit ergab, ihm im fairen Kampf gegenüberzutreten. Schließlich war es bisher nicht Ares' Versagen, sondern ausschließlich Davids Glück gewesen, das ihn einer Blamage nach der anderen ausgesetzt hatte. Und außerdem: Wer hatte den lästigen Hosenscheißer eigentlich in die Welt gesetzt? Sie oder er?

Lucrezia sagte nichts. Aber dafür blickte sie ihn endlich an. Lange. Ein verächtliches Zucken umspielte ihre Mundwinkel. Sie lächelte nicht.

Mit einem Mal begriff er, dass sie es ernst meinte.

»Das kannst du nicht machen!«, fuhr Ares auf. »Ich bin dein verdammter Bruder. Du brauchst mich!«

»Ich habe dich nie gebraucht«, erwiderte Lucrezia gelassen. Die Kälte in ihrer Stimme war echt, nicht Teil einer Eisköniginnenfassade, nach deren Anzeichen er noch immer mit zunehmend verzweifelten Blicken fahndete. »Ich hatte nur Mitleid mit dir.«

Die letzten Worte waren zu viel für ihn. Sie trafen ihn wie ein Fausthieb ins Gesicht. Aber das Schicksal, das ihm vor wenigen Minuten noch wohl gesonnen erschienen war, setzte gleich noch einen Fußtritt nach, denn in dieser Sekunde erhob sich ein anderer Gast von seinem

Platz und verließ das Café, sodass sein Blick auf jemanden fiel, den er am liebsten in seinem ganzen Leben nie wieder gesehen hätte: Shareef.

Der Araber hatte sich zwei Tische weiter zu Lucrezias Linken niedergelassen und wahrscheinlich jede Silbe, die gesprochen worden war, mit angehört. Das allein wäre noch nicht einmal das Schlimmste gewesen – eigentlich hätte er wissen müssen, dass Lucrezia ihr sabberndes Hündchen mitschleppte, wenn Ares nicht zugegen war. Aber Shareef lächelte, und diese Höchstleistung an Gesichtsakrobatik sagte mehr als alle Worte. Der stinkende Araber verhöhnte ihn. Er genoss die Rolle, die er Ares gestohlen hatte. Und er hatte etwas mit seiner Schwester. Der Blick, mit dem Lucrezia sein Lächeln im nächsten Moment über die Schulter hinweg erwiderte, ließ überhaupt keinen anderen Schluss zu. Ein harter, bitterer Kloß bildete sich in Ares' Kehle. Er hatte es befürchtet. Nüchtern betrachtet, konnte es überhaupt keinen anderen Grund für die Vorzugsstellung, die das Kebab–Hirn seit geraumer Weile bei der Herrin der Prieuré genoss, geben, denn er war und blieb ein Taugenichts, ein elender Versager.

Zwischen Befürchtung und Überzeugung aber lagen Welten. Ares fühlte sich, als hätte ihm jemand den Boden unter den Füßen weggerissen, oder, besser gesagt, als entrisse ihm jemand seine Schwester, um auf einem Kelim mit ihr davonzuschweben. Und Lucrezia stand auf dem fliegenden Teppich und lächelte verächtlich, während sie zum Abschied mit dem Heiligen Gral winkte.

»Was soll ich denn jetzt tun?«

Er erniedrigte sich mit seiner Frage selbst vor ihr. Es

war ein letzter, verzweifelter Versuch, sie, seine Schwester, alles, was ihm auf dieser Welt wichtig war – so sehr er sie auch hasste für das brutale Machtspiel, das sie mit ihm spielte – zurückzugewinnen. Er ging bildlich gesprochen vor ihr in die Knie, auf die seine Würde sich bislang nie hatte hinabzwingen lassen. »Was verlangst du von mir?« Oh verdammt, er konnte alles für sie tun! Viel, viel mehr als dieser widerliche Araber. Er konnte nur nicht mit ihr schlafen.

»Ich weiß nicht, was du jetzt tust.« Lucrezia zuckte gleichgültig mit den Schultern. »Und es ist mir auch egal.«

Sie hätte ihn ohrfeigen oder ihm ins Gesicht spucken können – nichts hätte auch nur annähernd so schmerzhaft sein können wie ihre Gleichgültigkeit.

Fassungslos stemmte sich Ares aus seinem Stuhl in die Höhe.

Shareefs Handy klingelte. Der Araber nahm das Gespräch entgegen und vertiefte sich in eine Unterhaltung, wobei er Ares demonstrativ den Rücken zuwandte. Grace Kelly nippte an ihrem Espresso und beobachtete durch die Gläser ihrer dunklen Brille die durch die Altstadt flanierenden Passanten. Es war, als sei ihr Bruder ab diesem Moment für sie gestorben. Ein Teil von ihm verreckte in diesen Sekunden tatsächlich, erstickte elendiglich unter dem Gewicht seiner maßlosen Enttäuschung. Sie hatte ihn nie gebraucht. Aber sie hatte ihn benutzt, zeit seines Lebens hatte sie ihn herumkommandiert und von seinen treuen Diensten profitiert. Er hatte alles mit sich machen lassen für ein bisschen Anerkennung, ein bisschen Zuneigung und ein glückliches Lächeln.

Nichts davon war noch wichtig. Er brauchte sie

genauso wenig wie sie ihn. Mit einem wütenden Ruck wandte er sich von seiner Schwester ab und tauchte wieder ein in die Menge der Passanten und Touristen.

»Es gibt sechs Eingänge zu den Katakomben«, hörte er den Araber sagen, bevor er sich außer Hörweite befand. »Unsere Leute überwachen sie alle. Wenn David kommt, werden wir es wissen.«

»Danke, dass du immer an mich geglaubt hast. Lucrezia sprach absichtlich laut, damit Ares sie auf jeden Fall verstand.

Dominique Chirlo hätte ohne weiteres drei Flugreisen der ersten Klasse für sie buchen können. David hingegen hatte keinen einzigen Cent in der Tasche, aber er war froh, über seine Identitätsprobleme hinaus noch ein zweites schlagkräftiges Argument gegen den Flug nach Rom gefunden zu haben: Selbst wenn seine Mutter noch keinen Wind von seiner verhassten zweiten Existenz bekommen hatte, würden sie nachvollziehbare Spuren hinterlassen, sobald Quentin und Stella unter ihren eigenen Namen am Flughafen eincheckten. Die Erfahrungen der vergangenen Tage hatten zur Genüge gezeigt, wie geheimdienstverdächtig Lucrezias Schergen arbeiteten und wie schnell und unverhofft sie schließlich zuzuschlagen vermochten. Es galt, Spuren zu vermeiden, so gut es ging, und so warfen Stella und Quentin ihr gerade noch ausreichendes Bargeld für eine anonyme Zugreise nach Rom zusammen, die zwar langwieriger und anstrengender war, dafür aber sicherer. Außerdem saß nicht irgendein Dominique auf der schmalen, gepolsterten Bank neben Stella, sondern David.

Mittlerweile war bereits die nächste Nacht hereingebrochen. David fühlte sich mit jedem Kilometer, den sie zurücklegten, ein wenig besser. Seine Zuversicht, Rom ohne Probleme zu erreichen, hatte sich nach dem letzten reibungslosen Umsteigen beinahe bis zur Euphorie gesteigert, die im Laufe der vergangenen Stunde aber der Müdigkeit gewichen war, die so lange auf sich hatte warten lassen. Bis auf das leise Schnarchen Quentins, der sich auf der gegenüberliegenden Bank ausgestreckt und sein Gesicht mit seiner Kapuze bedeckt hatte, und das beruhigende, gleichmäßige Rattern des Zuges, war es still in dem schlichten Abteil. Es ging voran. In Ruhe näherten sie sich ihrem Ziel und dem Ende allen Wahnsinns.

Hinter dem Fenster huschten längst keine Lichter mehr an ihnen vorbei, sondern nur noch völlige Dunkelheit, sodass sich ihre Gesichter auf der von innen schwach angeleuchteten Scheibe spiegelten. Stellas Spiegelbild schenkte dem seinen ein warmes Lächeln. David blickte zu ihr hin und erwiderte es. Es kam von Herzen. Er liebte sie, er war stolz auf sie und er war ihr unendlich dankbar dafür, dass sie bei ihm war, trotz allem, was geschehen war. Er war doch wohl in etwa so eine gute Partie wie ein sabbernder Zombie – nur gefährlicher. Auch er konnte sich nirgendwo blicken lassen, ohne dass Panik ausbrach und großes Unheil geschah. Aber Stella hielt zu ihm. Sie war seine Existenzberechtigung, sein Draht zu seinem früheren, normalen Leben.

»Danke, dass du mir in diesem ganzen Wahnsinn beistehst«, fasste er seine Gedanken flüsternd zusammen.

Stella hob lächelnd die Schultern. »Du bist der einzige Mensch, den ich habe«, behauptete sie.

»Du hast noch deine Eltern«, widersprach David und schämte sich dafür, einen Hauch von Neid in seiner Stimme nicht unterdrücken zu können.

»Ja.« Stella griff nach seiner Hand und musterte ihn in einer Mischung aus Mitgefühl und Selbstmitleid. »Aber denen bin ich egal. Dir nicht.«

Sie wusste natürlich, dass sie ihren Eltern nicht gleichgültig war. David las es in ihren Augen. Aber da stand auch noch etwas anderes geschrieben: Sie wollte mit ihm zusammen sein, mit ihm leben, lieben und leiden. Und Stellas Wille war stärker als alles andere.

Ihre Lippen berührten einander. Erst jetzt wurde ihm klar, dass sie, obwohl sie in den vergangenen Tagen ständig zusammen gewesen waren, nicht einmal dazu gekommen waren, für einen Moment die Augen zu schließen, einander zu streicheln, zu küssen und alle Sorgen zu vergessen. Seit ihrem ersten und bislang einzigen Kuss im Internat hatte sich David nicht mehr so gut, so befreit gefühlt. Er wunderte sich, dass er auch nur einen einzigen Tag ohne Stellas Zärtlichkeiten überlebt hatte. Sie hatten eine Menge versäumt und holten jetzt alles nach. Ihre Küsse und Berührungen wurden stürmischer, hemmungsloser. Seine Hände rutschten unter ihren Overall, erkundeten die samtweiche, heiße Haut ihrer Arme, ihres Rückens, ihrer Brust.

Vielleicht hätte David sein erstes Mal im Abteil eines fahrenden Zuges erlebt, hätten sie in ihrer Leidenschaft nicht plötzlich das Gleichgewicht verloren. So landeten sie mit einem dumpfen Knall auf dem schmutzigen Boden zwischen den Bänken. Sogleich wanderten ihre Blicke erschrocken in Quentins Richtung. Das gleichmäßige Schnarchgeräusch des Mönchs ging in ein Grunzen über, aber er wachte nicht auf oder besaß genügend Anstand, so zu tun, als schliefe er weiter.

David grinste verlegen, während sie ihre ineinander verkeilten Gliedmaßen voneinander lösten und sich wieder aufrappelten, wobei Stella belustigt in sein Oberteil gluckste. Quentin wälzte sich, nun wieder schnarchend, auf die andere Seite. Sie warteten kurz ab, ob er sich noch einmal regen würde. Dann quetschten sie sich nebeneinander auf die schmale Bank und küssten und streichelten einander in den Schlaf.

David war klar, dass die angenehme Reise im Zug nur die Ruhe vor dem Sturm war, doch in der Erwartung, dass sich dieser Sturm im Rahmen eines eher harmlosen Abenteuers bewegen und nicht zu einem weiteren Orkan ausarten würde, konnte er sie mit relativer Gelassenheit nutzen, um endlich ein wenig Schlaf zu finden und wieder zu Kräften zu kommen. Wenn seine Mutter ihn vor der italienischen Grenze nicht aufgespürt hatte, dann würde sich ihnen nun, da sie Rom am frühen Vormittag erreichten, auch niemand mehr in diesen letzten, allen Irrsinn für immer beendenden Weg stellen. Lucrezia war einflussreich und verfügte offenbar über Ermittlungsmethoden, um die sie die Kripo beneiden würde, aber sie war keine Hexe, die jeden seiner Schritte durch eine magische Glaskugel verfolgen konnte. Er besaß die Insignien, niemand außer ihm wusste, wo das Grab zu finden war, und deshalb war der Einzige, der ihn vielleicht noch an seinem Vorhaben hindern konnte, Gott selbst.

Aber David glaubte nicht, dass der liebe Gott sein

Tun missbilligen würde. Stella hatte Recht mit ihrer Überzeugung, dass all das Leid und Blutvergießen um den Gral nicht im Sinne des Herrn war. Wenn dem großen Meister aber doch so viel an diesem dummen Becher gelegen sein sollte, dass David durch dessen Vernichtung seinen Zorn auf sich zog, dann war dieser Gott kein Gebet wert und gehörte abgesetzt. So jedenfalls sah David es in seiner Hochstimmung, während er an Stellas Hand und Quentins Seite wie ein ganz gewöhnlicher Tourist mit einem in Zeitungspapier eingewickelten, länglichen Souvenir von den wärmenden Strahlen der Vormittagssonne eingehüllt auf den kleinsten Staat der Welt zusteuerte. Die Schmetterlinge in seinem Bauch flatterten über seine Brust und seinen Nacken zu seinem Kopf hinauf und trugen auch noch die letzten Befürchtungen und Bedenken hinweg.

»Wir müssten gleich da sein.«

Quentin verharrte für einen Moment in der zu dieser frühen Stunde schon erheblichen Menschenmasse, die zwischen Cafés und Sehenswürdigkeiten hin und her streifte, und faltete einen kleinen Stadtplan auseinander, den er auf ihrem Weg vom Bahnhof dorthin schon so oft in Augenschein genommen hatte, dass er ihn längst auswendig kennen musste.

Dem Mönch war noch immer merklich unwohl bei dem Gedanken daran, das bedeutendste Heiligtum, das es auf dieser Welt gab, zu zerstören und so für alle Zeiten zu beseitigen. Er ließ keine Gelegenheit aus, um Zeit zu schinden, vermutlich in der Hoffnung, dass David diese dazu nutzen würde, sich doch noch für einen anderen Weg zu entscheiden. Aber es gab keine Alternative. Lucrezia würde nicht ruhen, ehe sie bekommen hatte, was sie wollte. Das Morden und Blutvergießen würde nie ein Ende finden, solange der Gral existierte.

»Da lang«, sagte Quentin nach einer kleinen Weile überflüssigerweise mit einem Nicken in die Richtung des von ihrem Standpunkt aus längst sichtbaren Eingangs zu den Katakomben, um sich dann in die Schlange der Wartenden an der Kasse einzugliedern.

David und Stella folgten ihm und lauschten den Worten eines Reiseleiters, der eine Touristengruppe anführte und auf dem Platz vor dem Vatikan innegehalten hatte.

»In Rom gibt es mehr als sechzig Katakomben«, erläuterte der Mann denen, die sich ihm anvertraut hatten und die wahlweise interessiert zum Vatikan hinüber oder zu den Andenken der mobilen Verkaufsstände auf dem Platz blickten. »Nur fünf sind der Öffentlichkeit zugänglich. Die päpstliche Kommission für sakrale Archäologie hat für den Besuch der Katakomben strenge Normen erlassen.«

Nun, irgendeinen Dämpfer brauchte seine Euphorie ja, damit er in seinem Übermut keinen dummen Fehler beging, aber die Worte des Reiseleiters ließen seine Zuversicht im Großen und Ganzen ungetrübt. Stella hingegen wurde nun doch ein wenig unruhig, was er daran erkannte, dass sie ihm ein besonders ermutigendes Lächeln schenkte. David hielt ihre Hand etwas fester und hauchte ihr einen Kuss auf die Wange.

Quentin war bis zur Kasse vorgedrungen, bezahlte ihre Eintrittskarten mit seinen letzten Münzen, wandte sich wieder zu ihnen um und wurde um ein Haar von einem Touristen über den Haufen gerannt, der sich an den artig Wartenden vorbeidrängelte.

»Scusi«, keuchte der Fremde gehetzt.

Und zu Davids Überraschung antwortete Quentin auf in seinen Ohren akzentfrei klingendem Italienisch: »Non fa niente.« Dann trat er auf Stella und David zu und drückte ihnen je ein Ticket in die Hand.

»Wenn wir davon ausgehen, dass die Linien auf dem Tuch wie jede Landkarte nach Norden ausgerichtet waren, muss das hier der richtige Eingang sein«, stellte er fest. »Angeblich gibt es nur einen vergitterten Zugang zum alten Teil der Katakomben. Den müssen wir finden.«

... damit du das Schlimmste und Unverzeihlichste tun kannst, was ein Mensch tun kann, fügte sein Blick hinzu. Aber er sagte nichts dergleichen, sondern trat nur unruhig von einem Fuß auf den anderen, als hätte er Probleme mit der Blase.

Möglicherweise versuchte er wirklich, noch ein paar Minuten mit der Suche nach einer Toilette zu gewinnen, dachte David bei sich. Aber letztlich würde er akzeptieren müssen, dass nichts und niemand ihn jetzt noch bremsen konnte. Wenn alles vorbei war, würde er einsehen, dass Davids Weg der einzig richtige gewesen war.

Ein junger Mann, der soeben eine andere Gruppe von Touristen aus den Katakomben geleitet hatte, scheuchte sie und ein knappes Dutzend anderer Leute, die bereits Karten ergattert hatten, zusammen, stellte sich knapp vor und rasselte dann übergangslos seinen Text herunter:

»Zwei Sachen: Nichts berühren! Und immer bei der Gruppe bleiben!«, sagte er mit festgefrorener Freundlichkeit in den Zügen.

Während eine junge Frau gelangweilt je eine Ecke

von ihren Karten abriss, grüßte er routiniert: »Herzlich willkommen in der Totenstadt!«

David, Stella und Quentin tauschten einen viel sagenden Blick, während sie die ersten Schritte in die Katakomben taten. Nun spürte David doch eine leichte Anspannung in seinen Muskeln. Strenge Normen ... Aber sicher gab es auch in diesem Fall Lücken. Die erste zeigte sich gleich darin, dass es ihm problemlos gelang, eine gefährliche Waffe über die Schwelle zu tragen, ohne auch nur einen schrägen Blick für das eigenartige Paket unter seinem Arm zu ernten. Nun galt es, die zweite zu finden, durch die sie in den abgesperrten alten Teil des Labyrinths gelangen konnten.

Aber mit dem Reiseleiter, mit dem sie gestraft waren, konnte sich das noch ein Weilchen hinziehen. Als er die Gruppe zum dritten Mal stoppte, um zum Ausgleich dafür, dass es um sie herum noch nichts allzu Spannendes zu sehen gab, zu reden, zu reden und noch mehr zu reden, war die Kasse noch längst nicht außer Sichtweite. Stella kuschelte sich in Davids Arm und vertrieb sich die Langeweile damit, Grimassen zu schneiden und den Reiseleiter nachzuäffen, sobald er sich umdrehte. Davids Blicke tasteten sich prüfend durch die Schatten der höhlenartigen Anlage.

So schienen Stunden zu vergehen, ehe die Gruppe schließlich einen in einem abgelegenen, unbeleuchteten Winkel gelegenen Durchgang erreichte, vor dem der junge Reiseleiter verhältnismäßig kurz verweilte, um ein paar Worte dazu loszuwerden und die Touristen dann weiterzuscheuchen – aber nur, um zehn Meter weiter erneut stehen zu bleiben, als ihm doch noch etwas Erwähnenswertes einfiel.

»Natürlich darf man die tragische Geschichte der Kinder aus Anzio nicht vergessen«, schwatzte er. In einem Comic wäre dabei in einer Denkblase über seinem Kopf eine Glühbirne erstrahlt.

David stöhnte vor Ungeduld innerlich auf, während Quentin sich langsam ein paar Schritte von der Gruppe absonderte und in seiner dunklen Kutte mit den Schatten vor dem Tor zu verschmelzen schien.

»... und als ihre Lampen verloschen, befanden sie sich in absoluter Dunkelheit ...«

David riskierte vom hintersten Rand der Gruppe aus einen nervösen Blick in die Schatten, die Quentin verschlungen hatten.

Ein metallisches Klappern erklang.

Stella übertönte es geistesgegenwärtig mit einem fürchterlich klingenden Husten.

Der Reiseleiter nickte ihr mit pflichtbewusster Sorge zu und redete weiter.

»Hilflose Kinder, allein im Reich der Toten ... Also darf ich Sie nochmals darauf hinweisen: Bleiben Sie immer bei der Gruppe!«

Das Tor schien Quentin einige Mühe zu bereiten, denn nun erklang ein noch lauteres Scheppern, das Stella mit einer neuerlichen Hustenattacke übertönte, welche befürchten ließ, dass sie kurz davor stand, einen qualvollen Erstickungstod zu erleiden, aber sie erfüllte ihren Zweck. Mitfühlende Blicke wandten sich ihr zu.

»Schon gut«, winkte Stella dankbar ab, als sie ihr kleines Schauspiel beendet hatte.

Die Gruppe setzte sich mit dem wie ein Wasserfall redenden Reiseleiter an der Spitze wieder in Bewegung.

Stella und David gingen noch ein paar Schritte mit, legten aber auf leisen Sohlen den Rückwärtsgang ein, sobald die letzten Besucher vor ihnen in der nächsten Kurve des Tunnelkomplexes verschwanden, und huschten zu Quentin in die finstere Nische.

»Immer schön bei der Gruppe bleiben«, lächelte der Alte, während er ihnen einladend das Tor aufhielt, dessen rostiges Schloss er letztlich offenbar kurzerhand aufgebrochen hatte. »Denkt an die Kinder von Anzio.«

Stella zog das Gitter leise hinter sich zu und kramte die Taschenlampe, die sie unterwegs für einen der wenigen übrig gebliebenen Scheine aus ihrem und Quentins knappem Etat gekauft hatte, aus ihrem Rucksack, knipste sie aber erst an, als sie sich einige Schritte vom Eingang fortbewegt hatte. Im Schein des kleinen Strahlers tasteten sie sich langsam durch die unheimliche, schier unendliche Nekropole, in der nur das Geräusch ihrer Schritte und ein rhythmisches, leises Klopfen wie das Tropfen von Wasser die Ruhe der unzähligen Toten störte, deren Gebeine in den Wänden zuweilen deutlicher auszumachen waren, als es David lieb war.

»Wohin?« flüsterte David, dessen Abenteuerlust im öffentlich zugänglichen Teil des Labyrinths zurückgeblieben war.

Quentin ließ einen kleinen Zettel aus seinem Ärmel rutschen, auf den sie die Wegbeschreibung vom Grabtuch, welche Stella zum Entsetzen des Geistlichen mit Kohle auf das Tuch gemalt hatte, übertragen hatten. Er hielt ihn in den Lichtkegel der Taschenlampe, blickte aber nicht direkt darauf, sondern betrachtete voller Unbehagen, das David in diesem Fall hervorragend nachvollziehen konnte, die Knochen, Schädel und mumifizierten Leichenteile in den nächstliegenden Grabnischen.

»Wenn wir uns verlaufen, enden wir wie die hier«, sagte er leise.

Stellas Blick war dem des Mönchs gefolgt. David bemerkte, wie sich ihr Unbehagen zunehmend in Furcht verwandelte. Ihre Finger klammerten sich fest um seine Hand. Sie stand so dicht neben ihm, dass ihre rechte Ferse seinen linken kleinen Zeh berührte.

»Alles klar?«, erkundigte er sich besorgt, obwohl es ihm selbst nicht besser erging an diesem Ort, der kaum düsterer und unheimlicher hätte sein können. Abstecher in die Gruft unter der Tempelburg waren im Vergleich zu ihrem Weg durch diese finsteren Gänge eine Kaffeefahrt gewesen. Der Teil, den sie mit der Gruppe besichtigt hatten, hatte zwar ähnlich ausgesehen, aber bei Licht und in Begleitung ihres nervtötenden Reiseleiters, vor dem die Seelen der Toten vermutlich schon vor Ewigkeiten in diesen einsamen Teil des Labyrinths geflüchtet waren, war die Atmosphäre eine vollkommen andere gewesen.

»Ich stell mir einfach vor, ich bin in der Geisterbahn.«

Stella lächelte tapfer, während Quentin nach einem kurzen Blick auf den Zettel mit dem ausgestreckten Arm nach rechts deutete.

»Hier entlang«, seufzte er, nachdem sich wohl auch die letzte Hoffnung, David noch umstimmen zu können, verflüchtigt hatte. Er ging langsam voran. David und Stella folgen ihm.

Eine geraume Weile schlichen sie im gelben Schein der Lampe durch das Labyrinth, ohne dass sich irgendetwas änderte – weder ihre Umgebung, in der sie sich ohne ihre kleine Skizze wahrscheinlich bereits nach wenigen Minuten hoffnungslos verirrt hätten, noch das zwischen Unbehagen und Angst schwankende Gefühl, das jeder von ihnen dabei empfand. Es gab Dinge, an die man sich nie gewöhnen konnte. Die Nähe gestapelter menschlicher Überreste in einem noch längst nicht gänzlich erforschten, unterirdischen Irrgarten gehörte sicherlich dazu. Zwar blieben die Nebelschwaden, ohne die keine Geisterbahn auskam, aus; ebenso die jammernden Laute ruheloser Seelen, die über den grausamen Tod ihrer physischen Hüllen und deren unehrenhafte Bestattung in einem schier endlosen Massengrab klagten. Aber die Gebeine, die bei Neonlicht wie aus Pappmaschee gefertigt und zur schaurigen Unterhaltung der Touristen in Szene gesetzt gewirkt hatten, hatten dort eine völlig andere Wirkung. Hier schien ein knochiger Finger anklagend auf sie zu deuten, dort sah ihnen ein Schädel aus leeren Augenhöhlen missbilligend entgegen, während andere Skelette ihre Abneigung gegen die Eindringlinge in ihr Reich äußerten, indem sie ihnen ihre völlig blanken oder noch ledrig glänzenden Rippen und Wirbelsäulen zuwandten.

Es kostete David all seine Selbstbeherrschung, nicht auf dem Absatz kehrtzumachen und wieder ins Freie zu stürzen, aber er schaffte es. Er musste diesen schrecklichen, letzten Weg gehen. Irgendwo zwischen diesen armen Seelen verbarg sich seine einzige Hoffnung auf ein normales Leben. Es konnte nicht mehr weit sein.

Quentin blieb abrupt stehen. Noch bevor der linke Zeigefinger seines Ziehvaters mahnend die Lippen berührte, hörte auch David, was Quentin zuerst wahrgenommen hatte. Er erschrak. Von irgendwoher erklangen Schritte – und sie näherten sich ihnen bedrohlich schnell.

»Wo kommt das her?«, flüsterte der Mönch, während David bereits mit hektischen Blicken nach einer Spalte oder etwas Ähnlichem suchte, worin sie sich verstecken konnten.

»Von vorne«, vermutete Stella, deren Haut im schwachen Licht wachsbleich erschien.

»Nein.«

David schüttelte den Kopf. Der Schall trug jeden Laut in alle möglichen Richtungen durch die Katakomben, aber er war trotzdem sicher, dass diejenigen, zu denen die Schritte gehörten, sich ihnen aus einiger Entfernung von der anderen Seite her näherten. Er drehte sich um.

»Von hinten«, behauptete er und tastete instinktiv nach dem Schwert, das er in Gegenwart so vieler möglicherweise rachsüchtiger Geister sicherheitshalber längst aus den Zeitungen geschält hatte und griffbereit unter seinem Mantel trug.

Wie zur Bestätigung für seine Behauptung bogen in dieser Sekunde zwei schlanke Gestalten aus der letzten Abzweigung, die sie hinter sich gelassen hatten, in den breiten, weitläufigen Gang zu ihnen ein. David hielt erschrocken den Atem an, während er vom grellen Schein zweier Handscheinwerfer, hinter denen sich die Konturen der Männer nur als dunkle Schatten abzeichneten, geblendet in deren Richtung blinzelte. Stella zuckte zusammen, ging aber schnell zum Gegenangriff über und richtete den Strahl ihrer eigenen Lampe auf die Fremden. Nun erkannte David mit einem Anflug von Erleichterung, dass es sich anders als befürchtet nicht um Ritter oder bezahlte Schergen der Prieuré handelte, sondern um Soldaten, die altertümliche Uniformen in den Farben Blau, Gelb und Rot und einen seltsam geformten Hut trugen. Auch die beiden Fremden waren sofort stehen geblieben, als sie Quentin, Stella und ihn erblickt hatten.

Stella musterte die Uniformierten mit einem beredten Hochziehen einer Braue.

»Karneval?«, fragte sie eher belustigt als beeindruckt.

»Schweizergarde«, verbesserte Quentin sie flüsternd.

Im nächsten Moment rief einer der beiden Soldaten, deren Erscheinungsbild David ebenfalls amüsant gefunden hätte, wenn er nicht längst die Degen an ihren Gürteln zur Kenntnis genommen hätte, etwas auf Italienisch, von dem er vermutete, dass es ›Was tun Sie hier?‹ hieß und ›Sehen Sie zu, dass Sie hier rauskommen, und zwar zügig!‹ bedeutete.

»Kannst du Italienisch?« David erinnerte sich an Quentins zumindest nach fließendem Italienisch klingende Worte vor der Kasse. Er hatte nicht ein einziges davon verstanden, aber es hatte sich viel versprechend angehört.

»Ein bisschen ...«, schwächte der Alte bescheiden ab.

»Dann sag ihnen ›ein bisschen‹, dass ich ihnen nicht wehtun möchte«, bat David seufzend und zog das Schwert des Templermeisters, der er nicht sein wollte, unter seinem Mantel hervor. »Sie sollen uns einfach nur in Ruhe lassen.«

Mit dieser Geste erübrigte sich Quentins Einsatz als Dolmetscher. Die Schweizergardisten zuckten überrascht zusammen, griffen aber noch aus dieser erschrockenen Bewegung heraus nach ihren Waffen. Einer der beiden machte einen drohenden Satz auf David zu, während er etwas brüllte, was den zweiten dazu veranlasste, auf dem Absatz herumzuwirbeln und davonzueilen. Wahrscheinlich holte er Verstärkung. Langsam und mit drohend vor sich gehaltenem Degen näherte sich der zurückgebliebene Gardist David bis auf zwei Schritte und sagte wieder etwas.

»›Legen Sie die Waffe weg‹«, übersetzte Quentin flüsternd und bekreuzigte sich.

Der Soldat sah jetzt nicht mehr nur albern aus, er verhielt sich auch so, stellte David fest. Er war annähernd sechzig Jahre alt und mit einem Degen bewaffnet, der bestenfalls zu Dekorationszwecken genügte, näherte sich seinem vierzig Jahre jüngeren, ein gefährliches Schwert tragenden Gegner aber wie ein Ritter ohne Furcht und Tadel, obwohl er nicht so dumm sein konnte, sich auch nur den Hauch einer Chance gegen David auszurechnen. Aber David hatte die Wahrheit gesagt, als er behauptet hatte, niemandem wehtun zu wollen, und so bemühte er sich um eine beeindruckte Miene, während er ergeben eine Hand hob und sich langsam in die Hocke sinken ließ, um sein Schwert gehorsam zu den Füßen des Gardisten abzulegen.

Die Klinge berührte den Boden nur für die Dauer eines Blinzelns. Dann ließ David sie wieder in die Höhe schnellen. Der Degen des entsetzt, aber zu spät zurücktaumelnden Soldaten zerbrach unter der Gewalt, mit der die Breitseite des Schwertes darauf traf, wie ein morscher Stock in zwei Teile, die in verschiedene Richtungen davonflogen. In der nächsten Sekunde setzte David dem fassungslos keuchenden Mann nach und schlug ihn mit einem Fausthieb nieder, von dem er hoffte, dass er ihn nicht ernsthaft verletzte, sondern nur kurz außer Gefecht setzte. Zumindest sein zweiter Wunsch wurde erfüllt, denn der Gardist kippte sofort bewusstlos hintenüber.

»Weiter«, forderte er seine Gefährten auf.

Rasch bogen sie in die vorletzte der Abzweigungen ein, die, vertraute man der Skizze, die Stella mit Hilfe der Lanze auf dem Grabtuch vervollständigt hatte, zum Heiligen Gral führten.

Davids Enttäuschung war groß, als sie die auf dem Grabtuch mit einem großen Kreuz gekennzeichnete Stelle des Labyrinths erreichten. Er war nicht sicher, was genau er erwartet hatte. Einen auf einer Erhöhung thronenden, steinernen Sarkophag vielleicht, einen aus Knochen gestalteten Pfeil, der ihnen auf den letzten Schritten den richtigen Weg deutete, oder auch eine himmlische Pforte, die sich unverzüglich vor ihnen auftun würde, wenn sie die Insignien zum Grab des Herrn zurückbrachten. Auf jeden Fall aber *irgendetwas.*

Stattdessen gab es in dem hohen Raum, in den die Beschreibung führte, nichts, was ihn von vielen anderen unterschied, die sie auf dem Weg dorthin passiert hatten – außer vielleicht der Tatsache, dass weniger Leichenteile zwischen den grob behauenen, zu einer Kuppel zulaufenden Steinen hervorlugten, und dass kein weiterer Gang oder Raum an ihn angrenzte. Ein Totenschädel in der Wand zu Davids Linken grinste höhnisch mit lückenreichem Gebiss. Sackgasse!, schien er stumm und voller Schadenfreude zu spotten, das Highlight dieser Geisterbahn: Auf allen Seiten schießen plötzlich Wälle aus uraltem Gestein und Gebein in die Höhe, während sich von hinten eine Horde uniformierter, mit Degen winkender Untoter nähert. Licht an, aussteigen, Ende der Vorstellung …

Quentin blickte verwirrt und hilflos auf seine Skizze hinab, während Stella die meterhohen Wände mit dem Strahl der Taschenlampe abtastete, wobei David doch noch etwas erspähte, was die Halle von den anderen unterschied: An einer Wand stand ein steinernes, konstantinisches Kreuz.

»Endstation«, flüsterte Stella unüberhörbar enttäuscht. Wahrscheinlich verliefen ihre Gedanken in eine ähnliche Richtung wie Davids. Es gab mehrere Möglichkeiten: Entweder das Grab war längst entdeckt und restlos geplündert worden oder sie hatten die Zeichen auf dem Tuch völlig falsch gedeutet. Oder aber, und das war als Konsequenz der Lichtverhältnisse in der Fischerhütte durchaus denkbar, ihnen war schlicht ein Fehler beim Übertragen der Zeichnung auf den Zettel unterlaufen.

»Und jetzt?«, fragte sie an David gewandt.

»Die Karte führt uns direkt hierher«, bestätigte Quentin nach einem weiteren prüfenden Blick auf seine Zeichnung.

David steckte sein Schwert ein und griff nach der Karte.

»Lass mal sehen«, sagte er und studierte die Skizze gemeinsam mit dem Geistlichen zum wiederholten Mal, aber er tat es nicht in der Hoffnung, tatsächlich einen Irrtum seines Ziehvaters zu entdecken, sondern vielmehr, um seine eigene Hilflosigkeit zu überspielen.

Währenddessen trat Stella an ihnen vorbei zur rechts des Zugangs gelegenen Wand und begann, wie von einer plötzlichen, genialen Idee beseelt, ein paar der groben Mauersteine abzuzählen.

»Der neunte Ritter trifft den siebten Stein des Meisters …«, murmelte sie geheimnisvoll vor sich hin.

Quentin und David fuhren zu ihr herum.

»Der siebte Stein?«, wunderte sich der Mönch.

»Kleiner Scherz.« Stella grinste breit, und in ihren Augen blitzte es vergnügt auf.

Auch David konnte sich ein Lächeln nicht verkneifen. Einmal mehr schätzte er sich unendlich glücklich, sie an seiner Seite zu haben. Sie steckten in einem unterirdischen Labyrinth, umringt von den Überresten tausender Menschen in einer Sackgasse, irgendwo hinter ihnen war bestimmt längst ein Dutzend Gardisten auf dem Weg zu ihnen, und trotzdem schaffte sie es, ihren Humor zu bewahren und ihn damit zum Lächeln zu bringen. Dafür und für alles andere, was sie konnte und was sie war, liebte er sie.

Quentin schüttelte seufzend den Kopf, während David ihm den Zettel zurückgab, an Stellas Seite trat und einen Arm um sie legte. Eher beiläufig streifte sein Blick dabei die Mauersteine, die sie gerade abgezählt hatte. Und dabei entdeckte er etwas, das ihn stutzen ließ.

»Es muss hier sein«, sagte der Alte noch einmal, vergeblich um einen überzeugten Tonfall bemüht. »Wir haben definitiv den richtigen Weg genommen.«

David nahm Stella die Lampe ab und richtete ihren Strahl direkt auf einen dunklen Spalt in einem Steinquader, der ihm zudem glatter erschien als die übrigen. Auf den zweiten Blick erkannte er noch eine Reihe weiterer, exakt parallel zur ersten gelegene Fugen. Zusammen erinnerten die Spalten ein bisschen an einen Scan- oder

Gencode. Darunter wiederum erspähte David eine flache Öffnung, die …

»Stella, gib mir die Lanze«, flüsterte er aufgeregt.

Stella legte verwirrt die Stirn kraus, stellte aber keine Fragen, sondern ließ ihren Rucksack vom Rücken gleiten und kramte die Reliquie daraus hervor. David hielt sie prüfend vor die Öffnung im Stein.

Er hatte sich nicht getäuscht. Die Speerspitze schien auf den Millimeter genau in die dreieckige Vertiefung zu passen, doch er zögerte noch einen kurzen Moment, in welchem er Quentin und Stella einen unsicheren Blick über die Schulter hinweg zuwarf, ehe er die Insignie langsam in die Öffnung schob.

Einige Sekunden lang geschah überhaupt nichts. David war bereits kurz davor, die Spitze mit einem resignierenden Schulterzucken wieder aus der Vertiefung herauszuziehen, als ein leises Klicken erklang. Dann rückte ein Teil der Mauer mit einem unangenehm mahlenden Geräusch vor und nach links, und warme, nach Moder riechende Luft schlug ihnen aus dem dahinter liegenden, wahrscheinlich seit vielen hundert Jahren versiegelten Raum entgegen.

Stella würgte kurz und wich zurück, ehe sie neben Quentin verharrte und ungläubig auf den Durchgang starrte, der sich vor ihnen aufgetan hatte. Davids Hand zitterte plötzlich erbärmlich, während der Schein der Taschenlampe auf zwei auf der anderen Seite der Wand gelegene, schier bis in den Himmel hinaufreichende Säulen fiel. Sein Herzschlag ging so schnell und hart, dass er wie Donnerhall in seinen Ohren klang. War es das? Erwartete ihn in den Schatten hinter den gewaltigen Säulen tatsächlich das Grab Jesu? Der Heilige Gral?

»Das Grabmal des Konstantin!«

David wusste nicht, was genau Quentin zu dieser ehrfürchtig geflüsterten Schlussfolgerung geführt hatte. Aber es war auch nicht wichtig. Ganz gleich, welcher Kaiser ursprünglich in dieser Krypta geruht hatte, die so gewaltig war, dass er das andere Ende der Halle in der Dunkelheit nicht einmal erahnte, weil die Schatten, die seit unendlich langer Zeit reglos darin ruhten, sich vom lächerlichen Strahl einer batteriebetriebenen Lampe nicht vertreiben lassen wollten – der Gral war hier … Er spürte es.

»Das Grab des Herrn!«, bestätigte eine Stimme hinter ihm diesen Gedanken.

Es war die Stimme seiner Mutter!

David wirbelte gleichzeitig mit Quentin und Stella herum und starrte Lucrezia an, die, lächelnd und eine Fackel in der Rechten haltend, soeben zu ihnen in den Vorraum der Krypta trat, dicht gefolgt von dem arabischen Metzger. Seine freie Hand schnellte reflexartig auf das Schwert an seiner Seite hinab, doch Shareef war hinter Stella, noch bevor David seine Waffe ziehen konnte, riss ihren Kopf grob an den Haaren in den Nacken und drückte ihr die Schneide seines Krummsäbels gegen die Kehle.

David zog die Hand vom Schwertgriff zurück, als hätte er sich daran verbrannt. Binnen kürzester Zeit wandelten sich Schrecken und Entsetzen in Verzweiflung und ein komplexes Gefühl von Scham und Selbsthass. Wie hatte er nur so blauäugig sein können, zu glauben, dass die Prieuré seine Fährte verloren hatte, nachdem er am selben See genächtigt hatte, an dem es zum letzten Kampf gekommen war, und er schließlich im Schneckentempo mit öffentlichen Verkehrsmitteln durch die Weltgeschichte gegondelt war? Wie hatte er so dumm sein können, nicht vorauszusehen, dass Lucrezia über kurz oder lang auf die nahe liegende Idee kommen musste, ihm unbemerkt zu folgen, nachdem er sich schon wie der allerletzte Idiot benommen hatte, als er ganz offen angekündigt hatte, was er plante? Er wäre an ihrer Stelle wahrscheinlich nicht anders vorgegangen. Er hatte es ihr so verdammt leicht gemacht! Wenn Stella etwas passierte, dann war es nicht Shareefs Schuld, der blind alles tat, was Lucrezia von ihm verlangte, sondern Davids, ganz allein seine eigene Schuld!

»Ich bin so glücklich, dich zu sehen, David«, sagte Lucrezia milde lächelnd, doch dieses Mal prallte das, was vielleicht die Liebe einer Mutter war, vielleicht aber auch nur eine Lüge, einfach von ihm ab. Er sah sie nicht einmal an, sondern starrte nur auf den Säbel an Stellas Hals.

»Lass Stella da raus«, presste er mühsam beherrscht hervor. Seine Kehle fühlte sich ausgedörrt an, wie nach einem Marsch durch die Wüste. Seine Stimme hatte einen krächzenden Unterton. »Das ist eine Sache zwischen uns.«

»Wenn du dein Schwert ablegst.« Seine Mutter nickte.

Es konnte ein leeres Versprechen sein. Sie war keine vertrauenswürdige Geschäftspartnerin; ganz und gar nicht. Aber es war eine Chance für Stella, und er würde sie nicht ungenutzt lassen. Er war für sie verantwortlich und er liebte sie! Sie war alles, was er hatte, außer einer wahnsinnigen Mutter und einem steifen Mönch, der ihm seine Liebe nicht offen zeigen konnte.

David öffnete die Schnalle seines Gürtels und schleuderte letzteren zusammen mit der darin steckenden Waffe von sich. Das Schwert rutschte aus der Scheide und schlitterte klirrend über den Boden.

Tatsächlich lächelte Lucrezia zufrieden und bedeutete Shareef mit einem Wink, Stella loszulassen. Der Araber stieß das Mädchen grob von sich weg, bezog aber eine Position in geringer Entfernung, aus der er sowohl Stella und den Geistlichen im Auge behalten, als auch den einzig möglichen Fluchtweg versperren konnte.

Lucrezia streckte die freie Linke nach David aus.

»Begleitest du mich zum Grab des Herrn, mein Sohn?«, bat sie ihn.

»Sie haben doch jetzt endlich, was Sie immer gewollt haben!«, begehrte Quentin eher wütend als mutig auf, wobei er anklagend mit dem Zeigefinger auf den Durchgang zur Krypta deutete. »Warum lassen Sie David nicht einfach in Ruhe!?«

Lucrezias Lächeln erlosch. Ein Ausdruck gekränkten Stolzes trat in ihre Züge, während sie sich dem Geistlichen zuwandte.

»Wer gibt dir das Recht, mich anzusprechen, Mönch!?«, fuhr sie Quentin an. »Wag das nie wieder!« Damit wandte sie sich wieder David zu und griff nach dessen Hand. »Gehen wir«, forderte sie ihn lächelnd auf.

David schluckte einen trockenen, harten Kloß herunter und nickte schwach. Er hatte einen Punkt erreicht, von dem aus der einzige Weg in die Resignation zu führen schien. Er hatte gekämpft, er hatte seinen Vater verloren, er hatte alles getan, was er hatte tun können, aber er würde nicht auch noch Stella hergeben, für nichts auf der Welt, nicht einmal für den Heiligen Gral.

An der Seite seiner Mutter trat er durch die Öffnung

in die Krypta. In Lucrezias Augen funkelte der Wahnsinn, als sie die Fackel an ihn weiterreichte und ihm mit einem Nicken bedeutete, damit eine Reihe anderer, an den Säulen befestigter Fackeln zu entzünden. Es hätte ein Ding der Unmöglichkeit sein sollen, aber tatsächlich gelang es ihm mühelos, ihrer Aufforderung nachzukommen. Der Raum war feucht und modrig, aber die Fackeln brannten, als hätten sie nur auf diesen einen Augenblick gewartet, in dem sie die Schätze, die sie umgaben, endlich in helles, flackerndes Licht tauchen konnten. Es war David egal – ebenso egal wie die Schätze selbst, wie der verdammte Gral und wie die Gewissheit, dass er verloren hatte, dass Lucrezia sich gleich holen würde, wonach die Prieuré in ihrer Machtgier seit vielen Jahrhunderten strebte und was die Templer bis zu diesem Tag erfolgreich verteidigt hatten.

Zumindest glaubte er das, ehe er seinen Blick von der letzten Fackel abwandte und seine Augen erfassten, was er gar nicht hatte sehen wollen.

Er hatte geahnt, dass diese Krypta von gewaltiger Größe sein musste, doch seine Fantasie hatte bei weitem nicht an das herangereicht, was sich tatsächlich um ihn herum erstreckte. Allein das goldverzierte Mosaik zu seinen Füßen beanspruchte die Fläche einer kleinen Wohnung für sich. Trotzdem wirkte das Kunstwerk, das den römischen Kaiser Flavius Valerius Constantinus zeigte und mit lateinischen Versen ehrte, regelrecht verloren zwischen den mächtigen Säulen, die den mittleren Bereich des Gewölbes säumten. Am oberen Ende des Saales, zu dessen Decke der flackernde Feuerschein nicht hinaufzureichen vermochte, führte eine breite Treppe mit einem steinernen, reich verzierten Geländer zu einer allen Kaisern der Welt gemeinsam zur Ehre gereichenden Empore hinauf, über welcher wiederum ein überdimensionales, marmornes Abbild Konstantins voller Würde auf die weitläufige Empore und in den Saal hinabblickte. Alles in dieser Krypta war gewaltig. David hatte sich nie zuvor so winzig und unbedeutend gefühlt.

Streng genommen war er das ja auch. Warum tat Lucrezia ihm das an? Warum quälte sie ihn, indem sie ihn zwang, sie zu begleiten? War das ihre Art, ihren Sieg auszukosten? Er war ihr Sohn, verdammt! Aller Machtbesessenheit zum Trotz hatte sie ihn doch auf die Welt gebracht – wie konnte sie nur so grausam sein? Seine Resignation schien zu schwinden, alles in ihm sträubte sich dagegen, an ihrer Seite über die marmornen Stufen zur Empore hinaufzusteigen.

Trotzdem tat er es. Solange Shareef Stella in der Gewalt hatte, konnte er nichts tun, als Lucrezia blind zu gehorchen, ganz gleich, was sie von ihm verlangte.

Lucrezia würdigte den prächtigen Sarkophag des Kaisers, der zu Füßen seines Abbildes auf der Empore thronte, keines Blickes, sondern steuerte zielstrebig auf eine verwitterte, hölzerne Truhe zu, die zur Hälfte von einem weißen Umhang, auf dem ein rotes Tatzenkreuz prangte, verborgen war. Der Mantel eines Tempelritters, erkannte David ehrfürchtig, der Umhang des René von Anjou.

Die Herrin der Prieuré de Sion griff danach und schleuderte ihn achtlos beiseite.

»Das ist es ...«, flüsterte Lucrezia. Aus jeder ihrer Silben klang pure Besessenheit. »Das Grab des Herrn ... Der Heilige Gral.«

Doch David zweifelte. Er fühlte zwar, dass sie Recht hatte, denn er verspürte etwas, das er ansatzweise in Gegenwart des Grabtuchs und der Lanze empfunden hatte. Eine Ehrerbietung, die ihm heftige, abwechselnd heiße und kalte Schauer über den Rücken jagte. Etwas, das ihn gleichermaßen anzog wie in gebührendem Abstand auf die Knie hinabzuzwingen versuchte. Es war ganz nah und kam immer näher, je dichter er an diese Kiste, zwischen deren Spalten und Rissen etwas Metallisches gefährlich verlockend aufblitzte, herantrat, aber ...

Er hatte nach einem Grab gesucht. Diese Truhe vermochte noch nicht einmal als Kindersarg herzuhalten!

Sein Verstand wollte längst nicht mehr wissen, was in dieser Kiste war und was passieren würde, nachdem Lucrezia sie geöffnet hatte. Selbst wenn alles, was bisher geschehen war, auf einmal ungeschehen gemacht worden wäre und er sich unvorbereitet und nichts ahnend von einer Sekunde auf die nächste an dieser Stelle wiedergefunden hätte, wäre ihm das Feuer der Gier, das zügellos in den Augen seiner Mutter loderte, sowie das unkontrollierte Zittern ihrer Hände und Lippen eine deutliche Warnung gewesen. Was auch immer in dieser Kiste ruhte, es konnte ihm den Verstand rauben, wenn er es sah. Bei Lucrezia hatte das bloße Wissen darum schon ausgereicht, um sie in den Wahnsinn zu treiben.

»Öffne es!«, forderte sie ihn schließlich unvermittelt und harsch auf.

David blickte irritiert zu ihr hin. Ihre Brust hob und senkte sich in schnellem Rhythmus. Auf ihrer Stirn hatten sich Schweißperlen gebildet. Die Erregung hatte ein paar winzige Äderchen in ihren Augen, unter denen dunkle Ringe lagen, platzen lassen, die sich nun wie blutrote Härchen durch ihre Augäpfel zogen. Die Gier fraß ihre Schönheit auf. Sie wirkte alt, deutlich verbrauchter als noch vor wenigen Minuten.

»Nein!«, entfuhr es David, doch das Grauen vor dem, was in der Truhe auf seine schwache, menschliche Seele lauern mochte, seine Angst um Stella, die vor der Krypta noch immer dem Metzger ausgeliefert war, und Furcht vor dem, was mit Lucrezia geschehen war, trübte die Entschiedenheit seines Ausrufs.

»David!«

Etwas Beschwörendes, nicht minder Beängstigendes, gesellte sich zu dem Wahnsinn in ihren Augen. Sie liebte ihn wirklich, begriff David. Sie war völlig verrückt, sie hatte ihre Seele an den Traum vom ewigen Leben verloren, doch sie wollte diesen Traum mit ihm teilen.

»Es gehört jetzt uns«, hauchte sie. »Dir und mir ...«

»Wie schön. Die ganze, liebe Familie vereint.«

Lucrezia fuhr wie vom Donner gerührt zusammen und wirbelte herum. Auch Davids Blick schnellte in die Richtung, aus der eine ihm wohl bekannte Stimme durch die Halle schallte. Er hatte geglaubt, er sei tot – aber Ares lebte und er war unbemerkt an den Fuß der Empore getreten und legte in diesem Moment die ersten Schritte über die breite Treppe zurück. In der Hand hielt er lässig drohend ein Schwert, von dessen stählerner Klinge das Blut tropfte. Doch welches Massaker er auch immer mit seiner Waffe angerichtet hatte: Er hatte noch lange nicht genug.

David sah voller Entsetzen über den Hünen hinweg zum Durchgang, hinter dem er die Konturen einer zierlichen Gestalt zu erblicken hoffte, aber da war nichts. In seinem Herzen explodierte etwas. War das Stellas Blut? War das ihr Leben, das an Ares' Klinge klebte und bis in sein Gesicht hinaufgespritzt war?!

Er hatte geglaubt, dass es keinen unmenschlicheren Ausdruck in einem Gesicht, in einem Augenpaar, geben konnte, als den der absoluten, alles bestimmenden Gier in den Zügen seiner Mutter. Aber er hatte sich getäuscht. In Ares' Blick vereinte sich Letzterer mit mörderischem Blutdurst. Er hatte Stella getötet, schoss es David durch den Kopf, und die nächsten auf seiner Liste, auf der wahrscheinlich bereits der Rest der Welt vermerkt war, waren David und Lucrezia. Lohnte es sich noch zu kämpfen?

»Du wolltest immer, dass ich glaube«, zischte Ares an seine Schwester gewandt, während er sich ihr langsam näherte. »Jetzt glaube ich. Und zwar, dass der Gral mir gehört!«

Die Herrin der Prieuré wich nicht zurück, sondern maß ihren Bruder voller Hass und Verachtung, aber auch trotziger Herausforderung.

»Wenn du Stella und Quentin etwas angetan hast, Ares ...«, begann David, gegen die Tränen der Verzweiflung, die in seinen Augen brannten, ankämpfend, doch der Schwertmeister schnitt ihm gereizt das Wort ab.

»Halt's Maul, Neffe! Halt einfach das Maul ...«, stöhnte er, ehe er sich sofort wieder Lucrezia zuwandte. »Wie war das doch gleich? Knie nieder?« Er streckte herausfordernd das Kinn vor. »Wie wäre es, wenn du jetzt vor mir niederkniest, du Miststück!«

Lucrezia hielt seinem verächtlichen Blick mühelos stand. Sie glaubte ihm nicht, stellte David erschrocken fest. Entweder das oder es war ihr egal, ob er sie tötete.

Der verdammte Gral bestimmte ihre Existenz. Wenn er ihn ihr nahm, konnte er sie auch gleich umbringen. Ihre Augen blieben kalt und wirkten nun nicht mehr braun, sondern tiefschwarz wie das Nichts vor Anbeginn der Schöpfung.

Als er sie erreicht hatte, spie sie ihm mitten ins Gesicht. In der nächsten Sekunde riss Ares sein Schwert in die Höhe, um ihr damit den Kopf vom Rumpf zu schlagen. Sie wich keinen Millimeter vor ihm zurück.

Sie war besessen. Sie war gefährlich, und sie wäre zweifellos bereit, ihr eigenes Kind gegen den Gral einzutauschen. Aber sie war seine Mutter, und ja, es lohnte sich zu kämpfen! Er hatte Stellas Leiche nirgendwo gesehen!

Mit der Kraft der Verzweiflung und einem schrillen Schrei warf sich David an Lucrezia vorbei und nur Zentimeter unter der hinabsausenden Klinge hindurch auf seinen Onkel und prallte mit einer Wucht gegen den Brustkorb des Hünen, die diesen zurücktaumeln und am oberen Absatz der Treppe das Gleichgewicht verlieren ließ. Die Schneide verfehlte ihr Ziel, doch David wurde von seinem eigenen Schwung regelrecht über die letzten Stufen hinauskatapultiert, sodass er schließlich zusammen mit seinem Onkel hilflos die Treppe hinunterstürzte. Mit einem dumpfen Knall schlugen sie auf dem Boden vor dem unteren Absatz auf. Der harte Aufprall ließ bunte Punkte vor Davids Augen tanzen. Benommen, keuchend und nach Luft ringend schlug und trat er einige Male um sich, aber wahrscheinlich rettete ihm allein der Umstand das Leben, dass er auf Ares gelandet war.

Vielleicht zögerte er seinen Tod nur noch um ein paar

schreckliche Sekunden hinaus, denn Ares fand mit einem animalisch röhrenden Laut rasch auf die Füße zurück, wobei er David in hohem Bogen von sich wegschleuderte. David kämpfte sich stöhnend auf die Knie, schaffte es schließlich sogar in eine einigermaßen aufrechte Haltung zurück und gewann taumelnd zwei, drei Schritte Abstand zu Ares' mordlüsternem Antlitz, aber er hatte keine Chance. Im Gegensatz zu seinem breitschultrigen Onkel, der ihm hämisch grinsend jeden Zentimeter, den er zurückwich, folgte, war er vollkommen unbewaffnet.

Ares spuckte auf den gesegneten Boden und wiegte mit sadistischer Lust im Blick das Schwert in seiner Hand. »Ach, herrje«, spottete er. »Das ist ja fast so lang – «

»David!!«

Der Rest des Satzes ging in einem Ausruf unter, der vom Durchgang am vorderen Ende der Krypta kam. Stella!

Er erkannte ihre Stimme sofort, nach bevor er sie im Schein der Fackeln vor dem geheimen Durchgang erspäht hatte – und die Finger seines ausgestreckten Armes krallten sich fest um den Griff des Templerschwertes, ehe er wirklich begriffen hatte, dass sie es ihm zugeworfen hatte!

Während David selbst noch überrascht auf die Waffe in seiner Hand starrte, zuckte es in den Mundwinkeln des Hünen bereits zornig.

»Zeit für eine letzte Lektion«, fauchte er. Noch ehe er das letzte Wort ausgesprochen hatte, parierte David instinktiv den ersten Schlag seines Onkels.

Sie kämpften erbittert. Attacke und Parade waren kaum noch klar zu unterscheiden. Und es drohte ein kurzer Kampf mit mehr als ungewissem Ausgang zu werden, weil David einen Großteil dessen, was sein Meister ihn gelehrt hatte, schlicht nicht anwenden konnte. Unerbittlich drosch der Schwertmeister in unkalkulierbarer Raserei auf ihn ein, traf seinen linken Unterarm, hinterließ eine tiefe, blutige Kerbe darin, kassierte dafür seinerseits einen nicht minder tiefen Schnitt in der Lendengegend. Keiner seiner Angriffe war abzusehen, keine Bewegung berechenbar oder auch nur grob zu erahnen. David verwarf alle Tricks und Gemeinheiten, die sein Onkel ihn gelehrt hatte, während er instinktiv parierte, selbst angriff und dann wieder abwehrte, denn sie alle setzten voraus, dass der Gegner, mit dem man kämpfte, seinen Kopf benutzte. Ares jedoch kämpfte allein auf der Basis rasender Wut und irrer Entschlossenheit; ebenso gut hätte er seine Waffe blind führen können.

Es war die falsche Strategie!

Als David für den Bruchteil einer Sekunde ein verunsichertes Flackern, fast so etwas wie Angst, in den Augen seines Gegenübers las, merkte er, dass sich während seiner letzten Hiebe ein Ungleichgewicht entwickelt hatte – seine Attacken überwogen! Der Hüne wich Schritt für Schritt vor ihm zurück, er konnte es tatsächlich schaffen!

Doch dann verspürte David einen brennenden Schmerz auf dem Rücken der Schwerthand. Er schrie vor Schmerz und Schreck laut auf, verlor seine Waffe und starrte entsetzt auf den Dolch, den sein Gegner auf einmal in der Linken hielt. Heißes Blut tropfte auf das in unerreichbarer Ferne zu seinen Füßen liegende Schwert des Templermeisters hinab.

Ares grinste siegessicher und holte mit sichtbarer Lust

an Davids Entsetzen beinahe gemächlich zum finalen Schlag aus – als sich Quentin mit einem wütenden Schrei und dem Säbel des Arabers bewaffnet auf ihn warf!

David hatte den Mönch ebenso wenig kommen sehen wie der Hüne, der überrascht herumwirbelte und mit seiner Klinge ausholte, aber er reagierte sofort. Seine blutige Hand schoss auf den Griff der Waffe zu seinen Füßen hinab und riss sie in die Höhe. Ares bemerkte die Bewegung aus den Augenwinkeln, entschied sich mitten im begonnenen Angriff dagegen, den Mönch zu zweiteilen, und fuhr stattdessen wieder zu David herum.

Aber es war zu spät. Das Schwert des Templermeisters sauste auf ihn hinab und spaltete seinen Schädel bis zum Hals.

Es war vorbei. David torkelte erschöpft, in Schweiß gebadet und keuchend vor Schmerz und Anstrengung zurück, während der Hüne noch einen unendlich scheinenden Moment aufrecht verharrte und ihn aus toten, zunehmend Abstand zueinander gewinnenden Augen maß, ehe er leblos in sich zusammensackte.

Stella schrie auf und stolperte ein Stück vor dem schrecklichen Anblick zurück. Quentin lehnte sich mit geschlossenen Augen und schwer atmend gegen eine der gewaltigen Säulen. Blut durchtränkte seine Kutte auf Höhe des Oberschenkels – Ares musste ihn mit dem Dolch erwischt haben, aber der Alte hob tapfer die Hand und schüttelte den Kopf. Seine Wunde schien nicht lebensbedrohlich zu sein.

Davids Blick wanderte zu Lucrezia auf der Empore hinauf. Nein, verbesserte er sich in Gedanken. Es war noch lange nicht vorbei.

Seine Mutter sah zufrieden auf den entstellten Leichnam ihres Bruders hinab. Dann lächelte sie ihrem Sohn zu. Sie musste nicht erst ihre Lippen bewegen, um ihm mitzuteilen, was sie von ihm erwartete.

Schleppend, aber entschlossen setzte er sich in Bewegung.

»David …«, flüsterte Stella fassungslos, aber er blickte nicht zu ihr zurück. Er musste es zu Ende bringen. Jetzt.

»Ich wusste, dass du ihn besiegen würdest«, hauchte Lucrezia, als er mit ausdrucksloser Miene an ihre Seite trat. »Du bist mein Sohn.«

»Ja«, erwiderte David tonlos. Seine Hand schloss sich fest um den Griff seines Schwertes, der Waffe, die sein Vater an ihn weitergegeben hatte, damit er den Gral mit ihrer Hilfe beschützte. Vor der Prieuré. Vor Lucrezia. Vor seiner Mutter.

»Und deswegen muss ich dich vor dir selbst beschützen«, fügte er mit leiser Stimme hinzu.

David holte aus und ließ die Klinge auf das morsche Holz der Truhe hinabschnellen, ehe Lucrezia begriff, was er meinte. Ihr gellender Schrei ging in einem ohrenbetäubenden Klirren unter, das die Säulen, die die Decke trugen, erzittern ließ. Holzstaub wirbelte auf, als sein wuchtiger Hieb die tausend Jahre alte Kiste zerschmetterte. Doch es war nicht etwa der zwischen aufwirbelndem Staub aufblitzende, sagenumwobene Gral, der unter seinem kraftvollen Schlag zerbrach.

Es war sein Schwert!

Ungläubig irrte sein Blick zwischen den bemitleidenswerten Überresten seines Erbes und dem seltsamen, silbrig glänzenden Objekt, vor dem der Staub ehrfurchtsvoll zu den Seiten hin auszuweichen schien, hin und her, während er etwas begriff, was ihn nur noch mehr verwirrte: Das Grab war der Gral und der Gral war ein Klotz. Ein rechteckiger, wie Quecksilber schimmernder Klumpen, der weder aus Silber noch aus Stahl bestand und auch aus keinem anderen Material, das David vertraut war, weil es nirgendwo sonst auf der Welt existierte. Er bestand aus Macht. Aus der reinen, unbezwingbaren Kraft des Glaubens, die Jesus Christus zu seinen Lebzeiten und noch weit darüber hinaus in die Menschheit getragen hatte.

Der seltsame Strichcode, den er im Stein über der Öffnung für die Lanze, die als Schlüssel gedient hatte, erspäht hatte, wiederholte sich auf der Oberfläche des Grals, auf welche sich kein einziges Staubkorn hinabzusenken getraut hatte. Auch hier gab es eine kleine Vertiefung, die aber eher an eine von Kinderhand gemalte Sonne oder einen Stern erinnerte.

Langsam streckte Lucrezia ihre zitternden Finger nach dem Gral aus. David versuchte nicht, sie zurückzuhalten. Er hatte den Gral vernichten wollen, doch er musste es nicht erst auf einen zweiten Versuch ankommen lassen, um sicher zu sein, dass ihm das niemals gelingen würde. Aber er konnte auch seine eigene Mutter nicht töten, und allein der Tod, dessen war er sicher, konnte sie daran hindern, an sich zu reißen, was ihr Leben über so viele Jahrhunderte hinweg bestimmt hatte.

Aber sie berührte den Gral nicht, sondern zuckte, Millimeter ehe ihre Hand das größte und wichtigste Heiligtum dieser Welt erreichte, zurück. Ihre schlanken und doch unglaublich kräftigen Finger schlossen sich fest um seinen rechten Arm – dann presste sie seine blutige Hand mit aller Macht auf den silbernen Quader.

Davids Haut berührte den Heiligen Gral und besudelte ihn mit einigen Tropfen seines Blutes, ehe sie ihn wieder aus ihrem Griff entließ und er seine Hand entsetzt zurückzog. Er hatte nichts gefühlt. Es war, als hätte Lucrezia seine Finger in ein Wasserbecken getaucht, in dem exakt seine Körpertemperatur herrschte. Da war weder Kälte noch Hitze, kein elektrisches Prickeln, nicht einmal ein Widerstand gewesen. Nichts.

Sein Blut jedoch glitt über die Oberfläche des Grals und suchte sich einen Weg. Wie gebannt starrte David auf die kleinen Tröpfchen, die in die perfekt gearbeiteten Kerben des seltsamen Codes schlüpften, als hätten sie ein Eigenleben entwickelt. Nacheinander färbten sich die verschieden breiten, parallel zueinander verlaufenden Balken rot, als sein Blut, das dazu niemals hätte ausreichen dürfen, jeden einzelnen von ihnen lückenlos ausfüllte.

»In dir fließt das Sangreal!«, flüsterte Lucrezia, ohne zu ihm hinzublicken. »Du bist der Schlüssel zum heiligen Gral!«

Ein Blitz, der Davids Hornhaut zu versengen schien, zuckte aus dem Stern und tauchte die Krypta in gleißendes, weißes Licht. Stella schrie. Als das Licht in den Gral, der es geboren hatte, zurückkehrte, verwandelte es dessen Oberfläche in etwas Gleißendes, Substanzloses, das wie eine Flüssigkeit aus leuchtendem Gas wirkte.

Macht. Energie. Unsterblichkeit. Das alles war in einer Materie vereint, die eigentlich gar keine war, weil sie ohne jeglichen weltlichen, vergänglichen Bestandteil, ohne ein einziges Molekül, nur in sich selbst existierte.

»Du hast mir das Tor zur Unsterblichkeit geöffnet.«

Lucrezias Worte drangen dumpf und unwirklich, wie aus einer anderen Welt zu ihm hindurch. Dann beugte sie sich lächelnd vor und schöpfte gierig mit beiden Händen aus dem Licht.

Sie hatte ihr Ziel erreicht. Sie trank aus dem Heiligen Gral.

Ihre Augen strahlten vor grenzenlosem Glück, als sie sich wieder aufrichtete und David zulächelte. Endlich, nach Jahrhunderte währendem, erbittertem Kampf, floss das Geheimnis der Macht in ihren Adern.

Aber ihre Seele blutete.

»Danke, David«, hauchte sie.

Nie hatte eine Silbe aus ihrem Mund so ehrlich geklungen.

David beobachtete mit zunehmendem Entsetzen, was mit ihrem Gesicht geschah, doch Lucrezia schien weder das eine noch das andere zu bemerken.

»Wie lange habe ich auf diesen Moment gewartet ...«, fuhr sie unbeirrt und zum ersten Mal in ihrem langen Leben durch und durch glücklich fort. Freudentränen aus Blut traten in ihre Augen. Aus den Poren ihrer hellen Haut quoll es ebenfalls hervor.

Davids Atem stockte vor Schreck, doch seine Mutter wandte sich von ihm ab und begann langsam über die marmornen Stufen von der Empore hinabzusteigen. Zuerst wirkte ihr Gang majestätisch. Dann wurde er immer schwerfälliger.

»Die vollkommene Macht ist unvergäng – «

Lucrezia brach ab. Verwirrt tasteten ihre Hände über ihre Schläfe. David konnte nicht sehen, was geschehen war, und er wollte es auch nicht. Aber als sie das Blut an ihren Händen erblickte, hielt sie mitten auf der Treppe inne und wandte sich wieder zu ihm um. Immer schneller traten immer mehr und immer größere Tropfen aus den Poren ihrer Haut, rannen ihre Stirn und ihren Hals hinab und öffneten auf ihrem Weg immer neue Poren, durch die die Herrin der Prieuré – seine Mutter! – langsam und qualvoll auszubluten begann. Ihr schneeweißes Samtkleid verfärbte sich.

David wollte es nicht sehen, doch er war unfähig, auch nur seine Augenlider zu bewegen, um seiner Seele den Anblick seiner sterbenden Mutter, ihres in schmerzhafter Erkenntnis zu einer blutigen Grimasse verzerrten Gesichtes, zu ersparen. Erst als sie zu schwanken begann und zu stürzen drohte, gelang es ihm, sich aus seiner Erstarrung zu lösen, zu ihr zu eilen und ihren kraftlosen Körper aufzufangen, ehe dieser auf die marmornen Stufen aufschlagen konnte.

Aber er konnte ihr nicht helfen. Er hatte es nie gekonnt.

»Er … war nicht … für mich … bestimmt«, flüsterte Lucrezia schwach. Blutige Tränen der Angst rannen ihre Wangen hinab und tropften auf den Arm, mit dem David ihren Kopf stützte. Ihre Lider flatterten, als sie verzweifelt mit letzter Kraft mit dem Unvermeidlichen zu ringen begann.

Ihr Kampf währte nur wenige Sekunden, in denen sich Davids Tränen mit den Strömen von Blut auf ihrer kalten Haut vermengten. Dann war es vorbei. Mit einem neuerlichen Blitz kehrte das Licht in seine ursprüngliche Form zurück.

Lucrezia Saintclair war tot.

David hielt sie noch einen Moment, in dem er endlich

um die Mutter trauern konnte, die er nie gehabt hatte, fest an seine Brust gedrückt. Dann legte er ihren leblosen Körper vorsichtig auf den Stufen ab und trat wieder auf die Empore hinauf.

In dir fließt das Sangreal, hallten Lucrezias Worte in seinem Kopf wider, während er noch einmal auf den Heiligen Gral zutrat. Er war nicht für mich bestimmt …

Nein, das war er nicht, bestätigte er ihre späte Einsicht im Stillen. Weil er *ihm* gehörte. Ihm ganz allein.

Er blickte noch einmal zu Stella und Quentin hinab. Dann trat er vollends auf den Gral zu, ließ sich langsam in die Hocke sinken, und bedeckte ihn wieder mit dem Mantel Anjous.

Während David den Durchgang zur Krypta wieder schloss, indem er die Lanze aus der Öffnung zog, kramte Stella das Grabtuch aus ihrem Rucksack hervor und brachte Quentin an die Schwelle zum Herzinfarkt, indem sie mehrere Streifen aus dem Leinenstoff riss.

»Aber … es ist heilig!«

Der Mönch saß auf dem Boden, schnappte nach Luft wie ein Fisch auf dem Trockenen und sah dem Mädchen fassungslos dabei zu, wie es seine Kutte hochschob und den tiefen Schnitt in seinem Oberschenkel Streifen für Streifen mit der zweitausend Jahre alten Reliquie verband.

»Umso besser für die Wunde«, stellte Stella trocken fest, stand auf und wandte sich zu David um, vor dem sich der Durchgang langsam schloss.

Sie trat an seine Seite, griff nach seiner Hand und beobachtete schweigend, wie die mit dem Schließen der Mauer hereinbrechende Dunkelheit die leblosen Körper seines Onkels und seiner Mutter einhüllte, damit sie zu Füßen dessen, was sie bis zu ihrem Tod begehrt hatten, endlich Frieden fanden.

Durch den letzten Spalt, der in der Mauer sichtbar war, schleuderte David die Lanze ins Innere der Krypta, bevor sich der Zugang zum Heiligen Gral für alle Zeiten vollständig verschloss, um so die Menschen vor sich selbst zu schützen. Dann halfen sie Quentin auf die Füße und stützten ihn auf dem Weg in die Freiheit.

In ihr neues Leben.

ENDE

Fantasy hat einen Namen:
HOHLBEIN

Wolfgang Hohlbein

Die Chronik der Unsterblichen
Am Abgrund
Band I

ISBN 3-8025-2608-2

Wolfgang Hohlbein

Die Chronik der Unsterblichen
Der Vampyr
Band II

ISBN 3-8025-2667-8

www.vgs.de

Wolfgang Hohlbein

Die Chronik der Unsterblichen
Der Todesstoß
Band III

ISBN 3-8025-2771-2

Wolfgang Hohlbein

Die Chronik der Unsterblichen
Der Untergang
Band IV

ISBN 3-8025-2798-4

Wolfgang Hohlbein

Die Chronik der Unsterblichen
Die Wiederkehr
Band V

ISBN 3-8025-2934-0

Wolfgang Hohlbein

Die Chronik der Unsterblichen
Die Blutgräfin
Band VI

ISBN 3-8025-2935-9

Wolfgang Hohlbein

Die Chronik der Unsterblichen
Der Gejagte
Band VII

ISBN 3-8025-3372-0

www.vgs.de